LA CITÉ DES DAMES

Paru au Livre de Poche :

Le Chemin de longue étude

CHRISTINE DE PIZAN

La Cité des Dames

TRADUCTION, INTRODUCTION
PAR ERIC HICKS ET THÉRÈSE MOREAU

LE LIVRE DE POCHE

Cet ouvrage a été précédemment publié sous le titre
Le Livre de la Cité des Dames aux éditions Stock.

ISBN : 978-2-253-24050-1 – 1re publication LGF

Nous aimerions remercier ici tous ceux et celles qui nous ont prêté aide et conseil dans cette traduction. Notre reconnaissance va en particulier à Angel Alvarez, Viviane Alvarez-Prats, Jacqueline Cerquiglini, Liliane Dulac, Silvia Lempen-Ricci, Gérard Malaquin, Beth Montandon, Danielle Régnier-Bohler et Charity Cannon Willard.

In memoriam
Leora Hough

Vous qui êtes mortes, vous qui vivez encore et vous qui viendrez à l'avenir, réjouissez-vous…

Christine aux dames de France
et d'ailleurs, II, LXIX.

Cette traduction a été faite d'après le ms. Bibliothèque nationale, fr 607 (« manuscrit du duc »). Nous avons consulté la thèse de Maureen Curnow, qui n'est autre qu'une transcription de ce manuscrit ; nous ne l'avons pas toujours suivie dans le détail, en particulier quant à la ponctuation. Nous avons également consulté, en tant que manuscrit de contrôle, le « manuscrit de la reine », British Library, Harley 4431, dans un souci de correction, sans entrer dans le détail de la critique textuelle.

INTRODUCTION

I

« Regrettant qu'elle n'ait pas vécu de leur temps,
et qu'elles ne puissent plus la voir...[1]. »

Mes très chères sœurs, il est naturel que le cœur humain se réjouisse lorsqu'il a triomphé de quelque agression et qu'il voit ses ennemis confondus. Vous avez cause désormais, chères amies, de vous réjouir honnêtement sans offenser Dieu ni les bienséances, en contemplant la perfection de cette nouvelle Cité qui, si vous en prenez soin, sera pour vous toutes (c'est-à-dire les femmes de bien) non seulement un refuge, mais un rempart pour vous défendre des attaques de vos ennemis[2].

Du fond des siècles, ces paroles s'adressent aux femmes, renvoyées par la misogynie ordinaire à l'imperfection de leurs corps et de leurs esprits. À l'exemple du poète Horace, Christine de Pizan croyait élever un monument plus durable que

1. *Le Livre des Trois Vertus*, III, IV (traduit par nous).
2. *Le Livre de la Cité des Dames*, cf. *infra*, p. 347.

l'airain[1], et comme la *Cité* de saint Augustin[2], ce monument est une forteresse, un *ouvrage* de combat dressé contre l'hérésie, la barbarie qu'était à ses yeux le sort réservé aux femmes. Les textes savants les vilipendent, les lois les asservissent ; Christine donnera aux femmes les moyens de désarmer leurs adversaires et faire triompher leur bon droit. Elle entend aussi faire œuvre didactique, puisque le mal vient de l'ignorance : les hommes, dépositaires de la parole écrite, ont occulté et refoulé l'histoire des femmes, donnant à croire à tous et à toutes qu'elles « ne sont bonnes à rien d'autre qu'à cajoler les hommes et à mettre au monde et élever les enfants » (*Cité*, p. 105-106). Pour la première fois[3], la parole est aux femmes : en citant

---

1. *Odes*, III, XXX, 1. Christine connaissait certainement le passage : c'est un sentiment qui revient souvent dans ses œuvres.

2. Une traduction française de ce texte, enluminée par l'atelier auquel seront confiées les premières peintures de *La Cité des Dames*, venait d'entrer dans la bibliothèque du duc de Berry (B.N. fr 23-24 et 174 : voir Charity Cannon Willard, *Christine de Pizan, Her Life and Works*, New York, Persea, 1984, p. 135, et Millard Meiss, *French Painting in the Time of Jean de Berry, The Limbourgs and their Contemporaries*, London, Thames and Hudson, 1972, p. 381). La phrase latine citée par Christine dans le dernier chapitre de *La Cité* est reprise à saint Augustin (*Cité de Dieu*, I, XXI ; cf. Psaumes, LXXXVI, 3) ; elle est également citée (en traduction) dans l'*Epistre de la Prison de vie humaine*, éd./tr. Josette A. Wisman, London, Garland, 1984, p. 66.

3. Cf. la réponse de Droiture à Christine lorsque celle-ci lui demande comment de telles erreurs ont pu durer si longtemps : « D'après tout ce que je t'ai dit jusqu'ici à la louange de ces femmes remarquables, il est clair qu'elles ont appliqué toute leur intelligence à divers ouvrages, fort différents les uns des autres, puisqu'elles n'ont pas toutes traité le même sujet. C'est toi qui

leurs exploits et leurs inventions, Christine pensait réduire au silence le parti de la misogynie : « Qu'ils se taisent donc ! Qu'ils se taisent dorénavant, ces clercs qui médisent des femmes ! Qu'ils se taisent, tous leurs complices et alliés qui en disent du mal ou qui en parlent dans leurs écrits ou leurs poèmes ! Qu'ils baissent les yeux de honte d'avoir tant osé mentir dans leurs livres » (*Cité*, p. 125). Déjà donc, en ce début du XVe siècle, l'écrivaine[1] appelait les femmes à revendiquer leur dignité en leur disant à sa façon qu'on « ne naît pas femme, on le devient[2] ».

À la lecture de ces pages, la réaction unanime est d'y voir l'œuvre d'un esprit étonnamment moderne. Christine nous incite à rejeter ce qui n'est fondé que « sur l'accumulation des préjugés d'autrui » et à confronter notre jugement et notre connaissance de nous-mêmes aux ouvrages que nous lisons. Elle refuse d'accepter

---

étais destinée à bâtir cette Cité et non pas elles. [...] Mais quant à tout ce temps qui s'est écoulé avant que l'on ne confonde [les calomniateurs], je te dis que chaque chose vient en temps et en heure au regard de l'éternité » (p. 259).

1. La question de la « féminisation des titres et des fonctions » (voir *Journal officiel* du 16 mars 1986), qui suscite de nos jours les réactions les plus véhémentes, paraissait aller de soi dans le monde du XVe siècle : Christine parle de femmes « prophettes », de « la chevalereuse reine Antiope », d'une « souveraine poette », d'une « experte » en enluminure, de « possessaresses », de « preudesfemmes », de « protectaresses », etc. Il s'agit d'un fait de langue et non de style : le poète Jean Marot, rappelant un exemple de la *Cité*, parlera encore de « Thamar la painteresse » (dans *La Vray Disant Avocate des Dames*).

2. Simone de BEAUVOIR : *Le Deuxième Sexe*, Gallimard, 1949, tome 2, p. 15.

l'infériorité du corps féminin et de ses « fonctions corporelles », faisant remarquer aux femmes que l'expérience de leurs propres corps les dispense de toutes « autres preuves » (*Cité*, p. 52) ; elle refuse l'idée aristotélicienne que c'est « par débilité et faiblesse que le corps qui prend forme dans le ventre de la mère devient celui d'une femme » (*Cité*, p. 52) pour affirmer au contraire la supériorité maternelle[1]. Elle sait encore que si l'intelligence des filles ne s'applique pas aux mêmes objets que celle des garçons, la raison en est la ségrégation scolaire et sociale : « Si c'était la coutume d'envoyer les petites filles à l'école et de leur enseigner méthodiquement les sciences, comme on le fait pour les garçons, elles apprendraient et comprendraient les difficultés de tous les arts et de toutes les sciences tout aussi bien qu'eux » (*Cité*, p. 103). Elle est « navrée et outrée d'entendre des hommes répéter que les femmes veulent être violées et qu'il ne leur déplaît point d'être forcées, même si elles s'en défendent tout haut » (*Cité*, p. 228). Christine dénonce encore le système de la dot, s'insurge contre le mariage des très jeunes filles avec des vieillards, revendique, par Sigismonde, le désir et le plaisir féminins[2] : « Car vous qui êtes un être de chair et de sang, pensiez-vous avoir engendré une fille de pierre ou de bois ? Tout vieux que vous êtes, vous auriez dû

1. *Le Livre de la Mutacion de Fortune*, éd. S. Solente, Paris, Picard (« S.A.T.F. »), 1959-1966, v. 380-396.

2. Récit imité de Boccace. Texte original de Christine publié par Carla Bozzolo : « Il *Decamerone* come fonte del *Livre de la Cité des Dames* », in *Miscellenea di Studi e ricerche sul Quattrocento francese a cura di Franco Simone*, Torino, Giappichelli, 1966, p. 19-23.

vous rappeler que la sensualité travaille la jeunesse [...]. Comme je voyais que vous aviez décidé de ne jamais me remarier, me sentant jeune et débordante de vie, je résolus de prendre un amant » (*Cité*, p. 274). Modernité aussi que la stigmatisation des maris qui battent leurs femmes ou les laissent sans ressources, la défense des veuves, tout cela en des termes qui rappellent fort ceux qu'on emploierait de nos jours pour défendre ces victimes.

Esprit exceptionnel certes, mais peut-être davantage par son écriture que par son combat. Christine avait mesuré l'étendue de l'injustice masculine : force est de constater qu'il nous faut toujours la dénoncer en des termes *semblables aux siens*. L'étonnant est donc moins la précocité de son message, l'intelligence de son argumentation, que la constance de la bêtise, la ténacité des adversaires, la vitalité des arguments les plus éculés. En vérité, la lecture de la *Cité des Dames* invite à d'amères méditations sur la pérennité des préjugés et l'immobilisme des institutions. L'avenir, sur ce chapitre, peut encore réserver des surprises à un optimisme historique qui ne verrait en tout cela qu'obscurantisme d'une époque révolue : il est à craindre que nos enfants, nos enfants des deux sexes, n'aient toujours besoin de Christine[1].

---

1. On verra l'immobilisme des stéréotypes et des attentes sociales dans une enquête menée par le mensuel *Femmes suisses* auprès des élèves de la Suisse romande (résultats publiés en novembre 1985). À titre d'exemples, ces réponses (non publiées) : aux questions : « Être homme, c'est... / être femme, c'est... », Manuel (seize ans) : « Être homme. C'est celui qui a des spermatozoïdes, les poils en plus, qui a la force. Ce n'est pas être une

Sa difficulté d'être femme, son rejet de la culture masculine doublé d'un désir d'appropriation de cette même culture, trouve un écho dans un texte célèbre du XXe siècle :

> L'argent gagné [par les femmes] ne devra en aucun cas aller à la reconstruction d'une université à l'ancienne, et comme il est certain qu'il ne pourra être consacré à la construction d'une université fondée sur de nouvelles bases, cette guinée portera la mention : « Chiffons, essence, allumettes ». On y attachera cette note : « Prenez cette guinée, et réduisez l'université en cendres. Brûlez les vieilles hypocrisies. Que la lumière du brasier effraie les rossignols ! Qu'elle empourpre les saules ! Que les filles des hommes éduqués fassent la ronde autour du feu ! Qu'elles entretiennent la flamme en y jetant des brassées de feuilles mortes, et des plus hautes fenêtres que leurs mères se penchent et crient : Brûle ! Brûle ! Car nous en avons fini avec cette « éducation »[1] !

---

femmelette. La femme, c'est celle qui séduit. Ce n'est pas être un hommace (*sic*). Dans la famille, c'est l'homme qui dirige le foyer, c'est la femme qui fait la cuisine, c'est le père qui gronde les enfants, la mère qui fait peur aux enfants en parlant du père. C'est le mari qui se fait respecter de la femme, c'est l'épouse qui obéit » ; à : « Comment je me vois en tant que fille ? », Myriam (douze ans) : « Je me vois être une fille qui n'aime pas du tout faire les travaux ménagers, mais qui devra bien se soumettre si elle veut fonder une famille » ; ou encore cette définition sans appel, commune à Émile (seize ans) et à Sophie (douze ans) : « C'est le mari qui bat sa femme. »

1. Virginia WOOLF : *Three Guineas*, Harmondsworth, Middlesex, Penguin Books, 1978, p. 42 (traduit par nous ; la première édition anglaise date de 1938).

Car l'éducation, l'écriture, ne vont pas de soi pour les femmes. Ce n'est pas seulement que l'accès en fut, en est encore difficile, mais aussi que les femmes ne peuvent qu'avoir des sentiments d'ambivalence face à ce qui demeure pour elles une source non seulement d'enrichissement mais aussi d'aliénation permanente. L'absence des femmes, les stéréotypes sexuels caractérisent nos manuels scolaires comme la misogynie, plus criarde mais non moins efficace, de la tradition cléricale du Moyen Âge. Les « grands auteurs » légitiment encore cette misogynie, et le mépris de nombre de ceux et de celles qui instruisent les femmes, puis les filières dans lesquelles on les canalise, prennent la relève pour justifier préjugés et exclusions. Nulle ne sort indemne de ce chemin de longue étude. Certaines, comme Christine se désolant à la lecture de Mathéole, seront « submergée[s] par le dégoût et la consternation, [se] méprisant [elles]-même[s] et le sexe féminin tout entier, comme si la Nature avait enfanté des monstres » (*Cité*, p. 30), se désespérant d'être nées « dans un corps féminin » (*Cité*, p. 31) ; d'autres affirmeront qu'elles sont « hommes » quand elles pensent, comme Christine encore en d'autres circonstances. Mais ce dégoût, donné pour une « folie », est passager chez Christine : c'est pourquoi d'autres verront en elle une devancière. Dans la mesure où la *Cité des Dames* est apte à conjurer les esprits rétrogrades, et cette mesure est grande, Christine apparaîtra comme une géante sur les épaules de qui nous pourrons nous jucher pour voir plus loin.

II

Une sœur pour Shakespeare[1]

« Je peux t'affirmer que ce ne sont pas des femmes qui ont écrit ces livres-là ! Je suis persuadée que si l'on voulait bien s'informer sur les désordres domestiques pour écrire un livre conforme aux faits, on y entendrait un autre son de cloche. »

— Droiture à Christine, *Cité*, p. 174.

Poétesse, historienne, moraliste surtout, Christine de Pizan fut la protégée des rois et des reines ; elle vécut de sa plume en s'adressant aux grands et grandes de ce monde, et ses manuscrits, luxueusement enluminés, entrèrent dans les bibliothèques princières. Le XVIe siècle, qui eut aussi sa querelle des femmes, se souvient encore d'elle : Clément Marot conseille à la Lyonnaise Jehanne Gaillarde de lire celle qui « d'avoir le prix en science et doctrine, / bien merita » (Rondeau XX). Peu après, avec le Moyen Âge tout entier, Christine tombe dans les oubliettes de l'histoire. Au XVIIIe siècle, Mlle Kéralio, féministe et philosophe, tente de faire revivre ses œuvres auprès du grand public. Mais le XIXe siècle, qui ressuscita à peu près tout ce qui nous reste du Moyen Âge littéraire, l'ignore ou la méprise. On connaît le jugement de Lanson :

1. Cf. Virginia WOOLF : *Une chambre à soi*, tr. Clara Malraux, Paris, Denoël, 1977, p. 70-80 (éd. originale anglaise, 1929).

Bonne fille, bonne épouse, bonne mère, au reste un des plus authentiques *bas-bleus* qu'il y ait eu dans notre littérature, la première de cette insupportable lignée de femmes auteurs à qui nul ouvrage ne coûte, et qui, pendant toute la vie que Dieu leur prête, n'ont affaire que de multiplier les preuves de leur infatigable facilité, égale à leur universelle médiocrité[1].

Certes, on ne lit plus guère Lanson si ce n'est pour s'en moquer, mais on pourrait citer nombre d'auteurs dont la gloire paraît assurée et dont l'avis est tout aussi sot, car il est toujours de bon ton de se gausser d'une femme qui écrit. Le *topos* est repris même par des femmes : Marie-Josèphe Pinet, entre autres, voit en Christine « un tâcheron de la littérature[2] ». Bref, plutôt qu'un « grand auteur », Christine de Pizan, « honnête et sympathique », aurait surtout eu le tort d'être femme :

> Les idées qu'elle expose, au hasard de ses livres, ne sont pas, souvent, le fruit d'une méditation personnelle ; elle se borne à répéter certaines théories qui avaient cours en son temps. […] Pas du tout en avance sur son temps, elle l'a vécu et souffert et nous l'a transmis avec ses luttes, ses tourments, ses erreurs et ses horreurs, ses joies aussi et ses espérances. Au commencement de son *Livre du Corps de Policie*, Christine a écrit, avec une vigueur

1. *Histoire de la littérature française*, Paris, Hachette, éd. de 1952, p. 166-167. Rendons justice cependant à Pierre Le Gentil, et à Daniel Poirion surtout, d'avoir rendu justice à Christine.

2. Marie-Josèphe PINET : *Christine de Pisan*, Paris, Champion (« Bibliothèque du XVe Siècle », XXXV), 1927, p. 403.

et une lucidité étonnantes : « Se il est possible que de vice puist naistre vertu, bien me plaist [...] estre passionne comme femme[1] ».

De tels jugements ne sont pas faits pour nous étonner, puisque nous les (re)trouvons à propos de chaque écrivaine (Mme de Sévigné, Mme de Lafayette, Mme de Staël, George Sand, etc.) ; ce qui est remarquable, ce n'est pas que Christine ne figure pas dans le manuel de Lagarde et Michard, mais qu'elle écrivît et fût célèbre en son temps.

Car la sœur de Shakespeare, nous dit Virginia Woolf, n'aurait jamais pu écrire, et si par hasard elle avait pu s'instruire, il lui aurait été impossible de se faire entendre. Ce ne fut pas le destin de Christine, qui put au contraire mettre son écriture et sa célébrité au compte de son roman familial et de son destin de femme. Elle s'expliquera dans ses écrits sur ce qui lui parut un hasard de l'histoire.

Christine est née à Venise[2] d'une mère vénitienne et d'un père bolognais. Son père, Thomas de Pizan, était « physicien » (c'est-à-dire astrologue et médecin) ; il fut appelé en France, auprès du roi Charles V

1. Gianni MOMBELLO : « Quelques aspects de la pensée politique de Christine de Pizan », in *Culture et Politique en France à l'époque de l'humanisme et de la Renaissance*, Torino, Accademia delle Scienze, 1974, p. 153.

2. *Le Livre de la Mutacion de Fortune*, v. 4753-4826. Christine signe « de Pizan » d'après Pizzano, bourgade sise près de Bologne (son père se disait « de Bologne » ou « de Pizan »). Cette graphie est à préférer à celle, traditionnelle, « de Pisan », qui prête à confusion.

le Sage, peu après la naissance de sa fille. Comme celle-ci nous le confie dans *La Mutacion de Fortune*, ce fut une enfant désirée : son père, précise-t-elle, avait souhaité un fils, mais sa mère, qui voulait avoir « femelle a elle ressemblable », fut la plus forte. Pour ne pas trop décevoir son mari, cette épouse lui offre une petite fille qui ressemble parfaitement à son père en tout point, « fors du sexe tant seulement, mais des façons, de corps, de vis ». Heureuse de cette réussite, la mère allaita elle-même sa fille. Seule ombre au tableau, la coutume – « que maudite soit-elle » – qui empêcha Christine de récolter davantage que des miettes du trésor du savoir paternel. Venue rejoindre son père en France à l'âge de quatre ans, Christine ne quittera pas cette patrie d'adoption[1], ni même, semble-t-il, la région parisienne. À l'âge de quinze ans, Thomas lui choisit pour époux « un jeune escolier gradué, bien né et de nobles parents de Picardie, de qui les vertus dépassaient les richesses[2] ». Étienne du Castel avait alors vingt-cinq ans. Christine n'eut qu'à se féliciter de ce choix : « Celui que tu as eu te convenait si parfaitement que tu n'aurais pu demander mieux ; nul, à ton avis, ne put jamais le valoir en bonté, en douceur, en loyauté et tendre amour » (*Cité*, p. 175).

---

1. « Henri IV de Lancastre s'occupa du fils de Christine et la fit prier de venir en Angleterre, lui promettant "du bien largement" » (S. SOLENTE : « Christine de Pisan », *Histoire littéraire de la France*, XL, p. 9 de l'extrait publié en 1969 ; cf. P.-C.-G. CAMPBELL : « Christine de Pisan en Angleterre », *Revue de littérature comparée*, V, [1925], p. 659-670).

2. *L'Avision Christine*, éd. Sister Mary L. Towner, Washington, D.C., The Catholic University of America, 1932, p. 152.

Ce mari modèle est secrétaire du roi ; par lui, Christine fréquentera le milieu de la chancellerie royale où s'élabore ce « style clergial » dans lequel elle s'illustrera plus tard. Christine et Étienne eurent trois enfants, une fille et deux garçons. Ils vécurent heureux pendant dix ans. Christine a vingt-cinq ans lorsque Étienne meurt loin de Paris, emporté par l'épidémie ; sa douleur fut telle, nous rapporte-t-elle, qu'elle eût préféré mourir, si elle n'eût été retenue par ses enfants et sa maison. Son père étant mort quelques années auparavant et ses frères retournés en Italie se prévaloir de l'héritage, elle demeura seule, ayant à charge trois enfants, sa mère et une nièce à marier. Elle découvre alors que si Étienne avait été un excellent mari, il avait aussi été piètre financier ; ignorante des affaires de son époux, Christine se retrouve pressée par les créanciers, vrais et faux, car les veuves étaient alors la proie favorite des plaideurs. Désormais elle courra après l'argent. Il lui faudra plus de quatorze ans pour en finir avec ces litiges. Pour comble de malheur, alors qu'elle avait juré de ne jamais se remarier, le bruit se répand par « toute la ville » qu'elle aime « par amours ». Blessée, Christine recherche cette solitude qu'évoque l'un de ses plus beaux vers, « Seulette sui et seulette veuil estre... » Dans *Le Livre du Chemin de longue estude*, elle explique comment son chagrin et les regrets de son mari la poussèrent au travail : « Voulentiers suis solitaire / Pour le deuil qu'il me fault taire / Devant gent, a par moy plaindre / Et pour moy ainsi complaindre / Un jour de joie remise / Je m'estoie a par moy mise / En une estude petite » (v. 167-173). Dans cette chambre où elle se retire, elle découvre Boèce et décide de se consacrer au travail intellectuel. C'est dans cette « chambre à soi », dont à la différence de tant d'autres elle dispose, qu'est née Christine l'écrivaine. Dans la plupart de ses ouvrages, c'est là que nous la retrouvons, et c'est ainsi qu'elle se fera représenter dans les miniatures qui ornent ses manuscrits. Devant cette feuille de parchemin qu'elle destine à d'autres écrits, la source autobiographique tarit ; de cette vie, désormais, il ne restera qu'une œuvre où l'existence personnelle se confondra avec le métier d'écrire.

III

Une généalogie au féminin

Histoire et forteresse des femmes, *La Cité des Dames* rattache son auteur à des grandes dames du temps jadis. Elle propose aussi l'ébauche d'un mode de vie sur lequel l'autrice s'étendra plus longuement dans *Le Trésor de la Cité des Dames* ou *Livre des Trois Vertus*. À certains, à certaines surtout, ces modèles paraîtront comme archaïques, voire conservateurs à outrance. Mais il était impossible à Christine, comme sans doute à nous-mêmes, d'éviter nombre de stéréotypes ou clichés de son époque. Et pourtant chaque exemple de conservatisme pourra être nuancé par un contre-exemple, dans ce texte foncièrement ambigu, et l'ambivalence de l'écrivaine reflète une situation sociale qui s'imposait à elle comme immuable.

C'est ainsi qu'elle conte, dans *La Mutacion de Fortune*, comment celle-ci finit par la prendre en pitié et la transforma en homme. Femme écrivant, gagnant l'argent de la maison, Christine ne *pouvait être qu'homme*. Et pourtant elle se glorifie dans tous ses textes d'être *une femme qui écrit*. Elle ne revendiquera jamais pour « ses sœurs » l'accès aux travaux masculins, tout en clamant sans relâche que si les conditions sociales l'exigeaient, les femmes seraient à même de les accomplir. Le patriarcat est ainsi mis hors de cause, puisqu'il a été voulu par Dieu. L'aspect chauviniste de cette culture misogyne constitue à ses yeux un *abus* : il s'agit de valoriser les travaux féminins et non de redistribuer les rôles.

Christine se rallie à toutes les grandes valeurs de son temps : la chevalerie et l'art de la guerre, l'excellence de la virginité, le modèle aristocratique… La brutalité des temps – les assassinats fratricides, la guerre civile, les étrangers sur le territoire national, les émeutes parisiennes – expliquent en partie ce désir d'ordre. S'il arrive à Christine de chanter les valeurs guerrières, de rédiger même un *Livre des Fais d'armes et de chevalerie*, c'est que dans un monde où la force a remplacé le droit, l'art de la guerre peut paraître une protection. Au départ, les Amazones ne sont aucunement des êtres sanguinaires ; elles cherchent seulement à venger leurs morts et à défendre leur territoire. L'admiration que nous portons encore aux résistantes, à celles qui, comme Jeanne d'Arc, entrent dans la lutte armée, répond à cette estime que Christine vouait à une race de guerrières. Mais elle est aussi l'avocate passionnée de la paix : témoins ses écrits nombreux, à partir de

1405 : *Épître à la reine*, *Lamentation sur la guerre civile*, *Livre de la Paix*, et dans une certaine mesure, cette autre épître, sur *La Prison de vie humaine*. De même, certains détracteurs ont vu en Christine une prude, pour ne pas dire une bégueule. Elle prône très évidemment la virginité, la sainteté, la vertu, ce que l'époque appelait la chasteté conjugale. Mais le moyen de revendiquer une révolution sexuelle quand il n'est d'alternative que la chasteté conjugale ou la prostitution ! En d'autres temps même, les femmes n'ont pas toujours trouvé leur compte dans la révolution des mœurs, qui, en l'absence d'une prise de conscience égalitaire, n'est jamais qu'une exploitation de plus.

Christine de Pizan est avant tout une pragmatique, et le mot de « nécessité » revient sans cesse sous sa plume. Si elle exhorte les femmes à « rester à leur place », à ne pas se révolter, tout en chantant les vertus de la paix et parfois de l'abnégation, c'est qu'elle refuse d'encourager les femmes dans une aventure où elles ne sauraient être que perdantes. Nous avons oublié le poids d'une société où la religion est relayée par la force d'une caste guerrière, mais si nous pensons à ce qui est de nos jours la vie des femmes dans l'Iran des ayatollahs, peut-être serons-nous plus à même d'apprécier la force de Christine. Elle sait que le seul choix est entre un mari, le couvent ou la rue, et sa propre vie lui a montré que la dépendance, comme l'indépendance, peut entraîner bien des déboires. Aristocrate, parisienne, citadine et femme de cour, elle se méfie du peuple et de tout ce qui prétend troubler l'ordre établi ; chrétienne, elle met en valeur le récit de Grisélidis ; même s'il s'agit, comme l'un de nous le croit, d'une réécriture du livre de Job, choisir d'illustrer cette allégorie par une telle humiliation revêt quelque chose de choquant, pour ne pas dire d'obscène. Et pourtant il y a Sigismonde...

Exemple de modernisme et d'archaïsme, l'œuvre de Christine de Pizan nous enseigne à ne pas mesurer les idées de nos devancières à l'aune de nos seules préoccupations. Ce sont les circonstances qui font que tel combat est d'avant ou d'arrière-garde. Le féminisme de Christine, femme du XVe siècle, ne pouvait se déployer que dans ce contexte. Critiquer son manque d'originalité, prétendre que « le modèle qu'elle a proposé à l'imitation de son sexe dans son traité d'éducation reste bien inférieur à l'idéal moderne[1] » relève pour le moins d'une absence de perspective historique. Pis encore, on présuppose de la sorte une vision transcendantale de la condition féminine, donnée une fois pour toutes, une et immuable. Si les problèmes du passé sont réellement les nôtres, si Christine parle réellement en notre nom, la lutte est sans issue. Car c'est tomber dans un piège que de croire que nous pouvons faire nôtre le discours de *tous* les progressistes du passé. Connaître ses racines, se former une mémoire collective, participer à l'élaboration d'une société juste et égalitaire, c'est non seulement prendre conscience de ce qui nous rapproche de celles et de ceux qui nous ont précédés, mais aussi de ce qui nous en sépare.

1. Rose RIGAUD : *Les Idées féministes de Christine de Pisan*, thèse Neuchâtel, 1911, p. 146.

I. Ici commence *Le Livre de la Cité des Dames*, dont le premier chapitre raconte pourquoi et sous quelle impulsion ce livre fut écrit.

Selon mon habitude et la discipline qui règle le cours de ma vie, c'est-à-dire l'étude inlassable des arts libéraux, j'étais un jour assise dans mon étude, tout entourée de livres traitant des sujets les plus divers. L'esprit un peu las de m'être si longtemps appliquée à retenir la science de tant d'auteurs, je levai les yeux de mon texte, décidant de délaisser un moment les livres difficiles pour me divertir à la lecture de quelque poète. C'est dans cet état d'esprit qu'il me tomba entre les mains certain opuscule qui ne m'appartenait pas, mais qui avait été pour ainsi dire laissé en dépôt chez moi par un tiers. Je l'ouvris donc, et vis qu'il avait pour titre *Les Lamentations de Mathéole*. Je me pris alors à sourire, car si je ne l'avais jamais vu, je savais que ce livre avait quelque réputation de dire grand bien des femmes !… Je pensai donc que, pour m'amuser un peu, je pouvais le parcourir. Mais ma lecture n'était guère avancée quand ma bonne mère vint m'appeler à table, l'heure étant déjà venue de souper. Me proposant donc de remettre cette lecture au lendemain, je l'abandonnai pour l'instant.

Le lendemain matin, retournant comme à l'accoutumée à mon étude, je n'oubliai pas de mettre à exécution ma décision et de parcourir le livre de Mathéole. Je me mis à le lire et y avançai quelque peu. Mais le sujet me paraissant fort peu plaisant pour qui ne se complaît pas dans la médisance et ne contribuant en rien à l'édification morale ni à la vertu, vu encore l'indécence du langage et des thèmes, je le feuilletai par-ci par-là et en lus la fin, puis l'abandonnai pour retourner à d'autres études plus sérieuses et plus utiles. Mais la lecture de ce livre, quoiqu'il ne fasse aucunement autorité, me plongea dans une rêverie qui me bouleversa au plus profond de mon être. Je me demandais quelles pouvaient être les causes et les raisons qui poussaient tant d'hommes, clercs et autres, à médire des femmes et à vitupérer leur conduite soit en paroles, soit dans leurs traités et leurs écrits. Il n'y va pas seulement d'un ou deux hommes, ni même de ce Mathéole, qui ne saurait prendre rang parmi les savants, car son livre n'est que raillerie ; au contraire, aucun texte n'en est entièrement exempt. Philosophes, poètes et moralistes – et la liste en serait bien longue –, tous semblent parler d'une même voix pour conclure que la femme est foncièrement mauvaise et portée au vice.

Retournant attentivement ces choses dans mon esprit, je me mis à réfléchir sur ma conduite, moi qui suis née femme ; je pensais aussi aux nombreuses autres femmes que j'ai pu fréquenter, tant princesses et grandes dames que femmes de moyenne et petite condition, qui ont bien voulu me confier leurs pensées secrètes et intimes ; je cherchais à déterminer en mon âme et conscience si le témoignage réuni de tant d'hommes illustres pouvait être erroné. Mais j'eus beau tourner et retourner ces choses, les passer au crible, les éplucher, je ne pouvais ni comprendre ni admettre le bien-fondé de leur jugement sur la nature et la conduite des femmes. Je m'obstinais par ailleurs à accuser celles-ci, me disant qu'il serait bien improbable que tant d'hommes illustres, tant de grands docteurs à l'entendement si haut et si profond, si clairvoyants en toutes choses – car il me semble que tous l'aient été –, aient pu parler de façon aussi outrancière, et cela en tant d'ouvrages qu'il m'était quasiment impossible de trouver un texte moral, quel qu'en fût l'auteur, où je ne tombe sur quelque chapitre ou paragraphe blâmant les femmes, avant d'en achever la lecture. Cette seule raison suffisait à me faire conclure qu'il fallait bien que tout ceci fût vrai, même si mon esprit, dans sa naïveté et son ignorance, ne pouvait se résoudre à reconnaître ces grands défauts que je partageais vraisemblablement avec les autres femmes. Ainsi donc, je me rapportais plus au jugement d'autrui qu'à ce que je sentais et savais dans mon être de femme.

J'étais plongée si profondément et si intensément dans ces sombres pensées qu'on aurait pu me croire tombée en catalepsie. C'était une fontaine qui sourdait : un grand nombre d'auteurs me remontaient en mémoire ; je les passai en revue les uns après les autres, et je décidai à la fin que Dieu avait fait une chose bien abjecte en créant la femme. Je m'étonnais qu'un si grand ouvrier eût pu consentir à faire un ouvrage si abominable, car elle serait, à les entendre, un vase recelant en ses profondeurs tous les maux et tous les vices. Toute à ces réflexions, je fus submergée par le dégoût et la consternation, me méprisant moi-même et le sexe féminin tout entier, comme si la Nature avait enfanté des monstres. Je me lamentais ainsi :

« Ah ! Seigneur ! Comment cela se peut-il ? Comment croire, sans tomber dans l'erreur, que ton infinie sagesse et ta parfaite bonté aient pu créer quelque chose qui ne soit pas entièrement bon ? N'as-tu pas créé la femme de propos délibéré ? Et dès lors ne lui as-tu pas donné toutes les inclinations qu'il te plaisait qu'elle eût ? Car comment serait-il possible que tu te sois jamais trompé ? Et pourtant voici tant de graves accusations, voire tant d'arrêts, de jugements et de condamnations portés contre elle ! Je ne puis comprendre une telle aberration. Et s'il est vrai, Seigneur Dieu, que tant d'abominations abondent chez la femme, comme l'affirment beaucoup – et, puisque tu dis toi-même que l'accord de plusieurs témoignages fait foi, il faut bien que cela soit vrai –, hélas ! mon Dieu ! pourquoi ne pas m'avoir fait naître mâle afin que mes inclinations aillent à ton service, que je ne me trompe en rien et que j'aie cette grande perfection que les hommes disent avoir ! Mais puisque tu ne l'as pas voulu, et que tu n'as pas étendu ta bonté jusqu'à moi, pardonne ma faiblesse en ton service, Seigneur Dieu, et daigne le recevoir ; car le serviteur qui reçoit le moins de son seigneur est le moins obligé en son service. » Je me répandais ainsi en lamentations envers Dieu, disant cela et encore davantage, tristement affligée, car en ma folie je me désespérais que Dieu m'ait fait naître dans un corps féminin.

II. Comment trois dames apparurent devant Christine, et comment la première s'adressa à elle pour la consoler de son chagrin.

Accablée par ces tristes pensées, je baissais la tête de honte. Les yeux remplis de larmes, la joue dans la main, je m'appuyais sur l'accoudoir de mon fauteuil, lorsque je vis soudain descendre sur mon giron un rayon de lumière, comme si le soleil était venu en ces lieux. Mais mon cabinet étant obscur, et le soleil ne pouvant y entrer à cette heure, je m'éveillai en sursaut, comme d'un profond sommeil. Levant la tête pour regarder d'où venait cette lumière, je vis se dresser devant moi trois dames couronnées, de très haute dignité. La splendeur qui émanait de leurs visages rejaillissait sur moi, illuminant toute la pièce. Inutile de demander si j'étais émerveillée, car les portes étaient fermées derrière moi, et les trois dames étaient néanmoins entrées. Craignant que ce ne fût l'œuvre de quelque démon venu me tenter, je fis sur mon front le signe de la croix, tant était grande ma frayeur.

Alors la première des trois dames me sourit et s'adressa à moi en ces termes : « Ma chère enfant, ne crains rien, nous ne sommes point venues ici pour te nuire ou te porter préjudice, mais plutôt pour te consoler. Nous avons pris ton désarroi en pitié, et voulons te retirer de cette ignorance ; elle t'aveugle à tel point que tu rejettes ce que tu sais en toute certitude pour te rallier à une opinion que tu ne crois, que tu ne connais et ne fondes que sur l'accumulation des préjugés d'autrui. Tu ressembles à ce sot dont l'histoire est bien connue, qui, s'étant endormi au moulin, fut affublé de vêtements de femme et qui, au réveil, ajouta foi aux mensonges de ceux qui se moquaient de lui en affirmant qu'il s'était transformé en femme, plutôt que de s'en référer à sa propre expérience. Ma chère enfant, qu'est devenu ton jugement ? As-tu oublié que c'est dans le creuset que l'on épure l'or fin ; il ne s'y altère ni ne change ses vertus ; au contraire, plus on le travaille, plus on l'étire, plus il est affiné. Ne sais-tu pas que c'est des meilleures choses que l'on discute et débat le plus ? Songe donc aux Idées, c'est-à-dire aux choses célestes, qui sont les plus élevées ; ne vois-tu pas que même les plus grands philosophes, ceux que tu allègues contre ton propre sexe, n'ont pu déterminer le vrai du faux, mais se reprennent les uns les autres et se disputent sans fin ? Tu l'as appris toi-même dans la *Métaphysique* d'Aristote, qui critique et réfute pareillement les opinions de Platon et d'autres philosophes en les citant. Et remarque encore que saint Augustin et d'autres docteurs de l'Église ont fait de même pour certains passages d'Aristote, que l'on appelle pourtant le Prince des philosophes, et à qui l'on doit les plus hautes doctrines de la philosophie naturelle et morale.

« Car tu sembles croire que tout ce que disent les philosophes est article de foi et qu'ils ne peuvent se tromper. Quant aux poètes dont tu parles, ne sais-tu pas que leur langage est souvent figuré, et que l'on doit parfois comprendre tout le contraire du sens littéral ? On peut en effet leur appliquer la figure de rhétorique appelée antiphrase, en disant par exemple – comme tu le sais très bien – qu'un tel est mauvais, laissant entendre qu'il est bon, ou pareillement au contraire. Je te recommande donc de tourner à ton avantage leurs écrits là où ils blâment les femmes, et de les prendre ainsi, quelles que fussent leurs intentions. Et il se peut que celui qui s'appelle Mathéole dans son livre l'ait voulu ainsi, car il s'y trouve maintes choses qui, prises à la lettre, seraient pure hérésie. En ce qui concerne la diatribe contre l'état de mariage – pourtant sain, digne, et selon la loi de Dieu –, l'expérience démontre clairement que la vérité est tout le contraire de ce que l'on affirme en cherchant à charger les femmes de tous les maux. Il ne s'agit pas seulement de ce Mathéole mais de bien d'autres encore, en particulier du *Roman de la Rose*, qui jouit d'un plus grand crédit en raison de l'autorité plus grande de son auteur. Car où trouva-t-on jamais un mari pour tolérer que sa femme ait sur lui pareil empire qu'elle puisse déverser sur sa personne les outrages et injures dont, à les entendre, toutes les femmes sont coutumières ? Quoi que tu aies lu dans leurs livres, je doute que tu en aies jamais vu de tes propres yeux, car ce ne sont que propos éhontés et mensonges patents. En conclusion, ma chère Christine, je te le dis : c'est ta naïveté qui t'a amenée à ta présente opinion. Reviens donc à toi, reprends tes esprits et ne t'inquiète plus pour de telles billevesées ; sache qu'une diffamation catégorique des femmes ne saurait les atteindre, mais se retourne toujours contre son auteur. »

III. Comment celle qui s'était adressée à Christine lui expliqua qui elle était, sa nature et son rôle, et comment elle lui annonça qu'avec l'aide de toutes trois, elle construirait une Cité.

Tel fut le discours que me tint cette haute dame. Je ne sais lequel de mes sens fut le plus sollicité par sa présence : mon ouïe, en écoutant ses dignes paroles, ou ma vue, en contemplant sa très grande beauté, ses atours, la distinction de son maintien et la noblesse de son visage. Comme on pouvait en dire autant de chacune, je ne savais laquelle regarder ; en effet, elles se ressemblaient tant qu'on avait peine à les différencier, si ce n'est que la troisième, qui n'était pas moindre en autorité, avait de plus la mine si altière que nul ne pouvait la regarder dans les yeux, quelle que fût sa hardiesse, sans avoir peur de mal agir, tant elle paraissait menacer les criminels. Je me tenais debout devant elles en signe de respect, les regardant en silence, comme captivée, ne pouvant dire mot. Mon esprit stupéfait s'étonnait, et je me demandais qui elles pouvaient être. Si je l'avais osé, je leur aurais volontiers demandé leur nom, leur état, la raison de leur venue et la signification des différents sceptres que chacune tenait en sa main droite, car tous trois étaient somptueux. Comme je m'estimais indigne de poser ces questions à des dames aussi distinguées qu'elles me paraissaient être, je restais là à les contempler sans oser rien dire, continuant à les fixer, à demi apeurée, à demi rassurée par les paroles que j'avais entendues, me réveillant de mon amère songerie. Mais la très docte dame qui m'avait parlé et lisait en mes pensées comme en toutes choses, étant par nature clairvoyante, me répondit ainsi :

« Chère enfant, tu dois savoir que la divine providence, qui ne laisse rien au hasard, nous a chargées d'habiter parmi les gens de ce bas monde, malgré notre essence céleste, afin de veiller au maintien et au bon ordre des lois qui conviennent aux divers états, et que nous avons faites selon la volonté de Dieu, car nous sommes toutes trois filles de Dieu et de naissance divine. Il est, quant à moi, de mon ressort de corriger les hommes et les femmes lorsqu'ils se fourvoient et de les remettre dans le droit chemin ; s'ils s'égarent – et que leur raison puisse m'entendre –, je viens secrètement en leur esprit ; je les admoneste et les sermonne en leur remontrant leurs erreurs ; je leur montre leurs péchés, leur en explique les causes ; puis je leur apprends comment faire le bien et éviter le mal. Et parce que mon rôle est de faire que chacun et chacune se voient en son âme et conscience, et qu'ils connaissent leurs vices et leurs défauts, j'ai pour emblème non point un sceptre mais le miroir resplendissant que je tiens en ma main droite. Il faut que tu saches en vérité que quiconque s'y mire – quelle que soit sa nature – y verra le fond de son âme. Oh ! quelle n'est pas la vertu de mon miroir ! Ce n'est pas sans motif que tu le vois constellé de riches pierreries, car par lui sont connus les essences, les qualités, les rapports et mesures de toute chose, et rien ne peut se mener à bien sans lui. Mais comme tu souhaites également connaître la charge de mes sœurs ici présentes, chacune témoignera pour elle-même de son nom et de sa qualité, afin que le récit en soit plus certain.

« Toutefois, il me faut te dévoiler sans attendre les motifs de notre venue. Je te certifie que notre apparition en ces lieux n'est pas gratuite, car nous ne faisons rien sans raison ; nous ne hantons pas n'importe quel lieu, et n'apparaissons pas à n'importe qui. Mais toi, ma chère Christine, par le grand amour que tu as porté à la recherche du vrai dans cette longue et assidue étude, qui t'a retirée du monde et rendue ainsi solitaire, tu as mérité notre amitié et t'es montrée digne de notre visite, qui te consolera de ton chagrin et désarroi et te fera voir clair en ces choses qui perturbent et troublent ton âme en obscurcissant ta pensée.

« Il y a encore une raison plus particulière et plus importante à notre venue, que nous allons te révéler ; tu dois savoir que c'est pour chasser du monde cette erreur dans laquelle tu étais tombée, afin que les dames et autres femmes méritantes puissent désormais avoir une place forte où se retirer et se défendre contre de si nombreux agresseurs. Les femmes ont été si longtemps abandonnées sans défense, comme un champ sans haie, sans qu'aucun champion vienne les secourir ; et pourtant, selon la justice, tout homme de bien devrait prendre leur défense, mais par négligence ou indifférence on a accepté qu'elles soient traînées dans la boue. Il n'est donc pas étonnant que leurs ennemis envieux et les calomnies de ces rustres qui leur ont décoché tant de flèches aient fini par remporter la victoire dans une guerre livrée sans résistance. Car la place la plus forte tomberait rapidement si elle n'était pas défendue, et la cause la plus injuste serait gagnée par contumace si l'on plaidait sans adversaire. Dans leur bonté naïve, suivant en cela le précepte divin, les femmes ont souffert patiemment et courtoisement les grandes insultes qu'on leur a faites, à leur tort et préjudice, tant par parole que par écrit, s'en rapportant à Dieu de leur bon droit. Mais l'heure est venue d'ôter cette juste cause des mains de Pharaon, et c'est pour cela que tu nous vois ici toutes trois. Nous t'avons prise en pitié et venons t'annoncer la construction d'une Cité ; c'est toi qui as été choisie pour construire et fermer, avec notre aide et conseil, cette citadelle hautement fortifiée. Seules y habiteront les femmes illustres de bonne renommée, car les murs de notre Cité seront interdits à toutes celles qui seront dépourvues de vertus. »

IV. Comment la dame parla à Christine de la Cité qu'elle avait à construire ; comment elle avait pour charge d'aider Christine à élever les murs et à fermer les remparts ; puis, quel était son nom.

« Ainsi, ma chère enfant, c'est à toi entre toutes les femmes que revient le privilège de faire et de bâtir la Cité des Dames. Et, pour accomplir cette œuvre, tu prendras et puiseras l'eau vive en nous trois, comme en une source claire ; nous te livrerons des matériaux plus durs et plus résistants que n'est le marbre massif avant d'être cimenté. Ainsi ta Cité sera d'une beauté sans pareille et demeurera éternellement en ce monde.

« Tu as lu, en effet, comment le roi Tros fonda la grande cité de Troie avec l'aide d'Apollon, de Minerve et de Neptune (que les Anciens prenaient pour des dieux), et comment Cadmus fonda la ville de Thèbes sous l'injonction divine ; mais toutefois, avec le temps, ces villes s'écroulèrent et tombèrent en ruine. Mais moi, sibylle véritable, je t'annonce que jamais la Cité que tu fonderas avec notre aide ne sombrera dans le néant ; elle sera au contraire à jamais prospère, malgré l'envie de tous ses ennemis ; on lui livrera maints assauts, mais elle ne sera jamais prise ni vaincue.

« L'histoire t'enseigne que le royaume d'Amazonie fut autrefois établi grâce à l'initiative des nombreuses femmes fort courageuses qui méprisaient la condition d'esclave. Elles le maintinrent longtemps sous l'empire successif de différentes reines : c'étaient des dames très illustres qu'elles élisaient et qui les gouvernaient sagement en conservant l'État dans toute sa puissance. Du temps de leur règne, elles conquirent une grande partie de l'Orient et semèrent la panique dans les terres avoisinantes, faisant trembler jusqu'aux habitants de la Grèce, qui était alors la fleur des nations. Et pourtant, malgré cette force et cet empire, leur royaume – comme il en va de toute puissance – finit par s'écrouler, de sorte que seul le nom en survit aujourd'hui.

« Mais l'édifice de la Cité que tu as la charge de construire, et que tu bâtiras, sera bien plus fort ; d'un commun accord, nous avons décidé toutes trois que je te fournirais un mortier résistant et incorruptible, afin que tu fasses de solides fondations, que tu lèves tout autour les grands murs hauts et épais avec leurs hautes tours larges et grandes, les bastions avec leurs fossés, les bastides artificielles et naturelles, ainsi qu'il convient à une place bien défendue. Sous notre conseil, tu jetteras très profondément les fondations, pour qu'elles en soient plus sûres, et tu élèveras ensuite les murs à une telle hauteur qu'ils ne craindront aucun adversaire. Mon enfant, je t'ai expliqué les raisons de notre venue, et pour que tu accordes plus de poids à mes dires, je veux maintenant te révéler mon nom. Rien qu'à l'entendre, tu sauras que tu as en moi, si tu veux bien écouter mes conseils, une guide et une directrice pour achever ton œuvre sans jamais commettre de faute. On m'appelle Dame Raison ; tu peux te féliciter d'être en si bonnes mains. Mais je m'en tiendrai là pour l'instant. »

V. Comment la deuxième dame révéla à Christine son nom et son état, ainsi que l'aide qu'elle lui apporterait pour élever la Cité des Dames.

Cette dame venait à peine d'achever son discours que la seconde, sans que je puisse intervenir, enchaîna de la sorte : « Je m'appelle Droiture. J'habite davantage au ciel que sur terre, et la lumière de Dieu resplendit en moi qui suis la messagère de sa bonté. Je fréquente les justes et les encourage à faire le bien, à rendre à chacun ce qui lui appartient au mieux de leur pouvoir, à dire et à défendre la vérité, à soutenir le droit des pauvres et des innocents, à ne point usurper le bien d'autrui, à justifier les calomniés. Je suis le bouclier et la défense de ceux qui servent Dieu ; je fais obstacle à la force et à la puissance des méchants. C'est par moi que Dieu révèle ses secrets à ceux qu'il aime ; je suis leur avocate au ciel. Je fais récompenser les peines et les bienfaits. En guise de sceptre, je tiens en ma main droite ce trait resplendissant qui est la droite règle départageant le bien du mal et le juste de l'injuste : qui la suit ne s'égarera point. Les justes se rallient à ce bâton de paix et y prennent appui ; les méchants en sont battus et frappés. Que dire de plus ? On trace les limites de toute chose avec cette règle, car elle abonde en vertus. Sache qu'elle te sera utile pour mesurer les constructions de la Cité que tu dois élever : tu en auras bien besoin pour les bâtiments, pour ériger les grands temples ; construire et dessiner les palais, les maisons et toutes les halles, les rues et les places, et pour t'aider en tout ce qui est nécessaire au peuplement d'une cité. Je suis venue pour t'aider, et tel sera mon rôle. Si le diamètre et la circonférence des murs de clôture te semblent grands, il ne faut point t'en émouvoir ; avec l'aide de Dieu et la nôtre, tu les achèveras et en combleras l'espace de belles demeures et de magnifiques hôtels, sans qu'il y demeure le moindre terrain vague. »

VI. COMMENT LA TROISIÈME DAME RÉVÉLA À CHRISTINE QUI ELLE ÉTAIT, QUEL ÉTAIT SON RÔLE, COMMENT ELLE L'AIDERAIT À FAIRE LES COMBLES ET TOITURES DES TOURS ET DES PALAIS, ET COMMENT ELLE LUI AMÈNERAIT LA REINE ACCOMPAGNÉE DES FEMMES LES PLUS NOBLES.

La troisième dame prit ensuite la parole en ces termes :

« Ma chère Christine, je suis Justice, la fille élue de Dieu, et mon essence procède directement de la sienne. Je suis chez moi au ciel, autant que sur la terre ou en enfer : au ciel pour la gloire des saints et des âmes bienheureuses ; sur terre pour distribuer à chacun la part de bien et de mal qu'il mérite ; en enfer pour punir les méchants. Jamais je ne fléchis, puisque je n'ai ni ami ni ennemi ; ma volonté est inébranlable. La pitié ne peut me vaincre, la cruauté ne m'émeut point. Mon seul devoir est de juger, de distribuer et de rendre à chacun selon ses propres mérites. Je soutiens l'ordre de chaque État, et rien ne peut durer sans moi. Je suis en Dieu et Dieu est en moi, car nous sommes pour ainsi dire une seule et même chose. Qui me suit ne saurait pécher ; ma voie est certaine. Aux hommes et femmes sains d'esprit qui veulent me croire, j'apprends à se corriger, à se reconnaître et à se reprendre en premier, à faire à autrui ce qu'ils voudraient qu'on leur fît, à distribuer les biens sans favoritisme, à dire la vérité, à fuir et à haïr le mensonge, à rejeter tout vice. Tu vois en ma main droite une coupe d'or fin qui ressemble à une mesure de bonne taille. Dieu, mon père, me l'a donnée ; elle me sert à rendre à chacun son dû. Elle est gravée à la fleur de lys de la Trinité et s'ajuste à toute portion, et nul ne saurait se plaindre de ce que je lui accorde. Les hommes ici-bas ont d'autres mesures qu'ils disent étalonnées à la mienne, mais ils se trompent. Souvent ils se réclament de moi en leurs jugements, mais leur mesure, pour les uns trop généreuse et pour les autres trop maigre, n'est jamais juste.

« Je pourrais t'entretenir longuement des particularités de ma charge, mais bref, mon statut parmi les vertus est spécial. Toutes en effet se réfèrent à moi. Et nous trois que voici sommes pour ainsi dire une, car nous ne pourrions rien l'une sans l'autre. Ce que la première propose, la deuxième dispose et applique, et moi, la troisième, je le parachève et l'accomplis. C'est pour cela que nous nous sommes accordées toutes trois pour que je vienne t'aider à parachever et terminer ta Cité. Ce sera ma responsabilité de faire les combles et les toits des tours, des maisons princières et des hôtels, qui seront tous d'or fin et brillant. Enfin je te la peuplerai de femmes illustres et t'amènerai une haute reine ; les autres dames, même les plus nobles, lui rendront hommage et allégeance. Ainsi, avec ton aide, ta Cité sera achevée, fortifiée, et fermée par de lourdes portes que j'irai te chercher au ciel, avant de te remettre les clés entre les mains. »

VII. Comment Christine répondit aux trois dames.

J'avais écouté très attentivement les trois dames et m'étais complètement remise de l'abattement où je me trouvais avant leur venue. Sitôt leurs discours terminés, je me jetai à leurs pieds, non point à genoux, mais tout étendue devant elles en signe d'hommage à tant de grandeur. Je baisai la terre auprès de leurs pieds, les adorant comme des déesses de gloire. Puis je leur adressai cette supplique : « Oh ! Dames de souveraine dignité, clarté des cieux et lumière de la terre, fontaines de paradis et joie des bienheureux ! comment Vos Altesses ont-elles daigné descendre de leurs sièges pontificaux et de leurs trônes resplendissants pour venir dans cette retraite sombre et obscure, s'abaissant jusqu'à moi, simple écolière ignorante ! Comment jamais vous remercier d'un tel bienfait ? La pluie et la rosée de vos douces paroles sont tombées sur moi ; déjà la sécheresse de mon esprit en est toute pénétrée et humectée. Dès à présent, il sent germer en lui les premières pousses de nouvelles plantes, qui porteront des fruits dont la force sera bénéfique et la saveur délectable. Comment puis-je cependant mériter cet honneur que vous m'annoncez de bâtir et faire naître au monde une Cité nouvelle et éternelle ?

« Je ne suis pas saint Thomas l'apôtre qui fit au ciel par la grâce divine un riche palais pour le roi des Indes ; pauvre d'esprit, je n'ai appris ni l'art ni la géométrie ; j'ignore toute la science et la pratique de la maçonnerie. Et en admettant qu'il me soit donné de les apprendre, comment trouverais-je en ce faible corps de femme la force d'entreprendre une si haute tâche ? Pourtant, mes très vénérées Dames, bien qu'encore sous le coup de l'étonnement devant une apparition aussi singulière, je sais qu'à Dieu il n'est rien d'impossible, et je dois croire fermement que tout ce que j'entreprendrai avec votre aide et conseil sera mené à terme. Je rends donc gloire à Dieu de toutes mes forces, et à vous, mes Dames, qui me faites tant d'honneur en me confiant une si noble charge, que j'accepte avec grande joie. Voici votre servante prête à vous suivre. Commandez, j'obéirai. Et qu'il soit fait de moi selon vos paroles. »

VIII. Comment Christine, sous les ordres et avec l'aide de Raison, commença à creuser la terre pour faire les fondations.

Là-dessus, Dame Raison reprit en ces termes : « Lève-toi, mon enfant ! Sans plus attendre, partons au Champ des Lettres ; c'est en ce pays riche et fertile que sera fondée la Cité des Dames, là où l'on trouve tant de fruits et de douces rivières, là où la terre abonde en toutes bonnes choses. Prends la pioche de ton intelligence et creuse bien. Partout où tu verras les traces de ma règle, fais un fossé profond. Quant à moi, je t'aiderai en portant les hottes de terre sur mes propres épaules. »

Donc, pour me conformer à ses ordres, je me levai prestement, car leur puissance m'avait rendue plus forte et plus rapide que je n'étais auparavant. Elle me précéda pour me conduire audit champ, et je me mis, suivant ses indications, à creuser la fosse avec ma pioche d'Interrogation. Et mon premier travail fut le suivant :

« Dame, je me souviens que vous m'avez dit tout à l'heure, à propos de tous ces hommes ayant si sévèrement blâmé les mœurs des femmes et les condamnant en bloc, que plus l'or demeure dans le creuset plus il s'affine ; il faut entendre par là que plus elles sont blâmées à tort, plus grand est le mérite de leur gloire. Dites-moi, je vous en prie, pourquoi tant d'auteurs médisent-ils d'elles dans leurs ouvrages ? Qu'est-ce qui les motive ? Car vous m'avez déjà fait comprendre qu'ils ont tort. Est-ce la Nature qui les y pousse ou bien le font-ils par haine ? Comment cela se peut-il ? »

Elle me répondit ainsi : « Mon enfant, pour t'encourager à creuser plus profondément, cette première hottée sera pour moi. Sache que cela ne vient pas de Nature, bien au contraire, car il n'existe aucun lien terrestre plus fort que cet amour qu'elle crée, par volonté divine, entre l'homme et la femme. Les raisons qui ont poussé – et poussent encore – les hommes à blâmer les femmes, en particulier chez les auteurs que tu as lus, sont diverses et multiples. Certains ont eu de bonnes intentions : ils le faisaient pour ramener dans le droit chemin les hommes qui auraient pu s'enticher de femmes luxurieuses ou de mauvaise vie, ou bien pour empêcher qu'ils ne se fourvoient en les fréquentant. Pour que tout homme fuie le stupre et la débauche, ils ont condamné les femmes en bloc, dans l'intention de les faire prendre toutes en abomination.

— Ma Dame, dis-je alors, excusez-moi de vous interrompre : ont-ils donc bien fait, puisque leurs intentions étaient bonnes et que c'est selon l'intention, dit-on, que l'on juge l'homme ?

— Erreur, chère enfant, me dit-elle, car l'ignorance crasse n'excuse rien. Si l'on te tuait avec de bonnes intentions et par stupidité, est-ce qu'on aurait bien fait ? Ce faisant ils ont tous, autant qu'ils sont, mal usé de leur droit. Car ce n'est pas justice que de porter tort et préjudice à une partie sous prétexte d'aider une autre, comme ils l'ont fait en condamnant, contrairement aux faits, la conduite de toutes les femmes. Cela, je peux te le démontrer par expérience. Admettons qu'ils l'aient fait dans l'intention de ramener les fous à la sagesse ; ce serait comme si je condamnais le feu – élément pourtant bon et nécessaire – sous prétexte que certains s'y brûlent, ou bien l'eau, parce que d'aucuns s'y noient. On pourrait en dire autant de toutes bonnes choses, puisqu'on peut en user en bien comme en mal. Toutefois, ce n'est pas les femmes qu'on doit blâmer si les fous en abusent ; tu l'as d'ailleurs toi-même fort bien dit quelque part dans tes écrits ; ceux qui se sont permis ces propos outranciers ont biaisé en ramenant tout à leur thèse, comme celui qui se taillerait une longue robe dans la largeur de l'étoffe, parce qu'elle ne lui coûte rien et que personne ne s'y oppose, s'octroyant ainsi le droit de s'approprier le bien d'autrui. Mais comme tu l'as bien dit autrefois, s'ils avaient cherché comment ramener les hommes à la raison, les empêchant de s'engluer dans la luxure en censurant la vie et les mœurs de toute femme dont la débauche serait patente, alors j'admettrais volontiers l'excellence et la distinction de leurs ouvrages. Il n'est en effet rien en ce bas monde qu'il faut fuir davantage, pour dire la stricte vérité, que la femme de mauvaise vie, dissolue et perverse. C'est une chose monstrueuse, une contrefaçon, car la nature même de la femme la porte à être simple, sage et honnête. Mais je peux te certifier que ce n'est pas moi qui les pousse à blâmer toutes les femmes de la sorte. Car comme il s'en trouve de fort dignes, ils se trompent lourdement, ainsi que tous ceux qui se réclament d'eux. Rejette donc de ce chantier ces sales pierres noires et mal dégrossies, car jamais on ne s'en servira dans la construction de ta belle Cité.

« D'autres hommes ont blâmé les femmes pour d'autres raisons : les uns à cause de leurs propres vices, d'autres à cause de l'infirmité de leur propre corps, d'autres par pure jalousie, d'autres encore parce qu'ils aiment à médire. D'autres, pour montrer qu'ils ont beaucoup lu, se fondent plutôt sur ce qu'ils ont trouvé dans les livres et ne font que citer les auteurs, répétant ce que l'on a déjà dit.

« Par ceux qui le font à cause de leurs propres vices, j'entends ces hommes qui ont dissipé leur jeunesse dans la débauche et se sont voués à la promiscuité. Le grand nombre de leurs aventures les a rendus fourbes. Ils ont donc vieilli dans le péché sans se repentir et passent leur temps à regretter leurs folies perdues et la vie dissolue de leur jeunesse. Mais la Nature, qui a glacé leur sens, leur interdit d'accomplir leurs désirs d'impotents. Et c'est pourquoi ils s'aigrissent quand ils voient qu'est révolue pour eux l'époque qu'ils appelaient le bon temps et que les jeunes, qui sont aujourd'hui ce qu'ils furent hier, font la fête – du moins le leur semble-t-il. Il ne leur reste d'autre moyen de purger leur bile que de blâmer les femmes, car ils croient ainsi en dégoûter les autres. Le langage de ces vieillards est communément lubrique et malhonnête, comme tu peux justement le constater chez ce Mathéole qui se donne lui-même pour un vieillard plein de concupiscence mais impuissant ; son exemple te montre bien la vérité de mes dires, et je peux t'assurer qu'il en va ainsi de beaucoup d'autres.

« Il s'en faut que tous les vieux soient ainsi dépravés, car ce serait un malheur ; ces vieillards corrompus, aussi incurablement atteints que des lépreux, ne sont pas comme ces hommes d'honneur que je rends parfaits, avec le temps, en vertu et sagesse. En ceci conformes à leur nature, les bons vieillards ne prononcent que paroles douces et honnêtes, prêchant le bon exemple. Comme ils haïssent le péché et la calomnie, ils ne blâment ni ne diffament homme ni femme, mais détestant les vices en général, ils les condamnent en bloc ; sans charger ni inculper personne en particulier, ils recommandent de fuir le mal, de suivre la vertu, et de rester dans le droit chemin.

« Ceux qui sont motivés par l'infirmité de leur propre corps sont des invalides aux membres contrefaits. Ils ont l'esprit aigu et malicieux, et n'ont d'autre moyen de se venger du malheur qu'est leur impotence que de blâmer celles qui portent la joie à tous. Ils croient ainsi priver les autres du plaisir que leur propre corps leur refuse.

« Ceux qui ont blâmé les femmes par jalousie sont des hommes indignes qui, ayant connu ou rencontré de nombreuses femmes de plus grande intelligence et de plus noble conduite que la leur, en ont conçu amertume et rancœur. Voilà pourquoi leur jalousie les entraîne à blâmer toutes les femmes car ils croient étouffer et amoindrir de la sorte leur renommée et valeur, à l'instar de je ne sais quel malheureux qui, dans un traité pompeusement intitulé *De la philosophie*, s'évertue à démontrer qu'il est inconvenant aux hommes d'avoir de la considération pour une femme, quelle qu'elle soit. Il affirme que ceux qui montrent quelque estime pour les femmes pervertissent le nom même de son livre, c'est-à-dire que de *philosophie* ils font une *philofolie*. Mais je peux te certifier et te promettre que c'est lui qui fait de son livre une véritable philofolie par les arguties et propos fallacieux qu'il y tient.

« Quant à ceux qui sont médisants de nature, il ne faut pas s'étonner s'ils médisent des femmes, quand ils critiquent tout le monde ! Et cependant je t'assure que tout homme qui prend plaisir à dire du mal des femmes a l'âme bien abjecte, car il agit contre Raison et contre Nature : contre Raison, parce qu'il est ingrat et méconnaît les bienfaits que les femmes lui apportent, bienfaits qui sont si grands et si nombreux qu'on ne saurait les rendre et dont on éprouve sans cesse le besoin ; contre Nature, puisqu'il n'est bête ni oiseau qui ne recherche naturellement sa moitié, c'est-à-dire la femelle ; c'est donc chose bien dénaturée si un homme doué de raison fait le contraire.

« Et comme il n'existe œuvre si méritante que l'on n'ait voulu la contrefaire, quelque digne qu'en soit l'auteur, nombreux sont ceux qui se piquent d'écrire. Il leur semble qu'ils ne peuvent se tromper si d'autres ont écrit ce qu'ils veulent dire ; c'est ainsi qu'ils se prennent à diffamer. C'est une espèce que je connais bien. Quelques-uns se mettent à écrire des vers sans se donner la peine de penser, mais leurs poèmes ne sont que brouets insipides ; ils torchent des ballades factices, parlant des mœurs des princes, des femmes ou d'autres personnes, mais sont incapables de reconnaître et de reprendre les basses tendances de leur propre conduite. Cependant le profane, aussi dépourvu de jugement qu'eux-mêmes, n'y voit que merveilles. »

IX. Comment Christine creusa la terre, c'est-à-dire les questions qu'elle posa à Raison, et les réponses de celle-ci.

« Voilà agencée la grande œuvre que je t'ai préparée ; applique-toi donc à creuser la terre en suivant le trait que je t'ai tracé avec ma règle. » Pour obéir à ses ordres, je me mis à piocher de toutes mes forces :

« Ma Dame, comment Ovide – que l'on dit pourtant Prince des poètes, bien que certains, dont je suis, estiment que la palme revient plutôt à Virgile (sauf correction de votre part) – a-t-il pu dire tant de mal des femmes dans ses poèmes : dans l'ouvrage intitulé *L'Art d'aimer*, par exemple, ou bien encore dans *Les Remèdes d'amour*, ou en d'autres ouvrages encore ? »

Raison me répondit : « Oui, Ovide était versé dans l'art et la science des vers, et sa vive intelligence brille dans tous ses poèmes. Mais il chavira dans les vanités corporelles et les plaisirs de la chair. Il ne se contentait pas d'une seule maîtresse mais s'adonnait à autant de femmes que ses forces le lui permettaient, sans retenue ni loyauté, ne tenant à aucune. Il mena cette vie tant qu'il fut jeune et reçut en retour ce que l'on mérite en telle circonstance : perte de réputation, de biens et de membres. Car il fut condamné à l'exil pour ses débauches, tant en actes qu'en paroles, ayant conseillé aux autres de mener la vie qu'il s'était choisie.

« De même, lorsque par la suite il fut rappelé d'exil grâce à l'intervention de ses partisans, de jeunes et puissants Romains, et qu'il se fut empressé de retomber dans les désordres qui l'avaient déjà fait condamner, il fut châtré, et puni dans sa chair pour son inconduite. Cela se rapporte à ce que je te disais plus haut : quand il vit qu'il ne pouvait plus mener cette vie à laquelle il avait pris tant de plaisir, il se mit à censurer les femmes dans des plaidoyers habiles, avec l'intention de les faire prendre en dégoût par les autres.

— Ma Dame, voilà qui est juste, mais je connais le livre d'un autre auteur italien, du nom de Cecco d'Ascoli ; il était originaire, je pense, des Marches ou du pays de Toscane. On y trouve un chapitre où il dit pis que pendre des femmes ; ce sont des propos qui dépassent tout autre, et qu'aucune personne sensée ne voudrait répéter. »

Elle me répondit : « Mon enfant, ne t'étonne pas que Cecco d'Ascoli ait dit du mal de toutes les femmes, car il les avait toutes en abomination, haine et dégoût. Et sa monstrueuse malveillance le poussait à vouloir faire partager à tout homme sa haine et son dégoût. Toutefois, il en eut la juste récompense, car il paya ses outrages criminels en périssant ignominieusement sur le bûcher.

— Je connais un autre petit livre en latin qu'on appelle *Du Secret des femmes* et qui maintient qu'elles sont frappées de grands défauts en leurs fonctions corporelles. »

Elle me répondit : « L'expérience de ton propre corps nous dispensera d'autres preuves. Ce livre relève en effet de la plus haute fantaisie ; c'est un véritable ramassis de mensonges, et pour qui l'a lu, il est manifeste qu'il n'y a dans ce traité rien de vrai. Et bien que certains disent qu'il est d'Aristote, l'on ne peut croire qu'un si grand philosophe se soit permis de telles énormités. Mais parce que les femmes peuvent savoir par expérience que certaines choses dans ce livre n'ont aucune réalité et qu'elles sont de pures bêtises, elles peuvent en déduire que les autres points qu'il expose sont autant de mensonges patents. Et ne te souviens-tu pas qu'au début de son livre il affirme que je ne sais quel pape avait excommunié tout homme qui aurait l'audace de le lire à une femme, ou de le mettre entre les mains d'une femme ?

— Je m'en souviens fort bien, ma Dame.

— Sais-tu dans quelle intention malveillante cette idiotie est offerte au début du texte à la crédulité d'hommes sots et niais ?

— Non, ma Dame, il faut me l'expliquer.

— Ce fut pour que les femmes n'en prennent pas connaissance et qu'elles ignorent ce qu'il avance ; celui qui l'écrivit savait bien que si elles le lisaient ou l'entendaient lire, elles sauraient que ce sont des fadaises ; elles l'auraient donc réfuté en s'en moquant. C'est par ce stratagème que l'auteur croyait pouvoir abuser et tromper les hommes qui le liraient.

— Ma Dame, je me souviens qu'entre autres choses, après avoir longuement insisté que c'est par débilité et faiblesse que le corps qui prend forme dans le ventre de la mère devient celui d'une femme, l'auteur dit que Nature elle-même a honte d'avoir fait un ouvrage aussi imparfait que ce corps.

— Ah ! chère amie ! Tu vois là la grande folie, l'aveuglement irraisonné qui le poussa à dire de telles choses ! Comment donc ? Nature, elle qui est la chambrière de Dieu, aurait donc puissance sur le maître dont lui vient son autorité ! Car Dieu tout-puissant, en l'essence de sa pensée divine, avait de toute éternité l'Idée d'homme et de femme. Et quand ce fut sa sainte volonté de tirer Adam du limon de la terre au champ de Damas et qu'il l'eut fait, il l'emmena au paradis terrestre, qui était et demeure l'endroit le plus digne en ce bas monde. Là il l'endormit et forma le corps de la femme d'une de ses côtes, signifiant par là qu'elle devait être à ses côtés comme une compagne, et non point à ses pieds comme une esclave – et qu'il devait l'aimer comme sa propre chair. Le Souverain Ouvrier n'aurait donc pas honte de créer et de former le corps féminin, et la Nature, elle, s'en effaroucherait ? C'est le comble de la bêtise de dire cela. Et de plus, de quelle manière fut-elle formée ? Je ne sais si tu t'en rends compte ; elle fut formée à l'image de Dieu. Oh ! Comment se trouve-t-il des bouches pour médire d'une marque si noble ? Mais il y a des fous pour croire, lorsqu'ils entendent dire que Dieu fit l'homme à son image, qu'il s'agit du corps physique. Cela est faux, car Dieu n'avait point encore pris corps humain ! Il s'agit de l'âme, au contraire, laquelle est conscience réfléchissante et durera éternellement à l'image de Dieu. Et cette âme, Dieu la créa aussi bonne, aussi noble, identique dans le corps de la femme comme dans celui de l'homme. Mais pour revenir à la création du corps, la femme a donc été faite par le Souverain Ouvrier. Et en quel endroit fut-elle faite ? Au paradis terrestre ! Et de quoi ? Était-ce de vile matière ? Au contraire, de la matière la plus noble qui ait jamais été créée ! Car c'est du corps de l'homme que Dieu la créa.

— Ma Dame, d'après ce que vous me dites, la femme est une création fort noble. Cicéron dit cependant qu'un homme ne doit jamais servir une femme, car ce serait s'avilir que de se mettre au service de moins noble que soi. »

Elle me répondit : « Le plus grand est celui ou celle qui a le plus de mérites. L'excellence ou l'infériorité des gens ne réside pas dans leur corps selon le sexe, mais en la perfection de leurs mœurs et vertus. Et bienheureux celui qui sert la Vierge, elle qui est au-dessus de tous les anges.

— Ma Dame, l'un des Catons, celui qui fut un grand orateur, dit encore que si le monde avait été créé sans femme, nous fréquenterions les dieux. »

Elle me répondit : « Là, la folie de celui qu'on dit sage est manifeste. Car c'est par l'intermédiaire de la femme que l'homme accéda au royaume de Dieu. Si quelqu'un voulait avancer, à cause d'Ève, que c'est par la femme qu'il tomba, je répondrais qu'il gagna un rang bien plus haut par Marie que celui qu'il avait perdu par Ève. Car jamais l'humanité n'aurait été réunie à la Divinité si Ève n'avait péché. Hommes et femmes doivent louer cette faute grâce à laquelle un si grand honneur leur est advenu ; en effet, plus la nature humaine est tombée bas par la créature, plus haut elle a été relevée par le Créateur. Quant à fréquenter les dieux si la femme n'existait pas, comme l'affirme ce Caton, il ne croyait pas si bien dire ! Car c'était un païen, et ceux de cette religion croyaient que les dieux se trouvaient aussi bien en enfer qu'au ciel (il s'agit des diables qu'ils appelaient les dieux de l'enfer). Et ce n'est pas une erreur de dire que les hommes fréquenteraient ces dieux-là si Marie n'avait pas existé ! »

X. D'AUTRES ÉCHANGES ET PROPOS SUR LE MÊME SUJET.

« Ce Caton d'Utique dit encore de la femme, qui plaît naturellement à l'homme, qu'il en va d'elle comme de la rose : elle est agréable à regarder, mais l'on se pique à ses épines cachées. »

Réponse : « Là encore, ce Caton ne croyait pas si bien dire. En effet, rien n'est plus agréable à voir qu'une femme excellente et honnête, et dont la conduite est irréprochable ; mais l'épine de Peur de Mal Agir et de Contrition est fichée à tout jamais dans l'âme d'une telle femme ; d'où la réserve, la sagesse et la prudence qui lui sont propres, et qui la protègent.

— Ma Dame, faut-il croire le témoignage de ces auteurs qui soutiennent que les femmes sont par nature gourmandes, et trop portées sur la nourriture ?

— Mon enfant, tu as souvent entendu citer ce proverbe : "Chassez le naturel, il revient au galop." Ce serait vraiment trop étonnant qu'avec de telles inclinations on ne les trouve jamais – ou bien très rarement – dans les lieux où se vendent gourmandises et bonne chère, c'est-à-dire dans les tavernes et autres lieux de ce genre, car on les y voit fort peu. Et si l'on voulait répondre que Honte les en empêche, je répliquerais qu'elles ne sont point retenues par autre chose que la disposition naturelle de leur caractère. Et quand bien même elles y seraient naturellement portées, et que Honte leur permît de vaincre ainsi les tendances de la nature, il faudrait alors d'autant plus louer leur courage et leur constance. À ce propos, ne te souviens-tu point de ce qui t'est arrivé il y a quelque temps, un jour de fête où tu devisais sur le pas de ta porte avec ta voisine, une femme parfaitement respectable ? Tu vis un homme sortir de la taverne, qui s'en allait bavardant avec un autre : "J'ai tant dépensé à la taverne, disait-il, que ma femme ne boira pas de vin aujourd'hui." Là-dessus tu l'interpellas et lui demandas pourquoi elle n'en boirait pas. Et il te répondit : "Madame, ma femme a l'habitude de me demander, chaque fois que je reviens de la taverne, combien j'y ai dépensé. Si c'est plus de douze deniers, alors elle veut compenser ma dépense par sa plus grande sobriété. Si nous voulions tous les deux mener grande vie, me dit-elle, notre situation ne suffirait pas à la dépense."

— Ma Dame, dis-je alors, je m'en souviens fort bien. »

Et elle reprit : « Les exemples ne manquent pas pour démontrer que les femmes sont naturellement sobres, et celles qui ne le sont pas pervertissent leur nature. Car il n'est chez la femme aucun vice plus laid que la gloutonnerie, vice qui en attire une foule d'autres chez tous ceux qui s'y livrent. Toutefois, tu verras plutôt les femmes se rendre nombreuses à l'église, chapelets et livres d'heures à la main, où elles se pressent aux sermons et à la confession ; le fait est bien notoire.

— Cela est vrai, ma Dame, répondis-je alors, mais les hommes disent qu'elles y vont dans leurs plus beaux atours et se font belles pour étaler leurs charmes et s'attirer l'amour des galants. »

Réponse : « On pourrait le croire, mon enfant, si l'on n'y voyait que femmes jeunes et belles, mais à y regarder de près, pour chaque jeune que tu verras fréquenter les lieux du culte, tu verras vingt ou trente vieilles simplement et honnêtement vêtues. Mais si les femmes font preuve de dévotion, la charité leur fait encore moins défaut, car qui rend visite aux malades ? qui les réconforte ? qui secourt les pauvres ? qui va aux hôpitaux ? qui ensevelit les morts ? C'est là, me semble-t-il, l'œuvre des femmes, et la voie royale que Dieu même nous ordonne de suivre.

— Vous avez raison, ma Dame, mais il y a un auteur qui dit que les femmes sont naturellement de faible caractère, et qu'elles ressemblent en cela aux enfants. Et c'est ce qui expliquerait que les enfants aiment à les fréquenter, et qu'elles, de leur côté, se plaisent en la compagnie des enfants. »

Réponse : « Mon enfant, si tu veux bien observer le caractère des enfants, tu verras qu'ils aiment par nature la douceur et l'amabilité. Et qu'y a-t-il de plus doux et de plus aimable dans ce monde qu'une femme de bien ? Ah ! Voyez la perversité de ces gens diaboliques qui veulent faire de Douceur, ce bien et cette vertu que Nature accorde aux femmes, un vice et un reproche ! Ce n'est pas parce que les femmes sont ignorantes qu'elles aiment les enfants ; cela provient, au contraire, de leur bonté naturelle. Et si, comme les enfants, elles sont douces, il faut admettre qu'elles en sont parfaitement bien avisées. L'Évangile nous rappelle que lorsque les apôtres se disputaient pour savoir qui d'entre eux serait le plus grand, Notre-Seigneur prit un enfant et, posant la main sur la tête de celui-ci, leur dit : "Je vous le dis, quiconque restera humble et petit comme cet enfant, sera le plus exalté. Car quiconque s'élève sera abaissé, et celui qui s'abaisse sera élevé."

— Ma Dame, dans la panoplie des hommes se trouve un proverbe latin dont ils nous font grand reproche : "C'est pour pleurer, parler et filer, que Dieu créa la femme." »

Elle me répondit : « Certes, ma chère Christine, ce dicton est vrai. Mais quoi que l'on pense ou dise, il n'y a là aucun motif de reproche. C'est une excellente chose que Dieu leur ait donné une telle vocation, car beaucoup ont été sauvées par pleurs, quenouilles et paroles. Et à ceux qui leur reprochent d'être vouées aux larmes, je rappellerai que Notre-Seigneur Jésus-Christ, qui lit au fond des âmes et à qui nulle pensée ne peut être cachée, n'eût jamais condescendu à verser lui-même, du haut de sa Majesté, des larmes de compassion, larmes de son corps si glorieux, lorsqu'il vit pleurer Marie-Madeleine et sa sœur Marthe pour la mort de leur frère Lazare, qu'il ressuscita, s'il avait cru que les femmes ne pleurent que par faiblesse et par sottise. Oh ! de combien de bienfaits Dieu n'a-t-il pas comblé les larmes de femme ! Il ne dédaigna point celles de ladite Marie-Madeleine ; elles lui plurent tant, au contraire, qu'il lui pardonna ses péchés, et qu'elle mérita par ses pleurs d'être reçue glorieusement au royaume des cieux.

« Il ne dédaigna point non plus les larmes de la veuve pleurant son fils unique que l'on portait en terre. Notre-Seigneur vit ses larmes et, fontaine de toute pitié, s'en émut et, pris de compassion, alla lui demander : “Femme, pourquoi pleures-tu ?”, ressuscitant aussitôt son enfant. L'Écriture sainte raconte bien d'autres miracles, dont la liste serait bien longue, que Dieu a faits à la faveur des larmes de mainte femme ; et aussi en fait-il chaque jour. J'ose affirmer que beaucoup d'entre elles ont été sauvées par les larmes de leur dévotion, de même que ceux et celles pour qui elles priaient. Ce glorieux docteur de l'Église, saint Augustin, ne fut-il point converti à la foi par les larmes de sa mère ? Cette excellente femme pleurait sans cesse, priant Dieu qu'il lui plût d'éclairer le cœur d'un fils païen qui demeurait insensible aux lumières de la foi. Saint Ambroise, auprès de qui la sainte femme se rendait souvent, l'implorant de prier pour son fils, lui dit à ce propos : “Femme, je ne crois pas qu'il soit possible que tant de larmes soient vaines.” Oh ! bienheureux Ambroise ! Toi qui ne tenais pas pour frivoles les larmes de femme ! Voilà comment répondre aux hommes qui leur en font reproche ! Car c'est à cause des larmes d'une femme que ce saint luminaire, le bienheureux saint Augustin, brille sur l'autel de sainte Église, l'illuminant tout entière de sa clarté ! Que les hommes se taisent donc sur ce point.

« Et encore, certes, Dieu a donné la parole aux femmes. Et loué soit-il ! Car s'il ne l'avait pas fait, elles seraient muettes ! Contrairement à ce que dit ce proverbe – que je ne sais qui inventa de toutes pièces pour leur faire du tort –, si parole de femme eût été si condamnable et de si peu d'autorité que le prétendent certains, Notre-Seigneur Jésus-Christ n'eût jamais daigné qu'une femme annonçât la première le mystère si glorieux de sa Résurrection. Car lui-même commanda à la bienheureuse Madeleine, à qui il apparut en premier le jour de Pâques, d'en porter la nouvelle aux apôtres et à Pierre. Béni sois-tu, ô mon Dieu, et loué d'avoir voulu, ajoutant aux infinis dons et grâces que tu as faits et donnés au sexe féminin, qu'une femme soit porteuse de si grandes et de si saintes Nouvelles !

— Tous ces jaloux feraient mieux de se taire, ma Dame, lui dis-je alors, s'ils daignaient seulement s'en aviser. Mais je dois sourire d'une sottise que racontent certains hommes, et que je me rappelle même avoir entendue au sermon ; il est en effet des prêcheurs assez stupides pour dire que si Dieu est d'abord apparu à une femme, c'était parce qu'il savait bien qu'elle ne pourrait se taire, et que la nouvelle de sa Résurrection serait d'autant plus vite répandue. »

Elle me répondit : « Mon enfant, tu as bien fait d'appeler stupides ceux qui racontent cela, car ils ne se contentent pas de blâmer les femmes, mais imputent à Jésus-Christ un tel blasphème que de dire qu'une chose si sainte et si parfaite ait été révélée par un vice. Je ne sais comment ils osent le prétendre, même en se raillant, car Dieu ne doit jamais être un sujet de moquerie.

« Mais revenons à notre premier sujet. Ce fut une excellente chose pour cette femme cananéenne d'avoir été si loquace qu'elle ne cessait de crier et de harceler Jésus-Christ, le suppliant ainsi par les rues de Jérusalem : "Aie pitié de moi, Seigneur, car ma fille est malade !" Et que fit alors le Dieu de bonté, lui en qui était et demeure toute miséricorde, et qui exauce la moindre parole venant du cœur ? Il semble qu'il ait pris plaisir à écouter le flot de paroles qui sortait de la bouche de cette femme, qui persévérait inlassablement en sa demande. Et pourquoi le fit-il ? C'était pour éprouver sa constance : quand il l'eut comparée aux chiens – et il semble qu'il l'ait fait assez rudement, comme elle était d'une foi étrangère et non de la religion élue –, elle n'hésita pas à lui répondre sans honte et sagement : "Seigneur, cela est vrai, mais les petits chiens mangent les miettes qui tombent de la table de leurs maîtres." Oh ! très digne femme ! Qui t'a appris à parler ainsi ? C'est la pureté de ton âme qui t'inspira ces sages paroles qui emportèrent ta cause. On le vit bien quand Notre-Seigneur Jésus-Christ, se retournant vers ses apôtres, dit qu'en vérité jamais dans tout Israël il n'avait trouvé autant de foi, puis accéda à sa prière. Ah ! Qui pourrait jamais rendre justice à cet honneur fait au sexe féminin, que les jaloux s'efforcent de dénigrer ? Dieu a trouvé au cœur d'une petite et humble femme de race païenne plus de foi qu'en tous les évêques, princes, prêtres et tout le peuple des Juifs réuni, eux qui se disaient tous le peuple élu de Dieu !

« La femme de Samarie qui était venue chercher de l'eau au puits où Jésus-Christ était assis, fatigué, s'adressa encore à lui et plaida longuement à son avantage. Oh ! béni soit ce saint corps où s'incarna la Divinité ! Comment as-tu daigné ouvrir ta sainte bouche pour offrir toutes ces paroles de salut à une petite et humble pécheresse qui n'était même pas de ta foi ? Tu as bien montré en cette circonstance combien peu tu méprisas la dévotion du sexe féminin ! Dieu ! que ne faudrait-il pas aux évêques d'aujourd'hui pour s'entretenir, fût-ce de son salut, avec une simple et humble femme !

« Elle ne parla pas moins sagement, cette femme qui assistait au sermon de Jésus-Christ et s'enflamma de ses saintes paroles. Puisqu'on dit que les femmes ne savent se taire, ce fut une excellente chose lorsque celle-ci se leva, pleine d'enthousiasme, pour crier du milieu de la foule cette phrase, solennellement rapportée par l'Évangile : “Bénis soient le ventre qui t'a porté et les mamelles qui t'ont nourri !”

« Tu dois ainsi comprendre, chère enfant, que si Dieu a accordé la parole aux femmes, ce fut en vérité pour mieux servir sa gloire, et qu'il ne faut pas leur reprocher ce en quoi résident tant de bienfaits et si peu de maux. Car on a rarement vu que leurs paroles aient provoqué grand dommage.

« En ce qui concerne la quenouille, il est vrai que Dieu a voulu que ce soit leur penchant, car c'est là un travail nécessaire au service divin et au maintien de toute créature raisonnable, sans lequel le monde vivrait dans la plus grande dissolution. Et c'est un comble de perversité que de reprocher aux femmes ce pour quoi elles méritent honneur, louange et gratitude. »

XI. Christine demande à Raison pourquoi les femmes sont exclues du judiciaire. Réponse de Raison.

« Très noble et très vénérée Dame, vos excellentes explications me satisfont pleinement. Mais dites-moi encore, si vous le voulez bien, pourquoi les femmes ne plaident pas devant les tribunaux, n'instruisent point les procès ni ne rendent les sentences, car les hommes disent que c'est à cause de je ne sais quelle femme qui s'est mal conduite en cour de justice.

— Mon enfant, c'est la malveillance qui a inventé de toutes pièces cette histoire puérile. Mais si on voulait savoir la raison et la cause de toutes choses, on n'en finirait jamais, et Aristote lui-même, qui en a tant expliqué dans les *Problemata* et les *Catégories*, n'y suffirait pas. Mais à ce propos, ma chère Christine, on pourrait tout aussi bien demander pourquoi Dieu n'a pas voulu que les hommes fassent les travaux des femmes ou les femmes ceux des hommes. À cette question il faut répondre qu'un maître avisé et prévoyant répartit à sa maisonnée les différents travaux domestiques, et que ce que l'un fait, l'autre ne le fait pas. Dieu a voulu ainsi que l'homme et la femme le servent différemment, qu'ils s'aident et se portent secours mutuellement, chacun à sa manière. Il a donc donné aux deux sexes la nature et les dispositions nécessaires à l'accomplissement de leurs devoirs, même si parfois les êtres humains se trompent sur ce qui leur convient. Aux hommes, Dieu a donné la force physique et le courage d'aller et de venir, et celui de parler sans crainte ; c'est parce que les hommes ont ces aptitudes qu'ils apprennent le droit. Et cela, ils doivent le faire pour maintenir la justice dans ce monde, car si quelqu'un refuse d'obéir à la loi établie, promulguée conformément au droit, il faut le contraindre par la force et la puissance des armes ; les femmes seraient incapables de telles voies de contrainte. Et s'il est exact que Dieu leur a souvent accordé une intelligence très vive, il ne serait néanmoins pas convenable, vu l'honnêteté qui leur est propre, qu'elles aillent pour un rien chercher querelle devant les juges, comme le font certains, car en effet il se trouve beaucoup d'hommes pour agir ainsi. Et à quoi bon envoyer trois hommes porter un fardeau que deux peuvent aisément soulever ?

« Mais si l'on voulait prétendre que les femmes ne sont pas assez intelligentes pour apprendre le droit, l'expérience prouve manifestement le contraire. Comme nous le verrons plus tard, on a vu de nombreuses femmes – et l'on en trouve encore de nos jours – qui furent de très grandes philosophes et qui purent maîtriser des disciplines autrement plus difficiles et plus nobles que ne sont le droit écrit et les statuts des hommes. D'autre part, si l'on voulait affirmer que les femmes n'ont aucune disposition naturelle pour la politique et le pouvoir, je pourrais te citer l'exemple de beaucoup de femmes illustres qui ont régné par le passé. Et afin que tu te pénètres mieux de cette vérité, je te rappellerai encore quelques-unes de tes contemporaines qui, restées veuves, ont si bien dirigé leurs affaires après la mort de leur mari qu'elles fournissent la preuve irréfutable qu'il n'est aucune tâche trop lourde pour une femme intelligente. »

XII. Où il est question de l'impératrice Nicole.

« Dis-moi, je te prie, si jamais roi égala la très noble impératrice Nicole. A-t-on jamais lu qu'un roi eût davantage le sens de la politique, de l'État et de la justice, ou même une cour plus somptueuse ? Et bien qu'en ces nombreux pays vastes et étendus où elle régnait il y eût avant elle maints rois de grand renom appelés pharaons, et dont elle était issue, ce fut elle qui la première instaura dans son royaume la loi et l'ordre public, effaçant et mettant un terme aux mœurs grossières là où elle gouvernait et adoucissant les coutumes brutales des Éthiopiens barbares. Cette femme est d'autant plus à louer, selon les auteurs qui en parlent, qu'elle tira les autres de la barbarie. Elle fut l'héritière de ces pharaons, c'est-à-dire non pas d'un petit pays, mais des royaumes d'Arabie, d'Éthiopie, d'Égypte et de Méroé, île fort longue et fort large sise au milieu du Nil, où toutes richesses abondent et qu'elle gouverna avec une sagesse exemplaire. Que te dire d'autre sur cette femme ? Elle fut si sage et son empire si grand que même l'Écriture sainte fait état de sa grande puissance. Elle-même promulgua les très justes lois auxquelles son peuple était soumis. Tant par sa grande noblesse que par ses nombreuses richesses, elle surpassa presque tous les hommes qui ont jamais vécu. Elle était profondément versée dans l'art des lettres et des sciences, et était si altière que jamais elle ne daigna se marier et ne voulut d'aucun homme à ses côtés. »

XIII. Où il est question de la reine de France Frédégonde, puis de certaines autres princesses et reines de France.

« Je pourrais te parler davantage des femmes qui gouvernèrent sagement au temps passé, et c'est en effet de cela que je t'entretiendrai dès maintenant. Il y avait en France une reine appelée Frédégonde, épouse du roi Chilpéric. Malgré une cruauté peu usitée chez les femmes, cette dame gouverna fort sagement le royaume de France après la mort de son mari, et cela à un moment où il était en grand péril de chavirer. Car le seul héritier qui restait du père était un enfant en bas âge, appelé Clotaire. Grande était la dissension sur les affaires du royaume parmi les barons, et déjà une grande guerre faisait rage. La mère, dont l'enfant ne quittait pas les bras, appela l'assemblée des barons et leur dit : "Messeigneurs, voici votre roi. N'oubliez pas que la loyauté a toujours été l'apanage des Français. Ne dédaignez point l'extrême jeunesse de cet enfant, car, avec l'aide de Dieu, il grandira ; et quand il sera en âge de régner, il saura reconnaître ses vrais amis et les récompenser selon leurs mérites, à moins que vous ne commettiez le crime et péché de le déshériter. Quant à moi, je vous assure que ceux qui demeureront loyaux et fidèles seront récompensés si généreusement qu'ils en tireront des avantages bien durables." C'est ainsi que la reine apaisa les barons, arrachant son fils des mains de ses ennemis. Elle-même l'éleva jusqu'à sa majorité ; c'est encore d'elle qu'il reçut la couronne et l'honneur du royaume. Tout cela ne serait jamais arrivé sans la sagesse de cette femme.

« On peut dire autant de bien de la très sage et noble reine Blanche, mère de Saint Louis, bonne en toutes circonstances, qui pendant la minorité de son fils gouverna le royaume de France avec tant d'adresse et de prudence que jamais homme n'eût pu mieux faire. Elle demeura à la tête du conseil lors même que son fils fut en âge de régner ; tous reconnaissaient son sens politique, et rien ne se faisait sans son concours. Elle alla même à la guerre avec son fils.

« Je pourrais te citer des exemples sans nombre, mais je m'en voudrais d'être prolixe. Toutefois, comme nous avons commencé à évoquer les dames du royaume, point n'est besoin de chercher fort loin dans les annales de France. Tu as vu toi-même en ton enfance la reine Jeanne, veuve du roi Charles, quatrième du nom. Pense, si tu l'as toujours en mémoire, à tout le bien que Renommée rapporte de cette femme, tant sur la façon très noble dont elle tenait sa cour que sur sa moralité et la manière dont elle rendait la justice. On ne connaît en effet aucun prince qui, mieux qu'elle dans la mesure de ses prérogatives, ait rendu ou fait rendre la justice sur ses terres.

« Sa noble fille, épouse du duc d'Orléans, fils du roi Philippe, lui ressemblait en cela. Car personne n'aurait pu faire régner plus équitablement la justice qu'elle ne le fit sur ses domaines pendant son long veuvage.

« Il en va de même de feu la reine Blanche, épouse du roi Jean, qui administra ses terres et régna dans le plus grand respect du droit et de la justice.

« Et que dire de feu la duchesse d'Anjou, fille du bienheureux Charles de Blois, duc de Bretagne, épouse du frère cadet du roi de France Charles le Sage, qui devint par la suite roi de Sicile ? Vaillante et sage, elle tint haut le glaive de justice sur ses terres et ses domaines, de Provence comme d'ailleurs, les gouvernant et les sauvegardant pendant la minorité de ses très nobles enfants ! Oh ! comment rendre hommage à toutes les qualités de cette dame ! Au temps de sa jeunesse, elle fut d'une si grande beauté qu'elle surpassa toutes les autres femmes ; sa chasteté fut sans reproche et sa sagesse exemplaire ; en son âge mûr, comme on l'a vu, elle gouverna avec une prudence suprême, une force et une volonté constantes. Car, après la mort de son époux en Italie, la presque totalité de la Provence se révolta contre elle et ses nobles enfants. Mais cette grande dame fit tant et si bien, mêlant la force à la douceur, qu'elle ramena sur ses terres l'ordre et l'obéissance, faisant régner si bien le droit qu'on n'entendit jamais contre elle plainte ni doléance.

« Je pourrais t'entretenir de bien d'autres dames de France qui, les unes comme les autres, se distinguèrent au temps de leur veuvage en régnant sur elles-mêmes comme sur leurs domaines. Que dire du gouvernement de la comtesse de La Marche, dame et comtesse de Vendôme et de Castres, très grande propriétaire terrienne, qui vit encore ? Ne s'applique-t-elle pas à savoir comment et de quelle manière sa justice est rendue ? Droite et prudente, elle s'y emploie avec ardeur. Que rajouter encore ? Je t'affirme qu'on pourrait en dire autant d'une multitude de femmes de haute, moyenne ou petite condition, qui, si l'on voulait bien s'en aviser, ont maintenu et maintiennent leurs fiefs en leur veuvage en aussi bon état que l'avaient fait leurs maris de leur vivant, et qui sont autant aimées de leurs sujets, sinon plus. Et n'en déplaise aux hommes, il ne fait aucun doute que de telles femmes sont bien nombreuses. Certes, il y a des femmes sottes, mais beaucoup ont davantage d'intelligence, l'esprit plus vif et plus perspicace qu'une foule d'hommes ; tu le sais bien. Et si leurs maris leur faisaient confiance ou avaient autant de jugement qu'elles, cela ne pourrait être qu'à leur avantage.

« Toutefois, si les femmes ne s'occupent pas d'ordinaire de juger ou de prononcer les sentences, cela ne doit point les chagriner, car elles courent ainsi bien moins de dangers physiques et moraux. S'il est nécessaire de punir les méchants et de rendre justice à chacun, nombreux sont les hommes qui, exerçant de telles charges, devraient souhaiter être aussi ignorants que leurs mères ! Car si tous s'efforcent de rester dans le droit chemin, Dieu sait combien le châtiment est grand lorsque l'on commet une faute ! »

XIV. Échanges et débats entre Christine et Raison.

« Vous dites bien vrai, ma Dame, et mon esprit se plaît à vous entendre. Mais quoi qu'il en soit de l'intelligence féminine, chacun sait que les femmes ont un corps faible, délicat et dépourvu de force, et qu'elles sont naturellement peureuses. Voilà ce qui diminue terriblement le crédit et l'autorité du sexe féminin auprès des hommes, car ils affirment que l'imperfection du corps entraîne la diminution et l'appauvrissement du caractère. Par conséquent, les femmes seraient moins dignes d'éloge. »

Elle me répondit : « Ma chère enfant, cette conclusion est vicieuse et ne peut être soutenue. On voit souvent que, quand Nature n'a pas réussi à donner à deux corps un même degré de perfection – ayant créé l'un difforme ou infirme ou déficient à quelque égard, soit par sa forme ou par sa beauté –, elle compense ce défaut en lui accordant quelque chose de bien plus important. On dit par exemple du très grand philosophe Aristote qu'il était fort laid, qu'il louchait, et que son visage était étrange ; mais s'il est vrai que son corps fut disgracieux, Nature a plus que réparé en lui donnant de grandes facilités d'esprit et de jugement, comme on peut le voir par l'autorité de ses écrits. Et il valait mieux qu'il ait reçu ce don de suprême intelligence que le corps d'Absalon ou sa beauté.

« On peut en dire autant du grand empereur Alexandre, qui fut très laid, petit et malingre, mais qui avait cependant en son âme le courage que l'on sait. Il en va ainsi de maints autres. Je te promets, chère enfant, qu'un physique puissant et vigoureux ne fait pas l'âme courageuse et forte, car cela vient d'une force naturelle de caractère, don que Dieu permet à Nature d'accorder à certaines de ses créatures raisonnables plus qu'à d'autres ; son siège se cache dans le cœur et la conscience, car le courage ne réside point en la force du corps ou des membres. On voit en effet que beaucoup d'hommes grands et forts sont lâches et veules, alors que d'autres, petits et faibles de corps, sont hardis et entreprenants. Il en est de même des autres qualités. Mais quant à la hardiesse et la force physique,

Dieu et Nature ont rendu service aux femmes en leur accordant la faiblesse ; grâce à cet agréable défaut, elles n'ont point à commettre ces horribles sévices, ces meurtres ou ces grandes et cruelles exactions que Force physique a fait faire et continue à entraîner ici-bas ; elles ne subiront donc pas les foudres que ces actes attirent. Et il aurait mieux valu pour l'âme de bien des hommes forts avoir fait leur pèlerinage sur cette terre dans un faible corps de femme. Mais pour revenir à mon propos, je te dis en vérité que si Nature n'a pas accordé à la femme une grande force physique, elle l'a bien compensé en lui donnant une disposition très vertueuse qui lui fait aimer son Dieu et craindre de pécher contre ses commandements. Car celles qui ne font pas ainsi pervertissent leur nature.

« Sache toutefois, ma chère Christine, qu'il semble que Dieu ait voulu expressément montrer aux hommes que si les femmes n'ont pas toutes cette force physique et cette audace dont généralement font preuve les hommes, il ne faut point en déduire que les femmes en soient entièrement dépourvues. Car manifestement l'on a vu de nombreuses femmes témoigner de ce courage, de cette force et audace à entreprendre et à mener à bien les tâches les plus nobles que l'on relève d'ordinaire chez les conquérants et les hommes de guerre les plus célèbres, ceux mêmes dont les livres font tant de cas. J'illustrerai prochainement ce propos en citant l'exemple de quelques-unes de ces femmes.

« Chère enfant et amie, je t'ai donc préparé des fondations larges et profondes, et j'en ai retiré la terre en l'emportant en grandes hottées sur mes propres épaules. Il est maintenant temps pour toi d'asseoir les grandes et belles pierres des soubassements des murs de la Cité des Dames. Prends donc la truelle de ta plume et hâte-toi de bien maçonner et d'œuvrer avec ardeur. Voici cette grande et belle pierre qui doit être la première assise aux soubassements de ta Cité ; on voit aux signes astraux que Nature l'a prédestinée à être mise et incorporée à cette œuvre. Recule-toi donc un peu, et je poserai pour toi cette première pierre. »

XV. Où il est question de la reine Sémiramis.

« Sémiramis fut une femme héroïque, pleine de courage et de résolution dans l'exercice et la pratique des armes. Elle y excella tant que les gens d'alors disaient, eu égard à l'empire qu'elle exerçait sur terre et sur mer, qu'elle était la sœur du grand dieu Jupiter et la fille de l'ancien Saturne. Selon la croyance des païens, en effet, c'étaient là les dieux de la terre et de la mer. Cette femme fut l'épouse du roi Ninus, qui avait donné son nom à la ville de Ninive. Il fut un si grand guerrier qu'avec l'aide de sa femme Sémiramis, qui chevauchait à ses côtés sur tous les champs de bataille, il conquit Babylone la Grande, le fort royaume d'Assyrie et bien d'autres pays encore.

« Cette femme était en sa prime jeunesse quand son époux Ninus fut tué par une flèche en livrant assaut à une ville ; elle fit solennellement célébrer ses obsèques, ainsi qu'il convenait à un homme comme Ninus, mais ne quitta point longtemps la pratique des armes. Au contraire, elle redoubla de force et de courage, régnant avec plus de fermeté encore sur leurs royaumes et domaines – ceux qu'ils avaient en héritage comme ceux qu'ils devaient à la force de l'épée. Elle gouverna tous ces royaumes et terres selon les meilleures traditions de la chevalerie. Elle accomplit tant d'exploits remarquables en s'employant ainsi, qu'elle ne le cédait en rien aux hommes les plus forts et les plus illustres. Cette femme eut tant de courage qu'elle ne craignait aucune douleur et ne reculait devant aucun danger. Bravant les périls, elle l'emporta sur tous les ennemis qui croyaient déposséder cette veuve de ses conquêtes. Elle en acquit une telle réputation de guerrière que non seulement elle garda la souveraineté de ses terres, mais envahit en plus le pays d'Éthiopie à la tête d'une nombreuse armée. Livrant des combats acharnés, elle finit par subjuguer ces terres et les rattacher à son empire. Puis elle alla en force conquérir les Indes où aucun homme n'avait jamais osé porter la guerre ; victorieuse là encore, elle partit envahir d'autres terres. Bref, elle finit par conquérir et soumettre à sa loi presque tout l'Orient. En plus de ses nombreuses et remarquables conquêtes, Sémiramis reconstruisit et consolida les fortifications de la ville de Babylone, fondée par Nemrod et les géants, et sise dans la plaine de Schinear. C'était déjà une ville importante et imprenable, étonnamment forte, et pourtant cette femme lui ajouta de nouvelles fortifications, la faisant entourer de profonds et larges fossés.

« Un jour que Sémiramis était dans sa chambre entourée des damoiselles de sa cour qui la coiffaient, on lui apporta la nouvelle qu'un de ses royaumes s'était rebellé contre elle. Elle se leva aussitôt et jura sur son royaume que jamais la natte qui restait à faire ne serait tressée qu'elle n'eût vengé cet affront et que ce pays ne pliât de nouveau sous sa loi. Elle fit rapidement armer une foule de ses sujets, courut sus à l'ennemi et, déployant une force et une résolution singulières, reprit possession du pays. Elle sema une telle épouvante chez ce peuple et chez ses autres sujets que jamais plus on n'osa se révolter contre elle. Et en souvenir de cet acte courageux et noble, longtemps on put voir sur un haut socle à Babylone une énorme statue d'airain richement dorée, représentant une princesse à l'épée, dont les cheveux étaient tressés d'un côté et de l'autre côté défaits. Cette reine fonda et fit construire bien des villes neuves et des places fortes, et mena à bien de nombreuses entreprises. Ses exploits furent tels que les livres ne font état d'aucun homme dont le courage eût été plus grand ou les actes plus mémorables ou plus prodigieux.

« Il est vrai que certains l'ont blâmée – et c'eût été à bon droit si elle avait été de notre foi – d'avoir pris pour époux le fils qu'elle avait eu de son mari Ninus. Il y eut deux principales raisons à cela : la première, pour qu'il n'y eût dans l'empire d'autre tête couronnée que la sienne, ce qui n'aurait pas été le cas si son fils en avait épousé une autre ; la seconde est qu'aucun autre homme ne lui paraissait digne de sa couche. Ce fut certes là une grande faute, mais comme il n'y avait pas encore de lois écrites, on peut l'en excuser quelque peu ; les gens ne connaissaient en effet d'autres lois que celles de la Nature, et il était loisible à chacun de suivre son bon plaisir sans commettre de péché. Il est hors de doute que si elle avait cru mal agir, ou qu'elle eût pu en encourir quelque blâme, jamais elle ne l'aurait fait, car elle avait le cœur trop noble et trop généreux, et aimait trop l'honneur pour se livrer à un acte indigne.

« Voici posée la première pierre des fondations de notre Cité. Il nous faut maintenant, pour faire avancer nos constructions, poser les unes sur les autres maintes pierres encore. »

XVI. Des Amazones.

« Il est, proche de l'Europe, une terre jouxtant la grande mer océane qui entoure le monde : on l'appelle la Scythie ou terre des Scythes. Il advint un jour que les ravages de la guerre privèrent cette terre de tous les nobles hommes de la région. Les femmes du pays, voyant qu'elles avaient toutes perdu mari, frères et parents, et qu'il ne leur restait plus que les vieillards et les petits enfants, s'assemblèrent courageusement pour délibérer ; elles décidèrent que désormais elles gouverneraient le royaume sans tutelle masculine et promulguèrent une loi interdisant aux hommes l'accès du territoire. Toutefois, pour assurer leur descendance, elles se rendaient dans les pays voisins à certaines époques de l'année, retournant ensuite dans leur pays ; si elles mettaient au monde des enfants mâles, elles les renvoyaient à leurs pères ; si c'étaient des filles, alors elles les élevaient. Pour appliquer cette loi, elles choisirent deux des plus nobles d'entre elles et les couronnèrent reines : l'une eut pour nom Lampheto, l'autre Marthésie. Cela fait, elles chassèrent du pays tous les mâles qui restaient, s'armèrent, formèrent un grand nombre de bataillons entièrement composés de dames et de jeunes filles, et marchèrent sur leurs ennemis, dont les terres furent mises à feu et à sang. Nul ne put leur résister. Bref, elles vengèrent fort bien la mort de leurs maris.

« C'est ainsi que les femmes de Scythie commencèrent à porter les armes. On les appela par la suite Amazones, ce qui signifie "qui a subi l'ablation d'un sein". Elles avaient en effet l'habitude de brûler, selon une technique bien à elles, le sein gauche des petites filles de haute noblesse, afin que celles-ci ne soient point gênées en portant le bouclier ; aux moins nobles, qui devaient tirer à l'arc, elles enlevaient le sein droit. Elles prirent un vif plaisir au métier des armes, agrandissant par la force leurs pays et domaines ; leur renommée fit le tour de la terre. Mais pour reprendre mon propos, Lampheto et Marthésie envahirent maints pays, chacune à la tête d'une grande armée ; elles finirent par assujettir une vaste partie de l'Europe et de l'Asie, faisant la conquête de nombreux royaumes et les soumettant à leur loi. Elles fondèrent un grand nombre de villes et de cités, en particulier Éphèse en Asie, ville qui fut célèbre et qui le demeure encore. La première à mourir fut Marthésie, tombée au combat ; à sa place les Amazones couronnèrent l'une de ses filles, une pucelle noble et belle du nom de Synoppe. Celle-ci avait l'âme si hautaine et si fière qu'elle voulut rester vierge toute sa vie ; jamais en effet elle ne daigna s'accoupler à un homme. Sa seule passion, son unique soin, c'était la pratique des armes ; elle ne voulut point d'autre plaisir. Rien ne pouvait satisfaire son appétit de terres à envahir et à conquérir. Elle se vengea de la mort de sa mère de façon exemplaire, passant tous les habitants du pays par l'épée et dévastant leurs terres. D'ailleurs, elle conquit bien d'autres contrées. »

XVII. Où il est question de Thomyris, reine des Amazones.

« Comme tu vas l'entendre, l'État fondé par les Amazones resta longtemps fleurissant ; nombre de femmes héroïques se succédèrent à la tête du royaume. Je me contenterai de te citer les plus importantes, car les nommer toutes serait fastidieux.

« De cette terre fut reine la sage Thomyris, noble et vaillante. Le fort et puissant roi de Perse Cyrus, fécond en exploits, qui vainquit Babylone la Grande et une vaste partie du monde, fut à son tour vaincu et capturé par la ruse, la force et l'intelligence de cette femme. Après toutes ses autres conquêtes, Cyrus voulut s'aventurer dans le royaume des Amazones pour les soumettre à leur tour à sa loi. Cette sage reine, apprenant par ses espionnes que Cyrus la menaçait avec assez de troupes pour conquérir la terre entière, comprit qu'il lui serait impossible de détruire une telle armée par la force et qu'il convenait de recourir à la ruse. Alors, en commandante aguerrie, lorsqu'elle sut que Cyrus avait déjà pénétré fort avant en ses terres – car elle avait consenti à le laisser avancer sans la moindre résistance –, elle arma toutes ses Amazones et les mit en embuscade aux points stratégiques des montagnes et des bois où Cyrus était forcé de passer.

« Là, en grand secret, Thomyris et ses troupes attendirent que Cyrus se soit enfilé avec tous ses soldats dans d'étroits passages obscurs bordés de montagnes et de forêts épaisses. Le moment venu, elle fit sonner les buccins. Cyrus, qui ne se méfiait point, fut complètement affolé de se voir attaqué de toutes parts, et ses troupes regroupées dans les défilés furent écrasées par les lourdes pierres que les Amazones leur lançaient des hauteurs. Car le terrain les empêchait d'avancer comme de reculer ; devant, les guerrières embusquées les massacrèrent en sortant des passages ; derrière, une semblable embuscade les attendait. Ils moururent tous ainsi sous le poids des pierres, à l'exception de Cyrus et de ses barons que la reine avait ordonné de ramener vifs et qu'elle fit amener devant une tente qu'on avait dressée pour elle après la tuerie. Cyrus avait tué un fils bien-aimé qu'elle avait envoyé au-devant de lui et elle ne consentit point à l'épargner. Devant lui, elle fit trancher la tête à tous ses barons. Puis elle lui dit : "Cyrus, toi qui as tant eu soif de sang humain, maintenant tu vas pouvoir en boire tout ton saoul." Là-dessus, elle lui fit trancher la tête et la jeta dans le baquet où on avait recueilli le sang de ses barons.

« Chère enfant et amie, je te rappelle ces choses parce qu'elles ont trait à mon sujet, même si tu les connais fort bien et qu'autrefois tu en aies toi-même fait le récit dans ton *Livre de la Mutacion de Fortune* et ton *Épître d'Othéa*. Mais maintenant, je te citerai d'autres exemples. »

XVIII. Comment le grand Hercule et son ami Thésée arrivèrent de Grèce pour attaquer les Amazones sur terre et par mer, et comment les damoiselles Ménalippe et Hippolyte les désarçonnèrent, faisant tomber pêle-mêle chevaux et cavaliers.

« Comment reprendre ? Les nombreux faits d'armes des Amazones les firent craindre et redouter par le monde entier. Leur renommée parvint jusqu'en Grèce, pays pourtant fort éloigné de la Scythie : il n'était question que de ces guerrières qui inlassablement envahissaient des pays pour les conquérir, dévastant toutes terres et régions qui hésitaient à se rendre. On disait alors qu'aucune force ne pouvait leur résister. La Grèce s'en émut, craignant qu'elles n'étendissent leur empire jusqu'à elle.

« Vivait alors en Grèce, dans la fleur de l'âge, Hercule à la force prodigieuse. Il accomplit en son temps plus d'exploits physiques qu'aucun héros né de femme dont l'histoire ait gardé la mémoire. Il s'affronta aux géants, aux hydres et à d'autres monstres fabuleux ; il les vainquit tous et, bref, on ne saurait comparer à la sienne la puissance physique d'aucun homme si ce n'est celle de Samson, célèbre par sa force. Cet Hercule pensait qu'il ne fallait pas attendre que les Amazones envahissent la Grèce, mais qu'il valait mieux les attaquer les premiers. C'est ainsi qu'il fit armer des navires et leva une grande armée de jeunes héros pour se rendre en force en Scythie. Thésée, le preux et vaillant roi d'Athènes, apprit cette nouvelle et dit qu'ils n'iraient point sans lui ; il réunit donc son armée à celle d'Hercule. Ils prirent la mer en très grand nombre, mettant le cap sur le royaume des Amazones. Quand ils approchèrent des côtes, malgré sa force prodigieuse, malgré son courage et le grand nombre de guerriers intrépides qui l'accompagnaient, Hercule n'osa pas aller mouiller au port pour débarquer le jour, tant il redoutait la force et la témérité des ennemies. Ce serait difficile à croire, n'était le témoignage de tant d'écrits, que cet homme dont aucun être ne put venir à bout eût craint à ce point la force de ces femmes. Hercule et son armée attendirent donc la nuit noire, à l'heure où toute créature mortelle doit se reposer et dormir. Ils quittèrent leurs vaisseaux en force, incendiant les villes et massacrant les Amazones qui, ne s'étant point méfiées, furent prises au dépourvu. Mais l'alarme fut rapidement donnée et toutes, rivalisant de vitesse, se précipitèrent aux armes et coururent en masse, intrépides, vers le rivage d'où venait l'attaque.

« En ce temps-là régnait Orithyie, reine de grand courage et qui avait conquis maintes terres. Elle fut la mère de la vaillante reine Penthésilée dont il sera question plus loin. Orithyie succéda à la chevaleresque reine Antiope, qui avait gouverné et dirigé les Amazones en faisant régner la discipline militaire ; c'était en son temps la plus courageuse des guerrières. Inutile de demander quelle fut la colère d'Orithyie en apprenant comment les Grecs étaient venus les attaquer la nuit en traître, et à quels massacres ils se livraient. Elle jura que mal leur en prendrait de s'être exposés ainsi à sa colère. Bravant cet ennemi qu'elle ne craignait en rien, elle ordonna aussitôt d'armer les bataillons. C'était merveille de voir ces femmes courir aux armes et se rassembler autour de leur reine. À l'aurore, toutes les colonnes étaient prêtes.

« Mais pendant qu'elles se regroupaient et que la reine rassemblait les corps de bataille de son armée, deux jeunes femmes intrépides, rompues à l'art de la guerre et sans égale en courage et en vertu, n'eurent pas la patience d'attendre les colonnes de leur commandante : l'une s'appelait Ménalippe, l'autre Hippolyte ; toutes deux étaient proches parentes de la reine. S'armant au plus vite, elles s'élancèrent vers le port sur leurs fougueux destriers, lances au poing, leurs solides boucliers en cuir d'éléphant accrochés au cou. Là, ivres de colère et de rage, elles se jetèrent de toutes leurs forces, lances baissées, contre les plus acharnés des Grecs, c'est-à-dire Ménalippe contre Hercule, et Hippolyte contre Thésée. On vit bien alors quelle était leur colère, car malgré la force colossale, la témérité et l'immense courage de ces hommes, les deux femmes leur portèrent de tels coups que l'on vit s'écrouler pêle-mêle, sous la force du choc, cavaliers et montures. Toutefois, si chacune désarçonna son adversaire, elles aussi furent emportées. Mais elles se relevèrent aussitôt et attaquèrent en donnant de l'épée.

« Oh ! quelles louanges ne méritent pas ces damoiselles, d'avoir ainsi désarçonné, elles, de simples femmes, les deux meilleurs chevaliers de leur époque ! Ce serait chose impossible à croire, en effet, si tant d'auteurs dignes de foi ne l'avaient consigné dans leurs livres. S'étonnant de cette mésaventure, ils cherchent à excuser Hercule en particulier, vu sa force prodigieuse, disant que son cheval trébucha sous la force du coup, car ils ne croient pas qu'on eût pu le mettre à terre s'il avait été à pied. Les deux cavaliers rougissaient d'avoir été désarçonnés par deux jeunes filles. Cependant elles se mesurèrent à eux courageusement à l'épée, et longtemps l'issue de la bataille demeura incertaine. Mais à la fin, les deux femmes furent faites prisonnières. Faut-il s'en étonner, quand jamais on ne vit s'assembler deux héros d'une telle trempe ?

« Hercule et Thésée étaient si fiers d'une pareille capture qu'ils ne l'auraient pas échangée contre les richesses d'une ville entière. Ils regagnèrent donc leurs navires, pour se rafraîchir et se faire désarmer, estimant avoir accompli un assez grand exploit. Ils firent grand honneur aux deux femmes, et leur joie redoubla en les voyant si belles et si gracieuses, lorsqu'elles eurent retiré leurs armures. Jamais butin ne leur avait paru si agréable, et ils prenaient grand plaisir à les regarder.

« La reine s'apprêtait à fondre sur les Grecs avec toute son armée quand les nouvelles lui parvinrent que les deux damoiselles étaient prisonnières. Son chagrin fut immense. Craignant les sévices que pourraient subir les deux otages si elle attaquait, elle s'arrêta court et envoya deux de ses lieutenantes prévenir qu'elle était prête à verser la rançon qu'on exigerait en échange des deux jeunes femmes. Hercule et Thésée reçurent les messagères avec les honneurs dus et répondirent courtoisement que si la reine voulait faire la paix et promettre, elle et ses camarades d'armes, de ne jamais s'armer contre les Grecs et de devenir un pays ami – car quant à eux ils étaient prêts à en promettre autant –, alors ils leur livreraient les jeunes femmes saines et sauves, sans autre rançon que leurs armures. En effet, ils tenaient à les garder à tout jamais, en souvenir de la victoire prestigieuse qu'ils avaient remportée sur les jeunes femmes. La reine fut contrainte d'accepter la paix, car elle voulait qu'on lui rende ces deux damoiselles qu'elle chérissait par-dessus tout. On parlementa longuement. Il fut enfin décidé que la reine désarmerait et viendrait avec sa suite. Les Grecs n'avaient jamais vu pareil cortège de dames et de damoiselles éblouissantes, richement vêtues, et qui se rendirent auprès d'eux pour sceller la paix par un festin. Les réjouissances furent splendides.

« Toutefois, cela pesait fort à Thésée de rendre Hippolyte, car il en était tombé éperdument amoureux. Alors Hercule pria et supplia tant la reine qu'elle permit à Thésée de prendre Hippolyte pour femme et de l'emmener dans son pays. On célébra des noces fastueuses, et les Grecs repartirent. C'est ainsi que Thésée emmena Hippolyte, dont il eut par la suite un fils qui porta le même nom. Celui-ci devint un chevalier célèbre et accompli. Quand les Grecs apprirent que la paix avait été signée avec les Amazones, leur joie ne connut plus de bornes, car il n'y avait rien, en vérité, qu'ils redoutassent autant. »

XIX. Où il est question de la reine Penthésilée et de l'aide qu'elle apporta à la ville de Troie.

« La reine Orithyie vécut longtemps. Pendant son règne, le royaume des Amazones fut prospère et leur empire s'agrandit. Elle mourut à un âge fort avancé. Les Amazones coiffèrent alors sa noble fille, Penthésilée, de la couronne, mais cette femme héroïque porta surtout la couronne de sagesse, de vertu, de courage et de vaillance. Jamais elle ne se fatigua de porter les armes et de combattre. C'est sous son règne que le royaume des Amazones atteignit le sommet de sa puissance, car elle ne se reposait jamais et ses ennemis la craignaient tant que nul n'osa jamais l'attaquer. Cette femme fut si fière et si altière qu'elle ne daigna jamais s'accoupler à un homme et demeura vierge toute sa vie.

« C'était l'époque de la grande guerre entre Grecs et Troyens. À ce moment-là, le monde entier chantait la vaillance et la chevalerie d'Hector de Troie ; on ne tarissait pas de louanges sur l'homme le plus preux du monde, et tous disaient que son mérite était hors de pair. Comme il est normal d'aimer qui vous ressemble, Penthésilée, qui était la plus grande parmi les femmes, en entendant tant de louanges sur le preux Hector, se prit pour lui d'un amour aussi pur que profond et n'eut d'autre désir que de le rencontrer. Pour satisfaire ce désir, elle quitta son royaume avec une immense suite ; accompagnée par nombre de nobles dames et damoiselles héroïques aux armes éclatantes, elle prit donc le chemin de Troie. La route était longue et le but lointain, mais rien ne paraît loin ni difficile à un cœur qui aime et que le désir emporte.

« Cependant, la très noble Penthésilée arriva à Troie trop tard, car Hector était déjà mort, tué en traître par Achille dans une bataille où périt presque toute la fleur de la chevalerie troyenne. Penthésilée fut reçue en grande pompe par le roi Priam et la reine Hécube, entourés de toute la chevalerie troyenne, mais elle était tellement désespérée par la mort d'Hector que rien ne pouvait la distraire. Le roi et la reine, qui pleuraient sans cesse la mort de leur fils, lui dirent que, puisqu'elle n'avait pu le rencontrer vivant, ils lui montreraient sa dépouille. Ils l'emmenèrent donc au temple où ils avaient fait faire la plus magnifique et la plus somptueuse sépulture dont l'histoire eût jamais parlé. Là, dans une superbe chapelle toute d'or et de pierreries, devant le maître-autel de leurs dieux, était installée sur un trône la dépouille embaumée et richement habillée d'Hector. Il semblait vivre encore. Son visage restait altier, et il paraissait menacer encore les Grecs de l'épée étincelante qu'il tenait à la main. Il était vêtu d'une longue et large tunique richement brodée d'or fin, aux parements ourlés de pierres précieuses qui allaient jusqu'à terre et cachaient ses membres inférieurs. Ceux-ci reposaient dans un baume précieux dont les émanations aromatiques parfumaient tout le lieu. Les Troyens révéraient cette dépouille à l'égal d'un dieu ; les nombreux cierges allumés répandaient une merveilleuse clarté. Nul n'eût su estimer à sa juste valeur le luxe de cette chapelle. Ils y conduisirent donc la reine Penthésilée. On fit ouvrir la chapelle. Voyant le corps, elle s'agenouilla pour lui rendre hommage comme à un vivant, s'approcha et, fixant du regard son visage, s'adressa à lui en pleurant :

« "Ah ! Fleur suprême de la chevalerie terrestre, gloire et parangon de sublime vaillance, qui pourra désormais s'enorgueillir de prouesse ou ceindre l'épée, puisque s'est éteinte la lumière et l'exemple de toute noblesse ?

« “Hélas ! Sous quels tristes auspices est né celui qui de son bras maudit a osé perpétrer cet acte immonde et frustrer la terre d’un si grand trésor ! Ah ! mon noble prince ! Pourquoi Fortune me fut-elle si contraire qu’elle m’empêcha de me trouver à tes côtés quand ce traître te tendit cette embûche ? Car ce ne serait jamais arrivé, et j’aurais su te protéger. Que n’est-il encore en vie, que je puisse venger ta mort et apaiser la colère et la douleur qui emplissent mon cœur en te voyant muet et sans vie, moi qui désirais tant te parler. Mais puisque Fortune en a ainsi décidé et qu’il ne peut en être autrement, je jure solennellement par tous nos dieux, je te promets et m’y engage fidèlement, je te vengerai et poursuivrai les Grecs de ma haine, tant qu’il me restera un souffle de vie.” Ainsi parlait Penthésilée agenouillée devant la dépouille d’Hector, et la foule émue des barons, des dames et des chevaliers qui se trouvaient là pleurait en l’écoutant. Penthésilée ne pouvait s’éloigner ; pourtant elle dut s’y résoudre et, baisant la main qui tenait l’épée, elle quitta la chapelle sur ces paroles : “Ah ! sublime fleuron de chevalerie ! Que n’es-tu vivant quand on voit encore sur ta dépouille la marque de tant de noblesse !”

« Et là-dessus elle partit en pleurant à fendre l’âme. Dès qu’elle le put, elle s’arma et, aidée de toute son armée, fit une sortie en force, attaquant en rangs serrés les Grecs qui les assiégeaient, et pour couper court, elle y fit tant d’exploits, elle et ses guerrières, que si elle avait vécu longtemps, aucun Grec n’aurait remis les pieds en Grèce. Elle vainquit Pyrrhus, fils d’Achille et lui-même chevalier émérite, le frappant si fort qu’il faillit en mourir. Ses gens eurent grande peine à le secourir et le donnaient pour mort ; les Grecs perdaient courage, ne croyant pas qu'il puisse en réchapper, car ils fondaient tout leur espoir sur lui. Et on peut dire que Penthésilée fit bien comprendre au fils combien elle haïssait le père.

« Cependant, pour abréger mon récit, alors que la fortune des Grecs était au plus bas – car des jours durant la vaillante Penthésilée s'était illustrée au combat avec ses compagnes par des exploits extraordinaires –, Pyrrhus, qui s'était remis de ses blessures, fut pris de colère et de honte d'avoir été désarçonné et renversé par cette femme. Il ordonna donc à ses soldats, tous des guerriers accomplis, de se donner pour seul objectif pendant le combat de cerner Penthésilée et de l'isoler des siennes ; il leur promit une grande récompense s'ils pouvaient y parvenir, car il voulait lui-même lui assener le coup fatal. Il fallut beaucoup de temps et d'efforts aux gens de Pyrrhus pour y parvenir, tant ils avaient peur d'approcher Penthésilée, qui portait des coups admirables. En cette seule journée, en effet, elle réalisa plus d'exploits qu'Hector lui-même n'eût pu accomplir, s'exténuant à combattre pendant que les troupes de Pyrrhus consacraient tous leurs efforts vers leur unique but ; ils parvinrent enfin à la cerner et à l'isoler de son unité, harcelant sans cesse ses compagnes et les empêchant de lui porter secours. Malgré l'acharnement étonnant que Penthésilée mit à se défendre, ils réussirent à disloquer son armure et à arracher plus du quart de son heaume. Alors Pyrrhus, qui se trouvait là, vit sa tête nue sous le casque et lui donna un tel coup sur sa chevelure blonde qu'il lui fendit le crâne et la cervelle. C'est ainsi que mourut la vaillante Penthésilée, dont la perte fut si cruelle aux Troyens. Ce fut à grande douleur que ses compagnes reconduisirent son corps en leur royaume ; là, la désolation fut grande. On la pleura amèrement, et avec juste raison, car jamais plus pareille souveraine ne régna sur les Amazones.

« Tu dois encore savoir que ce royaume de femmes fleurit dès ses fondations et que son empire dura plus de huit cents ans. Cela, tu peux le vérifier toi-même par les chroniques, en comptant les années qui séparent ses débuts de la conquête du monde par Alexandre le Grand. On sait en effet qu'il y avait encore en son temps un puissant royaume d'Amazones, car l'histoire nous conte comment Alexandre se rendit chez elles et comment il fut reçu par la reine et sa cour. Cet Alexandre vivait bien longtemps après la destruction de Troie, plus de quatre cents ans en effet après la fondation de Rome, qui est bien postérieure à cette destruction. Et si tu veux prendre la peine de confronter les chroniques et de calculer le nombre d'années, tu trouveras que ce royaume et empire féminin eut une immense durée. Parmi les royaumes connus de durée comparable, tu ne noteras point de souverains plus illustres, quant à leur nombre ou à celui de leurs exploits, que ne furent les reines et dames de ce royaume. »

XX. Où il est question de Zénobie, reine de Palmyre.

« Les Amazones ne furent pas les seules femmes de valeur. La vaillante Zénobie, reine de Palmyre, mérita autant de renom. C'était une femme du plus noble sang, de la lignée des Ptolémées, rois d'Égypte. Sa bravoure et sa vocation chevaleresque se déclarèrent dès son plus jeune âge, et quand elle eut grandi en force, nul ne put l'empêcher de quitter les citadelles, palais et chambres royales pour aller habiter au cœur des bois et des forêts ; là, armée de son épée et de ses javelots, elle mettait toute son ardeur à traquer les bêtes sauvages. Elle s'attaqua d'abord aux cerfs et aux biches, puis aux lions, aux ours et à toutes sortes de bêtes féroces. Les affrontant sans crainte, elle en triomphait avec une facilité extrême. Il ne lui coûtait point de coucher par tous les temps dans les bois, à même le sol rocailleux ; elle n'y éprouvait pas la moindre crainte, n'avait aucune peine à se frayer un chemin par les forêts broussailleuses, à escalader les montagnes, à traverser les vallées, pour chasser les animaux. Cette vierge méprisait tout amour charnel et fut longtemps rebelle au mariage, car elle souhaitait se garder intacte sa vie durant. Ses parents finirent par la contraindre à prendre pour époux le roi de Palmyre. La noble Zénobie était d'une beauté parfaite, tant de corps que de visage, mais elle n'en faisait aucun cas. Fortune lui sourit en lui accordant un époux conforme à son caractère et à la vie qu'elle s'était choisie.

« Ce roi était d'une bravoure exceptionnelle. Il décida de conquérir par la force des armes l'Orient tout entier et les empires avoisinants. En ce temps-là, Valérien, empereur de Rome, était le prisonnier de Sapor, roi des Perses. Le roi de Palmyre rassembla toutes ses armées. Alors Zénobie, qui ne faisait aucun effort pour garder la fraîcheur de son teint, s'apprêta à se plier au dur métier des armes, à revêtir l'armure et à partager avec son mari tous les travaux de la discipline militaire. Le roi Odenath avait eu d'une autre femme un fils, nommé Hérode ; il lui donna le commandement d'une partie de son armée qu'il envoya en avant-garde contre le roi des Perses Sapor, qui occupait alors la Mésopotamie. Puis il ordonna à sa femme Zénobie de prendre la tête de la seconde colonne, puissamment armée. Lui-même viendrait de l'autre côté avec un troisième corps d'armée. L'expédition se fit donc selon ce plan. Que dire encore ? Voici ce qu'il en advint, comme tu peux le lire dans les chroniques anciennes : Zénobie se comporta si courageusement et si vaillamment, déployant tant de hardiesse et de bravoure, qu'elle gagna plusieurs batailles contre le roi des Perses et remporta la victoire, assurant à son mari par ses prouesses l'empire sur la Mésopotamie. Enfin, elle mit le siège devant la citadelle de Sapor, le fit prisonnier avec ses concubines et y conquit d'immenses richesses.

« C'est après cette victoire que son mari fut assassiné par l'un de ses parents qui voulait s'emparer du pouvoir. Il n'y parvint point, car cette dame héroïque l'en empêcha ; noble et courageuse, elle prit elle-même la régence de l'empire au nom de ses enfants mineurs, et se fit couronner impératrice. Elle gouverna avec adresse et discernement. Bref, elle régna si sagement et conduisit si bien l'armée que ni Gallien ni Claude, empereurs de Rome et maîtres d'une partie de l'Orient, n'osèrent rien entreprendre contre elle. Il en alla de même des Égyptiens, des Arabes et des Arméniens, qui redoutaient tant sa puissance et sa grande fermeté qu'ils se félicitaient de pouvoir conserver leurs frontières. Cette dame conduisit si bien les affaires du royaume que ses princes la tenaient dans la plus haute estime, son peuple lui portait amour et obéissance, ses chevaliers une crainte respectueuse. En effet, quand elle partait à la guerre – ce qui arrivait souvent –, elle ne s'adressait point à ses soldats sans avoir revêtu l'armure et coiffé le casque ; elle n'allait jamais sur le champ de bataille portée en litière, alors que tous les rois de l'époque se faisaient porter ainsi : au contraire, elle chevauchait toujours un fringant destrier. Il lui arrivait même de précéder l'armée incognito pour espionner ses ennemis.

« Cette noble Zénobie ne se contenta pas de surpasser en l'art et science de la guerre tous les chevaliers du monde à son époque ; elle l'emporta également sur toutes les autres femmes par la noblesse et la probité de sa vie, et par l'excellence de ses mœurs. Elle fut en toutes choses d'une extrême sobriété. Cela ne l'empêchait point de donner des réceptions splendides et des festins pour ses barons et ses invités ; là, elle savait être d'une largesse et d'une magnificence royales, faisant de riches et somptueux présents et s'attirant l'amour et la faveur des gens de bien. Elle fut d'une chasteté exemplaire, car non seulement elle évitait les autres hommes, mais elle ne couchait avec son mari que pour assurer sa descendance, et cela, elle le fit savoir en lui interdisant sa couche dès qu'elle était enceinte. Afin que les apparences extérieures soient en harmonie et conformes à la réalité intime, elle interdisait sa cour à tout homme luxurieux ou débauché, exigeant de tous ceux qui voulaient entrer dans ses bonnes grâces une honnêteté et une conduite irréprochables. Elle honorait les gens selon leur probité, leur courage et leur vertu, non point selon leur richesse ou leur rang, et appréciait ceux dont les mœurs étaient sobres ainsi que les chevaliers éprouvés. Elle avait un train de vie somptueux d'impératrice, vivant avec magnificence et dépensant sans compter selon l'usage des Perses, dont les mœurs étaient les plus fastueuses de tous les rois d'alors. Elle se faisait servir dans une vaisselle d'or et de pierreries, et se parait des plus riches atours. Elle amassa un immense trésor, fait de ses biens propres et de ses revenus, sans jamais spolier quiconque ; bien qu'avec discernement, elle fit preuve d'une telle largesse que jamais on ne vit prince plus généreux ou plus munificent.

« En plus de tout cela, elle avait une qualité suprême, sur laquelle je passerai rapidement : elle était versée dans les lettres, connaissant celles des Égyptiens comme celles de son propre pays. Durant ses heures de loisir, elle s'appliquait assidûment à l'étude. Elle prit pour maître Longin le Philosophe, qui l'initia à son art. Elle savait le latin et le grec, et rédigea en ces langues, avec beaucoup d'élégance, un abrégé d'histoire contemporaine. Elle voulut enfin pour ses enfants, à qui elle imposait une stricte discipline, une instruction à l'égal de son savoir. Dis-moi, ma chère Christine, si dans toutes tes lectures tu as vu un prince ou un chevalier dont les vertus fussent plus parfaites ? »

XXI. Où il est question de la noble reine Artémise.

« Dirions-nous moins de cette très noble et très illustre Carienne que des autres dames valeureuses ? Elle aima le roi Mausole, son époux, d'un si grand amour qu'à sa mort elle lui fit, si l'on peut dire, partager son cœur, comme on le vit bien et comme nous le conterons plus tard en temps et lieu. Devenue veuve, elle eut à gouverner un très vaste royaume. Mais elle ne s'émut point de régner, car elle possédait une grande force de caractère, une sagesse de vie parfaite et le sens de l'État. Elle avait en plus tant de courage à la guerre, tant de maîtrise de l'art militaire, qu'elle rehaussa l'éclat de son nom et que ses nombreuses victoires lui assurèrent une grande renommée. Non contente de se distinguer, pendant son veuvage, en dirigeant l'État, elle prit les armes à plusieurs reprises, en particulier en deux occasions mémorables : d'abord en la défense de son propre pays, ensuite pour rester fidèle à l'amitié et à la parole donnée.

« La première fois fut à la mort du roi Mausole, son époux. Les habitants de Rhodes, dont les terres étaient assez proches du royaume, conçurent jalousie et indignation de ce qu'une femme régnât en Carie ; espérant la chasser et lui prendre ses terres, ils envoyèrent contre elle une immense armée et une profusion de navires. Ils se dirigèrent donc vers la ville d'Halicarnasse, sise au milieu des flots en l'île d'Icarie. C'était une place bien défendue. En effet, cette ville a deux ports. L'un est un port intérieur, pour ainsi dire caché dans la cité : on y accède par un passage à l'abri des regards, et l'on peut entrer et sortir du palais sans être vu des assiégeants ou des habitants ; quant au grand port, il jouxte les murs de la ville. La sage et valeureuse Artémise, ayant appris par ses espions que l'ennemi approchait, fit armer les soldats qu'elle avait appelés en grand nombre. Mais avant de partir, elle ordonna aux habitants de la ville et à certains hommes de confiance qu'elle avait laissés expressément pour accomplir cette mission, de faire au signal convenu bon accueil aux Rhodiens, et de les inviter du haut des murs à entrer sans crainte dans une ville qui se rendait. Il fallait faire en sorte que les forces ennemies quittent leurs vaisseaux pour se regrouper sur la place du marché. Quand elle eut donné cet ordre, Artémise quitta la ville avec son armée par le port intérieur et s'éloigna en haute mer à l'insu des Rhodiens. Après avoir donné le signal et reçu celui qui lui annonçait que l'on était dans la place, elle fit immédiatement voile vers le grand port ; elle s'empara de la flotte ennemie et fit tendre des embuscades partout dans la ville ; alors, prenant les Rhodiens à revers avec son armée, elle remporta sur eux une victoire écrasante et les anéantit.

« Mais Artémise fit encore mieux : elle embarqua toute son armée sur les vaisseaux de l'envahisseur, mit le cap sur Rhodes et pavoisa en signe de victoire, pour faire croire que les Rhodiens rentraient vainqueurs. Quand ceux qui étaient restés au pays les aperçurent, ils se réjouirent et ouvrirent tout grand le port, croyant qu'il s'agissait des leurs. Artémise débarqua et pendant qu'on occupait le port, alla tout droit sur le palais. Là, elle s'empara de tous les princes et les fit tuer. C'est ainsi qu'elle vainquit les gens de Rhodes, qui ne se méfiaient pas. Elle se proclama souveraine de la ville ; le reste de l'île ne tarda pas à se rendre. Ayant soumis tout le pays et fixé le tribut, elle y laissa une bonne garnison et repartit chez elle. Mais avant de quitter l'île, elle y fit ériger deux statues d'airain : l'une représentait Artémise triomphante et l'autre, Rhodes prisonnière.

« Le second fait mémorable parmi les exploits de cette femme eut lieu lors de l'expédition que Xerxès, roi de Perse, fit contre les Lacédémoniens. Déjà la terre était envahie par ses cavaliers, ses fantassins et le corps de son armée ; ses navires et ses vaisseaux occupaient le rivage en grand nombre. Il croyait détruire la Grèce tout entière, mais les Grecs, qui avaient signé un traité d'amitié avec la reine Artémise, lui mandèrent d'envoyer du secours. Fidèle à l'honneur militaire et plutôt que de leur envoyer des troupes, elle s'y rendit elle-même à la tête d'une grande armée. En un mot, elle tint si bien ses engagements qu'elle livra bataille contre Xerxès qu'elle écrasa. Quand elle l'eut anéanti sur terre, elle prit la mer et, allant au-devant du vaisseau amiral, l'attaqua au large de Salamine. La bataille faisait rage et la preuse Artémise était aux premiers rangs, au milieu de ses barons et de ses capitaines qu'elle encourageait de toute son ardeur, excitant leur bravoure et disant : “En avant, mes frères ! Mes braves chevaliers, faites que l'honneur de la bataille nous revienne ! Montrez-vous dignes de gloire et de renom, et je ne vous pleurerai pas mes richesses !" Bref, elle fit tant et si bien qu'elle détruisit Xerxès sur mer, comme elle l'avait fait sur terre. Celui-ci s'enfuit honteusement. Et pourtant, il avait une armée innombrable : plusieurs historiens témoignent en effet qu'elle était si grande que, là où elle passait, l'eau des rivières et des fontaines disparaissait. Cette femme héroïque remporta donc une noble victoire et rentra glorieusement au pays, couronnée des honneurs de la guerre. »

XXII. Où il est question de Lilie, mère du vaillant chevalier Théodoric.

« Même si elle ne se battit point les armes à la main, ne faut-il pas louer le courage de cette noble dame Lilie, qui fit une remontrance si mémorable à son fils Théodoric, chevalier très valeureux, pour lui faire reprendre le combat ? Je te raconterai cette histoire. Théodoric était à l'époque l'un des plus grands princes à la cour de l'empereur de Constantinople. C'était un homme de grande beauté et un chevalier aguerri ; il était également, grâce à l'éducation et l'instruction qu'il avait reçues de sa mère, très valeureux et d'une conduite irréprochable.

« Un jour, un prince nommé Odoacre s'attaqua aux Romains pour les écraser, eux et toute l'Italie. Ils demandèrent secours à l'empereur de Constantinople. Celui-ci leur envoya une grande armée avec à sa tête Théodoric, le plus accompli de ses chevaliers. Or, comme il combattait en bataille rangée contre cet

Odoacre, la fortune des armes se retourna contre lui et la panique le poussa à fuir vers Ravenne. Quand sa sage et valeureuse mère, qui observait attentivement la bataille, vit son fils prendre la fuite, elle fut accablée de douleur, car elle estimait qu'il n'était rien de plus honteux pour un chevalier que de fuir le champ de bataille. La majesté de son grand cœur lui fit oublier l'amour maternel : préférant voir son fils mourir dans l'honneur plutôt que de subir une telle honte, elle courut à sa rencontre, l'implora d'arrêter cette fuite infamante, de rassembler ses hommes et de retourner à la bataille. Comme ses paroles restaient sans effet, cette dame, enflammée de colère, souleva le devant de sa robe et lui dit : "Tu veux fuir, mon fils ! Alors rentre au ventre qui t'a porté !" Théodoric en fut si humilié qu'il cessa de fuir, rassembla ses troupes et retourna à la bataille. Brûlant de honte à cause de la remontrance maternelle, il combattit avec tant d'ardeur qu'il écrasa l'ennemi et tua Odoacre. Et c'est ainsi que l'Italie, qui allait tomber tout entière aux mains de ses ennemis, fut sauvée par l'intelligence d'une femme, et j'ose affirmer que l'honneur de cette victoire revient davantage à la mère qu'au fils. »

XXIII. Où il est de nouveau question de la reine Frédégonde.

« Le courage de cette reine de France Frédégonde, dont je t'ai parlé auparavant, apparut encore dans ce qu'elle fit à la guerre. Comme tu as entendu, elle était devenue veuve du roi Chilpéric alors qu'elle allaitait son fils Clotaire. Le royaume ayant été envahi, elle s'adressa à ses barons en ces termes : "Messeigneurs, ne vous laissez pas accabler par le nombre des ennemis qui nous menacent, car j'ai élaboré un stratagème qui nous assurera la victoire, à condition que vous me fassiez confiance. J'abandonnerai toute peur féminine et armerai mon cœur de courage viril afin d'augmenter votre hardiesse et celle de nos hommes, pour l'amour de votre prince. J'avancerai à votre tête en le tenant dans mes bras : vous me suivrez ; et ce que j'ai ordonné de faire à votre connétable, vous le ferez aussi !" Les barons lui répondirent de commander, et qu'ils lui obéiraient en tout de bon cœur.

« Elle veilla à la disposition des troupes et chevaucha à la tête de l'armée, son fils dans les bras ; venaient ensuite les barons, puis les bataillons de chevaliers. Ils avancèrent donc vers l'ennemi jusqu'à la tombée de la nuit. Alors ils pénétrèrent dans une forêt. Le connétable coupa une haute branche d'arbre et tous les autres en firent autant. Ils couvrirent tous les chevaux de feuillage et de mai ; certains leur mirent des grelots et des clochettes comme on le fait aux chevaux qui vont paître dans les prés. Ils chevauchèrent ainsi en rangs serrés jusqu'au campement de leurs ennemis, tenant de grandes branches feuillues à la main. La reine allait toujours courageusement en tête, le petit roi dans les bras, les exhortant au combat avec force promesses et douces paroles ; les barons qui suivaient en étaient tous émus et plus résolus encore à sauvegarder son droit. Quand ils se crurent assez près de leurs ennemis, ils s'arrêtèrent en gardant le plus grand silence.

« Au point du jour, quand les sentinelles de l'armée ennemie les virent, ils commencèrent à discuter entre eux : “Voilà qui est vraiment étonnant ! Hier soir, il n'y avait ni bois ni forêt aux alentours, et voici maintenant une forêt très grande et très épaisse.” Voyant cela, d'autres leur répondirent que le bois devait y être depuis longtemps, car il ne pouvait en être autrement, et il fallait qu'ils soient bien sots pour ne pas l'avoir vu ; on voyait bien que c'était une forêt, car on entendait les clochettes des chevaux et des animaux qui paissaient. Soudain, alors qu'ils bavardaient ainsi sans se douter le moins du monde qu'il s'agissait d'un piège, les soldats de la reine jetèrent leurs branches. Ce que leurs ennemis avaient pris pour une forêt se révéla donc être des chevaliers armés, qui se précipitèrent sur eux si rapidement qu'ils n'eurent pas le temps de s'armer, car la plupart dormaient encore. Les chevaliers se répandirent à travers le campement, les tuant ou les faisant prisonniers. Et c'est ainsi que l'habileté de Frédégonde leur valut la victoire. »

XXIV. OÙ IL EST QUESTION DE LA VIERGE CAMILLE.

« Je pourrais te citer maintes vaillantes guerrières, et la vierge Camille ne fut pas moins intrépide que celles dont il a été question. Camille était la fille du vénérable roi des Volsques, Métabus. Sa mère mourut en la mettant au monde. Peu après, son père fut détrôné par les siens qui s'étaient révoltés. Le roi était tellement aux abois qu'il fut contraint de fuir pour sauver sa vie ; il ne put emporter avec lui que Camille, qu'il aimait par-dessus tout. Arrivé à une grande rivière qu'il fallait traverser à la nage, il se désespéra, ne sachant par quel moyen faire passer l'enfant. Il y réfléchit longuement, puis dépouilla les arbres de grands morceaux d'écorce dont il fit une nacelle flottante. Il y déposa sa fille et attacha l'embarcation à son bras avec de fortes lianes de lierre. C'est ainsi qu'il traversa avec sa fille. Il se réfugia dans les bois, n'osant se montrer ailleurs par peur des embûches de ses ennemis. Sa fille fut nourrie au lait de biches sauvages jusqu'à ce qu'elle eût grandi un peu ; la peau des bêtes leur servait de vêtement, de lit et de couverture.

« Adolescente, elle mit toute son ardeur à chasser, tuant les bêtes avec une fronde et des pierres. Elle était plus rapide pour les rattraper qu'aucun lévrier. Elle fit ainsi jusqu'à l'âge adulte ; c'était alors un prodige de rapidité et de courage. Informée par son père du tort que lui avaient fait ses sujets, elle fit confiance à sa force et à son courage et le quitta pour prendre les armes. Bref, elle fit tant et si bien qu'avec l'aide de quelques-uns de ses parents, elle reconquit son pays par la force des armes, prenant part elle-même aux batailles les plus féroces. Elle poursuivit ses exploits militaires et en acquit une grande renommée. Toutefois, elle fut si altière que jamais elle ne daigna se marier ni s'accoupler à un homme. Camille resta vierge ; ce fut elle qui courut au secours de Turnus contre Énée, lorsque celui-ci eut envahi l'Italie, comme le racontent les chroniques. »

XXV. Où il est question de Bérénice, reine de Cappadoce.

« Il y avait en Cappadoce une reine nommée Bérénice, noble par la naissance et par le cœur, ainsi qu'il convenait à la fille du grand roi Mithridate, qui régnait sur une grande partie de l'Orient. C'était l'épouse du roi Ariarathe de Cappadoce. Cette femme devint veuve. Pendant son veuvage, un frère de feu son mari lui déclara la guerre, à elle et à ses enfants, pour les dépouiller de leur héritage. Pendant cette lutte, au cours d'une bataille, l'oncle tua deux de ses neveux, c'est-à-dire les fils de cette femme. Bérénice en conçut une telle douleur que son immense chagrin chassa en elle toute peur féminine. Elle prit les armes et attaqua son beau-frère à la tête d'une grande armée ; elle s'illustra tant qu'elle finit par tuer son beau-frère de sa propre main, lui passant sur le corps avec son char et emportant la victoire. »

XXVI. Où il est question de l'intrépide Clélie.

« Ce fut une femme courageuse et sage que la noble Romaine Clélie, même si elle ne s'illustra ni à la guerre ni sur le champ de bataille. Il arriva que les Romains, en signant la paix avec un roi qui avait été leur ennemi, acceptèrent de lui envoyer en otage, en gage de leur foi, la noble vierge Clélie et d'autres vierges romaines de haut rang. Clélie accepta sa captivité pendant un certain temps, puis pensa que c'était une grande honte pour la cité de Rome que tant de nobles vierges fussent prisonnières d'un roi étranger. Clélie s'arma de courage et de ruse, et, trompant par ses belles paroles et ses promesses ceux qui la surveillaient, s'enfuit avec ses compagnes pendant la nuit. Elles parvinrent jusqu'aux rives du Tibre ; là, Clélie trouva un cheval qui broutait dans la prairie. Elle qui n'était jamais montée à cheval l'enfourcha, et sans aucune frayeur ni peur de la profondeur des eaux, fit monter en croupe une de ses compagnes et traversa le fleuve. Elle revint les chercher les unes après les autres et les fit passer toutes, les ramenant saines et sauves à Rome où elle les rendit à leurs parents.

« Les citoyens romains vénérèrent hautement le courage de cette vierge, et même le roi qui l'avait eue en otage l'en estima et se réjouit de l'aventure. Pour garder à tout jamais le souvenir de ce haut fait, les Romains élevèrent une statue à Clélie, représentant une jeune fille à cheval, et choisirent pour emplacement une hauteur sur le chemin du temple où elle demeura longtemps.

« Voici achevées les fondations de notre Cité ; il nous faut maintenant lever les hauts murs de l'enceinte. »

XXVII. Où Christine demande à Raison si Dieu a jamais permis à une intelligence féminine d'accéder aux sciences les plus nobles. Réponse de Raison.

À la fin de son discours, je demandai à la dame qui me parlait : « Certes, ma Dame, Dieu a accordé une force miraculeuse aux femmes que vous avez mentionnées. Mais apprenez-moi encore, s'il vous plaît, si Dieu, qui a fait pleuvoir sur lui tant de bienfaits, n'a point voulu honorer le sexe féminin en concédant à certaines femmes une haute intelligence et un profond savoir. Leur esprit en est-il capable ? Je souhaite vivement connaître la réponse, car les hommes affirment que les femmes n'ont que de faibles capacités intellectuelles. »

Elle me répondit : « Mon enfant, tout ce que je t'ai dit auparavant te montre que cette opinion est tout le contraire de la vérité, et pour te le prouver plus clairement, je te citerai quelques exemples. Je te le redis, et n'aie plus peur du contraire ; si c'était la coutume d'envoyer les petites filles à l'école et de leur enseigner méthodiquement les sciences, comme on le fait pour les garçons, elles apprendraient et comprendraient les difficultés de tous les arts et de toutes les sciences tout aussi bien qu'eux. Et cela arrive en effet, car, comme je te l'ai indiqué tout à l'heure, les femmes ayant le corps plus délicat que les hommes, plus faible et moins apte à certaines tâches, elles ont l'intelligence plus vive et plus pénétrante là où elles s'appliquent.

— Que dites-vous là, ma Dame ? Je vous en prie, expliquez-vous, ne vous déplaise. Certainement les hommes n'admettraient jamais une telle affirmation si elle n'était pas exposée plus clairement, car ils diraient que tout le monde voit que les hommes ont plus de connaissances que les femmes. »

Elle me répondit : « Sais-tu pourquoi elles savent moins ?

— Non, ma Dame, il faut me le dire.

— C'est sans aucun doute qu'elles n'ont pas l'expérience de tant de choses différentes, mais, s'en tenant aux soins du ménage, elles restent chez elles, et rien n'est aussi stimulant pour un être doué de raison qu'une expérience riche et variée.

— Ma Dame, si leur esprit est aussi capable d'apprendre et de concevoir que celui des hommes, pourquoi n'apprennent-elles pas davantage ? »

Elle me répondit : « Ma chère enfant, c'est qu'il n'est pas nécessaire à la société qu'elles s'occupent des affaires des hommes, comme je te l'ai déjà dit. Il leur suffit d'accomplir les tâches ordinaires qu'on leur a confiées. Quant à ce que l'expérience nous apprend, que leur intelligence serait moindre puisque d'ordinaire elles savent moins que les hommes, pense donc aux habitants des campagnes reculées ou des hauts plateaux ; tu m'accorderas que dans plusieurs pays ils sont si simples qu'on les prendrait pour des bêtes. Et pourtant il est incontestable que Nature les a pourvus de tous les dons physiques et intellectuels qu'elle offre aux hommes les plus sages et les plus érudits que l'on puisse trouver dans nos capitales et grandes villes. Car tout cela vient de ne pas apprendre, ce qui n'exclut pas que chez les hommes comme chez les femmes, certains sont plus intelligents que d'autres, comme je te l'ai déjà dit. Mais pour illustrer ma thèse que l'intelligence des femmes est semblable à celle des hommes, je vais te citer quelques femmes de profond savoir et de grandes facultés intellectuelles. »

XXVIII. Où l'on commence à citer des femmes auréolées de profonde science, et tout d'abord la jeune et noble Cornificia.

« La jeune et noble Cornificia fut envoyée à l'école avec son frère dès leur plus jeune âge ; c'était de la part de leurs parents une mystification subtile. Mais cette jeune fille, douée d'une intelligence prodigieuse, s'appliqua à l'étude et prit goût au doux savoir des Lettres ; il eût été difficile d'étouffer en elle ce penchant, car, délaissant toutes les occupations féminines, elle s'y livra entièrement. Elle y voua tant d'efforts qu'elle devint rapidement une poétesse accomplie. Non seulement elle maîtrisa à la perfection l'art des vers, mais il semblait qu'elle était nourrie du lait même du Savoir philosophique. Elle voulait être experte en toutes les disciplines, et y réussit si bien qu'elle surpassa la haute érudition de son frère, pourtant le plus cultivé des poètes.

« Elle ne se contenta pas du seul savoir théorique, mais voulut le mettre en pratique, prenant la plume pour rédiger plusieurs ouvrages fort mémorables. Saint Grégoire lui-même fait allusion à ses livres et poèmes, fort appréciés à son époque. Dans un de ses livres, le grand poète italien Boccace fait encore l'éloge de cette femme en ces termes : “Oh ! honneur à toi, femme qui as délaissé les tâches féminines pour consacrer ta haute intelligence aux études que font les plus grands érudits !” À propos des femmes qui se défient d'elles-mêmes et de leurs capacités, et se découragent, disant qu'elles ne sont bonnes à rien d'autre qu'à cajoler les hommes et à mettre au monde et élever les enfants – comme si elles étaient nées sur quelque montagne reculée ignorant ce que c'est que le bien et l'honneur –, Boccace dit encore, se portant garant de la thèse que je t'exposais, que Dieu leur a donné – si elles le veulent – une belle intelligence pour s'appliquer à tout ce que font les hommes les plus renommés et les plus illustres. Car si elles veulent étudier, cela ne leur est pas moins permis qu'aux hommes, et elles peuvent par un travail honnête se faire une renommée éternelle, comme celle que se plaisent à gagner les plus grands hommes. Ma chère enfant, tu peux voir donc que le témoignage de cet auteur Boccace appuie tout ce que je t'ai dit, et comment il loue et approuve la science des femmes. »

XXIX. Où il est question de Probe la Romaine.

« Probe la Romaine, épouse d'Adelphe, fut tout aussi illustre. C'était une chrétienne. Elle fut d'une si haute intelligence, elle aima tant l'étude et s'y appliqua avec une telle ardeur qu'elle apprit parfaitement les sept arts libéraux et devint une poétesse accomplie. Elle porta tout particulièrement ses efforts sur les textes en vers, notamment sur les poèmes de Virgile qu'elle pouvait citer en toute circonstance. Elle employa d'abord toute la force de son génie à lire et à comprendre ses ouvrages ; puis, réfléchissant à leur signification profonde, elle conçut le projet de mettre en vers harmonieux et denses l'Écriture sainte et les récits de l'Ancien Testament, reprenant textuellement les phrases de ses poèmes. “Ce fut certes prodigieux qu'une cervelle féminine eût conçu un projet aussi élevé, affirme l'auteur Boccace, mais ce fut encore plus prodigieux qu'elle l'ait mis à exécution." Se vouant tout entière à l'achèvement de son projet, cette femme se mit à la tâche, compulsant – c'est-à-dire parcourant – tantôt *Les Bucoliques*, tantôt *Les Géorgiques*, parfois *L'Énéide* (car ce sont là les titres des poésies de Virgile), et prenant ici des vers entiers, là des bribes, elle en fit des vers complets et bien composés, avec une maîtrise et une habileté étonnantes ; puis elle les assemblait, les couplait et les liait ensemble, tout en respectant les conventions, l'art et les mètres de la poésie latine, sans commettre la moindre faute. L'ouvrage qu'elle en fit était si magistral qu'aucun homme n'eût pu l'égaler. Ce livre débuta par la création du monde et continua par les récits de l'Ancien Testament et du Nouveau jusqu'à la descente du Saint-Esprit sur les apôtres. Tout cela concordait si bien avec les Écritures qu'on eût cru Virgile prophète autant qu'évangéliste, si on n'avait pas su comment l'ouvrage avait été fait.

« "Et pour cela, dit encore Boccace, cette femme mérite nos louanges et notre grande estime, car il est évident qu'elle avait une connaissance pleine et entière des livres sacrés et des volumes de l'Écriture sainte, ce qui arrive rarement, même chez les grands clercs et théologiens de notre temps." Cette très noble dame voulut qu'on appelle *Centons virgiliens* l'œuvre qu'elle-même avait ainsi réalisée. Vu l'étendue de l'ouvrage, elle aurait pu consacrer sa vie entière à ce travail, mais il ne lui coûta pas tant d'années ; elle put en effet composer bien d'autres ouvrages mémorables et dignes de louange. Parmi eux, il y avait encore un texte qu'elle avait composé à partir des vers et phrases du poète Homère, appelé lui aussi *Centon*, puisque ses vers étaient au nombre de cent. On peut en conclure que non seulement cette femme possédait, pour sa plus grande gloire, les lettres latines, mais que sa connaissance de la littérature grecque était tout aussi parfaite. Les femmes, comme le dit encore Boccace, peuvent bien se réjouir d'entendre ainsi la vie et les travaux d'une des leurs. »

XXX. Où il est question de Sapho, femme de haut génie, poétesse et philosophe.

« La savante Sapho, jeune fille née dans la ville de Mytilène, ne fut pas moins érudite que Probe. Cette Sapho était d'une grande beauté, tant de corps que de visage ; son port, son maintien, son langage étaient très doux et très agréables, mais son haut entendement surpassait toutes les grâces dont la Nature l'avait dotée. Elle maîtrisait en effet de nombreux arts et sciences, et ses connaissances ne se limitaient pas aux seuls traités et écrits d'autrui, car ayant composé divers ouvrages, elle fut elle-même créatrice à plus d'un titre. Le poète Boccace fait son éloge en ces termes empreints de douceur et de poésie : “Au milieu d'hommes frustes et ignorants, Sapho, poussée par sa vive intelligence et son ardeur, fréquenta les hauteurs du mont Parnasse, c'est-à-dire la haute Étude. Son courage et son audace la firent chérir des Muses, c'est-à-dire des arts et des sciences. Elle pénétra ainsi dans cette forêt pleine de lauriers et d'arbres de mai, de fleurs multicolores aux parfums très suaves, et d'aromates, là où demeurent et fleurissent grammaire, logique, haute rhétorique, géométrie et arithmétique. Elle avança tant sur ce chemin qu'elle entra dans la profonde caverne d'Apollon, dieu du savoir. Elle découvrit les flots impétueux de la fontaine Castalie ; elle apprit à jouer de la harpe avec le plectre en en tirant de douces mélodies, et menait la danse avec les nymphes, c'est-à-dire selon les lois de l'harmonie et des accords musicaux."

« Ces propos de Boccace concernent la profonde science de Sapho et la grande érudition de ses ouvrages, dont la teneur est, selon le témoignage des Anciens, si difficile que même les hommes savants de la plus vive intelligence ont de la peine à les comprendre. Remarquablement écrits et composés, ses œuvres et poèmes sont parvenus jusqu'à nous, et demeurent des modèles d'inspiration pour les poètes et écrivains assoiffés de perfection. Sapho inventa plusieurs genres lyriques et poétiques : lais et dolentes élégies, curieux chants d'amour désespéré et autres poèmes lyriques d'inspiration différente, qui furent appelés saphiques pour l'excellence de leur prosodie. Horace rappelle à ce sujet qu'à la mort de Platon, ce très grand philosophe et le maître même d'Aristote, on trouva sous son oreiller un recueil des poèmes de Sapho.

« Bref, cette femme se distingua tant par sa science que sa ville natale, voulant honorer et préserver à jamais sa mémoire, éleva et lui dédia une magnifique statue d'airain faite à son effigie. Et c'est ainsi que Sapho fut mise au rang des poètes les plus renommés, dont l'honneur, à ce qu'en dit Boccace, n'est point inférieur à celui des couronnes et diadèmes royaux, de la mitre épiscopale, ni des palmes ou couronnes de laurier de la victoire.

« Je pourrais te parler longuement encore des femmes de grande érudition : la femme grecque Leuntion, par exemple, fut une philosophe si accomplie qu'elle osa reprendre et réfuter, par une argumentation claire et juste, le philosophe Théophraste, si illustre en son temps. »

XXXI. Où il est question de la vierge Manthoa.

« Si les sciences sont ouvertes aux femmes et à la portée de leur génie, sache assurément que les arts non plus ne leur sont point interdits, comme tu vas maintenant l'entendre. Jadis, dans la religion païenne, la divination était à l'honneur : on lisait l'avenir dans le vol des oiseaux, les flammes du feu ou les entrailles des bêtes mortes. C'était un art reconnu, une science établie que l'on tenait en grande estime. La souveraine maîtresse en cet art fut une vierge, la fille de Tirésias, le grand prêtre de Thèbes (nous dirions aujourd'hui l'évêque, car dans les autres religions les prêtres étaient mariés).

« Cette femme, appelée Manthoa, vivait au temps d'Œdipe, roi de Thèbes. Elle avait une intelligence si grande et si noble qu'elle maîtrisait la pyromancie, c'est-à-dire l'art de lire l'avenir dans le feu. On dit que les Chaldéens, qui pratiquaient cet art dans l'Antiquité, la découvrirent ; d'autres disent que ce fut le géant Nemrod. Il n'y avait à l'époque aucun homme sachant mieux que cette vierge le mouvement des flammes, les couleurs ou le bruit du feu. Elle lisait tout aussi bien dans les veines des bêtes, la gorge des chevaux ou les entrailles des animaux. On croyait en effet que son art lui permettait d'obliger les esprits à venir lui parler souvent et à répondre à ses questions. Ce fut de son vivant que la dispute entre les fils du roi Œdipe entraîna la ruine de Thèbes. Elle partit vivre en Asie, où elle fit construire au dieu Apollon un temple qui devint fort célèbre par la suite. Elle finit ses jours en Italie, et à cause de la vénération qu'on lui portait son nom fut donné à une ville du pays : cette ville existe encore, c'est Mantoue, ville natale du poète Virgile. »

XXXII. Où il est question de Médée et d'une autre reine appelée Circé.

« Médée, sur laquelle on a beaucoup écrit, fut aussi savante dans les arts et les sciences que la précédente. Elle était la fille d'Hécate et d'Aète, roi de Colchide. C'était une belle femme, à la stature droite et élancée, au visage très agréable, mais c'est en savoir qu'elle l'emportait sur toutes les autres. Elle connaissait les vertus des plantes et tous les sortilèges possibles ; elle n'ignorait rien de ce que l'on peut savoir. Elle pouvait par incantations troubler l'air et obscurcir le ciel, faire sortir des profondeurs de la terre le vent des cavernes, soulever la tempête, arrêter le cours des fleuves, confectionner les poisons, faire naître spontanément le feu pour brûler tout ce qu'elle voulait, et bien d'autres prodiges encore. Ce fut elle qui par ses enchantements permit à Jason de conquérir la Toison d'or.

« Comme elle, Circé fut reine. Son île était aux abords de l'Italie. Cette femme était si versée en l'art de la magie qu'elle pouvait accomplir tout ce qu'elle voulait par la force de ses sortilèges. Elle connaissait un breuvage qui avait la vertu de transformer les hommes en bêtes sauvages et en oiseaux. On en trouve la preuve dans l'histoire d'Ulysse. Il rentrait après la destruction de Troie, croyant se rendre dans son pays en Grèce, quand vents et Fortune entraînèrent ses navires dans la tourmente, les ballottant de-ci de-là, jusqu'à ce qu'ils arrivent au port de la ville de Circé. Comme le sage Ulysse ne voulait point débarquer sans la permission et l'accord de la reine du lieu, afin de s'en enquérir, il lui envoya ses guerriers en ambassade. Les prenant d'emblée pour des ennemis, cette femme offrit aux émissaires un peu de son breuvage : ils furent immédiatement métamorphosés en pourceaux. Ulysse ne tarda pas à se rendre auprès d'elle. Il put la persuader de leur rendre leur forme première. On dit que la même chose arriva à un autre prince de Grèce, Diomède ; quand il aborda au port de Circé, elle transforma ses guerriers en oiseaux ; ils s'y trouvent encore. Plus grands que les autres oiseaux, ils sont d'aspect différent et extrêmement féroces. Les habitants de la région les appellent Diomedeoe. »

XXXIII. Où Christine demande à Raison s'il est jamais arrivé à une femme de créer une science auparavant inconnue.

Ayant écouté le discours de Raison sur ces sujets, moi Christine lui répondis en ces termes : « Ma Dame, je vois bien qu'on peut trouver de fort nombreuses femmes instruites en sciences ou en arts, mais je vous demande si vous n'en connaissez point qui, par intuition, savoir, intelligence ou habileté, aient créé d'elles-mêmes quelques techniques nouvelles ou sciences nécessaires, bonnes et utiles, qui n'eurent jamais été inventées ou connues auparavant. Car ce n'est pas bien difficile d'apprendre dans les pas d'autrui une matière déjà constituée et reconnue, mais c'est tout autre chose que de trouver soi-même une science totalement neuve et originale. »

Elle me répondit : « Il est bien sûr évident que l'intelligence et l'habileté féminines ont découvert un nombre considérable de sciences et techniques importantes, tant dans les sciences pures, comme en témoignent leurs écrits, que dans le domaine des techniques, comme en font preuve les travaux manuels et les métiers. Je vais maintenant t'en citer quelques exemples.

« Je te parlerai tout d'abord de la noble Nicostrate, que les Italiens appellent Carmenta. Cette dame était la fille du roi d'Arcadie, Pallas. Elle était d'une intelligence remarquable, et Dieu l'avait dotée d'un merveilleux savoir. Elle connaissait à fond la littérature grecque ; son langage était si beau et si sage, son éloquence si admirable que les poètes de l'époque imaginèrent, dans les vers qu'ils lui consacrèrent, qu'elle était aimée du dieu Mercure ; ils dirent ainsi du fils qu'elle avait eu avec son mari, et qui eut également un grand savoir, qu'elle l'avait eu de ce dieu. À la suite de certains troubles qui se produisirent dans son pays, cette femme émigra en Italie avec son fils et une foule de gens. Ils quittèrent le pays avec une grande flotte et remontèrent le Tibre. Là elle descendit sur les rives du fleuve, et monta au sommet d'une haute colline qu'elle appela d'après son père le mont Palatin ; c'est sur cette colline que fut fondée la ville de Rome. Elle y construisit un château fort à l'aide de son fils et de ceux qui l'avaient accompagnée. Comme elle trouvait que les gens du pays vivaient comme des bêtes, elle écrivit des lois leur prescrivant de se conformer au droit et à la raison, comme il est juste. Elle fut donc la première à promulguer des lois dans ce pays qui eut ensuite tant de renommée et d'où est issu tout le droit écrit.

« Parmi ses nombreux talents, elle avait tout particulièrement le don de divination et de prophétie. C'est ainsi qu'elle sut qu'un temps viendrait où cette terre serait la plus noble et la plus célèbre du monde. Il lui sembla donc qu'il serait indigne de la grandeur romaine, car cet empire était appelé à régner sur le monde entier, d'employer les caractères d'un alphabet barbare et inférieur, emprunté à l'étranger. Pour mieux révéler aux siècles futurs sa perspicacité et l'excellence de son génie, elle se mit au travail et inventa un alphabet original dont les caractères sont bien différents de ceux en usage ailleurs, c'est-à-dire notre *a b c*, l'ordre alphabétique latin, la formation des mots, la distinction entre voyelles et consonnes, et toutes les bases de la grammaire. Elle fit communiquer et apprendre cet alphabet au peuple, veillant à la diffusion de sa découverte, qui ne fut point négligeable ni de peu d'autorité. Nous devons en être infiniment reconnaissants à cette femme, car la profondeur de cette science, sa grande utilité, tout le bien qu'elle a apporté au monde, autorisent à croire que jamais découverte ne fut plus admirable.

« Les Italiens ne témoignèrent point d'ingratitude à Carmenta pour ce bienfait, comme on le comprend fort bien ; la découverte leur parut si prodigieuse qu'ils proclamèrent que Nicostrate n'était pas une simple mortelle, mais une déesse. De son vivant même ils lui rendaient le culte de la divinité, et à sa mort, ils élevèrent au pied de la montagne où elle avait vécu un temple qu'ils lui dédièrent. Pour perpétuer sa mémoire, ils désignèrent différentes choses du nom de la science inventée par elle, et donnèrent son propre nom à beaucoup d'autres ; c'est ainsi que les gens de ce pays prirent le nom de Latins, afin d'honorer la découverte faite par cette femme. En plus, comme le mot latin *ita*, qui correspond au français “oui”, est l'affirmation majeure de la langue latine, ils ne se contentèrent point d'appeler ce pays “terre latine”, mais voulurent que tout le territoire par-delà les Alpes, qui est grand et vaste et compte de nombreuses provinces et domaines, portât le nom d'Italie. C'est encore parce que cette dame s'appelait Carmenta qu'on appelle *carmen* les poèmes en latin. Bien longtemps après sa mort, les Romains appelèrent l'une des entrées de leur ville la Porte carmentale ; quelque bonne fortune qu'ils aient eue, quelle qu'ait été l'excellence de leurs empereurs, ils ne voulurent jamais changer ces noms qui sont encore en usage, comme on le sait.

« Que demandes-tu de plus, chère enfant ? Peut-on dire chose plus honorable d'aucun homme né d'une femme ? Mais ne crois surtout pas qu'elle ait été la seule femme au monde à découvrir différentes sciences indépendantes. »

XXXIV. Où il est question de Minerve, qui découvrit maintes sciences, ainsi que l'art de fabriquer des armures de fer et d'acier.

« Comme tu l'as écrit ailleurs toi-même, Minerve était une vierge d'origine grecque, que l'on surnomma Pallas. Cette vierge était d'une intelligence tellement supérieure que les sots de son époque la prirent pour une déesse descendue des cieux, car ils ne savaient point qui étaient ses parents et voyaient qu'elle faisait des choses tout à fait extraordinaires. Boccace raconte effectivement que l'on était d'autant plus prêt à s'étonner d'un savoir supérieur à celui de toutes les femmes d'alors, que l'on restait dans l'ignorance de ses origines. Son habileté et sa vive intelligence ne se bornaient pas à un seul domaine, mais s'étendaient à tous. Grâce à son ingéniosité, elle inventa les lettres grecques appelées “caractères”, qui servent à faire tenir en peu de place les longueurs d'un récit prolixe. Les Grecs se servent encore de cette excellente invention, fruit d'une réflexion ingénieuse. Elle inventa également les chiffres, la manière de s'en servir et de faire rapidement les additions ; bref, son esprit était tellement éclairé de science qu'elle trouva bien des arts et des techniques inconnus avant elle, en particulier tout l'art de la laine et du tissage. Car ce fut elle qui la première pensa à tondre les brebis, à démêler la laine, à la peigner et à la carder à l'aide de divers outils, à la laver, à l'envider sur des broches de fer, à filer à la quenouille ; elle inventa aussi les métiers à tisser et la technique pour obtenir une étoffe fine.

« *Item*, elle découvrit comment tirer de l'huile des fruits de la terre, comment presser les olives et d'autres fruits pour en exprimer le jus.

« *Item*, elle découvrit l'art et la technique de fabriquer chars et charrettes, afin de transporter aisément d'un lieu à un autre toutes sortes d'objets.

« Cette femme fit encore plus, chose dont on pourrait s'étonner à juste titre, car ce n'est pas dans la nature d'une femme de réfléchir à de tels problèmes ; ce fut elle en effet qui inventa l'art et la technique du harnais et des armures en fer et en acier que chevaliers et soldats portent à la guerre pour protéger leurs corps. Elle en fit don aux Athéniens d'abord, leur apprenant encore comment disposer leurs troupes et leurs corps d'armée, ainsi que la technique de la bataille rangée.

« *Item*, ce fut elle qui la première inventa flûtes, flageolets, trompes et autres instruments à vent. Cette femme, pourvue d'une si haute intelligence, resta vierge toute sa vie. À cause de cette chasteté exemplaire, les poètes racontèrent dans leurs fables que Vulcain, dieu du feu, s'était longuement affronté à elle, mais qu'à la fin elle le domina et triompha de lui, ce qui signifie qu'elle triompha des feux de la concupiscence charnelle, qui couvent particulièrement dans la jeunesse. Les Athéniens avaient une telle vénération pour cette vierge qu'ils l'adoraient comme une divinité, l'appelant déesse de la guerre et de la chevalerie, puisque c'était elle qui la première en avait découvert l'art. Ils lui donnèrent également le titre de déesse de la sagesse, tant son savoir était grand.

« À sa mort, les Athéniens élevèrent un temple qu'ils lui dédièrent. Dans ce temple, ils dressèrent une statue à l'effigie d'une vierge, qui représentait la Sagesse et la Chevalerie. Cette statue avait le regard implacable et terrifiant, parce que le rôle de la chevalerie est d'exécuter les ordres de la Justice, mais aussi parce que l'on connaît rarement les intentions du sage. Elle portait un heaume parce que le chevalier doit être fort, aguerri et résolu sur le champ de bataille, mais aussi parce que les projets du sage sont voilés de secret. Elle était vêtue d'une cotte de mailles, emblème de cette puissance qui est celle de l'état de chevalerie, mais qui signifiait encore que le sage est toujours armé contre les vicissitudes de la Fortune, en bien comme en mal. Elle tenait à la main une haste ou une lance très longue, parce que le chevalier doit être le fer de lance de la Justice, mais aussi parce que le sage envoie ses traits de loin. Il y avait suspendu à son cou une targe ou bouclier en cristal, parce que le chevalier doit toujours être sur ses gardes et veiller en tout à la défense de son pays et de son peuple, mais cela signifiait aussi qu'au sage, tout est clair et évident. Au centre de cette targe on avait peint la tête du serpent appelé Gorgone, parce que le chevalier doit être rusé et vigilant à l'égard de ses ennemis, comme l'est le serpent ; cela voulait encore dire que le sage sait déjouer tous les pièges que l'on cherche à lui tendre. Aux côtés de cette statue, comme pour la veiller, ils placèrent un oiseau de nuit appelé chouette, ce qui signifiait que le chevalier doit être prêt à défendre l'État de nuit comme de jour, s'il en est besoin, mais aussi que le sage veille à toute heure sur ce qu'il importe de faire. Longtemps cette femme fut l'objet d'une grande dévotion. Sa renommée s'étendit si loin qu'on lui dédia des temples dans plusieurs pays, et que même bien longtemps après, les Romains, au sommet de leur puissance, la firent entrer dans leur Panthéon. »

XXXV. Où il est question de la reine Cérès, qui inventa l'art de labourer la terre et d'autres arts encore.

« Dans la plus haute Antiquité, il y eut au royaume de Sicile une reine appelée Cérès. Son intelligence supérieure lui valut le privilège de découvrir la première la science et les techniques de l'agriculture, dont elle inventa les outils nécessaires. Elle apprit à ses sujets à dompter et apprivoiser les taureaux pour les apparier sous le joug ; elle inventa encore la charrue et leur enseigna à fendre et à découper la terre avec le coutre, ainsi que les autres travaux de labour. Elle leur apprit ensuite à semer le grain, à le recouvrir, et lorsqu'il eut germé et poussé, elle leur montra comment couper les blés et séparer le grain de l'ivraie en le battant avec un fléau. Elle leur apprit ensuite à le moudre mécaniquement, entre deux pierres dures, et à construire des moulins. Elle leur enseigna de même à préparer la farine et à faire le pain. En somme, cette femme apprit aux hommes, qui avaient l'habitude de vivre comme des bêtes, mangeant des glands, des blés sauvages, des pommes et des baies, à consommer une nourriture plus digne.

« Cérès fit davantage encore : les gens de l'époque s'étaient habitués à vivre en nomades, clairsemés dans les forêts et par les landes, comme des bêtes ; elle les rassembla en communautés et leur apprit à construire des villes et des maisons où ils pouvaient vivre ensemble. Ainsi prirent fin les temps sauvages, et grâce à cette femme, l'humanité put entrer dans l'ère de la civilisation et de la raison. Les poètes créèrent un mythe à propos de la fille de Cérès, disant qu'elle avait été enlevée par Pluton, le dieu des Enfers. Mais l'éminence de son propre savoir et tous les bienfaits dont elle avait comblé l'humanité la firent adorer de ses contemporains, qui lui accordèrent le titre de déesse des blés. »

XXXVI. Où il est question d'Isis, qui inventa l'art de faire des jardins et de cultiver les plantes.

« Isis aussi fut appelée déesse, plutôt que simplement reine d'Égypte, en raison de ses profondes connaissances en agriculture. Les Égyptiens avaient pour elle une dévotion toute particulière. On peut lire chez les poètes l'amour de Jupiter pour Isis, la métamorphose de celle-ci en vache, et comment elle retrouva sa forme première ; c'est là une allégorie sur son savoir immense, comme tu l'as toi-même indiqué dans ton *Livre d'Othéa*. Elle trouva un système d'écriture symbolique qu'elle enseigna aux Égyptiens, leur donnant ainsi le moyen de noter avec concision le flot de leurs paroles.

« Isis était la fille d'Inachos, roi des Grecs, et la sœur de Phoroneüs, renommé pour sa science. Le hasard fit qu'elle quitta la Grèce avec son frère pour se rendre en Égypte où elle enseigna, entre autres choses, l'art de faire des jardins, de cultiver les plantes et de faire des greffes entre différentes souches. Elle fit et promulgua nombre de lois justes et bonnes ; elle apprit aux Égyptiens, qui étaient alors sans foi ni loi et vivaient comme des bêtes, à vivre en société policée et à respecter la justice. Bref, elle fut si ingénieuse qu'on lui voua un culte, tant de son vivant qu'après sa mort. Sa renommée fit le tour de la terre ; on lui éleva partout temples et chapelles. Les Romains notamment, au sommet de leur puissance, lui dédièrent un temple où on lui faisait des offrandes et célébrait ses mystères selon le rite égyptien.

« L'époux de cette noble dame s'appelait Apis. Les païens disaient à tort que c'était le fils de Jupiter et de Niobé, puisque celle-ci était la fille de Phoroneüs, comme en témoignent maints récits et poèmes anciens. »

XXXVII. Où il est question de tous les bienfaits que ces femmes ont apportés au monde.

« Ma Dame, je suis en admiration devant ce que vous me dites : tant de bienfaits dus à l'intelligence des femmes ! Car les hommes affirment en général que le savoir féminin n'a aucune valeur, et l'on entend souvent dire en reproche, lorsqu'il est question de quelque sottise, que c'est bien là une idée de femme. En somme, l'opinion couramment admise par les hommes est que les femmes n'ont jamais servi à rien et n'ont d'autre utilité pour la société que de porter des enfants et de filer la laine. »

Elle me répondit : « On voit bien l'ingratitude de ceux qui tiennent de tels propos ! Ils ressemblent à ceux qui vivent des biens d'autrui et, ne sachant d'où viennent leurs richesses, ne songent jamais à remercier personne. Mais tu peux maintenant comprendre que Dieu, qui ne fait rien sans raison, a voulu montrer aux hommes qu'il n'a pas moins estimé le sexe féminin que le leur. En effet, il lui a plu d'accorder à l'intelligence des femmes de si vives lumières qu'elles peuvent non seulement apprendre et assimiler des sciences, mais en inventer des nouvelles, et qui plus est, des sciences si utiles et si profitables à l'humanité qu'on en trouverait difficilement de plus nécessaires. Cette Carmenta dont je t'ai parlé tout à l'heure illustre bien mon propos, elle qui inventa l'alphabet latin ; car Dieu a tant favorisé la découverte de cette femme qu'il en a répandu partout l'usage, si bien qu'elle a presque étouffé la gloire des alphabets hébraïque et grec, qui avaient été fort à l'honneur auparavant. L'Europe presque tout entière, c'est-à-dire une grande partie des pays du monde, emploie cet alphabet ; une infinité de livres et de volumes en toutes les disciplines sont rédigés en ces caractères, où brillent à tout jamais les exploits des hommes, la splendeur de la puissance divine, les sciences et les arts. Que l'on ne me rétorque pas que mon discours est de parti pris ; je rapporte ici les propres paroles de Boccace, dont l'autorité bien connue est tenue pour irréprochable.

« On peut conclure que le bien que cette femme a fait est infini, car grâce à elle, les hommes, même s'ils ne le reconnaissent pas, ont été retirés de l'état d'ignorance et amenés à la culture ; grâce à elle encore, ils peuvent envoyer, aussi loin qu'ils le souhaitent, leurs pensées les plus secrètes et communiquer leur volonté, faisant comprendre et savoir partout tout ce qu'ils veulent ; ils connaissent ainsi le passé, le présent, parfois même l'avenir. Grâce à l'invention de cette femme, les hommes peuvent encore établir des accords, se lier d'amitié avec des personnes vivant au loin ; par les réponses qu'ils se font les uns aux autres, ils peuvent se connaître sans jamais s'être vus. En somme, on ne saurait dire tous les bienfaits dont on est redevable à l'écriture, car elle décrit, fait connaître et comprendre Dieu, les choses célestes, la mer, la terre, tous les êtres et toutes les choses. Je te le demande donc : a-t-il jamais existé un homme à qui l'on doive davantage ? »

XXXVIII. Où l'on reprend le même sujet.

« De même, y a-t-il jamais eu un homme qui ait fait plus pour l'humanité que cette noble reine Cérès, dont je t'ai parlé tout à l'heure ? Peut-on acquérir renommée plus honorable que d'avoir amené les hommes barbares et nomades, qui habitaient au fond des bois sans foi ni loi comme des bêtes sauvages, à venir peupler ces villes et ces cités où ils vivent dans le respect des lois ? Elle leur fournit, de plus, une nourriture meilleure que les glands et les pommes sauvages, c'est-à-dire le froment et le blé, aliments qui rendent le corps humain plus beau, le teint plus radieux, les membres plus forts et plus agiles, car c'est une nourriture plus substantielle et mieux adaptée aux besoins de l'espèce humaine. Quoi de plus digne que de mettre en valeur une terre pleine de chardons, de buissons épineux et touffus et d'arbres sauvages ? Quoi de plus digne que de labourer cette terre, de l'ensemencer, et de faire, pour le bien commun et public, d'un champ sauvage une terre franche et cultivée ? La nature humaine fut enrichie de la sorte par cette femme qui l'amena de la barbarie sauvage à une société policée, tirant des ténèbres de l'ignorance les esprits de ces nomades paresseux pour les faire accéder aux formes les plus élevées de la pensée et aux plus nobles occupations. C'est elle qui désigna certains hommes pour faire les travaux des champs, assurant ainsi le peuplement des villes et des cités et la nourriture de ceux qui se consacrent aux autres travaux nécessaires à la vie.

« Isis fit de même pour les cultures. Qui pourrait détailler la somme des bienfaits qu'elle procura à l'humanité en lui apprenant à greffer des arbres porteurs de beaux fruits, à cultiver toutes les bonnes plantes qui conviennent à la nourriture humaine ?

« Et Minerve encore, chère Christine ! C'est grâce à son génie que l'humanité jouit de tant de choses si nécessaires ! On allait vêtu de peaux de bêtes, et elle donna les vêtements de laine ; on portait à bras ses biens d'un lieu à un autre, et elle inventa l'art de faire des chariots et des charrettes, soulageant l'humanité de ce fardeau ; elle apprit aux nobles chevaliers l'art de fabriquer des cottes de mailles, afin que leurs corps soient mieux protégés à la guerre ; c'était une armure bien plus belle, plus solide et plus noble que celle qu'ils avaient auparavant et qui était faite uniquement de cuir ! »

Alors je lui dis : « Ah ! ma Dame ! À vous entendre, je me rends compte encore plus que jamais combien grande est l'ignorance et l'ingratitude de tous ces hommes qui médisent tant des femmes ! Je croyais déjà qu'il dût leur suffire, pour retenir leurs mauvaises langues, d'avoir tous eu une mère et de connaître chacun les évidents bienfaits que les femmes font habituellement aux hommes, mais je vois maintenant qu'elles les ont véritablement comblés de biens, et qu'elles continuent de leur prodiguer des largesses. Qu'ils se taisent donc ! Qu'ils se taisent dorénavant, ces clercs qui médisent des femmes ! Qu'ils se taisent, tous leurs complices et alliés qui en disent du mal ou qui en parlent dans leurs écrits ou leurs poèmes ! Qu'ils baissent les yeux de honte d'avoir tant osé mentir dans leurs livres, quand on voit que la vérité va à l'encontre de ce qu'ils disent, puisque la noble

Carmenta a été pour eux une maîtresse d'école – cela ils ne peuvent le nier –, et qu'ils reçurent de sa haute intelligence la leçon dont ils s'honorent tant et s'enorgueillissent, j'entends la noble écriture latine.

« Mais que disent les nobles et les chevaliers ? Car beaucoup d'entre eux médisent catégoriquement des femmes, ce que sanctionne pourtant le droit. Qu'ils retiennent dorénavant leur langue, sachant que c'est à une femme qu'ils doivent le port de l'armure, l'art du combat et de la bataille rangée, ce métier des armes dont ils sont si fiers et dont ils tirent tant de gloire. Et en général, quand on voit que les hommes vivent de pain et habitent dans des villes policées soumises au droit civil, quand ils cultivent les champs, peut-on se permettre, au regard de tant de bienfaits, de condamner et de mépriser les femmes à ce point, car ils sont nombreux à le faire ? Certes non ! Car ce sont des femmes, c'est-à-dire Minerve, Cérès et Isis, qui leur ont apporté toutes ces choses utiles dont ils disposent librement toute leur vie, choses qui les font vivre, et dont ils vivront à jamais. Sont-elles insignifiantes, ces choses ? Nullement, ma Dame, et il me semble que la philosophie d'Aristote, qui a pourtant été si utile à l'esprit humain et dont on fait si grand cas – à juste titre d'ailleurs –, pas plus que tous les autres philosophes qui aient existé, n'a apporté ni n'apportera jamais autant d'avantages à l'humanité que les inventions dues au génie de ces femmes. »

Elle me répondit : « Ce n'étaient pas les seules : il y en a eu bien d'autres, dont je te citerai quelques-unes. »

XXXIX. Où il est question de la jeune Arachné, qui découvrit la manière de teindre la laine et inventa la tapisserie de haute lice, ainsi que la culture du lin et son tissage.

« Ce ne fut pas seulement par l'entremise des femmes déjà citées que Dieu voulut doter l'humanité d'une multitude d'arts nobles et nécessaires, car ses dons ont resplendi chez bien d'autres, par exemple chez cette jeune fille d'Asie appelée Arachné, qui fut fille d'Idmon de Colophon. Elle était prodigieusement intelligente et habile. Cette femme ingénieuse découvrit la première comment teindre la laine de différentes couleurs et tisser la toile à la manière des peintres, autrement dit, la tapisserie de haute lice. Elle était miraculeusement douée en tout ce qui concernait le tissage ; la mythologie raconte d'elle qu'elle défia Pallas et fut métamorphosée en araignée.

« Cette femme inventa un art encore plus indispensable, car elle découvrit la première comment cultiver le lin et le chanvre, comment les effeuiller, les rouir, les teiller, les sérancer, et encore comment filer la quenouille et tisser la toile. J'ose affirmer que ce furent là des techniques particulièrement indispensables pour l'humanité, encore que nombre d'hommes reprochent aux femmes de se livrer à ces activités. C'est Arachné encore qui trouva l'art de fabriquer rets, lacs et filets pour prendre les oiseaux et les poissons. On lui doit ainsi l'art de la pêche, la manière de piéger le gros gibier féroce dans des filets et des rets, de même que lapins, lièvres et oiseaux, toutes techniques que l'on ignorait jusqu'alors. Il me semble que ce ne fut pas là un mince service que cette femme rendit à l'humanité, qui a tiré de ces découvertes beaucoup de plaisir et de profit.

« Il est vrai que certains auteurs, et notamment le poète Boccace dont nous tenons notre récit, estiment que c'était un âge plus heureux que le nôtre quand on vivait de baies et de glands et que l'on allait vêtu simplement de peaux de bêtes, ignorant toutes ces techniques qui nous permettent de vivre plus confortablement ; mais j'affirme, pour ma part, que plus Dieu répand sur l'espèce humaine de bienfaits, de dons et de présents, plus grande est notre obligation de servir le Créateur, n'en déplaise à Boccace et aux autres qui maintiennent que la découverte de ces techniques assurant le bien-être et une meilleure nourriture au corps humain a porté préjudice à l'existence humaine. Car si l'on use mal des biens que Dieu a accordés et donnés à l'humanité et qu'il fit au bénéfice des hommes et des femmes pour que tous en usent sagement et en bien, c'est à cause de la méchanceté et de la perversité de ceux qui en usent mal. Il est bon, en effet, de profiter et de faire un honnête usage de ces choses qui sont en elles-mêmes excellentes et salutaires. Jésus-Christ lui-même nous en a donné l'exemple : il usa de pain, de vin, de poissons, de vêtements, de couleurs, de lin et de toutes ces choses indispensables, ce qu'il n'aurait pas fait s'il valait mieux vivre de glands et de baies. Il rendit un grand hommage à l'art de Cérès, c'est-à-dire au pain, puisqu'il lui a plu de donner dans le rite de la communion son glorieux corps aux hommes et aux femmes sous les espèces du pain. »

XL. Où il est question de Pamphile, qui la première eut l'idée de récolter la soie des vers, de la teindre et d'en faire de l'étoffe.

« Parmi les excellents arts nobles et utiles trouvés par les femmes, il ne faut point oublier celui découvert par la noble Pamphile, née au pays de Grèce. Le rare génie de cette femme s'exerçait dans divers domaines. Elle aima tant les recherches, enquêtant sur des phénomènes curieux, qu'elle découvrit, la première, l'art de la soie. Douée d'une vive imagination et d'une grande réflexion, elle observa les vers qui font naturellement de la soie sur les branches des arbres de son pays ; elle prit les cocons faits par ces vers, qui lui paraissaient fort beaux, puis en assembla les fils. Elle essaya ensuite diverses teintures pour voir si le fil prendrait une belle couleur. Quand elle eut terminé ces traitements, elle vit que c'était très beau et décida d'en tisser de l'étoffe. Ainsi, par la découverte de cette femme, le monde a été enrichi d'une chose fort belle et très utile, dont l'usage s'est partout répandu, car, pour la plus grande gloire du Seigneur, c'est de soie que sont faits les vêtements sacerdotaux ; on l'utilise encore pour les aubes et chasubles que les prélats portent pendant l'office divin, pour les empereurs, les rois et les princes ; dans certaines régions même, le peuple s'en sert à l'exclusion de toute autre étoffe, car les vers y abondent, quoiqu'on n'y trouve point de laine. »

XLI. Où il est question de Timarète, qui fut une maîtresse incontestée dans l'art de la peinture ; d'Irène, une autre peintre, et de Marcia la Romaine.

« Que pourrais-je te dire encore pour te convaincre que les femmes apprennent facilement les sciences pures et qu'elles peuvent aussi les inventer ? Mais il en va de même des arts manuels, car je te promets qu'elles peuvent les exécuter très facilement et très habilement, et qu'elles les pratiquent avec succès quand elles les ont appris. On en a l'exemple en Timarète, dont on écrit qu'elle était si talentueuse dans l'art et la science de la peinture qu'elle en fut la souveraine incontestée en son temps. Boccace nous raconte qu'elle était la fille du peintre Micon et qu'elle naquit à l'époque de la quatre-vingt-dixième olympiade. On appelait alors "olympiade" un jour de fête solennelle où l'on pratiquait divers jeux : on accordait à celui qui remportait la victoire tout ce qu'il demandait, pourvu que ce fût chose raisonnable. Ces jeux et ces fêtes étaient donnés en l'honneur du dieu Jupiter. On les célébrait de six ans en six ans, avec quatre années entières entre deux olympiades. Hercule fut le fondateur de cette fête. La célébration de la première olympiade marque le début du calendrier grec, comme le fait chez les chrétiens la naissance du Christ.

« Cette Timarète abandonna toutes les occupations ordinaires des femmes pour consacrer son immense talent à l'art de son père. Sa renommée était si grande qu'au temps où Archélaos régnait sur les Macédoniens, les Éphésiens, adorateurs de Diane, la prièrent de peindre un magnifique tableau à l'effigie de la déesse. Ils conservèrent ce tableau avec la vénération due au plus parfait chef-d'œuvre et ne l'exposaient aux regards que pendant la fête solennelle de la déesse. Cette peinture survécut fort longtemps, portant témoignage du génie de cette femme, en sorte qu'aujourd'hui encore on parle de son talent.

« Une autre Grecque, du nom d'Irène, eut une telle maîtrise de l'art de la peinture qu'elle put surpasser, elle aussi, tous les peintres de son temps. C'était l'élève du peintre Cratevas, qui était un maître accompli, mais elle avait un si grand talent et s'appliqua tant à son art qu'elle acquit sur lui une supériorité sans conteste. Les gens de l'époque la tinrent pour un tel prodige qu'ils firent une statue à sa gloire, représentant une jeune femme en train de peindre ; ils la mirent à l'honneur parmi les statues de ceux qui avaient accompli avant elle des chefs-d'œuvre. C'était en effet la coutume chez les Anciens de rendre hommage à ceux qui excellaient en quelque domaine – soit en savoir, force, beauté ou quelque autre talent –, et de perpétuer leur mémoire parmi les hommes en leur élevant des statues en des lieux notables et propices.

« Oh ! combien talentueuse dans cet art de la peinture fut Marcia la Romaine, noble vierge à la vie et aux mœurs irréprochables ! Elle travailla avec tant de génie et d'excellence qu'elle surpassa tous les hommes, y compris Dionisus et Sopolinus que l'on tenait alors pour les meilleurs peintres du monde. Bref, à en croire les maîtres, elle parvint au sommet de tout ce que l'on peut savoir en cet art. Comme elle voulait que le monde se souvienne d'elle, elle fit, parmi ses œuvres les plus célèbres, un extraordinaire tableau, où à l'aide d'un miroir elle exécutait son propre portrait, et cela avec une telle perfection que chacun avait l'impression de la voir respirer. Ce tableau fut longtemps conservé comme un trésor et signalé aux artistes comme une merveille de beauté. »

Je lui dis alors : « Ma Dame, ces exemples nous montrent que les Anciens honoraient mieux que nous les sages, et tenaient les sciences en plus haute estime. Cependant, à propos de femmes douées pour la peinture, je connais moi-même une certaine Anastasie dont le talent pour les encadrements et bordures d'enluminures et les paysages des miniatures est si grand que l'on ne saurait citer dans la ville de Paris, où vivent pourtant les meilleurs artistes du monde, un seul qui la surpasse. Personne ne fait mieux qu'elle les motifs floraux et décoratifs des livres, et l'on estime tant son travail qu'on lui confie la finition des ouvrages les plus riches et les plus fastueux. Je le sais par expérience, car elle a peint pour moi certaines bordures qui sont, de l'avis unanime, d'une beauté sans commune mesure avec celles exécutées par les autres grands maîtres. »

Elle me répondit : « Je veux bien te croire, ma chère Christine. On trouverait nombre de femmes supérieures de par le monde si on se donnait la peine de les chercher. Nous allons le voir avec l'exemple d'une autre Romaine. »

XLII. Où il est question de Sempronie la Romaine.

« Sempronie la Romaine était une femme éblouissante. Mais si elle l'emportait sur toutes les femmes de son époque par la beauté de son corps et de son visage, elle se distingua encore plus par les capacités de son esprit. Car elle était si intelligente qu'elle retenait sans la moindre erreur tout ce qu'elle avait entendu ou lu, quelle qu'en fût la difficulté ; elle avait une si parfaite maîtrise de ses capacités qu'elle pouvait répéter tout ce qu'on lui disait, même les récits les plus longs. Elle était versée non seulement dans la littérature latine, mais savait aussi le grec et l'écrivait si brillamment que chacun s'en émerveillait.

« De plus, sa façon de parler, son expression, son style étaient si beaux, si agréables et si justes que par son éloquence elle pouvait gagner toute personne à sa volonté. Car si elle voulait qu'on s'amuse, il n'y avait personne de si triste qu'elle ne pût l'amener à la joie et la gaieté, mais elle pouvait tout aussi bien provoquer chez qui elle voulait la mélancolie, les pleurs et la tristesse. Elle pouvait encore, si elle le souhaitait, éveiller le courage de tous ceux qui l'entendaient, afin qu'ils s'exposent dans des entreprises périlleuses. Avec tout cela, ses façons de parler et de se tenir étaient tellement douces et courtoises qu'on ne se lassait point du plaisir de la regarder et de l'entendre. Sa voix était mélodieuse, elle jouait admirablement de tous les instruments à cordes, et elle gagnait tous les concours. Bref, elle était très habile et ingénieuse dans tous les domaines de l'esprit. »

XLIII. Où Christine demande à Raison si Nature a doté la femme de jugement, et la réponse de Raison.

Et moi, Christine, je repris : « Ma Dame, je vois bien qu'il est vrai que Dieu – qu'il en soit loué ! – a donné à l'esprit féminin assez de pénétration pour comprendre, connaître et retenir tous les domaines du savoir. Toutefois, on voit de nombreuses personnes dont la vivacité d'esprit permet la compréhension et l'intelligence de tout ce qu'on leur enseigne, et qui ont tant de facilités que tout est à leur portée et qu'aucune science ne leur est fermée ; il leur suffit donc de s'appliquer à l'étude pour parvenir à un grand savoir. Et pourtant on voit beaucoup de clercs très savants, et même parfois les plus célèbres, qui manquent de discernement dans leur conduite et dans leur vie privée, ce qui m'étonne profondément. Car il est indubitable que les sciences forment les mœurs et apprennent à vivre sagement. C'est pourquoi je vous saurais gré, ma Dame, de bien vouloir me dire si l'esprit féminin est capable de jugement et de discernement, car je sais maintenant par vos exemples et ma propre expérience qu'elles peuvent retenir les choses les plus difficiles, en sciences comme en d'autres domaines. Toutefois, peuvent-elles décider de ce qu'il faut faire et ne pas faire ? Apprennent-elles par expérience, jugeant de leur conduite présente par le souvenir qu'elles ont des choses passées ? La conduite des affaires du moment peut-elle les rendre sages, face à l'avenir ? Car ce sont des choses, me semble-t-il, qui relèvent du jugement. »

Elle me répondit : « Tu dis vrai, mon enfant. Mais tu dois savoir que le jugement auquel tu fais allusion est un don que Nature fait aux hommes et aux femmes, à certains plus qu'à d'autres. Il ne vient absolument pas du savoir, qui pourtant le couronne chez ceux qui naturellement en sont doués. Car tu sais que deux forces réunies sont plus puissantes et plus efficaces que ne le serait individuellement chacune d'elles. C'est pourquoi j'ose affirmer que si une personne a naturellement ce discernement que l'on appelle le bon sens, et en plus le savoir, alors elle mérite véritablement la palme de l'excellence. Mais comme tu as dit toi-même, avoir l'un ne signifie pas avoir l'autre, car l'un est une disposition naturelle accordée par Dieu, et l'autre s'obtient au prix de longues études. Tous deux cependant sont bons.

« Toutefois, certains préféreraient le bon sens sans le savoir livresque à un grand savoir livresque qu'accompagnerait peu de bon sens. On peut formuler maintes opinions sur cette proposition qui soulève de nombreux problèmes. Car il faudrait admettre qu'est de loin préférable celui qui contribue le plus au bien général de tous, et c'est un fait qu'un individu instruit est plus utile à la collectivité par la science qu'il peut répandre que par tout le bon sens qu'il pourrait avoir. Le jugement, en effet, ne dure que l'espace d'une vie ; quand la personne meurt, son bon sens meurt avec elle ; mais ceux qui, au contraire, ont appris les sciences pourront en jouir éternellement, puisque celles-ci leur assurent la renommée ; bien d'autres personnes en profiteront aussi, parce qu'ils peuvent les leur apprendre et en faire des livres pour les générations futures. Ainsi leur savoir ne meurt pas avec eux, comme te le montrent les exemples d'Aristote et des autres savants qui ont légué leurs connaissances au monde ; le savoir qu'ils ont accumulé profite davantage à l'humanité que ne pourrait le faire tout le jugement sans savoir de tous les vivants et de tous ceux qui ont jamais été, même s'il est vrai que de nombreux royaumes et empires ont été gouvernés et dirigés avec bonheur par la prudence et le discernement. Toutes ces choses cependant sont éphémères et s'en vont avec le temps, alors que la science, qui est éternelle, demeure.

« Mais je laisserai ces questions en suspens pour que d'autres en délibèrent, car elles n'ont pas trait à l'édification de notre Cité. Je reviendrai donc à la question que tu m'as posée, c'est-à-dire si la femme est pourvue naturellement de jugement. J'y réponds affirmativement ; tu devrais le savoir par ce que je t'ai déjà dit, mais tu peux aussi le voir par la manière dont elles accomplissent, en règle générale, les tâches qu'on leur confie. Note bien ceci, s'il te plaît : tu verras que toutes – ou du moins le plus grand nombre d'entre elles – sont soucieuses, attentives et diligentes dans la conduite de leur ménage, s'occupant de tout selon leur pouvoir, à tel point que parfois cela agace certains maris négligents, qui trouvent qu'elles cherchent trop à les diriger et qu'elles insistent trop pour qu'ils remplissent leurs propres tâches, disant qu'elles se croient plus sages qu'eux et qu'elles veulent les dominer. C'est ainsi qu'ils rendent en mal le bien que de nombreuses femmes tâchent de leur faire. C'est de ces femmes de bon jugement qu'il est question dans l'épître de Salomon, dont je vais maintenant te résumer la teneur. »

XLIV. L'ÉPÎTRE DE SALOMON AU LIVRE DES PROVERBES.

« Le mari qui aura trouvé une femme forte, c'est-à-dire prévoyante, ne manquera jamais d'aucun bien. Son renom est grand dans tout le pays ; son mari a confiance en elle. Car elle lui procure des biens et la prospérité tous les jours de sa vie. Elle cherche et acquiert de la laine, c'est-à-dire qu'elle donne de l'ouvrage à ses servantes pour qu'elles s'appliquent à des tâches utiles ; elle approvisionne sa maison, mettant elle-même la main à la tâche. Elle est comme un navire marchand qui apporte le pain et les biens. Elle récompense ceux qui le méritent et en fait ses intimes. Il y a chez elle abondance de nourriture, même pour les servantes. Elle s'enquiert de la valeur d'un domaine avant de l'acheter ; du fruit de son jugement elle plante la vigne qui enrichit sa maison. Courageuse et résolue, elle a ceint ses reins de force, et affermi ses bras par des travaux incessants et utiles. La lampe de son travail ne s'éteint jamais, pas même au cœur de la nuit. S'occupant des tâches les plus nobles, elle ne délaisse point les travaux féminins, mais y participe activement. Elle tend la main aux pauvres et aux indigents pour leur porter secours. Prévoyante, elle ne craint ni la neige ni le froid pour sa maison, et ceux dont elle a la charge sont vêtus de lourdes robes. Elle se vêt de soie et de pourpre, d'honneur et de noble renom. Assis au premier rang avec les anciens du pays, son mari est honoré. Elle fabrique des étoffes de lin fin et les vend, elle est revêtue de force et de gloire. Sa joie demeurera éternelle. Sa bouche répand des paroles de sagesse, et la douceur régit sa langue. Elle veille aux provisions de l'office et ne mange pas le pain de la paresse. Aux mœurs de ses enfants on voit qui est leur mère, et leurs actes la disent heureuse. La bonne mise de son mari lui vaut des louanges. Bien qu'elles ne soient plus des enfants, elle règne en toute chose sur ses filles. Elle méprise la gloire trompeuse et la beauté vaine. Une telle femme qui craint le Seigneur sera louée ; il la récompensera du fruit de ses œuvres, qui la louent en tous lieux. »

XLV. Où il est question de Gaie Cécilie.

« À propos du jugement féminin exalté par l'épître de Salomon, on peut aussi rappeler l'exemple de la noble reine Gaie Cécilie. C'était une Romaine ou une Toscane ; elle était l'épouse de Tarquin, roi des Romains. Elle se conduisit avec le plus grand discernement ; en plus de son bon sens, elle fut vertueuse, loyale et bonne. Elle était réputée entre toutes les femmes pour l'excellente tenue de son ménage et sa remarquable prévoyance. Toute reine qu'elle était, elle ne pouvait s'abstenir de travailler de ses mains, tant elle avait à cœur d'être utile en tout moment. Fuyant l'oisiveté, elle s'occupait toujours à quelque ouvrage et en outre obligeait toutes les dames et jeunes filles de sa suite à en faire autant. Elle savait trier les différentes qualités de laine pour faire des étoffes fines ou ordinaires ; elle consacrait son temps à cela, ce qui était à l'époque une très noble occupation. Et c'est ainsi que cette noble femme mérita d'être louée, honorée, prisée et admirée de tous. Par la suite, les Romains eurent un empire beaucoup plus fort que du temps où elle vivait, mais ils maintinrent toujours la coutume établie en l'honneur de sa mémoire. Car aux noces de leurs filles, quand l'épousée franchissait le seuil de la maison de l'époux, on lui demandait quel serait désormais son nom, et elle répondait "Gaie", voulant faire comprendre par là qu'elle voulait imiter, autant que cela se pouvait, la conduite et les actes de cette femme. »

XLVI. Où il est question du jugement et de la sagesse de la reine Didon.

« Comme tu l'as dit toi-même, le jugement est la faculté de peser les choses que l'on veut entreprendre et la manière de les mener à bien. Et pour te montrer que les femmes sont capables d'un tel discernement, même dans les tâches les plus hautes, je vais te citer l'exemple de plusieurs femmes politiques, et tout d'abord, celui de Didon. Didon, qui s'appelait Élissa à l'origine, montra bien la puissance de son jugement par ses actes, comme je te le raconterai. Elle fonda et fit construire sur la terre d'Afrique une ville appelée Carthage, dont elle fut dame et reine. Elle fit preuve d'une forte résolution, de noblesse et de courage – qualités sans lesquelles il est impossible d'agir avec prudence – dans la manière dont elle acquit la terre, la garda, et fonda sa ville. Didon descendait des Phéniciens qui avaient quitté les régions les plus reculées de l'Égypte pour se fixer en Syrie, où ils fondèrent et construisirent de nombreuses et magnifiques cités. Le roi Agénor était de ce peuple. Le père de Didon, appelé Bélus, était de sa lignée : il fut roi de Phénicie et conquit le royaume de Chypre. Ce roi avait pour toute descendance un fils appelé Pygmalion et sa fille Didon.

« Quand il vint à mourir, il recommanda à ses barons de reporter leur loyauté et leur affection sur ses deux enfants et leur fit promettre qu'ils feraient ainsi. À la mort du roi, ils couronnèrent donc son fils Pygmalion et marièrent Élissa, qui était très belle, au chef du pays le plus puissant après le roi ; il s'appelait Sichée, ou encore Acerbe Cicéon. Ce Sichée était le grand prêtre du temple d'Hercule, selon leur religion, et il était prodigieusement riche. Didon et Sichée s'aimaient profondément et menaient une vie heureuse. Mais le roi Pygmalion était un méchant ; c'était la personne la plus cruelle et la plus envieuse que l'on ait jamais vue, et sa convoitise n'avait pas de bornes. Sa sœur Élissa savait combien il était envieux, et voyant que son mari était immensément riche, et que l'on connaissait partout ses trésors, elle lui conseilla de se méfier du roi et de mettre ses biens en lieu sûr, afin de les protéger de son envie. Sichée suivit ce conseil, mais il ne se protégea pas personnellement des embûches tendues par le roi, comme Didon le lui avait recommandé. C'est ainsi qu'un jour le roi le tua pour s'emparer de son immense trésor. Cette mort blessa tant Élissa qu'elle faillit mourir de chagrin. Longtemps elle pleura amèrement, se lamentant de la perte de son époux bien-aimé et maudissant le frère cruel qui l'avait assassiné. Mais ce roi félon, dont les espérances avaient été trompées puisqu'il n'avait pu trouver qu'une infime partie des richesses de Sichée, vouait à sa sœur une rancune tenace, sachant bien qu'elle avait caché ce trésor.

« Voyant que sa vie était en grand danger, son bon sens lui conseilla de quitter le pays et de s'en aller au loin. Cette décision prise, elle réfléchit courageusement à ce qu'elle ferait et s'arma de courage et de force pour mener son entreprise à bien. Cette dame savait que le roi n'était point aimé de ses barons ni du peuple, vu sa cruauté et les grandes exactions qu'il commettait. Elle convoqua donc des princes, des bourgeois et des gens du peuple. Après leur avoir demandé de jurer le secret, elle leur exposa son projet avec tant d'éloquence qu'ils se rallièrent tous à sa cause, lui jurant de partir avec elle et de lui demeurer loyaux et fidèles.

« Alors cette femme, le plus discrètement possible et dans la plus grande hâte, fit armer son navire. Elle partit de nuit avec ses immenses richesses et une foule de gens, enjoignant aux marins de faire tout leur possible pour filer au plus vite. Elle fit plus rusé encore, car elle savait que son frère enverrait ses hommes d'armes après elle dès qu'il aurait appris son départ. C'est pourquoi elle fit secrètement remplir de grosses malles, des cantines et de grands coffres de choses lourdes n'ayant aucune valeur, pour faire croire que c'était là son trésor : ainsi ceux que son frère enverrait à sa poursuite s'empareraient de ces malles et de ces coffres, et sans s'opposer davantage à son voyage, la laisseraient partir. Ce qui ne tarda pas à arriver, car ils n'avaient pas pris la mer depuis longtemps que survint une foule d'hommes d'armes que le roi avait expédiés à leur poursuite. La dame s'adressa à eux avec aplomb et leur dit sagement qu'elle poursuivrait sa croisière s'ils le voulaient bien. Quand elle vit que ce stratagème ne lui servait à rien, elle leur dit qu'elle savait bien que le roi son frère n'avait que faire de sa personne, mais que, si toutefois il en voulait à son trésor, elle le lui remettrait volontiers. Ceux-ci, sachant que c'était là le seul souci du roi, la mirent en demeure de s'exécuter, car cela leur permettait de satisfaire le roi et de l'apaiser à son sujet. Alors cette femme, la mine triste comme si elle le faisait à contrecœur, leur fit livrer toutes ses malles et coffres. Ils les chargèrent sur leurs navires, et croyant avoir bien fait, l'en tinrent quitte et s'en furent porter la bonne nouvelle au roi.

« La reine, sans protester le moins du monde, chercha à reprendre la mer. Ils voguèrent jour et nuit et abordèrent à Chypre ; là ils se réapprovisionnèrent. Après avoir sacrifié aux dieux, Didon regagna son navire, emmenant avec elle le prêtre de Jupiter et sa famille. Celui-ci, en effet, avait su par divination qu'une femme viendrait des terres de Phénicie et qu'il quitterait son pays pour s'en aller avec elle. Laissant derrière eux la terre de Crète, ils naviguèrent à gauche de l'île de Sicile, puis longèrent les côtes de la terre de Massylie et débarquèrent en Afrique. Les habitants du pays accoururent aussitôt pour voir le bateau et ses passagers.

« Quand ils virent que la dame et son peuple venaient en paix, ils leur apportèrent une profusion de vivres. Didon leur parla avec une grande courtoisie, disant qu'elle avait entendu beaucoup de bien de ce pays et que son intention était de s'y fixer, s'ils voulaient bien donner leur accord. Ils répondirent qu'ils n'y voyaient point d'inconvénient. Faisant accroire qu'elle ne cherchait pas à établir une grande colonie sur une terre qui n'était pas à elle, la dame les pria de lui vendre la parcelle de littoral qui tiendrait dans une peau de bœuf, afin d'y établir un campement pour elle et son peuple. Cela étant accordé, ils établirent un contrat et jurèrent d'en respecter les termes. C'est alors qu'on vit l'intelligence et l'astuce de cette femme, car elle prit une peau de bœuf, la fit découper en lanières aussi fines que possible, les attacha les unes aux autres, puis encercla le littoral comme avec une ceinture, s'octroyant ainsi une grande quantité de terres. Les vendeurs furent tout étonnés, mais quelle qu'eût été leur surprise de l'habileté et du discernement de cette femme, il leur fallut tenir le marché.

« C'est ainsi qu'elle obtint sa terre en Afrique. On trouva dans l'enclos la tête d'un cheval. Cette tête, le vol et le cri des oiseaux présageaient aux habitants de la ville qu'on venait de fonder qu'ils seraient de valeureux conquérants, accomplis dans l'art de la guerre. Aussitôt, cette femme envoya partout chercher des ouvriers. Elle n'épargna pas ses richesses et fit construire une cité merveilleusement belle, grande et forte, qu'elle appela Carthage. Au donjon et à la grande tour elle donna le nom de *Byrsa*, c'est-à-dire “peau de bœuf”.

« Elle eut à peine commencé à lever les constructions de la ville que lui parvinrent des nouvelles de son frère, qui se préparait à l'attaquer, elle et tous ceux qui l'avaient accompagnée, s'estimant berné et bafoué à propos du trésor. Mais elle répondit à ses émissaires qu'elle avait bel et bien remis le trésor aux autres pour être livré à son frère ; ceux qui l'avaient emporté pouvaient bien l'avoir volé, mettant autre chose à sa place ; ou bien les dieux cherchaient-ils, sans doute, à punir son frère pour le crime dont il s'était rendu coupable en faisant assassiner son mari ; ils auraient ainsi métamorphosé ses biens, afin qu'il ne puisse en jouir. Quant à la guerre dont on la menaçait, elle saurait bien, avec l'aide des dieux, se défendre. Elle fit donc appeler tous ceux qui l'avaient accompagnée et leur dit qu'elle ne voulait pas qu'ils restent avec elle contre leur volonté, ni que par sa faute ils subissent quelque dommage. Elle leur proposa donc de repartir s'ils le voulaient ; à ceux qui souhaitaient la quitter, et même s'ils le voulaient tous, elle était prête à restituer le fruit de leur travail et à les laisser partir. Ils répondirent d'une seule voix qu'ils vivraient ou mourraient avec elle, sans jamais l'abandonner même un seul jour de leur vie.

« Les émissaires repartirent, et la dame se mit à terminer sa ville au plus vite. Ses constructions achevées, elle promulgua lois et ordonnances afin que le peuple puisse vivre selon le droit et la justice. Elle s'illustra tant par sa conduite et par l'excellence de son jugement que sa renommée fit le tour de la terre ; dans le monde entier, on ne parlait plus que d'elle. Son courage hors de pair, son audace, l'éclat de ses actions et la sagesse de sa politique firent que l'on changea son nom pour l'appeler “Didon”, l'équivalent du latin *virago*, c'est-à-dire “celle qui a le courage et la résolution d'un homme”. Longtemps elle vécut dans la gloire. Elle eût continué à le faire, si Fortune – toujours jalouse de ceux qui prospèrent – ne se fût retournée contre elle. À la fin, en effet, elle lui concocta un amer breuvage, comme il te sera raconté en temps et lieu. »

XLVII. Où il est question d'Ops, reine de Crète.

« Oppis ou Ops, qu'on appelait déesse et mère des dieux, fut à l'aube des temps réputée pour son jugement, car les mythes anciens racontent qu'elle fit preuve de constance et de résolution, face aux bonheurs comme aux adversités qu'elle rencontra au cours de sa vie. C'était la fille d'Uranus, un homme de Grèce très puissant, et de Vesta, épouse de celui-ci. L'époque était encore fort barbare et peu éclairée. Elle eut donc pour époux son frère Saturne, roi de Crète. Or ce roi de Crète vit en songe que sa femme donnerait le jour à un enfant mâle qui le tuerait. Pour échapper à son destin, il ordonna de mettre à mort tous les enfants mâles qu'aurait la reine. Mais grâce à son intelligence et à un habile stratagème, cette femme sauva la vie de ses trois fils, c'est-à-dire de Jupiter, de Neptune et de Pluton ; c'est pourquoi on l'honora et loua sa perspicacité. Son intelligence et la force de ses enfants lui valurent en son temps une telle réputation, une si grande estime dans le monde, que le peuple ignorant lui accorda le titre de déesse mère des dieux. En effet, on considérait ses fils comme des dieux de leur vivant parce qu'ils étaient à maints égards plus intelligents que les autres hommes, qui eux étaient des rustres. On fit donc à Ops temples et sacrifices. Longtemps le peuple demeura en cette croyance erronée, et même au sommet de leur puissance, les Romains persistaient en cette erreur, vouant à cette déesse une grande vénération. »

XLVIII. Où il est question de Lavinie, fille du roi Latinus.

« Lavinie, reine des Latins, fut elle aussi très renommée pour son jugement. Cette noble dame était de la lignée de Saturne, le roi de Crète dont nous venons de parler. C'était la fille du roi Latinus ; elle devint l'épouse d'Énée. Avant son mariage, Turnus, le roi des Rutules, lui avait été promis ; son père, à qui un oracle avait annoncé qu'elle épouserait un prince troyen, retardait toujours le mariage ; son épouse, cependant, l'y poussait. En arrivant en Italie, Énée fit demander au roi Latinus la permission de débarquer sur ses terres. Celui-ci lui donna non seulement la permission, mais lui offrit immédiatement sa fille en mariage. Voilà pourquoi Turnus entra en guerre contre Énée. Cette guerre fut extrêmement meurtrière ; Turnus lui-même y laissa la vie. Énée remporta la victoire, et épousa Lavinie. Elle était enceinte d'un fils lorsqu'il mourut. Sur le point d'accoucher, craignant qu'Ascagne, le fils qu'Énée avait eu d'un premier lit, ne tue l'enfant qu'elle mettait au monde pour régner à sa place, Lavinie partit accoucher dans un bois. Elle appela l'enfant Julius Silvius. Cette femme ne voulut jamais se remarier ; veuve, elle se conduisit avec une prudence exemplaire et sut, par son intelligence, préserver son royaume. Elle parvint à se faire aimer de son beau-fils qui, ne voulant rien entreprendre contre elle ni contre son frère, quitta le royaume pour fonder la ville d'Albe, où il vécut. Lavinie gouverna très sagement avec son fils, jusqu'à ce qu'il soit en âge de régner. C'est de lui que naquirent Remus et Romulus, les fondateurs de Rome, ainsi que tous les grands princes romains qui leur succédèrent.

« Que te dire de plus, ma chère enfant ? Je crois avoir donné assez d'arguments à l'appui de ma thèse, c'est-à-dire t'avoir prouvé, par des démonstrations claires et par des exemples, que Dieu n'a jamais davantage condamné, ni ne condamne davantage, les femmes que les hommes. Tu le vois bien d'après ce que je t'ai dit, et ce que mes deux sœurs vont maintenant t'apprendre te confirmera dans cette opinion. Car il me semble que j'ai maintenant assez fait, puisque voici bâtis les murs d'enceinte de la Cité des Dames ; ils sont secs et achevés. C'est maintenant au tour de mes deux sœurs ; tu pourras, avec leur aide et conseil, terminer les constructions qui restent à faire. »

ICI FINIT LA PREMIÈRE PARTIE
DU *LIVRE DE LA CITÉ DES DAMES*.

ICI COMMENCE LA DEUXIÈME PARTIE DU *LIVRE DE LA CITÉ DES DAMES*, OÙ IL EST RACONTÉ PAR QUI FUT POURVU EN MAISONS ET EN ÉDIFICES L'INTÉRIEUR DE LA CITÉ, ET LA MANIÈRE DONT ELLE FUT PEUPLÉE.

I. OÙ IL EST QUESTION DES DIX SIBYLLES.

La première dame, qui s'appelait Raison, eut à peine achevé son discours que la seconde, nommée Droiture, s'approcha de moi pour me parler en ces termes : « Chère Christine, je ne voudrais point me soustraire à ma tâche ; construisons ensemble les édifices que protégeront les murs de clôture et les remparts de la Cité des Dames, déjà élevés par ma sœur Raison. Prends tes outils et viens donc avec moi. N'hésite pas ; trempe mon mortier dans l'encre de ton cornet et maçonne à grands traits, car je t'en fournirai en quantité, et avec l'aide de Dieu nous achèverons rapidement la construction des hauts palais royaux et des nobles hôtels, où pourront résider perpétuellement et à tout jamais les dames de grand renom, éminentes et illustres, à qui seront destinées ces demeures. »

Et moi, Christine, ayant entendu les paroles de cette glorieuse dame, je répondis ainsi : « Très noble Dame, me voici prête. Commandez, car ma volonté est d'obéir. » Elle me dit alors : « Regarde, ma chère Christine, les belles pierres brillantes, plus précieuses que toutes autres, que je t'ai trouvées et apprêtées pour être liées dans ton ouvrage de maçonnerie. Suis-je donc restée oisive pendant que Raison et toi, vous bâtissiez avec ardeur ? Allons, aligne-les, en suivant l'ordre de mon discours, sur le trait que je t'ai tracé.

« Parmi les femmes de très haute dignité figurent au premier rang les sages sibylles, si fécondes en savoir. Selon les écrits des auteurs les plus dignes de foi, elles étaient au nombre de dix, bien que certains n'en comptent que neuf. Ah ! chère Christine ! Écoute-moi bien ici. Y a-t-il jamais eu un seul prophète que Dieu ait autant aimé et à qui il ait consenti de plus grands honneurs en prédiction que ceux donnés et accordés aux très nobles femmes que j'évoque ici ? Et ne mit-il pas en elles un saint esprit de prophétie si grand et si profond que leurs paroles ne semblaient pas prédire l'avenir, mais au contraire raconter des choses passées et des événements déjà connus, tant étaient clairs, compréhensibles et évidents leurs paroles et leurs écrits ? Leurs ouvrages firent même état de l'avènement de Jésus-Christ, chose qui pourtant survint bien longtemps après, et encore plus clairement et avec plus de détails que ne l'ont fait par la suite tous les prophètes. Ces femmes observèrent une stricte chasteté, refusant toute souillure leur vie durant. On les appela toutes sibylles, mais il ne faut point croire que c'était là leur nom. "Sibylle" signifie, en effet, "celle qui connaît la pensée de Dieu" : elles furent ainsi appelées car leurs prophéties étaient si miraculeuses que seul l'esprit divin pouvait dicter de telles paroles ; c'est donc d'un titre qu'il s'agit et non pas d'un nom propre. Les sibylles naquirent dans différents pays du monde et à des époques diverses, mais toutes avaient vu que des faits miraculeux se produiraient dans l'avenir. Comme je te l'ai déjà dit, elles annoncèrent notamment, en des termes particulièrement clairs, l'avènement de Jésus-Christ. Cependant toutes furent païennes et aucune n'appartint à la religion juive.

« La première était originaire de Perse ; c'est pour cela qu'on l'appelait la Persique. La seconde était libyenne ; on l'appela donc la Libyque. La troisième naquit au temple d'Apollon à Delphes ; c'est ainsi qu'elle fut surnommée la Delphique ; elle prédit longtemps avant l'événement la destruction de Troie, et Ovide lui consacra plusieurs vers dans l'un de ses ouvrages. La quatrième naquit en Italie ; on l'appela la Cimérienne. La cinquième, qui fut de Babylone, s'appelait Érophile ; c'est elle qui répondit aux Grecs venus la consulter qu'ils détruiraient Troie et la haute citadelle d'Ilion, et qu'Homère en ferait un récit mensonger. Lui donnant le nom de l'île où elle vivait, on l'appela Érythrée ; c'est là qu'on découvrit ses livres. La sixième était originaire de l'île de Samos ; on l'appela donc la Samienne. La septième eut pour nom la Cuméenne, car elle était née en Italie dans la ville de Cumes, dans la province de Campanie. La huitième s'appelait l'Hellespontienne, car elle était née en Hellespont sur la plaine troyenne ; elle vécut au temps du célèbre auteur Solin et de Cyrus.

La neuvième naquit en Phrygie ; on l'appela la Phrygienne ; elle annonça la chute de plusieurs royaumes et prédit très clairement la venue du faux prophète Antéchrist. La dixième, qui fut appelée la Tyburtine, avait encore pour nom Albunié. On vénéra fort ses prédictions, car elles annoncèrent très clairement la venue du Christ. Et bien que toutes d'origine païenne, les sibylles dénoncèrent cette religion et, réprouvant le polythéisme, professaient qu'il n'y avait qu'un seul Dieu et que les idoles étaient fausses. »

II. Où il est question de la sibylle Érythrée.

« Il faut savoir qu'Érythrée eut, parmi les sibylles, le plus grand don de prescience, car Dieu lui accorda un pouvoir si singulier et si extraordinaire qu'elle prédit l'avenir avec tant de clarté que son récit parut davantage un Évangile qu'une prophétie. À la demande des Grecs, elle raconta dans ses vers leurs exploits, leurs batailles et la destruction de Troie, si clairement que la chose ne parut pas plus vraie lorsqu'elle se produisit. Longtemps avant l'événement elle décrivit encore, dans un récit succinct et authentique, l'empire de Rome, la puissance des Romains et leur destinée ; elle le fit si bien que cela semblait être un abrégé de faits historiques plutôt que de choses à venir.

« Elle dit quelque chose de plus grand et de plus merveilleux encore, car elle annonça et révéla manifestement les secrets de la puissance divine que les prophètes n'avaient pu annoncer autrement que par métaphores et allégories obscures, c'est-à-dire le saint mystère de l'Incarnation du fils de Dieu en la Vierge Marie selon le Saint-Esprit. On pouvait lire, en effet, dans son livre : "*Jesus Christos Theon nios soter*", ce qui signifie dans notre langage : "Jésus-Christ fils de Dieu, sauveur". Elle prédit encore sa vie et ses miracles, la trahison, sa captivité, les humiliations et sa mort, sa résurrection, sa victoire et l'Ascension, la descente du Saint-Esprit sur les apôtres, le tout avec tant de précision qu'on pourrait le prendre pour un résumé des mystères de la foi chrétienne et non point pour une prédiction d'événements futurs.

« À propos du Jugement dernier, elle dit ceci : "Et en ce jour d'épouvante, en signe du jugement la terre suera du sang. Le Roi qui jugera le monde entier descendra du ciel ; le juste et le méchant le verront. Les âmes retrouveront leurs corps, et chacun sera récompensé selon ses mérites. Alors fondront richesses et fausses idoles. Le feu se déclarera, emportant dans la mort toute chose vivante. Lors surviendront plaintes et désolations ; l'angoisse fera grincer des dents. Le soleil, la lune et les étoiles perdront leur clarté, les montagnes combleront les vallées, la mer, la terre et la création entière seront nivelées. Les trompettes célestes appelleront au Jugement. Alors l'épouvante sera grande, et chacun pleurera sa folie. Le monde sera créé à nouveau. Les rois, les princes, l'humanité tout entière apparaîtront devant le souverain juge qui récompensera chacun selon ses mérites. Descendant du ciel, la foudre embrasera le fond de l'enfer."

« Il a suffi de vingt-sept vers à cette sibylle pour exprimer toutes ces choses. Boccace écrit, et tous les autres grands auteurs qui ont parlé d'elle l'affirment aussi, que le nombre de ses vertus nous oblige à croire qu'elle fut l'élue de Dieu, et que l'on doit la révérer plus que toute autre femme, hormis les bienheureuses saintes du paradis. Elle se garda vierge toute sa vie, et il faut croire qu'elle atteignit la pureté la plus parfaite, car la connaissance des choses à venir ne resplendit jamais dans un cœur noirci et souillé par le vice. »

III. Où il est question de la sibylle Almathée.

« La sibylle Almathée est née, comme nous l'avons dit, dans la province de Campanie, non loin de Rome. Elle aussi avait reçu des dons particuliers de clairvoyance et de prophétie. On sait d'après les chroniques qu'elle naquit au temps de la destruction de Troie et qu'elle vécut jusqu'au règne de Tarquin le Superbe. Certains l'ont appelée Déiphèbe. Elle atteignit un âge étonnamment avancé, et cependant resta vierge toute sa vie. Son immense savoir amena différents poètes à s'imaginer qu'elle avait été aimée de Phébus, qu'on appelait alors le dieu de la sagesse ; c'est Phébus qui lui aurait fait don de tant de connaissances et d'une vie aussi longue. Mais il faut entendre par là que sa virginité et sa pureté la firent aimer de Dieu, lui qui est le soleil de toute sagesse, et qui fit briller en elle la lumière de prophétie ; c'est ainsi qu'elle a pu annoncer et consigner divers événements de l'avenir. On a écrit en outre que lorsqu'elle rendait l'oracle à Baïes, près des rives du lac d'Enfer, elle eut une révélation divine merveilleuse et sublime dont on a conservé en son nom la mémoire ; elle est rédigée tout entière en vers rimés. Il s'agit là d'une chose fort ancienne, mais tous ceux qui la consultent et l'examinent s'étonnent encore de la grandeur et de la supériorité de cette femme. D'après certains poèmes, elle guida Énée aux Enfers et l'en ramena.

« Cette femme se rendit à Rome, apportant neuf livres qu'elle montra au roi Tarquin pour les lui vendre. Comme il refusait de lui en donner le prix qu'elle demandait, elle en brûla trois en sa présence. Le lendemain, elle demanda pour les six livres qui restaient le prix exigé pour les neuf, affirmant que si on lui refusait encore le prix demandé, elle brûlerait immédiatement trois de ces livres et les trois autres le lendemain. Alors le roi Tarquin lui paya le prix qu'elle avait tout d'abord demandé. Ces livres furent soigneusement gardés. Il s'avéra qu'ils racontaient tout ce qui devait arriver aux Romains dans le futur, car l'on y trouva prédits tous les grands événements qui se produisirent par la suite. Ces volumes furent précieusement conservés dans la salle du Trésor des empereurs, afin que l'on puisse en tirer conseil, comme d'un oracle divin.

« Remarque bien ceci, ma chère Christine, et note comment Dieu fit don à une simple femme de tant de vertus que non seulement elle sut conseiller et guider de son vivant un empereur, mais encore, pour ainsi dire, tous ceux qui jusqu'à la fin des temps régneraient sur Rome, prédisant tous les événements futurs de l'empire. Dis-moi, je t'en prie, s'il fut jamais un homme qui en eût fait autant ! Et toi, bien sottement, tu te lamentais naguère d'appartenir au même sexe que ces êtres remarquables, croyant que Dieu le tenait en mésestime !

« Virgile parla de cette sibylle dans son grand poème. Elle passa la fin de sa vie en Sicile. Longtemps on montra son tombeau. »

IV. Où il est question de plusieurs autres prophétesses.

« Ces dix femmes ne furent pas les seules au monde que Dieu ait choisies pour recevoir ce don de prophétie ; il y en eut au contraire un très grand nombre, et cela dans toutes les religions que l'on a pu professer. Si tu cherches dans la religion juive, tu en trouveras beaucoup, par exemple Déborah, qui fut prophétesse au temps des Juges d'Israël. Le peuple de Dieu fut délivré par le sens pratique de cette femme, alors qu'il avait vécu vingt ans en esclavage sous le joug du roi de Canaan.

« La bienheureuse Élisabeth, cousine de Notre-Dame, ne fut-elle pas prophétesse elle aussi, lorsqu'elle dit à la glorieuse Vierge Marie venue la voir : “D'où vient que la mère de Notre-Seigneur soit venue à moi ?” Car, sans le don de prophétie, elle n'aurait pu savoir que celle-ci avait conçu du Saint-Esprit.

« Et Anne, l'excellente femme juive qui allumait les lampes du Temple, n'eut-elle pas de même le don de prophétie, tout comme Siméon le prophète, à qui Notre-Dame présenta Jésus-Christ à l'autel du Temple le jour de la Chandeleur ? Le saint prophète savait que c'était le Sauveur du monde lorsqu'il dit, en le prenant entre ses bras : "*Nunc dimittis.*" Mais l'excellente Anne, qui remplissait ses devoirs au Temple, sut par révélation divine, en voyant la Vierge entrer tenant son enfant dans les bras, que c'était le Sauveur ; elle s'agenouilla pour l'adorer, et clama bien haut qu'était venu celui qui sauverait le monde. Tu trouveras beaucoup d'autres prophétesses en étudiant attentivement l'histoire juive, et quant à la religion chrétienne, elle en compte un nombre presque infini ; les exemples abondent parmi les saintes. Nous les laisserons de côté toutefois, car on pourrait dire que Dieu leur a accordé ce don par exprès privilège, et passant outre, nous parlerons de nouveau des païennes.

« L'Écriture sainte fait encore mention de la reine de Saba, qui était d'une intelligence supérieure. Ayant entendu parler de la sagesse de Salomon, dont la renommée faisait le tour de la terre, elle voulut aller le voir. Elle quitta donc ce coin reculé du monde aux fins fonds de l'Orient ; laissant derrière elle son pays, elle chevaucha à travers l'Éthiopie et l'Égypte, passa sur les rives de la mer Rouge, traversa les déserts profonds de l'Arabie. Accompagnée d'un très noble cortège de princes, de seigneurs, de chevaliers et de grandes dames, elle arriva en grande pompe dans la ville de Jérusalem, apportant de précieux trésors, pour rendre visite au très sage roi Salomon, cherchant à savoir si ce qu'on disait de lui était vrai. Celui-ci la reçut avec les honneurs dus à son rang ; longtemps elle resta auprès de lui, éprouvant sa sagesse en divers domaines ; ses questions furent nombreuses, et elle lui proposa maintes énigmes difficiles et obscures. Il y répondit avec tant d'aisance qu'elle fut contrainte d'avouer qu'une telle sagesse n'avait rien d'humain, mais qu'elle était le fruit de la grâce divine. Cette femme fit à Salomon quantité de riches présents, parmi lesquels des plants d'arbustes dont on tire extraits et baumes ; le roi les fit planter près du lac Asphaltite et ordonna qu'ils y fussent cultivés et taillés avec le plus grand soin. En retour, le roi la combla de riches joyaux.

« On peut lire, dans certains écrits qui content la sagesse et les dons de prophétie de cette femme, qu'un jour où elle se trouvait à Jérusalem et que Salomon l'emmenait admirer les splendeurs du Temple édifié par ses soins, elle vit un long madrier de bois posé en travers d'un bourbier, et dont les gens se servaient comme d'un pont pour traverser la fondrière. En voyant cette poutre, la dame s'arrêta net et s'agenouilla pour l'adorer, disant : "Il viendra un temps où cette planche, aujourd'hui tant méprisée et foulée par vos pieds, sera honorée au-dessus de tous les bois du monde ; on l'ornera des plus riches pierres et on la gardera dans les trésors des princes. Car mourra sur le bois de cette planche celui qui anéantira la religion juive." Les Juifs ne prirent point ces paroles à la légère ; bien au contraire, ils retirèrent la planche du bourbier pour l'enterrer là où ils croyaient que nul ne pourrait jamais la trouver. Mais ce que Dieu veut garder est bien gardé, et les Juifs ne purent si bien la cacher qu'elle ne fût retrouvée au temps de la Passion de Notre-Seigneur Jésus-Christ. Et c'est ainsi que s'avéra la prophétie de cette femme, car cela signifiait que de ce bois serait faite la croix sur laquelle Notre-Sauveur souffrirait mort et passion. »

V. Où il est question de Nicostrate, de Cassandre et de la reine Basine.

« Nicostrate, dont il a été question plus haut, fut elle aussi prophétesse. Car dès qu'elle eut franchi le Tibre avec son fils Évandre, dont il est souvent question dans l'histoire, et qu'elle fut montée au sommet du Palatin, elle prophétisa que sur ce mont serait bâtie une ville, la plus célèbre que connaîtrait jamais le monde, et qui régnerait en souveraine sur toutes les puissances terrestres. Voulant être celle qui poserait la première pierre, elle y construisit un château fort, comme tu l'as déjà entendu ; c'est là en effet que par la suite fut fondée et édifiée la ville de Rome.

« Cassandre, cette noble vierge troyenne, fille du roi de Troie Priam et sœur du preux Hector, elle qui fut si instruite qu'elle n'ignorait aucun art, ne fut-elle pas, elle aussi, prophétesse ? Comme cette jeune fille refusait toujours de prendre époux, quelque grand prince qu'on lui offrît, et qu'elle prévoyait tout ce que l'avenir réservait aux Troyens, elle en conçut une profonde détresse. Dans toute la période qui précéda cette boucherie entre Grecs et Troyens, plus elle voyait fleurir les fortunes de Troie et sa magnificence, plus elle pleurait, se lamentant et menant grand deuil. À contempler la splendeur et la richesse de sa cité, la beauté et la renommée de ses frères, le noble Hector si valeureux, elle clamait sans cesse les grands malheurs qui ne manqueraient pas de se produire. Lorsqu'elle vit éclater la guerre, ses pleurs redoublèrent ; elle criait, pleurait, harcelait sans cesse son père et ses frères, leur demandant pour l'amour du ciel de faire la paix avec les Grecs, car sinon cette guerre les détruirait immanquablement. Toutefois, comme elle ne cessait de se lamenter – et à juste titre, car elle ne pouvait taire un tel désastre et tant de malheurs –, son père et ses frères la battirent à maintes reprises, disant qu'elle était folle. Tout cela ne la réduisit point au silence, car même la menace d'une mort certaine ne l'eût point fait taire. Pour avoir la paix, ils décidèrent de l'enfermer dans une chambre éloignée de tous, afin que ses cris ne leur percent plus les oreilles. Pourtant, ils auraient mieux fait de la croire, car tout ce qu'elle avait prédit finit par arriver. Ainsi ils se repentirent à la fin, mais ce fut trop tard pour eux.

« Et la reine Basine, femme du roi de Thuringe puis épouse de Childéric, quatrième roi de France selon le témoignage des chroniques, ne fit-elle point une prédiction tout aussi étonnante ? L'histoire nous raconte en effet que pendant sa nuit de noces, elle annonça au roi Childéric que s'il restait chaste cette nuit-là il aurait une vision merveilleuse ; là-dessus, elle lui dit de se lever, d'aller à la porte de la chambre et de prêter attention à ce qu'il y verrait. Le roi s'y rendit et crut y voir ces grands animaux que l'on appelle licornes, ainsi que des léopards et des lions, qui allaient et venaient dans le palais. Il en revint tout épouvanté et demanda à la reine ce que cela signifiait. Elle lui répondit qu'elle le lui dirait au matin et qu'il ne devait point s'en effrayer, mais plutôt y retourner. Il lui obéit et crut voir cette fois de grands ours et des loups énormes, tout prêts à s'entr'attaquer. La reine le renvoya une troisième fois : là il crut voir s'entr'égorger des chiens et d'autres petits animaux. Au roi qui revenait terrifié et étonné de cette vision, la reine expliqua que l'apparition des animaux qu'il avait vus signifiait les différentes générations de princes qui régneraient en France, leurs descendants ; la nature et la diversité des animaux qu'il avait vus symbolisaient leurs mœurs et exploits. Tu peux voir ainsi, ma chère Christine, que Notre-Seigneur a souvent révélé ses secrets au monde par l'intermédiaire de femmes. »

VI. OÙ IL EST QUESTION DE CELLE QUI DEVINT L'IMPÉRATRICE ANTONIE.

« Ce ne fut pas un mince secret que Dieu révéla par l'intermédiaire d'une femme à Justinien, qui devint par la suite empereur de Constantinople. Justinien était le gardien du trésor et des coffres de l'empereur Justin. Un jour, il lui prit envie d'aller se promener aux champs ; il y emmena pour son plaisir une certaine femme qu'il aimait, appelée Antonie. À midi, Justinien voulut se reposer ; il s'allongea sous un arbre et posa sa tête sur le giron de son amie pour dormir. Quand il se fut endormi, Antonie vit venir voler au-dessus d'eux un grand aigle ; il tentait d'allonger ses ailes pour protéger le visage de Justinien de l'ardeur du soleil. Et elle, qui était sage, en comprit aussitôt la signification et put adresser à Justinien ces belles paroles à son réveil : “Bel et doux ami, je vous ai beaucoup aimé et je vous aime toujours ; cela, vous le savez bien, vous qui êtes le maître de mon corps et de mon âme. Mais il ne sied pas à un amant aimé de son amie de lui refuser quoi que ce soit ; aussi voudrais-je vous demander de m'accorder, en compensation du don de ma virginité et de mon amour, une faveur qui vous paraîtra insignifiante, mais qui est cependant très importante à mes yeux." Justinien assura son amie qu'elle ne devait point hésiter, car il lui accorderait tout ce qu'il était en son pouvoir de donner. Antonie répondit donc : "Voici la faveur que je vous demande : lorsque vous serez empereur, ne dédaignez pas votre humble maîtresse Antonie, mais faites d'elle par un honnête mariage la compagne de votre splendeur et de votre empire. Promettez-le-moi maintenant, je vous en prie." En entendant les paroles de la jeune femme, Justinien s'esclaffa, croyant qu'elle le lui disait en plaisantant, car il estimait impossible qu'un jour il devînt empereur. Il le lui jura donc devant tous les dieux, et elle l'en remercia. En gage de cette promesse, ils échangèrent leurs anneaux. Alors la jeune femme lui dit : "Justinien, je te promets solennellement que tu deviendras empereur, et cela dans un très proche avenir." Sur ce, ils se séparèrent.

« Peu de temps après, alors que l'empereur Justin avait rassemblé son armée pour aller combattre les Perses, il tomba malade et mourut. Les barons et les princes s'assemblèrent pour élire un nouvel empereur. Comme ils ne pouvaient se mettre d'accord, ils élurent par dépit Justinien empereur. Celui-ci ne s'en émut point ; il partit impétueusement avec une grande armée et livra bataille aux Perses. Il remporta la victoire, fit prisonnier le roi des Perses, conquérant ainsi gloire et richesses. Quand il eut regagné son palais, sa maîtresse Antonie ne resta point à l'écart, mais par ruse fit tant et si bien qu'elle entra dans la salle où siégeait son amant, entouré de toute la cour. Là, à genoux devant lui, elle commença son plaidoyer en se présentant comme une jeune femme venue lui demander justice d'un jeune homme qui s'était fiancé avec elle, en échangeant son anneau contre le sien. L'empereur, qui ne pensait plus à elle, lui répondit que s'il y avait eu promesse de mariage, il était juste que le jeune homme la prenne pour épouse ; il était prêt à lui rendre justice, si elle pouvait en fournir la preuve. Antonie retira alors l'anneau de son doigt, le lui tendit et dit : "Noble empereur, cet anneau me servira de preuve. Regarde-le et vois si tu ne le reconnais point." L'empereur comprit alors qu'il avait été pris à ses propres paroles. Néanmoins, il voulut tenir sa promesse. Il fit donc conduire sa fiancée dans ses appartements, la fit revêtir de riches vêtements, et la prit pour femme. »

VII. Où Christine s'entretient avec Droiture.

« Ma Dame, en entendant et en voyant aussi clairement la juste cause des femmes à l'encontre de ce dont on les accuse, il faut reconnaître plus que jamais les grands torts de leurs accusateurs. Mais je ne puis passer sous silence cette coutume si répandue parmi les hommes et même chez certaines femmes, car au terme de leur grossesse, quand les femmes mettent au monde une fille, il arrive souvent que les maris en soient mécontents et se plaignent de ce que leurs femmes ne leur aient pas donné un fils ; et leurs femmes, sottes qu'elles sont, au lieu de se réjouir pleinement que Dieu ait permis que l'accouchement se passe bien et de l'en remercier de tout cœur, elles aussi sont mécontentes, puisqu'elles voient que leurs maris le sont. Comment se fait-il, ma Dame, qu'elles s'en affligent ainsi ? Croit-on donc que les filles sont un plus grand fardeau que les garçons, ou qu'elles portent moins d'amour à leurs parents, ou s'occupent moins d'eux que ne le font leurs fils ? »

Elle me répondit : « Ma chère Christine, si tu m'en demandes les raisons, je peux t'affirmer que cela provient de l'extrême naïveté et de l'ignorance de ceux qui en sont mécontents ; néanmoins, le motif principal de leur mécontentement est la crainte des frais qu'ils prévoient quand il faudra les marier, car ils devront alors engager des dépenses. D'autres le font encore parce qu'ils redoutent que jeunes et naïves, elles ne succombent sous le charme d'un séducteur. Toutefois, aucune de ces raisons ne résiste à l'examen critique. Quant à la peur qu'elles se déshonorent, il suffit de les éduquer sagement quand elles sont petites, et que leur mère leur donne le bon exemple, car si la mère menait une vie dissolue, elle ne serait guère un exemple pour sa fille. Il faut aussi les préserver des mauvaises fréquentations, les surveiller de près et s'en faire craindre, car en faisant respecter aux enfants et aux jeunes gens la discipline, on les prépare à la vertu pour le restant de leurs jours. De même, en ce qui concerne les dépenses, si les parents s'avisaient bien de ce que leur coûtent leurs fils, qu'ils soient de haut, de moyen ou de modeste état, pour leur éducation, pour leur métier ou pour les établir – voire pour les dépenses superflues en mauvaise compagnie ou en folies de toutes sortes –, je crois qu'ils ne trouveraient guère plus leur compte avec leurs fils qu'avec leurs filles. Et si l'on compte la peine et le souci que causent certains, ce qui arrive souvent, par les désordres et les bagarres qu'ils provoquent, par la vie dissolue qu'ils mènent – et cela aux dépens et préjudice de leurs parents –, alors je crois que cela vaut bien le souci qu'on se fait pour une fille !

« Dis-moi combien on voit de fils s'occuper avec grâce et patience de père et mère en leur vieillesse, comme il est de leur devoir de faire ? Je pense qu'il s'en trouve bien peu. Certes on en a vu, et on en voit toujours, mais cela est plutôt rare. Il arrive au contraire que lorsque père et mère ont élevé leurs fils comme des dieux, et que ceux-ci, devenus grands, ont acquis par le dévouement de leur père instruction ou métier, ou qu'une bonne fortune les ait rendus aisés et riches, si le père a alors le malheur de tomber dans la pauvreté et la misère, ces mêmes fils le méprisent, et quand ils le rencontrent ils en sont gênés ou honteux. Si le père est riche, d'autre part, ils souhaitent sa mort pour hériter de ses richesses. Oh ! Dieu sait combien de fils de grands seigneurs et d'hommes riches souhaitent la mort de leurs parents pour avoir leurs terres et leurs biens ! Ce que dit Pétrarque à ce propos est bien vrai : "Oh ! pauvre ignorant qui désires avoir des enfants ! Ne sais-tu pas que tu ne peux avoir plus mortel ennemi ? Si tu es pauvre, tu les exaspéreras ; ils souhaiteront ta mort pour se débarrasser de toi. Et si tu es riche, ils la souhaiteront tout autant pour avoir tes biens." Je ne dis pas que tous soient ainsi, mais il y en a beaucoup. Et s'ils sont mariés, Dieu sait s'ils sont âpres à toujours soutirer de l'argent à leur père et à leur mère ! Peu leur importe que ces pauvres vieux meurent de faim, pourvu que tout leur revienne. Ah ! quelle engeance ! Combien de mères sont amèrement récompensées, devenues veuves, alors que leurs fils devraient être le soutien et le réconfort de leur vieillesse, elles qui les ont tant chéris, élevés et choyés ! Car ces mauvais enfants estiment que tout leur est dû, et si elles ne leur accordent pas tout ce qu'ils demandent, ils ne se privent point de les accabler de leurs méchancetés. Dieu sait combien ils leur manquent de respect ! Il y a pire, car certains ne se font pas scrupule d'intenter un procès et de plaider contre elles ! Voilà comment beaucoup de parents sont récompensés d'avoir consacré toute leur vie à économiser pour l'avenir de leurs fils. Bien des fils font ainsi, et il se pourrait que certaines filles aient également une telle conduite, mais si tu fais bien le compte, tu trouveras parmi les enfants indignes bien plus de fils que de filles.

« Admettons même que tous soient de bons fils, on voit plus fréquemment les filles que les garçons rester auprès de leurs parents, leur rendre plus souvent visite, les réconforter et les soigner dans la maladie et la vieillesse. La raison en est que les fils vont de-ci de-là, de par le monde ; les filles sont plus rangées, et ne vont guère au loin ; tu en fournis toi-même l'exemple. Tes frères ne manquaient ni de piété filiale, ni d'amour, ni de bonté ; ils s'en sont néanmoins allés de par le monde, te laissant seule auprès de ta bonne mère, ce qui est pour elle un merveilleux soutien en sa vieillesse. On peut donc conclure que ceux qui s'émeuvent et se désolent à la naissance d'une fille sont bien sots. Et puisque nous sommes sur ce sujet, je voudrais te citer l'exemple de certaines femmes dont font état, entre autres, les Anciens, et qui témoignèrent à l'égard de leurs parents amour et piété filiale. »

VIII. Où l'on commence à citer les filles qui aimèrent leurs parents, et tout d'abord Drypetine.

« Un tendre amour filial unissait Drypetine, reine de Laodicée, à son père. C'était la fille du grand roi Mithridate ; elle lui était si dévouée qu'elle le suivit dans toutes ses campagnes. Elle était bien laide, car – chose fort disgracieuse – elle avait une double rangée de dents, mais elle portait un si profond amour à son père qu'elle ne le quitta jamais, ni dans la prospérité, ni dans l'infortune. Tout en étant reine et souveraine d'un immense royaume où elle aurait pu vivre à son aise et sans souci, elle partagea les travaux et les peines de son père, où qu'il portât la guerre. Et même quand il eut été vaincu par le grand Pompée, elle ne l'abandonna pas, mais au contraire s'occupa de lui avec soin et empressement. »

IX. Où il est question d'Hypsipyle.

« Hypsipyle mit sa vie en jeu pour sauver son père, Thoas, roi des Lemniens. Le peuple s'était soulevé contre lui et, plein de fureur, se précipitait vers le palais pour le tuer. Sa fille Hypsipyle s'empressa alors de le cacher dans un de ses coffres. Elle sortit pour calmer la populace, mais ce fut en vain. Cherchant partout le roi et ne pouvant le trouver, les insurgés mirent l'épée à la gorge de sa fille et menacèrent de la tuer si elle ne les renseignait pas. En outre, ils lui promirent qu'en échange de ce renseignement ils la couronneraient reine et lui jureraient fidélité. Mais cette excellente fille, préférant à la royauté la vie de son père, ne fléchit point devant ces menaces de mort, et leur assura courageusement que le roi s'était enfui depuis fort longtemps. Comme ils le cherchèrent longuement encore sans le trouver, et qu'elle soutenait avec tant de fermeté qu'il avait pris la fuite, ils finirent par la croire et la couronnèrent reine. Elle les gouverna en paix quelque temps. Mais craignant d'être dénoncée par quelque jaloux, elle qui longtemps avait caché son père le fit sortir de nuit et l'embarqua avec force richesses pour un asile plus sûr. Toutefois les citoyens félons finirent par apprendre la chose et chassèrent leur reine Hypsipyle. Ils l'auraient même mise à mort sans l'intervention de certains d'entre eux qui furent touchés par sa fidélité. »

X. Où il est question de la vierge Claudine.

« Ah ! quel ne fut pas le témoignage d'amour que la vierge Claudine montra à son père, le jour où celui-ci rentrait victorieux de ses longues campagnes militaires ! Les Romains le recevaient selon l'honneur suprême qu'ils appelaient "triomphe" (c'est-à-dire la cérémonie fastueuse accordée aux chefs qui revenaient vainqueurs après quelque grand exploit), à cause de ses hauts faits et des victoires éclatantes qu'il avait remportées. Mais en plein triomphe le père de Claudine, l'un des plus vaillants chefs de Rome, fut attaqué par un autre notable de la ville qui le haïssait. Sa fille Claudine était consacrée à la déesse Vesta (ce qui équivaudrait de nos jours à être religieuse dans une abbaye) ; elle était avec le cortège des religieuses de son ordre qui allait, selon la coutume, à la rencontre de son père. Entendant le vacarme, elle comprit que son père était attaqué par ses ennemis. Alors l'amour filial lui fit oublier le maintien simple et honnête qui convenait à son état de vierge consacrée ; rejetant crainte et peur, elle se précipita hors du char qui la portait, elle et ses compagnes, et, se faufilant à travers la foule, se mit courageusement entre son père et les glaives et épées qui le menaçaient. Là, elle sauta à la gorge de celui qui se tenait au plus près de son père pour défendre celui-ci de toutes ses forces. L'armée eut vite fait de disperser cette cohue. Mais comme les vaillants Romains avaient coutume de porter aux nues ceux dont les actes suscitaient l'admiration générale, ils portèrent cette vierge en haute estime et célébrèrent dignement son exploit. »

XI. OÙ IL EST QUESTION D'UNE FEMME QUI ALLAITA SA MÈRE EN PRISON.

« Une certaine Romaine dont font état les chroniques voua, elle aussi, un grand amour à sa mère. Pour avoir commis un crime quelconque, celle-ci avait été condamnée à mourir en prison de faim et de soif. Sa fille, poussée par son immense amour filial et désespérée de cette condamnation, demanda aux gardiens la faveur de rendre visite à sa mère tous les jours qu'il lui resterait à vivre, afin de l'exhorter au courage. Bref, elle pleura et supplia tant et si bien les gardiens de la prison qu'ils la prirent en pitié et lui permirent de venir voir sa mère tous les jours. Toutefois, avant de la conduire auprès d'elle, ils la fouillaient minutieusement pour s'assurer qu'elle ne lui apportait aucun aliment. De nombreux jours s'écoulèrent ainsi. Il apparut enfin impossible aux geôliers que la prisonnière ait pu survivre aussi longtemps sans manger ; pourtant elle vivait encore. Comme sa fille était la seule à lui rendre visite, les geôliers, qui ne manquaient pas de la fouiller avant chaque rencontre, s'en étonnèrent fort et cherchèrent à éclaircir ce mystère. Ils espionnèrent donc la mère et la fille lors de la visite suivante et s'aperçurent que la pauvre fille, qui avait récemment accouché, donnait le sein à sa mère, qui buvait ainsi tout le lait de ses mamelles. La fille lui rendait donc en sa vieillesse ce qu'elle lui avait pris en son enfance. Tant de soins, tant d'amour d'une fille pour sa mère émurent profondément les geôliers ; on raconta le fait aux juges qui, pris de compassion, libérèrent la mère et la rendirent à sa fille.

« À propos de l'amour d'une fille pour son père, on peut encore évoquer le cas de l'excellente et sage Grisélidis. Je te conterai plus loin la vertu exemplaire, la fermeté et la constance de celle qui devint la marquise de Saluces. Oh ! comme il fut grand, cet amour inspiré par une droite nature ! C'est lui qui la rendit si prompte à servir humblement et à obéir avec tant de constance à son pauvre père Janicole, vieux et malade, lorsque, dans la fleur d'une jeunesse si pure, elle le nourrissait et le soignait avec tout son dévouement. S'usant dans les travaux manuels, elle gagnait à grand-peine leur misérable vie à tous les deux. Oh ! bien nées sont les filles qui portent à leurs parents tant d'amour filial et tant de piété ! Car s'il est vrai qu'elles ne font que leur devoir, leurs âmes y trouvent une juste récompense. Elles méritent encore les louanges du monde, tout comme les fils qui s'honorent ainsi.

« Que veux-tu que je te dise de plus ? Je pourrais te citer un nombre infini de cas semblables, mais ceux-ci devront te suffire. »

XII. Où Droiture affirme que la construction des édifices est achevée et qu'il est temps de peupler la Cité.

« Il me semble donc, très chère Christine, que nos constructions sont bien avancées. Car tout au long des larges rues de la Cité des Dames s'élèvent ses hautes maisons, ses magnifiques palais royaux, ses donjons et ses tours de défense qui se dressent si haut et si droit qu'on les aperçoit de très loin. Il est temps désormais de commencer à peupler cette noble Cité, pour qu'elle ne reste pas à l'abandon, telle une ville morte. Elle sera au contraire habitée tout entière de femmes de grand mérite, puisque nous n'en voulons point d'autres. Oh ! comme elles seront heureuses, les citoyennes de notre ville ! Elles n'auront jamais à craindre ou à redouter que de nouveaux occupants les chassent de leur bien, car telle est la nature de notre ouvrage que les possédantes ne pourront jamais en être expulsées. Voici donc que s'ouvre l'ère d'un nouveau royaume de Féminie, bien plus parfait que celui de jadis, car les femmes qui y seront logées n'auront point à quitter leurs terres pour concevoir et donner naissance à des héritières afin d'en perpétuer la propriété dans leur propre lignage. En effet, celles que nous y logerons maintenant y resteront pour l'éternité.

« Quand nous l'aurons peuplée de nobles citoyennes, ma sœur Justice amènera la Reine entre toutes excellente, entourée de princesses de très haute dignité. Elles habiteront les maisons les plus élevées et les plus hauts donjons, et il est juste qu'à son arrivée la Reine trouve sa ville occupée et habitée par de nobles femmes qui pourront recevoir leur Souveraine avec les honneurs dus à l'impératrice du genre féminin. Mais quelles citoyennes y mettrons-nous ? Des femmes dissolues ou de mauvaise réputation ? Certes non ; elles seront toutes des preudes-femmes de grand prestige, car il n'est de meilleur peuple ou de plus belle parure pour une ville que des dames nobles et valeureuses. Debout, chère Christine ! Mets-toi à l'œuvre et va de l'avant, car nous allons les chercher. »

XIII. Où Christine demande à Droiture s'il est vrai, comme l'affirment les livres et les hommes, que ce sont les femmes qui par leur faute rendent l'état de mariage si difficile à supporter. Réponse de Droiture, qui commence à rappeler les femmes qui aimèrent leur mari d'un profond amour.

Allant chercher ces femmes comme me l'avait ordonné Droiture, je lui adressai en chemin cette question :

« Eh bien, ma Dame, vous et votre sœur Raison avez si bien su répondre à mes questions et réfuter toutes mes objections que je n'ai plus rien à répliquer. Je m'estime donc bien informée sur tout ce que je vous ai demandé ; grâce à vous deux, j'ai fort bien compris que tout ce que l'on peut faire ou savoir, que ce soit par la force physique, par l'intelligence ou par toute autre faculté, est aisément à la portée des femmes. Mais dites-moi encore, je vous prie, et veuillez m'affirmer – car c'est une chose qui me laisse fort perplexe –, s'il faut croire ce que rapportent les hommes à la suite de tant d'auteurs sur l'état de mariage ; par la faute de leurs épouses, les maris y affronteraient à tout moment de grandes tempêtes soulevées par la hargne et l'aigreur rancunière des femmes. Nombreux sont les livres pour le clamer et les gens pour le rapporter. Elles aimeraient si peu la compagnie de leurs maris que rien ne leur pèserait autant ; c'est pourquoi beaucoup ont conseillé aux sages de ne pas se marier, pour éviter et conjurer de tels outrages, assurant qu'aucune ou bien peu ne sont fidèles à leur époux.

« Il est dit en particulier, dans l'*Épître de Valerius à Rufin*, où l'on reprend un texte de Théophraste, que le sage ne doit pas prendre femme, puisqu'une épouse est source de grand tracas, de peu d'amour et de force criailleries. Si c'est pour être mieux servi qu'on le fait, ou pour être soigné en cas de maladie, un loyal serviteur fera bien mieux l'affaire, avec plus d'empressement et pour beaucoup moins cher ; et si par hasard c'est la femme qui tombe malade, l'époux qui en est tout chagrin n'ose quitter son chevet. De tels propos y abondent, et ce serait bien long de les rapporter tous ici. Mais si ces choses-là sont vraies, chère Dame, les femmes sont entachées de tels défauts qu'ils éclipsent et anéantissent toute autre vertu ou qualité qu'elles pourraient avoir. »

Elle me répondit : « Certes, chère enfant, comme tu l'as dit toi-même ailleurs, qui plaide contre un absent gagne vite son procès. Je peux t'affirmer que ce ne sont pas des femmes qui ont écrit ces livres-là ! Je suis persuadée que si l'on voulait bien s'informer sur les désordres domestiques pour écrire un livre conforme aux faits, on y entendrait un autre son de cloche. Ah ! chère Christine ! Tu sais toi-même combien de femmes on peut voir, par la faute d'un mari cruel, user leur malheureuse vie dans les chaînes d'un mariage où elles sont encore plus maltraitées que les esclaves des Sarrasins. Ah ! Seigneur ! Comme elles se font rouer de coups, sans cesse et sans raison ! Oh ! les indignités, les infamies, les injures, offenses et outrages qu'endurent tant de bonnes et valeureuses femmes, sans la moindre protestation. Et combien d'autres, encore, chargées d'une nombreuse progéniture, ne voit-on pas crever la faim et la misère, alors que leurs maris traînent dans les lieux de débauche et font la noce dans toutes les tavernes de la ville ! Et encore, quand les maris rentrent, ne reçoivent-elles pas pour tout souper une volée ? Dis-moi si je mens, et si tel n'est pas le lot de plusieurs de tes voisines ? »

Je lui répondis : « Certes, ma Dame, j'en ai beaucoup vu ainsi, et cela me fait grand-peine.

— Je veux bien te croire ; mais en ce qui concerne les maris qui sont tant abattus par la maladie de leurs femmes, dis-moi, chère Christine, où peut-on les trouver ? Sans qu'il soit besoin d'en dire plus long, tu dois savoir que toutes ces bêtises qu'on raconte ou écrit contre les femmes ont été – et sont encore – forgées et inventées de toutes pièces à l'encontre de la vérité. Car ce sont bien les hommes qui règnent sur les femmes et non point les femmes sur les maris ! Jamais ceux-ci ne supporteraient pareil empire. Je t'assure, par ailleurs, que de tels désaccords ne sont pas le fait de tout mariage ; il est des couples qui vivent en pleine harmonie, se portant mutuellement amour et fidélité puisque tous deux sont bons, doux et raisonnables. Certes, il y a de mauvais maris, mais il en est aussi d'excellents, honorables et sages ; les femmes qui les épousent sont nées sous une bonne étoile, et doivent remercier le ciel du bonheur qu'il leur accorde sur cette terre. C'était bien ton cas, car celui que tu as eu te convenait si parfaitement que tu n'aurais pu demander mieux ; nul, à ton avis, ne put jamais le valoir en bonté, en douceur, en loyauté et tendre amour, et maintenant que Mort te l'a ravi, tu portes à tout jamais son deuil en ton cœur. Toutefois, s'il est vrai, comme je te l'ai dit, que maintes excellentes femmes sont fort mal traitées par leurs méchants maris, il faut encore admettre qu'il en existe de bien méchantes, et cela sans aucune raison, même s'il s'agit d'une infime minorité. En effet, si je te disais que toutes sont bonnes, on me convaincrait vite de mensonge. Mais je ne dirai rien de celles-ci, car les femmes de cette espèce sont dénaturées, et pour ainsi dire des monstres.

« Mais pour revenir à celles qui sont bonnes, à propos de ce Théophraste que tu as cité et qui soutient qu'un homme serait aussi loyalement et aussi bien soigné en cas de maladie ou de malheur par un domestique que par sa femme, combien d'excellentes femmes ne voit-on pas être si empressées auprès de leurs maris qu'elles aiment d'un amour fidèle – malades ou bien-portants – et à qui elles vouent un véritable culte ! Je doute fort que l'on trouve pareil serviteur. Et puisque nous sommes sur ce sujet, je te citerai plusieurs épouses ayant témoigné à leurs maris un tendre et fidèle amour. Mais – Dieu soit loué ! – nous sommes revenues à notre Cité accompagnées de toutes ces excellentes preudes-femmes qui y habiteront. Voici tout d'abord la noble reine Hypsicratée, qui fut jadis l'épouse du puissant roi Mithridate. Comme elle vécut il y a fort longtemps et que son mérite est grand, elle sera la première que nous accueillerons dans le noble palais préparé pour elle. »

XIV. Où il est question de la reine Hypsicratée.

« Pourrait-on citer plus grand amour que celui qui lia la très belle, très sage et fidèle Hypsicratée à son époux ? Sa vie en fut la preuve éclatante. C'était la femme du grand roi Mithridate, qui régnait sur un domaine où l'on ne comptait pas moins de vingt-quatre langues. Aucun roi n'était plus puissant que lui, mais les Romains lui livrèrent une guerre sans merci. Longues et ardues furent ses campagnes, et pendant tout ce temps, partout où il allait, son excellente femme le suivit fidèlement. Ce roi entretenait plusieurs concubines, comme c'était la coutume chez les barbares, mais cette femme remarquable ne lui en voua pas moins un amour ardent, si parfait que jamais elle ne toléra qu'il partît sans elle. Souvent elle était auprès de lui sur les champs de bataille où il mettait en jeu contre les Romains sa vie et son royaume. En quelque région barbare, en quelque pays lointain qu'il allât, quelque dangereux que fussent les déserts ou les mers qu'il dût traverser, jamais endroit ne fut assez périlleux pour faire accepter à cette si fidèle compagne de quitter ses côtés. En effet, elle l'aimait d'un si parfait amour qu'elle estimait qu'aucun homme ne pourrait servir son époux aussi sûrement, aussi loyalement ou aussi fidèlement qu'elle-même.

« Contrairement à ce que dit le philosophe Théophraste sur le sujet, cette dame savait bien que les rois et les princes ont souvent de mauvais serviteurs qui les trahissent. C'est pourquoi cette loyale amante, malgré les grandes souffrances qu'elle en encourut, voulut toujours suivre son mari, pour assurer tout ce qu'il fallait à son bien-être. Comme les vêtements féminins n'étaient pas pratiques en de telles circonstances et qu'il n'était pas convenable qu'une femme se montrât dans la bataille aux côtés d'un si puissant roi et d'un guerrier si vaillant, elle coupa ses longs cheveux blonds comme l'or afin de passer pour un homme, et pourtant c'est là le plus bel ornement de la beauté féminine. Ne se souciant pas plus de la belle fraîcheur de son teint, elle revêtit le heaume, sous lequel elle était souvent sale, recouverte de sueur et de poussière. Elle fit encore plier son beau corps délicat sous le poids des armes et d'un haubergeon bardé de fer ; elle ôta les anneaux précieux et les riches joyaux qui ornaient ses mains pour prendre la hache tranchante, la lance, l'arc et les flèches ; en lieu et place de ses riches ceintures, elle ceignit enfin l'épée. Telle fut la force de son immense et loyal amour que le beau corps de cette noble dame – doux, jeune, svelte et fait pour la douceur – se transforma en celui d'un chevalier armé, fort et bien musclé. Voici ce qu'en dit Boccace, à qui nous empruntons son histoire : "Quelle n'est pas la force de l'amour, quand il peut pousser celle qui avait l'habitude de mener une vie d'oisive, de coucher dans la soie, de s'entourer de luxe, à chevaucher de son plein gré par monts et par vaux, de jour comme de nuit, à coucher dans le désert ou la forêt, souvent à même la terre, menacée par l'ennemi, entourée de toutes parts par les bêtes sauvages et les serpents, comme si c'était un homme rude et fort !" Car tout cela lui semblait doux, puisqu'elle était toujours auprès de son mari pour le réconforter, le conseiller et le servir en toute occasion.

« Alors qu'elle avait enduré des peines et souffrances sans nombre, il advint encore que son époux fut complètement écrasé par le général de l'armée romaine, Pompée, et dut prendre la fuite. Demeuré seul et abandonné de tous les siens, il pouvait toujours compter sur cette excellente épouse qui l'accompagnait partout, chevauchant à sa suite par monts et par vaux, dans les déserts les plus reculés et les plus sauvages. Et lui que ses amis avaient abandonné et trahi, qui avait perdu tout espoir, son épouse fidèle le consolait et l'encourageait doucement à croire en des jours meilleurs. Plus les temps étaient noirs, plus elle cherchait à le réconforter. Elle l'égayait ainsi par de douces paroles, lui faisant oublier un instant son désespoir, s'ingéniant à inventer d'agréables passe-temps pour le divertir. Tant d'amour et de soins finirent par avoir raison de toutes les privations de la misère ; car elle le consola tant et si bien qu'au milieu de tribulations sans nombre, souvent il répétait qu'il ne croyait pas vivre en exil, mais heureux dans son palais, auprès de sa loyale épouse. »

XV. Où il est question de l'impératrice Triaire.

« La noble impératrice Triaire, épouse de l'empereur romain Lucius Vitellius, ressemblait fort à la reine dont nous venons de parler, tant par la situation où elle se trouvait que par l'amour fidèle qu'elle portait à son époux. Son amour fut si grand qu'elle le suivit partout ; armée en chevalier, elle se tenait vaillamment à ses côtés, déployant son courage dans tous les combats. Or, pendant la guerre où cet empereur disputait à Vespasien la maîtrise de l'empire, il attaqua de nuit une cité volsque et parvint à entrer dans l'enceinte de la ville, dont tous les habitants étaient endormis. Il se mit alors à les massacrer sauvagement. Cette excellente femme Triaire, qui avait suivi son mari, n'était pas loin, et comme elle voulait que la victoire revienne à son époux, elle ceignit l'épée et combattit tout armée à ses côtés, se battant courageusement à droite et à gauche dans les ténèbres de la nuit, au plus fort de la mêlée. Elle ne connaissait plus ni la peur ni l'horreur, et montra tant d'acharnement pendant ce combat qu'on dut lui décerner la palme, car elle y fit merveille. C'est ainsi qu'elle témoigna de l'amour qu'elle avait pour son mari, comme le dit Boccace, auteur qui approuve les liens du mariage, que d'autres condamnent si violemment. »

XVI. Où il est de nouveau question de la reine Artémise.

« Parmi les femmes qui ont aimé leur époux d'un parfait amour et qui l'ont montré par leurs actes, je citerai encore la noble dame Artémise, reine de Carie. Comme il a été dit plus haut, elle suivit son mari, le roi Mausole, en maintes batailles. À sa mort, elle crut succomber sous le poids du chagrin et du désespoir. C'est alors qu'elle lui témoigna autant d'amour que de son vivant. Elle fit célébrer les obsèques les plus solennelles, avec tout le faste voulu par l'époque pour un décès royal, puis, accompagnée d'une nombreuse suite de princes et de vassaux, elle conduisit la dépouille au bûcher. Alors elle recueillit elle-même les cendres en les lavant de ses larmes et les mit dans une aiguière d'or. Mais comme il lui semblait injuste que les cendres de celui qu'elle avait tant aimé reposent ailleurs que dans le corps et le cœur où ce grand amour était enraciné, elle but chaque jour, petit à petit, un peu de ses cendres mélangées à un breuvage, jusqu'à ce qu'elle eût tout pris.

« Malgré tout cela, elle voulut encore lui ériger une magnifique sépulture pour perpétuer sa mémoire. Elle n'épargna point ses richesses et fit chercher les ouvriers les plus aptes à concevoir et à édifier un merveilleux ouvrage d'architecture, à savoir Scopas, Bryaxis, Thémothée et Léochares, qui excellaient alors en cet art. La reine leur dit qu'elle voulait ériger pour le roi Mausole, son époux, le tombeau le plus somptueux que roi ou prince ait jamais eu au monde, car elle souhaitait que le nom de son mari vive à tout jamais par ce monument merveilleux. Ils lui répondirent qu'ils s'acquitteraient bien de la tâche. La reine commanda les marbres et jaspes multicolores qu'il leur fallait, ainsi que tous les autres matériaux. Ils élevèrent alors devant les murs d'Halicarnasse, capitale de la Carie, une magnifique structure en pierre de marbre finement sculptée. Elle était de forme carrée, large de soixante-quatre pieds, avec des parois hautes de cent quarante pieds. Plus extraordinaire encore, cet énorme bloc reposait sur trente grosses colonnes de marbre. Chaque ouvrier, rivalisant d'adresse avec les autres, sculpta une face de cet édifice. L'œuvre était si extraordinaire que non seulement elle perpétua la mémoire de celui pour qui elle avait été construite, mais aussi le génie de ses auteurs, dont tous s'émerveillèrent. Un cinquième ouvrier, du nom d'Hytéron, vint parfaire l'ouvrage. Ce fut lui qui posa la pyramide du tombeau qu'il éleva ainsi de vingt-quatre degrés. Puis un sixième ouvrier, appelé Pithis, sculpta un chariot de marbre qu'il plaça tout en haut du monument.

« Cette œuvre était si extraordinaire qu'on la considéra comme l'une des sept merveilles du monde. Comme elle avait été construite à la mémoire du roi Mausole, on lui donna le nom de Mausolée. C'était le tombeau le plus somptueux jamais construit. C'est pourquoi, selon Boccace, tout tombeau de roi ou de prince a depuis été appelé “mausolée”. Ainsi, par ses actes et par ce geste, la fidèle Artémise fit preuve d'un constant amour envers son loyal époux, amour qui ne périt qu'avec elle. »

XVII. Où il est question d'Argie, fille du roi Adraste.

« Qui oserait dire que les femmes aiment peu leurs maris, à la lumière du très grand amour qu'Argie, fille d'Adraste, roi d'Argos, porta à son époux Polynice ? Le mari d'Argie disputait à Étéocle, son propre frère, la souveraineté du grand royaume de Thèbes ; le trône lui revenait, en effet, d'après un accord qu'ils avaient conclu ensemble. Mais comme Étéocle voulait s'approprier tout le royaume, son frère Polynice lui déclara la guerre, secondé par le roi Adraste, son seigneur, et par toute l'armée de celui-ci. Mais Fortune se retourna contre Polynice, et lui et son frère s'entre-tuèrent sur le champ de bataille. Le roi Adraste, troisième des adversaires, fut le seul survivant de toute l'armée.

« Lorsque Argie apprit que son mari avait été tué dans la bataille, elle abandonna son palais royal et quitta Argos, accompagnée de toutes les femmes de la ville. Boccace raconte ainsi les faits : "La noble dame Argie apprit que le corps de son mari Polynice gisait sans sépulture au milieu des cadavres et des charognes des simples soldats tués au cours de la bataille. Éperdue de douleur, elle quitta les habits et les fastes royaux, désertant la douceur et le luxe de ses riches appartements. On vit comment, emportée par la force d'un amour ardent, elle triompha de la faiblesse et de la délicatesse naturelles aux femmes. Après un voyage de plusieurs jours, elle arriva donc sur les lieux du combat ; les embûches des ennemis perfides ne l'avaient point effrayée ; la longue route ni la chaleur du jour n'étaient pas venues à bout de ses forces." Parvenue sur le champ de bataille, elle ne s'effraya pas des bêtes cruelles ni des grands oiseaux attirés par les cadavres, pas plus que des spectres malins, car nombreux sont les sots qui croient qu'ils errent près des défunts. Chose encore plus remarquable, poursuit Boccace, elle brava l'ordonnance édictée par le roi Créon, qui avait fait crier sur la place publique l'interdiction à quiconque de rendre les derniers honneurs ou d'inhumer les corps, quels qu'ils fussent, sous peine de mort. Mais ce n'était pas pour obéir à cet ordre qu'elle était venue de si loin. La nuit tombait déjà quand elle arriva sur la plaine où l'énorme puanteur qui se dégageait des charognes ne l'empêcha point de commencer à tâter les corps les uns après les autres, à droite et à gauche, cherchant celui qu'elle aimait, si grande était la résolution que lui inspirait le désespoir !

« Elle poursuivit ainsi, éclairée par le petit brandon qu'elle tenait à la main, et reconnut enfin son époux bien-aimé ; alors s'arrêta sa quête. “Ah ! dit Boccace, quel amour merveilleux ! quelle ardente tendresse ! quelle piété féminine !” Le visage de son mari était à moitié rongé par la corrosion de son armure ; putride, tout ensanglanté, poussiéreux, maculé, effroyablement sale, pâle et livide, il était presque méconnaissable. Mais cela n'empêcha pas Argie de le reconnaître, telle était la ferveur de son amour. Malgré l'odeur pestilentielle et l'horreur du visage, elle l'embrassa et le serra contre elle. Bravant l'interdiction promulguée par le roi Créon, elle se lamentait à voix haute : “Malheureuse que je suis ! J'ai trouvé celui que j'aimais !” et fondit en larmes. Par des baisers passionnés, elle chercha sur sa bouche un souffle de vie, elle lava de ses larmes ses chairs déjà toutes décomposées ; pleurant et gémissant, elle l'appelait à grands cris, puis, pour lui rendre le triste hommage des derniers devoirs, se lamentant amèrement, elle l'offrit au feu et recueillit pieusement ses cendres dans une aiguière d'or. Ces rites accomplis, pour montrer qu'elle était prête à braver la mort pour venger son mari, elle s'attaqua à la ville avec l'aide des autres femmes, qui étaient venues en grand nombre. Elles ouvrirent une brèche dans les murs et envahirent la cité, semant partout la mort. »

XVIII. Où il est question de la noble Agrippine.

« L'excellente et fidèle Agrippine doit, elle aussi, être comprise parmi les femmes qui aimèrent leur époux d'un amour véritable. C'était la fille de Marcus Agrippa et de Julie, fille de l'empereur Auguste, maître du monde entier. Elle fut donnée en mariage à Germanicus, noble prince romain plein de vertus, sage et dévoué à la chose publique. Tibère, empereur corrompu, régnait alors sur Rome ; jaloux de tout le bien qu'il entendait dire de l'époux d'Agrippine, Germanicus, que tous aimaient, il le fit assassiner dans une embuscade. À sa mort, son excellente femme conçut un tel désespoir qu'elle voulut subir le même sort, ce qu'elle montra bien, car elle ne cessait d'insulter Tibère. Celui-ci la fit battre, la tortura cruellement et la jeta au fond d'un cachot. Mais elle, qui dans sa douleur ne pouvait oublier son mari, ne voulut plus vivre et résolut de ne plus jamais boire ni manger. Ses intentions parvinrent à la connaissance de Tibère ; voulant prolonger encore sa souffrance, le tyran chercha à la faire céder sous la torture, pour la contraindre à manger. Ce fut en vain. Alors il tenta de la faire nourrir de force, mais elle lui montra qu'il n'avait que le pouvoir de tuer, non celui d'obliger les gens à vivre contre leur gré, et mourut comme elle l'avait voulu. »

XIX. Où Christine prend la parole. Réponse de Droiture, qui lui donne des exemples, citant l'excellente Julie, fille de Jules César et épouse de Pompée.

Dame Droiture m'ayant dit ce qui précède, je lui répondis ainsi : « Certes, ma Dame, il me semble que c'est un grand honneur pour le sexe féminin que d'entendre l'histoire de tant de femmes si vertueuses, et tous devraient se réjouir de voir figurer parmi tant de mérites féminins celui d'aimer profondément dans les liens du mariage. Qu'ils aillent donc se coucher, qu'ils se taisent enfin, Mathéole et tous les médisants qui ont menti en calomniant les femmes par jalousie ! Mais ma Dame, je me souviens que le philosophe Théophraste, dont il a été question plus haut, affirme que les femmes prennent leurs époux en haine quand ils deviennent vieux et qu'elles n'aiment ni les savants ni les clercs. Il dit aussi que les services dus à une femme que l'on aime sont incompatibles avec une vie consacrée à l'étude. »

Elle me répondit : « Holà ! chère Christine ! Tais-toi ! J'aurai vite fait de te citer des exemples qui réfuteront leurs dires et les convaincront de mensonge.

« Julie, la plus noble des Romaines de son temps, était la fille de Jules César – qui plus tard devint empereur – et de sa femme Cornélie ; ils descendaient d'Énée et de Vénus de Troie. Elle fut mariée à Pompée, ce grand conquérant. “Ce général, dit Boccace, était en sa vieillesse au sommet de la gloire, ayant usé sa vie à vaincre les rois, à déposer les uns et à établir les autres, à subjuguer les nations et anéantir les pirates, à se faire respecter de Rome et des rois du monde entier, établissant son pouvoir sur terre comme sur mer par d'éclatantes victoires. Sa femme, la vertueuse Julie, qui pourtant était fort jeune encore, l'aimait d'un amour si parfait, si fidèle et si profond qu'elle dut le payer de sa vie à la suite d'un quiproquo malencontreux. Un jour, en effet, voulant rendre grâces aux dieux pour les victoires retentissantes qu'il avait remportées, Pompée décida de faire un sacrifice religieux selon les rites en usage à l'époque. L'animal était sur l'autel ; pieusement, Pompée le tenait lui-même, quand le sang jaillissant de la plaie souilla sa toge. Il l'ôta donc et la confia à l'un de ses serviteurs pour qu'il aille en chercher une propre et fraîche, à la maison.

« "Par malheur, Julie, la femme de Pompée, rencontra celui qui rapportait la toge. Voyant le vêtement de son époux souillé de sang, elle fut saisie d'angoisse (car elle savait bien qu'à Rome les gens les plus en vue étaient fréquemment surpris par des embuscades que les envieux leur tendaient et que certains y trouvaient la mort). Elle fut ainsi persuadée qu'un malheur était arrivé à son mari. Foudroyée par la douleur, elle crut n'avoir plus de raison de vivre et, affaiblie par sa grossesse, s'écroula évanouie ; le visage blême, le teint blafard, les yeux révulsés, elle rendit l'âme avant qu'on ne puisse lui porter secours ou l'ôter de son effroi. Cette mort, qui fut évidemment une perte cruelle pour son époux, ne porta pas uniquement préjudice aux Romains et à Pompée mais à tous les hommes de l'époque." En effet si elle et son enfant avaient survécu, la guerre féroce qui opposa

Jules César à Pompée n'aurait jamais eu lieu. Or, cette guerre répandit le malheur sur le monde entier. »

XX. Où il est question de la noble Émilie.

« La belle et vertueuse Émilie, elle non plus, ne détestait pas son mari Scipion le Premier Africain, sous le prétexte qu'il était vieux. Cette femme était d'une sagesse et d'une vertu exemplaires. Scipion était déjà vieux et elle encore jeune et belle, ce qui ne l'empêcha pas de coucher avec une de ses esclaves, la propre chambrière de sa femme, et cela si souvent que cette noble dame finit par s'en apercevoir. Malgré la grande peine qu'elle en éprouva, elle ne se laissa pas emporter par la passion jalouse mais fit preuve de discrétion et de bon sens, le cachant si bien que jamais son mari ni aucun autre ne s'en aperçurent. Elle préféra donc se taire, car elle estimait que ce serait une honte que d'adresser des reproches à un homme aussi important que lui ; le dire à une tierce personne eût été encore pire, puisque c'était attenter à la gloire de cet homme si vénérable et ternir l'honneur dû au héros qui avait conquis tant de royaumes et d'empires. Cette noble femme continua donc à le servir loyalement, à l'aimer et à l'honorer ; à sa mort, elle affranchit la femme et la maria à un homme libre. »

Et moi Christine, je répondis alors : « Certes, ma Dame, je peux ajouter à ce que vous dites l'expérience de femmes que j'ai vues. Malgré l'infidélité de leurs maris et la connaissance qu'elles en avaient, elles continuaient à les aimer et ne cessaient point de leur être agréables, et elles réconfortaient et consolaient encore les maîtresses dont ils avaient eu des enfants. Je l'ai même entendu dire d'une dame de Bretagne, morte récemment, la comtesse de Coëmen, qui était dans sa prime jeunesse et dont la beauté surpassait celle de toutes les autres femmes. Mais ce fut sa fidélité exemplaire et sa grande bonté qui la poussèrent à agir ainsi. »

XXI. Où il est question de Xantippe, femme du philosophe Socrate.

« Épouse de l'éminent philosophe Socrate, la noble dame Xantippe était d'une grande sagesse et bonté. Il était déjà vieux et préférait passer son temps penché sur un livre plutôt que de chercher des cadeaux originaux et délicats pour plaire à sa femme ; pourtant, jamais cette excellente femme ne cessa d'aimer son époux ; la supériorité de son intelligence, sa force, sa vertu et sa fermeté la portaient au contraire à le vénérer et à l'aimer profondément. Lorsque cette femme courageuse apprit que les Athéniens avaient condamné son mari à mort pour leur avoir reproché d'adorer les idoles alors qu'il n'existait qu'un seul dieu qu'on devait adorer et servir, elle ne put en supporter la nouvelle et courut, tout échevelée, se lamentant et se frappant la poitrine de douleur, au palais où l'on tenait son mari. Elle l'y trouva au milieu de ces juges indignes qui lui avaient déjà donné le poison qui devait abréger ses jours. Elle arriva au moment où Socrate portait la coupe à ses lèvres pour boire la ciguë. Elle se précipita vers lui et lui arracha vivement la coupe des mains, renversant le breuvage par terre. Socrate lui en fit reproche et la consola, en l'exhortant au courage. Comme elle ne pouvait empêcher sa mort, elle se répandit en lamentations, disant : “Ah ! quel malheur ! quelle perte ! Faire mourir si injustement un homme si juste !” Mais Socrate la consolait encore, disant qu'il valait mieux périr victime de l'injustice que de la justice. C'est ainsi qu'il mourut. Et celle qui l'aimait prit le deuil dans son cœur, pour ne jamais le quitter. »

XXII. Où il est question de Pauline, femme de Sénèque.

« Sénèque, le sage philosophe, était déjà vieux et consacrait toute son énergie à l'étude ; il n'en fut pas moins très aimé de sa jeune et belle épouse, appelée Pauline. Cette excellente femme n'avait qu'un désir : le servir et assurer sa tranquillité, car elle l'aimait d'un amour fidèle et tendre. Quand elle apprit que l'empereur et tyran Néron, dont il avait été le précepteur, l'avait condamné à mourir dans son bain en s'ouvrant les veines, elle devint folle de douleur. Elle voulut mourir avec son mari et alla hurler force insultes au tyran Néron afin qu'il étendît sa vengeance jusqu'à elle. Ce fut en vain, mais la douleur qu'elle éprouva à la mort de son époux fut telle qu'elle lui survécut à peine. »

C'est alors que moi, Christine, je dis à celle qui me parlait : « Eh bien, très noble Dame, votre récit m'a fait revenir en mémoire l'exemple de bien d'autres femmes belles et jeunes qui aimèrent leurs maris d'un parfait amour, malgré le grand âge et la laideur de ceux-ci. Rien que par ma propre expérience, j'en sais beaucoup qui aimèrent profondément leurs époux, et leur portèrent un amour loyal tant qu'ils vécurent. Je me rappelle cette noble dame, fille d'un des grands de Bretagne, que l'on maria au très valeureux connétable de France, mon seigneur Bertrand Duguesclin ; c'était un homme vieux et très laid physiquement, mais cette noble femme, qui était belle et dans sa prime jeunesse, était plus sensible aux grands mérites de son caractère qu'à son aspect physique ; aussi l'aima-t-elle d'un amour si profond qu'elle pleura sa mort toute sa vie. Je pourrais vous citer bien d'autres exemples, sur lesquels je passe pour abréger mon discours. »

Elle me répondit : « Je veux bien te croire. Je vais encore te parler de femmes qui aimaient leurs maris. »

XXIII. Où il est question de la noble Sulpice.

« Sulpice était l'épouse de Lentulius Cruscellion, patricien romain. Le grand amour qu'elle lui portait éclata aux yeux de tous. En effet, lorsque les juges romains condamnèrent son mari, pour des méfaits dont il avait été accusé, à partir misérablement en exil et à finir ses jours dans la pauvreté, l'excellente Sulpice – qui à Rome possédait de grandes richesses et pouvait vivre en toute tranquillité dans le luxe et le plaisir – préféra le suivre dans l'exil et la pauvreté plutôt que de vivre sans lui dans les richesses infinies. Elle renonça donc à tout son héritage, à ses biens et à son pays. Sa mère et ses parents la surveillaient étroitement, mais elle trompa leur vigilance à la faveur d'un déguisement et partit rejoindre son mari. »

Je dis alors : « Cela est vrai, ma Dame, et ce que vous me dites me rappelle plusieurs femmes qui ressemblaient aux précédentes et que j'ai moi-même connues. J'en ai vu dont le mari, devenu lépreux, était contraint de s'éloigner du monde pour vivre dans une léproserie ; mais ces fidèles épouses ne voulaient pas s'en séparer, et pour respecter loyalement les engagements du mariage elles préféraient accompagner leurs maris malades pour les soigner, plutôt que de rester confortablement chez elles sans eux. Je crois connaître aujourd'hui une jeune et belle femme, fidèle épouse, dont on soupçonne fort le mari d'avoir contracté cette maladie. Ses parents la poussent à le quitter et l'encouragent à venir vivre auprès d'eux, mais elle leur répond que, vivante, elle ne l'abandonnera jamais. Elle les assure encore que s'ils le montrent à un médecin et qu'on le trouve atteint de cette maladie – ce qui l'obligerait à s'isoler du monde – elle partira avec lui. Pour cette raison, ses parents ne l'obligent pas à le faire examiner.

« Je connais d'autres femmes, que je ne nommerai pas – car cela pourrait leur déplaire –, qui ont des maris si pervers et de mœurs si dissolues que leurs beaux-parents voudraient les voir morts. Ils font tous leurs efforts pour reprendre leurs filles chez eux et les soustraire à leurs mauvais maris. Mais celles-ci préfèrent être rouées de coups, mal nourries, vivre dans la pauvreté et l'esclavage avec leurs époux que de les abandonner. Elles disent à leurs amis : "Vous me l'avez donné ; je vivrai et mourrai avec lui." Ce sont des choses que l'on voit tous les jours, mais personne n'y prête attention. »

XXIV. Où il est question de plusieurs femmes qui ensemble sauvèrent leurs époux de la mort.

« Je vais maintenant te parler d'un groupe de femmes qui, comme celles que nous avons déjà évoquées, vouaient à leurs maris un profond amour. Après que Jason eut quitté la Colchide où il avait conquis la Toison d'or, quelques guerriers originaires de ce pays de Grèce où se trouve la ville d'Orchomène, et qu'il avait emmenés avec lui, abandonnèrent ville et pays pour aller s'installer dans une autre cité grecque appelée Lacédémone. Ils y furent très bien reçus, et on les tint en grande estime, car ils étaient de vieille souche et extrêmement riches. Ils épousèrent ainsi les filles des meilleures familles de la ville. Mais ils s'enrichirent tant et devinrent si puissants que, poussés par un immense orgueil, ils conspirèrent contre les autorités de la ville pour s'emparer du pouvoir. On découvrit le complot ; tous furent jetés en prison et condamnés à mort. Leurs femmes en furent consternées et, réunies toutes comme pour les pleurer, délibérèrent entre elles pour trouver un moyen de les libérer.

« Elles trouvèrent enfin un stratagème : elles se vêtirent de vieux vêtements et se cachèrent la tête sous la cape de leur manteau, comme si elles ne voulaient pas être reconnues. Ainsi affublées, elles se rendirent à la prison. Là, elles supplièrent les gardiens en pleurant, leur faisant promesses et présents ; ceux-ci finirent par leur permettre de se rendre auprès de leurs maris. Une fois en leur présence, elles les habillèrent des vêtements qu'elles portaient, prenant pour elles ceux dont ils étaient vêtus. Alors elles les firent sortir ; les gardiens crurent que c'étaient les femmes qui repartaient. Le jour fixé pour l'exécution, les bourreaux emmenèrent les prisonniers au supplice. Là, voyant que c'étaient les femmes des condamnés, on s'émerveilla de l'habileté du stratagème et on leur en fit maintes louanges. Les citoyens eurent pitié de leurs filles ; aucune ne fut mise à mort. Et c'est ainsi que ces femmes courageuses sauvèrent la vie de leurs maris. »

XXV. Où Christine s'insurge devant Dame Droiture contre ceux qui affirment que les femmes ne peuvent rien taire. Réponse de Droiture, qui lui cite l'exemple de Porcia, fille de Caton.

« Ma Dame, me voici maintenant tout à fait rassurée. Je pensais déjà que nombreuses étaient les femmes qui avaient voué un grand amour et une grande fidélité à leurs maris, et nombreuses celles à les suivre encore ; c'est pourquoi je m'étonne tant de cette opinion – assez répandue parmi les hommes (Jean de Meun en particulier le clame bien haut dans son *Roman de la Rose*, et il est loin d'être le seul auteur à le faire) – que les maris doivent se garder de confier leurs secrets à leurs épouses, car les femmes sont incapables de se taire. »

Elle me répondit : « Ma chère Christine, il faut admettre que toutes les femmes ne sont pas discrètes, pas plus que tous les hommes, et effectivement, si un homme a du bon sens, il prendra soin de sonder l'intelligence et la bienveillance de sa femme avant de s'ouvrir entièrement à elle sur un sujet qu'il voudrait confidentiel, car cela peut être dangereux. Mais quand un homme sent qu'il a une épouse sage, bonne et discrète, nul au monde n'est plus digne de confiance et ne saurait lui apporter autant de réconfort.

« Quant à ceux qui affirment que les femmes sont indiscrètes, et pour continuer à parler de celles qui aimèrent leurs maris, Brutus, patricien romain et mari de Porcia, était d'un tout autre avis. Sa noble femme était la fille de Caton d'Utique, neveu de Caton l'Ancien. Brutus, la sachant sage et pure, lui fit part du dessein qu'il formait avec un autre patricien romain, Cassius, d'assassiner Jules César au Sénat. Voyant tout le mal qui en résulterait, cette femme prudente le lui déconseilla de toutes ses forces, espérant l'en dissuader. Cette affaire lui causa tant d'angoisse que le souci l'empêcha toute la nuit de dormir. Le matin, au moment où Brutus quittait sa chambre pour mettre son dessein à exécution, sa femme, qui cherchait encore à l'en détourner, prit le rasoir du barbier, comme si elle voulait se couper les ongles. Alors elle le lâcha, puis, faisant mine de le ramasser, se le ficha volontairement dans la main. Voyant sa blessure, ses servantes hurlèrent si fort que Brutus revint sur ses pas. Quand il la vit blessée, il la blâma, disant à Porcia que le travail du rasoir revenait au barbier, et non à elle. Mais elle lui répondit qu'elle ne l'avait point fait aussi sottement qu'il le croyait, mais bien exprès, pour voir de quelle manière elle se suiciderait si son projet venait à tourner mal. Son mari ne se laissa pas convaincre et s'en fut immédiatement avec Cassius assassiner César. Ils furent exilés pour ce méfait, et Brutus, bien qu'il eût fui Rome, en vint à le payer de sa vie. Lorsque son excellente épouse Porcia apprit sa mort, sa douleur fut telle qu'elle renonça aux rires et à la vie. Comme on lui avait enlevé les couteaux et tout objet susceptible de tuer – car on devinait bien ses intentions –, elle s'approcha du feu, se remplit la bouche de charbons ardents et les avala. Nul ne connut de mort plus paradoxale que celle de la noble Porcia, qui choisit ainsi de s'éteindre par le feu. »

XXVI. Où l'on conte l'exemple de l'excellente Curia, qui illustre ce même propos.

« Je parlerai encore contre ceux qui croient que les femmes ne savent rien cacher, tout en continuant à évoquer les nombreuses femmes qui ont porté à leurs maris un amour profond. La patricienne Curia témoigna d'un amour, d'une fidélité, d'une constance et d'une discrétion exemplaires envers son mari, Quinte-Lucrèce Vespillo. Celui-ci avait été condamné à mort, avec plusieurs autres hommes, pour un crime quelconque dont on les accusait. Ils surent qu'on les cherchait pour les exécuter, et la chance voulut qu'ils eurent le temps de s'enfuir. Affolés à l'idée d'être découverts, ils se réfugièrent dans les grottes où vivaient des bêtes sauvages, mais même là ils n'osèrent pas rester longtemps à l'abri. Lucrèce écouta les sages conseils de sa prudente femme et ne s'aventura même pas hors de sa chambre. Quand on vint l'y chercher, Curia le tenait blotti contre elle dans son lit, le dissimulant si parfaitement que personne ne s'en aperçut. Elle le tint ainsi caché entre les murs de sa chambre, si bien que les domestiques mêmes ignoraient sa présence. Sa ruse était telle que, pour tromper le monde, elle battait les rues, errant par les temples et les églises comme une folle, misérablement vêtue, échevelée et éplorée, se déchirant la poitrine ; à tous elle demandait s'ils n'avaient point vu son mari, cherchant à savoir où il se cachait, car, disait-elle, où qu'il fût, là elle irait, pour être la compagne de son exil et de ses misères. Elle sut si bien feindre que jamais on ne la soupçonna. C'est ainsi qu'elle sauva son mari et le rassura dans son affolement ; bref, elle fit tant et si bien qu'elle le préserva de l'exil et de la mort. »

XXVII. Où l'on reprend le même sujet.

« Et puisque nous en sommes à donner des exemples pour réfuter ceux qui soutiennent que les femmes ne peuvent rien taire, je pourrais certes en citer un nombre infini ; mais il suffira d'en mentionner une de plus. Du temps où l'empereur Néron régnait sur Rome, il se trouva un groupe d'hommes qui pensaient qu'il serait bon, pour le salut public, de s'en débarrasser, vu ses grands crimes et la barbarie dont il faisait preuve. Ils se conjurèrent donc pour l'assassiner. Ces hommes se cachaient chez une femme en qui ils avaient toute confiance, et ils n'hésitaient point à parler de leur conspiration devant elle. La veille du jour où ils devaient mettre leur projet à exécution, ils soupèrent chez cette femme et en parlèrent imprudemment. Par malheur, leurs paroles furent entendues par un homme sans scrupules, qui voulant entrer dans les bonnes grâces de l'empereur, alla immédiatement lui rapporter ce qu'il avait appris. C'est pourquoi les conjurés eurent à peine quitté la maison de cette femme que la garde impériale était à la porte. Ne trouvant pas les conspirateurs, les soldats emmenèrent la femme devant l'empereur, où elle subit un interrogatoire serré. Mais ni les riches présents offerts ou promis, ni la torture – car il ne l'épargna guère – ne purent lui faire dire qui étaient ces hommes ni même reconnaître qu'elle les ait connus. Ne mérite-t-elle donc pas toute notre admiration pour sa fermeté et sa discrétion exemplaires ? »

XXVIII. Où l'on réfute ceux qui veulent que l'homme qui écoute sa femme et suit ses conseils soit un être méprisable. Questions de Christine et réponses de Droiture.

« Ma Dame, en entendant ce que vous me dites et en voyant le bon sens et la prudence des femmes, je m'étonne que certains soutiennent que les hommes qui écoutent et suivent les conseils de leurs épouses sont méprisables et sots. »

Elle me répondit : « Je t'ai déjà dit que les femmes ne sont pas toutes raisonnables ; mais ceux dont les épouses sont bonnes et sages seraient bien sots de ne pas les écouter. Tu peux le constater d'après les exemples que tu as déjà entendus. Si Brutus avait écouté sa femme Porcia qui le suppliait de ne pas tuer Jules César, lui-même n'aurait pas péri, et tout le mal que cela entraîna aurait été évité. Et puisque tu m'interroges sur ce sujet, je vais te dire le mal qui est advenu à d'autres, qui eux aussi ont refusé d'écouter leurs femmes. J'évoquerai ensuite ceux à qui les conseils de leurs femmes ont profité. Si Jules César, dont nous avons déjà évoqué le cas, avait écouté son excellente et prudente épouse, il ne se serait point rendu au Sénat et n'aurait point été tué. Car de nombreux présages, ainsi que l'effroyable songe qu'elle avait eu pendant la nuit, lui avaient annoncé clairement la mort de son mari. C'est pourquoi elle chercha par tous les moyens à l'empêcher de s'y rendre ce jour-là.

« Le cas de Pompée est semblable encore. Comme je l'ai déjà dit, il avait épousé Julie, la fille de Jules César, puis, en secondes noces, une autre très noble femme du nom de Cornélie. Elle illustre fort bien notre propos, car elle aima tant son mari qu'elle ne voulut jamais le quitter, malgré tous les malheurs qui s'abattirent sur lui. Et même quand il fut contraint de prendre la mer pour s'enfuir après la défaite infligée par Jules César, cette excellente femme se trouva à ses côtés, partageant tous les dangers. Lorsqu'il arriva au royaume d'Égypte, le traître Ptolémée, qui était alors pharaon, fit semblant de se réjouir de sa venue et envoya ses soldats à sa rencontre, feignant de lui souhaiter la bienvenue, alors que c'était pour le tuer. Ils l'invitèrent à monter sur leur navire et à laisser ses soldats à son bord, afin de le conduire plus rapidement au port, car leur embarcation était plus légère. Au moment d'embarquer, son excellente et prudente femme Cornélie le supplia instamment de ne pas le faire, de ne point se séparer de ses soldats. Quand elle comprit qu'il refusait de l'écouter, n'en augurant rien de bon, elle voulut au moins monter sur l'autre navire avec lui ; il le refusa cependant, la faisant retenir de force. C'est alors que pour elle commença le désespoir de toute une vie ; à peine s'était-il éloigné que cette courageuse femme, qui le suivait fixement des yeux, le vit tomber sous les coups des traîtres qui l'emmenaient. Elle se serait jetée de désespoir dans la mer, si on ne l'en avait empêchée.

« Pareille infortune arriva au preux Hector de Troie. La nuit avant sa mort, sa femme Andromaque eut un songe prodigieux : si Hector allait à la bataille le lendemain, il y mourrait immanquablement. Effrayée par cette vision – car ce n'était pas un vain songe mais une prophétie véritable –, sa femme se jeta à genoux devant lui, le suppliant ardemment de ne pas paraître au combat ce jour-là, invoquant les deux beaux enfants qu'elle tenait dans ses bras. Mais il ne fit aucun cas de ses paroles, pensant qu'on lui reprocherait éternellement de s'être soustrait au combat sur les conseils d'une femme. Elle fit alors intervenir son père et sa mère, mais même leurs prières ne purent le fléchir. Ce qu'elle avait prédit finit donc par arriver, puisqu'il fut tué par Achille. Et qui oserait nier qu'il eût mieux fait de la croire ?

« Les exemples ne manquent pas où les malheurs les plus divers se sont abattus sur des hommes qui dédaignaient les conseils de leurs excellentes et prudentes épouses. Toutefois, ceux qui refusent les bons conseils ne sont pas à plaindre quand le malheur les frappe. »

XXIX. Où l'on cite des hommes à qui bien en prit d'avoir suivi le conseil de leurs femmes.

« Je citerai quelques exemples de ceux à qui bien en prit d'avoir suivi le conseil de leurs femmes. Il faudra t'en contenter, car mon plaidoyer serait interminable si je citais tous les cas qui s'y rapportent. On peut également ramener à ce propos tout ce qui a été dit plus haut sur de nombreuses femmes excellentes et sages. J'ai déjà évoqué l'empereur Justinien ; il avait parmi ses vassaux un ami qu'il aimait comme un autre lui-même. Celui-ci s'appelait Bélisaire ; c'était un vaillant guerrier, et l'empereur l'avait nommé général en chef de toutes ses légions ; il le faisait aussi asseoir à sa table où on le servait avec les mêmes honneurs que lui. Bref, l'empereur lui témoignait tant d'affection que ses autres vassaux en devinrent jaloux et lui racontèrent que Bélisaire projetait de l'assassiner afin de s'emparer du pouvoir. Bien inconsidérément, l'empereur ajouta foi à ces propos. Cherchant un moyen détourné pour faire mourir Bélisaire, il lui ordonna d'aller se battre contre les Vandales, peuplade si puissante que personne n'avait pu en venir à bout. Bélisaire comprit aussitôt en recevant cet ordre que l'empereur lui confiait cette tâche parce qu'il était tombé en disgrâce.

Accablé d'une tristesse inimaginable, il se retira et rentra chez lui.

« Quand sa femme, Antonine, sœur de l'empereur, le vit étendu sur son lit, pâle, pensif et les yeux pleins de larmes, elle en fut profondément émue. Elle n'eut de cesse qu'il ne lui ait avoué douloureusement la cause de tant d'accablement. Après l'avoir écouté, cette femme perspicace parut ravie et le réconforta en disant : "Comment ! Ce n'est que cela ? Ne soyez pas si triste !" Il faut savoir qu'à cette époque la religion chrétienne était encore nouvelle ; c'est pourquoi cette excellente femme (qui était chrétienne) lui dit : "Ayez confiance en Jésus-Christ le Crucifié, et avec son aide, vous retournerez cela à votre avantage. Si les jaloux cherchent à vous nuire par leurs calomnies, vos actes les convaincront de mensonge et déjoueront leurs machinations. Croyez-moi donc et ne dédaignez pas mon conseil. Que votre espérance soit tout entière dans le Dieu vivant, et je vous promets que vous vaincrez. Mais que nul ne soupçonne que cette affaire vous accable, et ne vous montrez pas triste, mais bien joyeux, comme si vous vous en réjouissiez fort. Je vous recommande maintenant de rassembler votre armée en toute hâte, mais gardez-vous bien de dire à qui que ce soit où vous comptez aller. Arrangez-vous aussi pour avoir une flotte importante. Vous diviserez votre armée en deux ; vous irez le plus rapidement et le plus secrètement possible en Afrique avec une partie de nos forces ; là vous attaquerez l'ennemi. Quant à moi, je commanderai l'autre partie. Nous arriverons par mer jusqu'au port, pour les prendre à revers. Pendant qu'ils seront occupés à vous livrer bataille, nous forcerons les villes et les places fortes, les mettant à feu et à sang. Ainsi nous les détruirons tous." Bélisaire écouta les conseils de sa femme. Il fit bien, car en organisant son expédition comme elle le lui avait dit, il réussit si bien qu'il vainquit ses ennemis, les subjuguant tous et faisant prisonnier le roi des Vandales. Ainsi, grâce aux sages conseils de sa femme, à sa perspicacité et à son courage, il remporta une victoire si éclatante que l'empereur l'en aima davantage encore.

« Les calomnies des envieux provoquèrent une seconde fois la disgrâce de Bélisaire ; il fut même déchu de l'ordre militaire, mais sa femme le réconforta et raviva son espoir. Les envieux parvinrent ensuite à détrôner l'empereur lui-même. Sur les conseils de sa femme, Bélisaire rassembla les troupes qui lui restaient fidèles, et malgré les torts de l'empereur à son égard, il le rétablit sur le trône. L'empereur reconnut alors la fidélité de son vassal et la perfidie des autres, tout cela grâce à la perspicacité et aux bons conseils de cette prudente femme.

« Le roi Alexandre ne dédaigna pas plus les conseils de la reine sa femme, fille de Darius, roi des Perses. Sentant qu'il avait été empoisonné par de perfides serviteurs, Alexandre voulut se jeter dans la rivière pour abréger ses souffrances. Il rencontra sa femme en chemin. Celle-ci, bien que très affligée, tenta de le réconforter, lui disant de retourner se coucher dans son lit ; il devait continuer à parler à ses vassaux et à légiférer, comme il convenait à un empereur tel que lui, car c'eût été une trop grande atteinte à son honneur si on disait après sa mort qu'il avait cédé à la douleur. Il suivit donc les conseils de sa femme et reprit ses fonctions. »

XXX. Où il est question du grand bien que les femmes ont fait et font encore par le monde.

Et moi, Christine, je dis : « Ma Dame, je vois les bienfaits infinis que les femmes ont valus au monde, et pourtant les hommes affirment qu'elles sont la source de tous les maux. »

Réponse : « Chère Christine, tu peux voir par ce que tu as entendu précédemment que c'est tout le contraire qui est vrai. Aucun homme ne pourrait faire la somme des services que les femmes ont rendus et rendent encore chaque jour. Les nobles dames qui ont donné les sciences et les arts au monde t'en fournissent la preuve. Mais si tout ce que je t'ai dit des biens temporels ne te suffit pas, je te parlerai des biens spirituels qu'on leur doit. Ah ! quel homme peut être assez ingrat pour oublier que ce fut une femme qui lui ouvrit la porte du paradis (je parle de la Vierge Marie) ; peut-on demander plus grand bien ? Car, comme je te l'ai dit tout à l'heure, c'est par elle que Dieu s'est fait homme. Qui voudrait oublier tous les bienfaits que les mères font à leurs fils, tout le bien dont les femmes sont cause pour leurs époux ? Je demande, au moins, que l'on ne veuille point oublier les bienfaits qui relèvent du domaine spirituel. Regardons, par exemple, dans l'ancienne loi judaïque ; si tu lis l'histoire de Moïse, à qui Dieu donna la loi écrite des Juifs, tu trouveras que ce saint prophète, à qui l'on doit tant de grandes choses, fut sauvé de la mort par une femme, comme je vais te le dire.

« À l'époque où les Juifs étaient esclaves des rois d'Égypte, il courait une prophétie annonçant qu'il naîtrait un fils des Hébreux qui retirerait de l'esclavage le peuple d'Israël. Ainsi, quand naquit le noble chef Moïse, sa mère n'osa pas l'élever, et fut contrainte de le confier au fleuve dans une petite corbeille, qu'elle laissa aller au gré des eaux. Mais Dieu sauve ce qu'il veut sauver et il voulut que Thermutis, la fille de Pharaon, s'amusât sur les rives du fleuve quand la minuscule corbeille passa au fil de l'eau ; elle la fit repêcher pour savoir ce qu'elle contenait. Voyant que c'était un enfant, le plus beau qu'on pût voir, sa joie fut extrême. Elle décida de l'élever et dit à tous qu'il était à elle. Miraculeusement, Moïse refusa de téter une infidèle ; elle le fit donc allaiter et élever par une Juive. Quand il fut devenu adulte, Moïse, élu de Dieu, fut celui à qui le Tout-Puissant donna la Loi. C'est lui qui délivra les Juifs de la main des Égyptiens, qui franchit la mer Rouge et fut le chef et le guide des enfants d'Israël. Mais c'est grâce à la femme qui sauva Moïse que tout ce grand bonheur arriva aux Juifs. »

XXXI. Où il est question de Judith, la noble veuve.

« La noble veuve Judith sauva le peuple d'Israël de la mort à l'époque où Nabuchodonosor le Grand, ayant soumis l'Égypte, envoya Holopherne, général de ses armées, contre les Juifs. À la tête de forces très nombreuses, Holopherne mit le siège devant la ville des Juifs, leur portant de tels coups qu'ils désespéraient de pouvoir résister, car la cité étant privée d'eau et les vivres venant à manquer, ils n'avaient plus aucune espérance de tenir. Sous les attaques redoublées de l'ennemi, les Juifs allaient se rendre ; ils se lamentaient, suppliant Dieu sans cesse dans leurs prières de prendre son peuple en pitié et de ne point le laisser tomber aux mains de l'ennemi. Dieu les entendit et voulut, préfigurant en ceci le salut du genre humain par une femme, que ce fût une femme qui vînt à leur secours pour les sauver.

« Dans cette ville se trouvait alors la noble et valeureuse Judith, femme jeune et très belle, mais qui brillait davantage encore par sa chasteté et sa vertu. Voyant la désolation de son peuple, elle le prit en pitié et pria jour et nuit le Tout-Puissant de daigner le secourir. Dieu en qui était tout son espoir l'inspira, et elle prit une résolution hardie : une nuit, elle quitta la ville avec sa servante et, se recommandant au Seigneur, parvint au campement d'Holopherne. À la lumière de la lune, les soldats qui faisaient le guet s'aperçurent de sa grande beauté et la menèrent immédiatement à leur chef. La voyant si belle, Holopherne fut ravi de l'accueillir ; il la fit asseoir à ses côtés, goûtant fort son esprit, sa beauté et son maintien. Plus il la regardait, plus il brûlait pour elle et la convoitait d'un désir ardent. Mais elle, toute à son dessein, priait Dieu du fond de son âme de daigner la soutenir dans l'entreprise dont elle s'était chargée, et enjôla Holopherne par ses belles paroles en attendant le moment opportun. Au troisième soir, Holopherne, ayant soupé avec ses vassaux, avait beaucoup bu ; le vin et la bonne chère l'avaient échauffé, et il ne voulait plus attendre pour coucher avec cette Juive. Il la fit donc appeler, et elle vint à lui. Il lui dit son désir ; elle ne l'éconduisit point. Elle le pria toutefois, par pudeur, de faire sortir tous ses hommes de la tente et de se coucher le premier ; elle viendrait le rejoindre sans faute vers minuit, alors que tout le monde dormirait. Il accéda à sa requête. Cette excellente dame se mit donc à prier, suppliant Dieu de donner à son pauvre cœur de femme la force et le courage de délivrer son peuple de ce cruel tyran.

« Lorsqu'elle crut qu'Holopherne s'était enfin endormi, elle alla accompagnée de sa servante jusqu'à l'entrée de la tente, en se gardant bien de faire le moindre bruit ; là, elle tendit l'oreille et comprit qu'il dormait d'un sommeil profond. Elle dit alors : "Courage, car Dieu est avec nous." Elle pénétra dans la tente, prit hardiment l'épée qui était posée au chevet du lit, la retira du fourreau, la leva de toutes ses forces et trancha la tête d'Holopherne. Nul ne s'en aperçut. Elle cacha la tête dans son giron et s'enfuit vers la ville le plus rapidement possible. Elle arriva sans encombre jusqu'aux portes de la cité et cria : "Venez ! Venez m'ouvrir, car Dieu est avec nous !" Quand elle fut dans les murs, la joie des assiégés ne connut plus de bornes. Le matin, ils fichèrent la tête à une pique et la suspendirent à leurs murailles, puis s'armant tous, ils se précipitèrent sur les troupes ennemies. Croyant n'avoir aucune raison de se tenir sur leurs gardes, les soldats étaient encore couchés. Ils coururent jusqu'à la tente de leur général pour le réveiller d'urgence ; ils le trouvèrent mort. Jamais on ne vit telle panique. Tous furent tués ou faits prisonniers par les Juifs. Et c'est ainsi que la vaillante Judith délivra le peuple de Dieu de la main d'Holopherne. Elle en sera glorifiée par l'Écriture sainte jusqu'à la fin des temps. »

XXXII. Où il est question de la reine Esther.

« Dieu choisit encore une femme, la noble et sage reine Esther, pour délivrer son peuple que le roi Assuérus tenait alors en esclavage. C'était le plus puissant d'entre tous les rois et son autorité s'étendait sur de nombreux royaumes ; il était païen et avait réduit les Juifs à la servitude. Voulant prendre épouse, il fit venir de tous les royaumes les jeunes filles les plus nobles, les plus belles et les mieux élevées, afin de choisir celle qui lui plairait le plus. Parmi celles-ci se trouvait la jeune Esther, qui était juive. Elle était noble, sage, bonne, belle et aimée de Dieu. Ce fut elle qu'il épousa, la préférant à toute autre ; en effet, son amour était si fort qu'il ne pouvait rien lui refuser.

« Quelque temps après le mariage, un vil courtisan du nom d'Aman dressa le roi contre les Juifs, à tel point que celui-ci ordonna de les faire prisonniers ou de les tuer partout où on les trouverait. La reine Esther ignorait tout de cela, car elle eût été au désespoir de savoir que l'on persécutait son peuple ainsi. Le chef des Juifs, Mardochée, était son oncle ; ce fut lui qui le lui apprit, car le jour n'était pas loin où l'on devait mettre l'ordre du roi à exécution, et il fallait au plus vite y porter remède. La reine en fut fort affectée. Elle se vêtit et se para le plus richement possible, puis se rendit avec sa suite, sous prétexte d'une promenade, dans un jardin sur lequel donnaient les appartements du roi. Repassant devant sa chambre comme si de rien n'était, elle aperçut le roi à sa fenêtre ; alors, elle tomba à genoux et se prosterna devant lui. L'humilité de cette révérence plut au roi, qui se réjouissait en contemplant l'éclat de sa beauté. Il l'appela en lui disant qu'il exaucerait son moindre souhait. La dame lui répondit que son seul désir était qu'il se rende dans ses appartements pour dîner et qu'il y amène Aman, ce que le roi lui accorda volontiers. Il y dîna trois jours de suite ; il goûta fort la grâce, la noblesse, le charme et la beauté de cette femme, et la pressa de nouveau de lui demander quelque faveur. Elle se jeta alors à ses pieds et fondit en larmes, le suppliant d'avoir pitié de son peuple, qu'il ne la déshonore pas, elle qu'il avait élevée à une si haute dignité, en faisant mourir si ignominieusement sa lignée et ceux de sa race. Alors le roi, tout enflammé de colère, lui demanda : "Madame, quel est l'impudent qui a osé le faire ?" Elle répondit : "Sire, c'est votre prévôt Aman, ici présent."

« Pour te dire la chose en peu de mots, le roi fit annuler cet ordre, et Aman, qui avait ourdi cette machination par jalousie, fut saisi et pendu pour ses méfaits ; Mardochée, l'oncle de la reine, accéda à sa charge, et les Juifs, affranchis, furent élevés aux plus hautes fonctions : c'était de tous les peuples le plus honoré. Cette fois encore, ce fut une femme que Dieu choisit pour sauver son peuple, comme il l'avait fait au temps de Judith. Et ne crois pas que l'Écriture sainte n'ait fait état que de ces deux dames, car en maintes occasions Dieu choisit des femmes pour sauver son peuple, mais je les passe sous silence pour aller plus vite. Je t'ai déjà parlé par exemple de Déborah, qui à l'instar de tant d'autres, délivra elle aussi son peuple de l'esclavage. »

XXXIII. Où il est question des Sabines.

« Je pourrais te citer force exemples de femmes de l'époque antique qui sauvèrent leurs pays, leurs villes et leurs cités, mais je me contenterai de donner pour toute preuve deux exemples fort remarquables.

« Après la fondation de Rome par Remus et Romulus, quand Romulus eut peuplé sa cité de tous les chevaliers et guerriers qu'il avait pu trouver et rassembler au cours de ses nombreuses victoires, il eut à cœur de leur donner des femmes pour assurer une descendance qui pourrait régner à tout jamais sur la ville. Mais il était fort embarrassé pour procurer des épouses à lui-même et à ses compagnons, car les rois, les princes et les gens du pays ne voulaient point accorder leurs filles à une engeance qu'ils croyaient vagabonde, et répugnaient à se lier avec des hommes qu'ils jugeaient trop sauvages pour mériter leur confiance. Alors Romulus conçut un habile stratagème. Il fit crier un tournoi et des joutes par tout le pays, invitant rois, princes et sujets à amener leurs femmes et leurs filles assister à la fête des guerriers étrangers. Le jour du tournoi, l'assistance fut grande des deux côtés, car les dames et les jeunes filles étaient venues en nombre pour voir les jeux. Parmi elles se trouvait la fille, fort belle et pleine de grâces, du roi des Sabins, que son père avait amenée avec les autres femmes et jeunes filles du royaume. Les joutes furent organisées hors des murs, dans une plaine près d'une montagne ; les femmes étaient assises en rang sur les hauteurs. Là, les chevaliers rivalisèrent de coups et d'exploits ; la vue de ces belles dames décuplait leur ardeur chevaleresque et leur courage. Enfin, maints guerriers s'étant déjà affrontés, Romulus vit le moment venu de mettre son plan à exécution. Il prit alors son grand olifant et en sonna très haut. Tous reconnurent le signal du cor et, abandonnant les joutes, se précipitèrent sur les femmes. Romulus se saisit de la fille du roi, dont il était déjà fort épris. Chacun suivit son exemple et s'empara de celle qu'il voulait. Ils emportèrent de force les femmes sur leurs chevaux et s'enfuirent vers la ville, où ils refermèrent sur eux les portes de la cité. Les pères et les parents restés au-dehors se lamentaient à grands cris, ainsi que les femmes qu'on avait enlevées contre leur gré, mais les pleurs n'y firent rien. Romulus épousa avec faste la femme qu'il avait ravie, et les autres firent de même.

« Ce fut là la cause d'une grande guerre. Car dès qu'il put rassembler son armée, le roi des Sabins attaqua les Romains en force. Mais ce n'était pas chose facile que de vaincre ce peuple aguerri. Le conflit durait depuis cinq ans, et chaque camp ayant rassemblé son armée tout entière, les adversaires allaient s'affronter en bataille rangée ; un effroyable carnage, d'énormes pertes en vies humaines paraissaient inéluctables. L'immense armée romaine avait déjà quitté la ville. Alors, la reine rassembla dans un des temples de la cité toutes les femmes pour délibérer. Et elle qui était sage, bonne et belle, s'adressa aux autres en ces termes : "Honorables dames du royaume des Sabins, mes chères sœurs et compagnes, je n'ai pas besoin de vous rappeler comment nos maris se sont emparés de nous ; c'est pourquoi nos pères et nos familles leur livrent bataille aujourd'hui. Mais quelle que soit l'issue de ce combat mortel, quels qu'en soient les vainqueurs, ce ne peut être qu'à notre préjudice. Car si nos maris sont vaincus, ce sera pour nous qui les aimons – comme il est juste, puisque ce sont les pères de nos enfants – une perte douloureuse, et nos jeunes enfants resteront orphelins ; si, d'autre part, nos maris remportent la victoire et que nos parents soient tués et exterminés, ce sera également pour nous un grand désespoir que d'avoir causé un tel malheur. Ce qui est fait est fait, et ne peut être défait. Voilà pourquoi il me semble souhaitable de trouver le moyen d'arrêter cette guerre et de faire régner la paix. Si vous voulez me faire confiance, suivre mon conseil et imiter ma conduite, je crois que nous y réussirons." Elles répondirent unanimement à la reine de commander, et qu'elles obéiraient de bon cœur.

« Alors la reine défit ses cheveux et se déchaussa. Toutes les femmes suivirent son exemple. Celles qui avaient des nourrissons les prirent dans leurs bras pour les emmener avec elles ; il y avait là une multitude d'enfants et de femmes enceintes. La reine se mit en tête de ce pitoyable cortège. Elles parvinrent au champ de bataille au moment même où on allait livrer l'assaut. Elles se mirent alors entre les deux armées, de sorte qu'il fallait leur passer sur le corps pour se battre. La reine et toutes les autres femmes s'agenouillèrent, et se lamentèrent à haute voix : "Très chers pères et parents, et vous, époux très aimés, par pitié, faites la paix ! Car sinon nous préférons toutes périr ici sous les sabots de vos montures !" Voyant leurs enfants et leurs femmes ainsi éplorées, les maris en furent bouleversés ; ils n'avaient aucune envie, crois-le bien, de foncer sur elles. Le cœur des pères aussi fut touché, et ils furent attendris de voir leurs filles tout en pleurs. Ils se regardèrent mutuellement et, par amour de ces femmes qui les suppliaient si humblement, la haine se transforma en piété filiale ; de part et d'autre ils furent obligés de jeter à terre leurs armes, de se précipiter dans les bras de l'adversaire et de faire la paix. Romulus emmena son beau-père, le roi des Sabins, en sa ville pour le recevoir, lui et sa suite, avec les plus grands honneurs. Et c'est ainsi que le bon sens et le courage de cette reine et de ces femmes empêchèrent Romains et Sabins de s'entre-tuer. »

XXXIV. Où il est question de Véturie.

« La noble Véturie, dame de Rome, était la mère de Martius. C'était un très grand Romain, homme de grand courage, plein de sagesse, vif et intelligent, preux et hardi. Les Romains avaient envoyé ce vaillant guerrier, le fils de Véturie, contre les Corioliens à la tête d'une grande armée. Il remporta la victoire et se rendit maître de la forteresse des Volsques. En souvenir de cette victoire sur les Corioliens, il fut surnommé Coriolan. Son prestige était tel qu'il jouissait à Rome d'un pouvoir presque absolu. Mais c'est une chose fort dangereuse que de répondre seul du gouvernement de tout un peuple, et les Romains finirent par se soulever contre lui et le condamnèrent à l'exil. Cependant, s'il fut banni de la ville, il trouva bien le moyen de se venger, car il alla solliciter ceux qu'il avait vaincus et les poussa à se soulever contre Rome. Ils firent de lui leur chef et fondirent en force sur la ville, dévastant tout sur leur passage. Voyant le danger où ils se trouvaient, les Romains furent épouvantés et envoyèrent plusieurs délégations auprès de Martius pour négocier la paix. Celui-ci ne daigna point les entendre. Ils renouvelèrent les ambassades, mais ce fut encore en vain ; Martius poursuivait toujours ses ravages. Alors ils envoyèrent prêtres et flamines revêtus de leurs robes sacerdotales pour l'implorer bien humblement, mais rien n'y fit. Ne sachant plus que faire, les Romains déléguèrent les grandes dames de la ville auprès de la noble Véturie, mère de Martius, pour la supplier d'intervenir auprès de son fils et d'apaiser sa colère. La sage Véturie quitta donc la ville, accompagnée de toutes les patriciennes ; elles s'en allèrent en cortège au-devant de Martius. Dès qu'il vit sa mère, il descendit de cheval pour aller à sa rencontre, et la reçut, bon et humain, avec tout le respect qu'un fils doit à une mère. Et comme Véturie voulait l'implorer de faire la paix, il lui répondit qu'il appartenait à une mère de commander à son fils, et non de le supplier. La noble dame le ramena donc à la cité. Elle sauva ainsi Rome de la destruction, et accomplit seule ce que tous les hauts dignitaires de la ville n'avaient pu mener à bien. »

XXXV. Où il est question de la reine de France Clotilde.

« Pour reprendre le cas des bienfaits apportés par les femmes dans le domaine spirituel, Clotilde, fille du roi de Bourgogne et femme du puissant roi de France Clovis, comme nous l'avons déjà vu, ne fut-elle pas celle par qui la foi chrétienne fut instituée et répandue parmi les rois et princes de France ? Peut-on imaginer plus grand bienfait que le sien ? Comme elle était éclairée par la foi, elle ne cessait de presser et de supplier son époux, en bonne chrétienne et sainte femme qu'elle était, de se convertir à la vraie foi et de se faire baptiser. Il s'y refusait, mais cette dame implorait continuellement le Seigneur à force de larmes, de jeûnes et de dévotions, de daigner éclairer le cœur du roi. Elle pria tant que Dieu finit par prendre en pitié son désespoir. Car alors que Clovis se battait contre le roi des Alamans et que la défaite était proche, Dieu l'éclaira enfin ; levant les yeux vers le ciel, le roi dit avec ferveur : "Dieu tout-puissant, toi en qui croit la reine mon épouse, toi qu'elle adore, daigne me secourir en cette bataille, et je te jure que je me convertirai à ta sainte loi." À peine eut-il prononcé ces mots que le cours de la bataille tourna à son avantage et qu'il remporta une franche victoire. Il rendit grâces à Dieu et, dès son retour, se fit baptiser avec tous ses barons et le peuple tout entier, et se réconcilia avec la reine dans la joie. Ce fut là un grand bonheur, car Dieu, écoutant les prières de cette excellente et sainte reine Clotilde, répandit sa grâce sur la France pour que jamais plus ce royaume n'abandonne la foi et que jamais, Dieu merci, il ne s'y trouve un roi hérétique, ce qui est loin d'être le cas chez les autres rois ou empereurs. Les rois de France en tirent honneur et gloire, car c'est pour cela qu'on les appelle "rois très chrétiens".

« Si on voulait raconter tous les bienfaits que nous devons aux femmes, il faudrait un bien grand livre ; toutefois, puisque je parle du domaine spirituel, combien de martyrs – j'en reparlerai plus loin – ont été soignés, hébergés et cachés par de simples femmes, des veuves ou d'excellentes bourgeoises ! Car si tu lis les vies des saints, tu verras qu'il plut à Dieu que tous, ou presque, aient été aidés dans leurs souffrances et martyres par des femmes. Que dis-je ? Les martyrs ! Les saints apôtres, saint Paul et tous les autres, et même Notre-Seigneur Jésus-Christ furent, eux aussi, nourris et soignés par des femmes.

« Et les Français, qui révèrent tant le corps du bienheureux saint Denis – et avec raison, car il fut le premier à apporter en France la parole de Dieu –, n'ont-ils pas conservé son corps grâce à une femme, ainsi que celui de ses deux bienheureux compagnons, saint Rustique et saint Éleuthère ? En effet, le tyran qui les avait fait décapiter avait ordonné de jeter leurs corps dans la Seine, et ceux qui étaient chargés de cette besogne les avaient mis dans un sac pour pouvoir les y porter. Ils s'arrêtèrent alors chez une honnête veuve appelée Catulle, qui les fit boire ; elle ôta du sac les corps des saints et les remplaça par trois carcasses de porcs. Elle enterra le plus dignement possible les saints martyrs chez elle et laissa une inscription sur leur tombe, afin d'en conserver la mémoire pour les temps futurs. Bien longtemps après, ce fut encore une femme – il s'agit de la bienheureuse sainte Geneviève – qui édifia la première chapelle dédiée en leur honneur ; c'est sur ce site que le bon roi de France Dagobert éleva la basilique que l'on y trouve aujourd'hui. »

XXXVI. Où l'on réfute ceux qui affirment qu'il n'est pas bon que les femmes fassent des études.

Après avoir entendu ces propos, moi Christine, je répondis ainsi : « Ma Dame, je vois bien que de nombreux bienfaits ont été apportés par des femmes. Et s'il arrive que certains maux soient le fait de certaines femmes corrompues, il me semble qu'à tout prendre les bienfaits apportés, hier et aujourd'hui, par les femmes vertueuses – en particulier par les savantes versées dans les lettres et les sciences évoquées précédemment –, sont bien plus importants. C'est pourquoi je m'étonne fort de l'opinion avancée par quelques hommes qui affirment qu'ils ne voudraient pas que leurs femmes, filles ou parentes fassent des études, de peur que leurs mœurs s'en trouvent corrompues. »

Elle me répondit : « Cela te montre bien que les opinions des hommes ne sont pas toutes fondées sur la raison, car ceux-ci ont bien tort. On ne saurait admettre que la connaissance des sciences morales, lesquelles enseignent précisément la vertu, corrompe les mœurs. Il est hors de doute, au contraire, qu'elle les améliore et les ennoblit. Comment pourrait-on penser ou croire que celle qui suit un bon enseignement et une bonne doctrine puisse en être corrompue ? Cela est inconcevable et inadmissible. Je ne dis pas qu'il soit bon qu'un homme ou une femme s'adonne à l'art de la sorcellerie ou aux sciences interdites, car ce n'est pas sans raison que la sainte Église en a défendu la pratique. Mais que la connaissance du bien corrompe les femmes, c'est ce que l'on ne saurait admettre.

« Quintus Hortensius, qui était à Rome un grand rhétoricien et un orateur accompli, n'était pas de cet avis. Il avait une fille appelée Hortense qu'il chérissait particulièrement à cause de la vivacité de son intelligence. Il lui fit apprendre les belles-lettres et lui enseigna la rhétorique. Elle excella tant en cette dernière discipline que, d'après Boccace, non seulement elle ressemblait à son père pour l'intelligence, la rapidité de sa mémoire et l'élocution, mais aussi pour l'éloquence et l'art oratoire, si bien qu'elle l'égala en tout. Et à propos de ce que nous avons déjà dit sur les bienfaits apportés par les femmes, la contribution que celle-ci fit par son savoir fut remarquable entre toutes. Car à l'époque où Rome était gouvernée par le triumvirat, cette Hortense accepta de défendre la cause des femmes et entreprit ce qu'aucun homme n'eût osé : à un moment où Rome connaissait de grandes difficultés financières, on voulut frapper de lourds impôts les femmes et leurs parures. L'éloquence de cette femme fut si parfaite qu'on l'écouta aussi volontiers qu'on aurait écouté son père. Et, en effet, elle gagna sa cause.

« Ou encore, pour évoquer des événements récents sans recourir à l'histoire ancienne, Giovanni Andrea, le célèbre légiste qui enseignait à Bologne il y a à peu près soixante ans, ne croyait pas que c'était un mal que d'éduquer les femmes. On le vit bien avec sa fille chérie, la belle et excellente Novella, à qui il fit apprendre les lettres et le droit canon. Ainsi, quand d'autres devoirs l'empêchaient de monter en chaire devant ses étudiants, il pouvait envoyer sa fille faire le cours magistral à sa place. Mais afin de soustraire aux regards du public une beauté qui l'eût distrait, on fit tendre un petit rideau devant la chaire. C'est ainsi que la fille pouvait suppléer son père et alléger ses charges. Pour perpétuer la mémoire d'une fille qu'il chérissait tant, il donna son nom à un remarquable commentaire du décret qu'il rédigea, sous le titre de *Novella*.

« C'est un fait que tous les hommes, et en particulier ceux parmi eux qui sont les plus instruits, ne partagent pas l'opinion évoquée plus haut, et qui voudrait que l'éducation des femmes soit un mal. Il est bien vrai cependant que parmi les moins instruits bon nombre y souscrivent, car il leur déplairait que des femmes soient plus savantes qu'eux. Ton père, grand astronome et philosophe, ne pensait pas que les sciences puissent corrompre les femmes ; il se réjouissait au contraire – tu le sais bien – de voir tes dispositions pour les lettres. Ce sont les préjugés féminins de ta mère qui t'ont empêchée, dans ta jeunesse, d'approfondir et d'étendre tes connaissances car elle voulait te confiner dans les travaux de l'aiguille qui sont l'occupation coutumière des femmes. Mais comme dit le proverbe déjà cité : "Chassez le naturel, il revient au galop." Quelque opposition que fît ta mère à ton penchant pour l'étude, elle ne put empêcher que tes dispositions naturelles n'en récoltent quelques gouttelettes. Je ne pense pas que tu crois avoir été corrompue par ton savoir, mais que tu l'estimes, au contraire, comme un grand trésor. Et en cela, tu as bien raison. »

Alors, moi, Christine, je lui répondis : « Ma Dame, ce que vous dites là est aussi vrai que l'Évangile. »

XXXVII. Où Christine s'adresse à Droiture, et celle-ci réfute l'opinion de ceux qui affirment que peu de femmes sont chastes ; exemple de Suzanne.

« À ce que j'entends, ma Dame, les femmes peuvent posséder tous les biens et toutes les vertus. Comment se fait-il donc que les hommes affirment qu'il en existe si peu de chastes ? S'il en était ainsi, toutes leurs autres vertus ne compteraient pour rien, puisque pour une femme la chasteté est la vertu souveraine. Mais d'après ce que vous dites, il en va tout autrement qu'ils ne disent. »

Elle me répondit : « C'est évidemment tout le contraire qui est vrai ; je te l'ai déjà dit, en effet, tu le sais par toi-même, et je pourrais encore te le répéter jusqu'à la fin des temps. Oh ! combien de femmes chastes et valeureuses sont citées dans l'Écriture sainte, qui toutes, plutôt que de renoncer à la pureté corporelle et spirituelle, préférèrent la mort à la souillure. Ce fut le cas de la belle et vertueuse Suzanne, femme de Joachim, qui était un homme riche et l'un des plus influents du peuple juif. Un jour où cette noble femme se promenait seule en son jardin, deux vieillards, prêtres corrompus, s'approchèrent d'elle pour l'inciter au péché. Elle les repoussa vigoureusement.

Quand ils virent que les douces paroles n'y faisaient rien, ils menacèrent de la dénoncer à la justice pour flagrant délit d'adultère avec un jouvenceau. Or la loi du temps voulait qu'en de tels cas les femmes fussent lapidées. Considérant ces menaces, elle dit alors : "Je suis perdue, quoi que je fasse. Si je refuse ce que ces hommes me demandent, je m'exposerai à la mort physique ; si j'accepte, j'offenserai cruellement mon Créateur. Pourtant, je préfère mourir innocente que de provoquer par le péché la colère de Dieu."

« Suzanne se mit alors à crier, et les gens de sa maison accoururent. Pour te conter la chose en peu de mots, les prêtres corrompus parvinrent par leurs faux témoignages à la faire condamner à mort. Mais Dieu, qui n'abandonne jamais ceux qu'il aime, l'innocenta par la bouche du prophète Daniel, qui était encore un nourrisson dans les bras de sa mère ; alors qu'on emmenait Suzanne au supplice et qu'un long cortège la suivait en pleurant, l'enfant s'écria qu'elle avait été condamnée à tort et qu'elle était innocente. Elle fut reconduite en ville ; on interrogea de nouveau les deux prêtres corrompus, qui durent reconnaître leur culpabilité. L'innocente Suzanne fut libérée et eux condamnés à mort. »

XXXVIII. Où il est question de Sara.

« La bonté et la chasteté de Sara sont évoquées dans le premier livre de la Bible, au vingtième chapitre environ. C'était la femme du grand patriarche Abraham. L'Écriture sainte fait mention de nombre de ses mérites, sur lesquels je passe par souci de brièveté. Mais sa chasteté peut être alléguée au sujet dont nous venons de parler, pour montrer que bien des femmes belles sont chastes. Elle fut d'une si grande beauté qu'elle surpassait toutes les femmes de son temps. Nombre de princes la désirèrent, mais elle était si fidèle qu'elle les méprisa tous. Le roi Pharaon la désirait et l'enleva de force à son mari. Mais sa vertu encore plus grande que sa beauté lui valut la grâce du Tout-Puissant, qui l'aima tant qu'il la préserva de toute souillure. Car il frappa Pharaon et sa maison : en leurs corps de graves maladies, en leurs âmes de terribles visions, si bien que jamais il ne toucha Sara et fut contraint de la rendre. »

XXXIX. Où il est question de Rébecca.

« L'excellente et vertueuse Rébecca, épouse d'Isaac le patriarche, père de Jacob, ne fut pas moins sage ou belle que Sara. L'Écriture sainte chante ses louanges à maints propos. Il est question d'elle au premier livre de la Bible, au chapitre vingt-quatre. Elle était si vertueuse, sage et honnête que toutes celles qui l'approchèrent trouvèrent modèle en sa chasteté. De plus, elle se comportait avec la plus grande humilité envers son mari, à tel point qu'elle ne paraissait pas appartenir à un rang noble. C'est pour cela qu'Isaac l'aimait et la révérait à l'extrême. Sa parfaite chasteté et sa sagesse lui valurent un bien encore plus grand que l'amour de son époux, c'est-à-dire l'amour et la faveur de Dieu. En effet, Dieu lui accorda l'insigne grâce de porter deux enfants en son sein alors qu'elle était déjà vieille et stérile. C'étaient Jacob et Ésaü, dont descendent les tribus d'Israël. »

XL. Où il est question de Ruth.

« Je pourrais te citer encore nombre de femmes excellentes et chastes mentionnées par l'Écriture sainte, mais je les passe sous silence pour aller plus vite. On peut rappeler cependant la noble Ruth ; c'est d'elle que descend le prophète David. Cette femme brilla par sa vertu pendant son mariage et au cours de son veuvage. Elle aima profondément son mari, comme on l'a vu, car après sa mort le profond amour qu'elle lui portait la poussa à quitter sa famille et son propre pays pour aller vivre le restant de ses jours avec les Juifs, peuple auquel appartenait son mari. Elle tenait particulièrement à rester avec sa belle-mère. En bref, cette noble dame fut si vertueuse et si chaste qu'on fit sur sa vie un livre où sont consignées toutes ces choses. »

XLI. Où il est question de l'épouse d'Ulysse, Pénélope.

« Les livres anciens donnent de nombreux exemples de femmes chastes et vertueuses parmi les dames païennes. Pénélope, épouse du prince Ulysse, fut une femme de haute vertu, mais de tous ses mérites c'est sa chasteté exemplaire qu'on loua le plus. Plusieurs chroniques en font grand cas. Cette femme se conduisit de façon irréprochable pendant les dix ans que son mari passa au siège de Troie, et cela bien que sa grande beauté la fît courtiser par maints rois et princes qu'elle refusa d'entendre et d'écouter. Elle était sage, vertueuse, pieuse envers les dieux et de vie exemplaire. Fait plus remarquable encore, elle attendit son mari pendant dix autres années après la destruction de Troie. On croyait qu'il était mort en mer, où il dut braver de nombreux périls. À son retour, il trouva sa femme assiégée par un roi qui entendait l'épouser de force, tant il estimait sa sagesse et son admirable vertu. Ulysse, déguisé en pèlerin, chercha à se renseigner sur elle. Il fut très heureux des louanges qu'on en rapportait, et sa joie fut grande de retrouver adulte son fils Télémaque, qu'il avait abandonné enfant. »

Alors moi, Christine, je lui dis ceci : « Ma Dame, à vous entendre on comprend bien que la beauté ne fut pas un obstacle à la chasteté de ces femmes. Beaucoup d'hommes disent cependant qu'il est très difficile de trouver une femme belle et chaste. »

Elle me répondit : « Ceux qui le disent fomentent des erreurs, car il y a eu jadis, il y a encore, et il y aura toujours des femmes très chastes et néanmoins belles. »

XLII. Où l'on réfute encore ceux qui soutiennent qu'il est difficile à une belle femme de rester chaste ; exemple de Mariamne.

« Mariamne était une Juive, la fille du roi Aristobule. Elle était si belle que l'on estimait non seulement que sa beauté surpassait celle de toutes les femmes de son époque, mais qu'elle était une apparition divine ou céleste, plutôt qu'une simple mortelle. On fit d'elle un portrait ; le tableau fut envoyé en Égypte au roi Marc-Antoine. Frappé par sa merveilleuse beauté, il affirma qu'elle devait être la fille de Jupiter, car il ne pouvait croire qu'un simple mortel ait pu engendrer une telle femme. Nombre de grands princes et de rois la courtisaient, mais malgré sa beauté et toutes leurs assiduités, elle leur opposa une résistance vertueuse et ferme. Sa renommée n'en fut que plus grande et plus brillante. Ce qui accrut encore son immense mérite, c'est qu'elle était fort mal mariée. En effet, elle était l'épouse du roi des Juifs Hérode Antipas, qui était un homme extrêmement cruel ; il avait notamment fait périr le frère de Mariamne, qui le haïssait pour cela et pour les sévices qu'il lui faisait subir. Elle ne cessa pas pour autant d'être vertueuse et chaste. Elle savait en plus qu'il avait donné l'ordre de la tuer s'il venait à mourir avant elle, afin qu'aucun autre ne jouisse après lui d'une si grande beauté. »

XLIII. Où il est question d'Antonia, femme de Drusus Tibère, qui illustre ce même propos.

« On dit communément qu'il est plus difficile à une belle femme de ne pas succomber, lorsqu'elle est entourée de jeunes gens et de mondains avides de plaisirs amoureux, que de se tenir au milieu d'un brasier sans brûler soi-même ; néanmoins, la belle et vertueuse Antonia, épouse de Drusus Tibère, frère de l'empereur Néron, sut bien s'en préserver. Cette femme devint veuve alors qu'elle était encore très jeune et dans l'éclat d'une merveilleuse beauté, son mari Tibère ayant été empoisonné par son propre frère Néron. Cette noble femme en conçut une grande douleur et résolut de ne jamais se remarier et de vivre dans le veuvage et la chasteté. Elle s'y tint sa vie entière, si parfaitement que de toute l'Antiquité païenne aucune femme ne fut plus glorifiée pour sa chasteté. Et cette chose, nous dit Boccace, est d'autant plus admirable qu'elle restait sage dans une société mondaine au milieu de jeunes gens bien habillés et élégants, avenants et galants, et qui vivaient dans l'oisiveté. Elle y passa sa vie sans jamais être calomniée ni accusée de la moindre faute. C'est, selon l'auteur, une chose digne des plus grandes louanges, car cette jeune femme, d'une extrême beauté, était la propre fille de Marc Antoine, qui lui vivait dans la licence et la dissolution. Mais les mauvais exemples n'eurent aucun effet sur elle, et au milieu de ce brasier de luxure elle sut rester pure. Cette conduite ne fut pas passagère mais dura sa vie entière, jusqu'à ce qu'elle mourût de vieillesse.

« Je pourrais te citer maints exemples de femmes belles et chastes, vivant dans le monde, voire dans les milieux de cour, tout entourées de jouvenceaux. Aujourd'hui même, elles sont fort nombreuses, et il est bien besoin de le rappeler pour faire taire toutes ces mauvaises langues, car je doute que de tous les temps il y ait eu autant de mauvaises langues ou que les hommes aient jamais été aussi prompts à médire des femmes sans le moindre motif qu'ils le sont de nos jours. Et je peux bien t'assurer que si les femmes belles et vertueuses dont je viens de te parler vivaient aujourd'hui, en lieu et place des louanges que leur décernaient les Anciens elles auraient droit aux calomnies incessantes des jaloux.

« Mais pour revenir à notre sujet, je te citerai encore la noble Sulpice dont parle Valère Maxime, et qui fut un exemple de ces femmes belles et sages vivant au milieu des gens de cour et qui menèrent néanmoins une vie honnête. Car elle qui était d'une si grande beauté avait la réputation d'être la plus chaste de toutes les dames de Rome. »

XLIV. Où l'on cite plusieurs exemples pour réfuter ceux qui disent que les femmes aiment à être violées, en commençant par celui de Lucrèce.

Et moi, Christine, je lui répondis : « Ma Dame, ce que vous dites est bien juste, et je suis convaincue qu'il existe beaucoup de femmes belles, vertueuses et chastes, qui savent se garder des pièges des séducteurs.

C'est pourquoi je suis navrée et outrée d'entendre des hommes répéter que les femmes veulent être violées et qu'il ne leur déplaît point d'être forcées, même si elles s'en défendent tout haut. Car je ne saurais croire qu'elles prennent plaisir à une telle abomination. »

Elle me répondit : « Ne crois pas, ma chère Christine, que les dames vertueuses et honnêtes prennent le moindre plaisir à être violées ; au contraire, aucune douleur ne leur saurait être plus insupportable. Nombre d'entre elles en ont fait la preuve par elles-mêmes, par exemple Lucrèce. C'était une Romaine de très haute noblesse, la plus chaste de toutes les femmes de Rome, et l'épouse du patricien Tarquin Collatin. Mais Tarquin le Superbe, fils de Tarquin l'Ancien, brûlait d'amour pour la chaste Lucrèce. Il n'osait cependant le lui déclarer à cause de la grande vertu qu'il lui connaissait. Désespérant donc de parvenir à ses fins par des présents ou des supplications, il s'imagina pouvoir la posséder par la ruse. Il s'insinua donc dans les bonnes grâces du mari, s'aménageant ses entrées dans la maison à tout moment. Un jour où il savait que le mari était absent, il se présenta, et cette noble épouse le reçut avec tous les égards dus à celui qu'elle tenait pour l'ami intime de son mari. Mais Tarquin, dont le but était bien différent, trouva le moyen de pénétrer en pleine nuit dans la chambre de Lucrèce, ce qui lui fit grand-peur. Pour te conter la chose en peu de mots, quand, à force de promesses, de présents et d'offres, il l'eut pressée de se soumettre à ses désirs et qu'il vit que les prières étaient vaines, il tira son épée et menaça de la tuer si elle criait ou refusait de se soumettre à sa volonté. Lucrèce lui répondit qu'il ferait mieux de la tuer tout de suite, car elle préférait mourir plutôt que de se soumettre. Voyant que tout cela ne servait à rien, Tarquin trouva un ignoble stratagème : il lui dit qu'il déclarerait publiquement qu'il l'avait trouvée avec l'un de ses serviteurs. Alors elle prit peur, pensant qu'on accorderait foi à ses paroles, et dut céder à la force.

« Mais Lucrèce ne put souffrir en silence une telle honte. Au matin, elle envoya chercher son mari, son père et ses proches parents, qui appartenaient à la haute aristocratie romaine, pour leur avouer en pleurant et gémissant ce qui lui était arrivé. Alors que son mari et ses parents cherchaient à la consoler – car ils comprenaient son désespoir –, elle sortit un couteau de dessous sa robe et dit : "S'il est vrai que je peux me pardonner ma faute et prouver mon innocence, je ne saurais me soustraire à la honte ni au châtiment, de peur que désormais les femmes déshonorées ou dévergondées n'invoquent mon exemple." Après avoir prononcé ces paroles, elle s'enfonça violemment le couteau dans la poitrine et s'écroula, mortellement blessée, devant son mari et ses amis. Ivres de colère, ils fondirent sur Tarquin. Rome tout entière s'enflamma pour cette cause et expulsa son roi ; quant au fils, il était mort, si seulement on avait pu le trouver. Jamais depuis on ne voulut de roi à Rome. Certains affirment qu'à cause du viol de Lucrèce, on promulgua une loi condamnant à mort tout homme qui violerait une femme ; c'est une peine légitime, morale et juste. »

XLV. Où l'on conte l'exemple de la reine de Galatie, qui illustre ce même propos.

« Toujours à ce sujet, on peut rappeler l'histoire de la noble reine de Galatie, l'épouse du roi Ortiagon. À l'époque où les Romains étendaient leurs conquêtes sur tous les pays du monde, ils firent prisonniers le roi de Galatie et sa femme au cours d'une bataille. Pendant leur captivité, l'un des généraux de l'armée romaine s'éprit de cette noble reine qui était belle, honnête, chaste et vertueuse. Son geôlier la poursuivit de ses ardeurs en lui offrant de magnifiques présents, mais voyant que tant d'empressement ne servait à rien, il la prit de force. Outragée de cette offense, la dame ne cessait de penser à un moyen de se venger ; dans l'attente d'une occasion favorable, elle attendit et dissimula. Quand on apporta la rançon exigée pour elle et son mari, elle demanda à être présente au moment où l'on remettrait la somme au général qui les détenait. Elle lui conseilla alors de bien peser l'or pour s'assurer que le prix y était et que l'on ne l'avait point trompé. Le voyant occupé à peser l'or, en l'absence de tout témoin, la dame se saisit d'un couteau et l'égorgea. Elle lui coupa la tête et, sans s'embarrasser le moins du monde, la porta à son mari, lui racontant toute l'affaire et la vengeance qu'elle en avait tirée. »

XLVI. Où l'on conte les exemples des Sicambres et d'autres vierges qui illustrent ce même propos.

« Certes, je t'ai cité de nombreux exemples de femmes mariées qui ne purent supporter l'indignité du viol, mais je pourrais t'en citer autant chez les veuves et les vierges. Hippo était une Grecque qui fut enlevée et faite prisonnière par les pirates écumeurs de mer, ennemis de son pays. Comme elle était fort belle, ils la poursuivaient sans relâche. Quand elle vit qu'elle ne pouvait se soustraire au viol, plutôt que de subir un outrage si ignominieux, elle préféra mourir. Elle se jeta donc à la mer et se noya.

« *Item*, les Sicambres (que l'on appelle aujourd'hui les Français) partirent attaquer la ville de Rome avec une grande armée et une foule de gens. Ils avaient en effet emmené leurs femmes et leurs enfants avec eux, croyant cette fois pouvoir détruire la ville. Mais les fortunes de la guerre se retournèrent contre eux. Voyant cela, leurs épouses décidèrent entre elles qu'elles préféraient mourir en défendant leur vertu que de subir le déshonneur, car elles savaient bien qu'elles seraient violées, selon les lois de la guerre. Elles s'armèrent donc contre l'ennemi, faisant le cercle avec leurs chars et leurs chariots ; elles se défendirent avec acharnement et tuèrent beaucoup de Romains, mais elles subirent de grandes pertes et furent presque toutes tuées. Alors elles supplièrent à genoux leurs vainqueurs de leur épargner toute souillure et de permettre qu'elles finissent leurs jours en servant Vesta dans le temple des vierges. Comme on le leur refusait, elles décidèrent de mourir plutôt que de subir le viol.

« *Item*, on trouve aussi des exemples parmi les vierges. Je citerai Virginie, noble vierge Romaine, que Claudius, le juge corrompu, crut posséder par la ruse et la force quand il comprit que toutes ses assiduités étaient inutiles. C'était encore une toute jeune fille, et pourtant, au viol elle préféra la mort.

« *Item*, dans une ville de Lombardie tombée aux mains de l'ennemi, les filles du seigneur, celui-ci ayant été tué, savaient bien que l'on tenterait de les violer. Aussi trouvèrent-elles un étrange stratagème qui fut tout à leur honneur. Elles prirent de la chair de poulet cru et la mirent en leur sein. Bientôt la chaleur fit pourrir cette viande, si bien que lorsque les soldats ennemis voulurent les approcher, ils furent pris à la gorge par la puanteur. Alors ils s'éloignèrent au plus vite en s'exclamant : "Dieu ! qu'elles puent, ces Lombardes !" Mais de cette pestilence émanait un parfum de vertu. »

XLVII. Où l'on réfute ce qui est dit de l'inconstance des femmes. Christine parle la première. Réponse de Droiture sur l'inconstance et le manque de fermeté chez certains empereurs.

« Ma Dame, la constance, la fermeté et le courage des femmes que vous avez citées sont certes étonnants. Pourrait-on en dire davantage des hommes les plus forts qui ont jamais existé ? Pourtant les hommes, en particulier dans leurs livres, reprochent encore aux femmes par-dessus tout d'être frivoles, changeantes et légères, de faible tempérament, malléables comme les enfants et entièrement dépourvues de caractère. Les hommes sont-ils donc à ce point courageux que l'inconstance leur est tout à fait étrangère ou presque, eux qui accusent tant les femmes de légèreté et de faiblesse ? Mais s'ils manquent de fermeté eux-mêmes, n'est-ce pas honteux de reprocher à autrui ses propres vices et d'exiger une vertu à laquelle on ne saurait prétendre ? »

Elle me répondit : « Très chère Christine, n'as-tu pas toujours entendu dire que le sot voit la paille dans l'œil de son voisin mais n'aperçoit pas la poutre qui est dans le sien ? Je te montrerai quelle est l'inconséquence des hommes quand ils accusent les femmes de légèreté et d'inconstance. C'est un fait qu'ils prétendent tous que la femme est naturellement instable, et puisqu'ils accusent les femmes d'inconstance, l'on devrait supposer qu'ils s'estiment eux-mêmes courageux, ou tout au moins plus que ne le sont les femmes. Mais en réalité, ils exigent des femmes une plus grande constance que la leur, et eux qui se prétendent nobles et vertueux ne peuvent s'empêcher de tomber en maintes erreurs et fautes, et cela non seulement par simple ignorance mais par malice, car ils savent bien qu'ils se fourvoient. Mais ils se trouvent toujours des excuses, disant que l'erreur est humaine. Cependant, qu'une femme commette la moindre incartade, victime qui plus est des manigances perpétuelles des hommes, et les voilà tous prêts à l'accuser d'inconstance ou de légèreté ! Pour être équitables en la matière, il me semble qu'ils devraient tolérer cette légèreté dont ils les accusent tant, et non point traiter de grand crime ce qui chez eux ne serait qu'une simple peccadille. Car il n'est aucune loi ou écrit qui leur accorde le droit de pécher davantage que les femmes, ni aucune qui excuserait davantage chez eux le vice. En fait, ils s'octroient une telle autorité morale que, ne voulant rien passer aux femmes, ils les chargent des pires crimes et des plus grands torts. Car nombreux sont ceux qui les accusent de la sorte, se refusant encore à reconnaître la force et la constance des femmes qui endurent tant d'outrages. Ainsi les hommes veulent avoir à tout propos le droit pour eux et tirer à eux toute la couverture. Mais cela, tu l'as fort bien dit dans ton *Épître au Dieu d'amours*.

« Tu m'as demandé si les hommes sont si forts et résolus qu'ils peuvent se permettre de censurer l'inconstance d'autrui. Si tu te penches sur l'histoire, de l'Antiquité jusqu'à nos jours, je t'assure que dans les livres, comme dans tout ce que tu as vu dans ta propre vie et dans ce que tu vois encore tous les jours – non point chez les hommes ordinaires ou de basse condition, mais chez les plus grands –, alors, tu la verras la perfection, la force, la constance ! Bien entendu, je fais allusion à la grande majorité, car il est exact que l'on trouve aussi des hommes sages, constants et courageux, dont il faut avouer qu'il est grand besoin.

« Si tu veux des exemples récents ou anciens de cette accusation portée par les hommes contre les femmes, comme si on ne trouvait jamais chez eux trace d'inconstance ou de légèreté, pense à la vie des princes les plus puissants et aux plus grands hommes, chez qui cela est encore plus scandaleux qu'ailleurs. Que ne te dirais-je point des empereurs ! Je te demande si jamais on a vu une femme d'aussi faible caractère que l'empereur Claude, aussi peureuse, aussi piteuse ou légère ! Il était si instable que d'une heure à l'autre il révoquait les ordres qu'il avait donnés ; jamais on ne pouvait se fier à sa parole. Il était toujours d'accord avec ce que l'on disait. Sa bêtise et sa cruauté le poussèrent à faire assassiner sa femme, et le soir même il demandait pourquoi elle ne venait pas se coucher. Il envoyait chercher pour jouer avec lui des familiers dont il venait de faire trancher la tête. Il avait si peu de courage qu'il tremblait de peur sans cesse et n'avait confiance en personne. Que dire de plus ? Ce malheureux empereur n'avait pas une once de courage ni de moralité. Mais pourquoi me borner à celui-ci ? Fut-il le seul homme sans caractère à régner sur l'empire ? L'empereur Tibère valait-il mieux ? Trouverait-on jamais chez une femme l'équivalent de son inconstance, de sa légèreté, du dérèglement de ses mœurs ? »

XLVIII. OÙ IL EST QUESTION DE L'EMPEREUR NÉRON.

« Puisque nous parlons des empereurs, que ne dirait-on pas de Néron ? Son absence de caractère, son instabilité n'étaient que trop évidentes. Au début de son règne, il était très juste et cherchait à plaire à tous, mais il eut vite fait de donner libre cours à sa sensualité, à sa cupidité et à sa cruauté. Pour mieux satisfaire ses appétits, il allait armé par les rues la nuit avec ses compagnons de débauche, se livrant à l'orgie dans des lieux mal famés, faisant partout la noce et se livrant à toutes sortes d'inconduites. Cherchant à provoquer des rixes, il bousculait les passants ; s'ils protestaient, il les blessait et les tuait. Il enfonçait les portes des tavernes et des bordels. Il violait les femmes, et faillit même être tué par le mari d'une femme qu'il avait prise de force. Les bains étaient pour lui l'occasion de débauches, et il festoyait toute la nuit. Il donnait un ordre, puis un autre, au gré de sa fantaisie. Il s'adonna au luxe, à toutes les perversions, à toutes les bizarreries, s'enflammant d'orgueil et dépensant follement. Il aimait les méchants et persécutait les justes. Il fut complice du meurtre de son père et fit assassiner sa propre mère. Lorsqu'elle fut morte, il fit ouvrir son ventre pour voir où il avait été conçu, disant, après l'avoir bien examinée, qu'elle avait été fort belle femme. Il tua son épouse Octavie, une femme très vertueuse. Il prit alors une seconde femme qu'il chérissait tout particulièrement au début, mais qu'il finit également par faire tuer. Il fit encore périr Antonie, la fille de son prédécesseur, parce qu'elle refusait de l'épouser. Il fit enfin tuer son beau-fils qui n'avait pas sept ans, parce que les jeux de celui-ci, disait-on, étaient ceux d'un fils de général.

« Il fit tuer son maître, le noble philosophe Sénèque, dont la seule présence suffisait à le faire rougir de son inconduite. Il empoisonna son préfet en feignant de lui offrir un remède contre la rage des dents. Il fit périr par le poison, qu'il versait dans leur nourriture ou leur boisson, les grands princes et les nobles patriciens les plus respectés qui s'étaient fait remarquer par leurs richesses. Il tua sa tante et usurpa ses biens. Il fit tuer ou exiler tous les notables de Rome, massacrant tous leurs enfants. Il dressa un féroce Égyptien à manger de la chair humaine crue, afin de pouvoir lui faire dévorer ses victimes encore vivantes. Que dire de plus ? On ne pourrait jamais venir à bout du récit de ses turpitudes et de sa barbarie. Mais le pire de ses crimes, c'est d'avoir mis le feu à la ville de Rome. L'incendie dura six jours et six nuits. Beaucoup de gens moururent par ce fléau. Du haut de sa tour, il admirait le brasier qui consumait la ville, chantant et se réjouissant fort de la beauté de la flamme. Il fit décapiter, lors d'un dîner, saint Pierre, saint Paul et bien d'autres martyrs. Il régna ainsi, au milieu des crimes, pendant quatorze ans ; puis les Romains, qui avaient trop souffert, se révoltèrent contre lui. Il sombra alors dans le désespoir et se donna la mort. »

XLIX. Où il est question de Galba et d'autres empereurs.

« Ce que je t'ai dit de la cruauté de Néron et de ses défauts peut t'apparaître comme un cas exceptionnel, mais je t'assure que l'empereur qui lui succéda, Galba, n'eût guère valu mieux s'il avait vécu aussi longtemps. Sa cruauté fut démesurée, et en plus de tous ses autres vices il était d'humeur si changeante qu'il ne pouvait arrêter une conduite ou se tenir à une décision. Il était tantôt violent et excessif, tantôt mou et indulgent. Plein d'indolence, d'envie et de méfiance, il avait peu d'estime pour ses officiers et ses soldats. Il était faible et craintif, mais par-dessus tout, cupide. Il ne régna que six mois, car on l'assassina pour mettre un terme à ses crimes.

« Et quant à Othon, l'empereur suivant, peut-on dire qu'il était meilleur ? On veut croire que les femmes sont coquettes, mais cet homme était si raffiné, avait un corps si gracile que jamais on ne vit être plus délicat. C'était un faible, ne recherchant que son confort. Pillard éhonté, dispendieux, goinfre, hypocrite, débauché, déloyal, traître et méprisant, il s'adonnait à toutes les turpitudes. Il mit fin à ses jours après trois mois de règne, ses ennemis ayant remporté sur lui une victoire.

« Vitellius, qui succéda à Othon, ne lui fut en aucun point supérieur. Il avait tous les vices. Sans doute est-ce inutile de t'en dire davantage, mais ne crois pas que j'exagère ; tu n'as qu'à t'en rapporter à l'histoire des empereurs et à leurs biographies pour voir combien d'entre eux furent vertueux, justes ou constants ! Jules César, Octave, l'empereur Trajan et Titus sont à compter parmi les exceptions, mais je t'assure que pour un bon, on en trouverait dix mauvais.

« Je pourrais t'en dire autant des papes et des gens de sainte Église, qui devraient pourtant, plus que tous autres, être parfaits et saints. S'il est vrai que les premiers temps de la chrétienté furent purs, la pureté que l'on y trouve, depuis que Constantin a doté l'Église de revenus abondants et de richesses, n'est que trop évidente pour qui s'en rapporte à ses histoires et chroniques ! Si tu me réponds que cela se passait autrefois et que les choses vont bien de nos jours, regarde tout autour de toi et dis-moi si le monde va en s'améliorant et s'il y a beaucoup de constance et de fermeté dans les actes ou délibérations des princes, tant spirituels que temporels. On ne le voit que trop ; je ne t'en dis pas plus. Je demande donc pourquoi les hommes parlent tant de l'inconstance et de la légèreté des femmes. N'ont-ils point honte d'ouvrir la bouche quand ils voient que les affaires importantes qui sont à leur charge – et non à celle des femmes – sont menées avec tant d'inconstance et de légèreté qu'on les croirait d'un enfant ! Dieu sait s'ils se tiennent aux résolutions et aux accords établis dans leurs conseils !

« Mais, à tout prendre, qu'est-ce en effet que l'inconstance et la légèreté, si ce n'est aller à l'encontre de ce que commande la raison, qui pousse toute créature saine d'esprit à faire le bien ? Quand un homme ou une femme permet à la sensualité d'obscurcir sa raison, c'est de la faiblesse et de l'inconstance ; plus une personne sombre dans l'erreur et le péché, plus on trouve en elle de faiblesse, puisqu'elle n'est plus éclairée par la raison. C'est donc un fait, d'après ce qu'en disent les livres – ce que, à mon avis, l'expérience ne dément pas –, qu'en dépit de tout ce qu'avancent les philosophes et autres autorités sur la légèreté féminine, tu trouveras que jamais il n'exista une seule femme aussi perverse que l'ont été une foule d'hommes.

« Les pires femmes dont les livres font état sont Athalie et sa mère Jézabel, reines de Jérusalem, qui persécutèrent le peuple d'Israël ; on trouve aussi la reine de France Brunehaut et quelques autres. Mais pense à la perversité de Judas qui trahit si cruellement le bon Maître dont il était l'apôtre et dont il n'avait jamais reçu que du bien ! Pense encore à la méchanceté, à la cruauté des Juifs et du peuple d'Israël qui non seulement firent périr Jésus-Christ par haine et par jalousie, mais aussi tuèrent traîtreusement plusieurs des saints prophètes qui le précédèrent, lapidant les uns, fracassant le crâne des autres ; ou encore, à Julien l'Apostat, dont l'insigne perversité fit croire à certains qu'il était au nombre des antéchrists ; au déloyal Denys, le tyran de Sicile, dont la vie fut si perverse que l'on a honte rien qu'à la lire ; ou bien à tous ces mauvais rois qui régnèrent de par le monde, aux empereurs félons, aux papes hérétiques et autres prélats cupides et dénués de foi, à tous les antéchrists qui viendront, et dis-moi si les hommes ne feraient pas mieux de se taire ! Les femmes ne devraient-elles pas rendre grâces à Dieu et le remercier d'avoir mis le trésor de leur âme dans un corps féminin ? Je t'en ai assez dit sur cette question. Mais pour réfuter les exemples de ceux qui accusent les femmes de tant de faiblesse, j'évoquerai maintenant certaines femmes très fortes dont la vie est très édifiante et très belle à entendre. »

L. Où il est question de la force de caractère de Grisélidis, marquise de Saluces.

« Les livres font état d'un marquis de Saluces nommé Gautier, qui n'avait pas de femme. Il était bien fait de sa personne et très honnête, mais il étonnait par ses façons. Ses vassaux le reprenaient souvent et le priaient d'accepter de se marier pour continuer sa lignée. Longtemps il refusa, puis dit à la fin qu'il voulait bien prendre femme s'ils lui promettaient de faire bonne figure à l'épouse de son choix. Ses vassaux jurèrent de respecter ses conditions. Ce marquis s'adonnait aux plaisirs de la chasse et de la fauconnerie. Or, il y avait à côté de son château un petit hameau champêtre qui abritait de pauvres paysans. Là vivait le vieux Janicole, homme infirme et pauvre mais qui avait été juste et honnête toute sa vie. Cet excellent homme avait une fille de dix-huit ans appelée Grisélidis, qui s'occupait loyalement de lui et le faisait vivre en filant la laine. Le marquis, qui passait souvent par là, avait remarqué l'excellente conduite de cette honnête jeune fille ; elle lui plaisait encore par la beauté de son corps et de son visage. Un jour, le marquis se rendit auprès de ses vassaux à qui il avait promis de prendre femme, pour leur dire de se rassembler tel jour pour ses noces, exigeant la présence de toutes les femmes à la cérémonie. Les préparatifs furent somptueux. Au jour dit, quand tous et toutes furent rassemblés devant lui, il fit monter le cortège à cheval pour aller chercher l'épousée. Il alla droit à la maison de Janicole et rencontra Grisélidis qui revenait de la fontaine, une cruche d'eau sur la tête. Il lui demanda où était son père ; elle s'agenouilla et lui répondit qu'il était à la maison : “Va le chercher”, lui dit-il. Quand le vénérable vieillard se présenta devant lui, le marquis lui dit qu'il voulait épouser sa fille. Janicole lui répondit qu'il fasse selon son bon plaisir. Les dames pénétrèrent alors dans la petite chaumière pour habiller l'épousée et la parèrent des robes et des joyaux somptueux que le marquis avait préparés afin qu'elle puisse tenir son rang. Il l'emmena dans son palais où il l'épousa. Et bref, cette femme se conduisit si bien à l'égard de tous que les nobles, grands et petits, l'adoraient, de même que le peuple tout entier, car elle sut se rendre si agréable à chacun que tous en furent ravis. Elle remplissait aussi son devoir de femme, servant et chérissant son époux comme il se doit.

« Cette année-là, la marquise donna le jour à une fille, et cette naissance fut accueillie dans la joie. Lorsque l'enfant fut en âge d'être sevrée, le marquis fit croire à Grisélidis, pour éprouver sa fidélité et sa patience, que ses vassaux s'indignaient de voir que sa descendance régnerait sur eux et exigeaient la mort de sa fille. À cette nouvelle – qui eût été terrible pour toute mère –, Grisélidis répondit que c'était bien sa fille à lui et qu'il pouvait décider de son sort. Elle confia donc l'enfant à un écuyer. Feignant de l'emmener pour la tuer, il la conduisit en secret à Bologne auprès de la sœur du marquis, la comtesse de Panice, pour qu'elle y fût élevée par ses soins. Grisélidis se garda de donner le moindre signe de tristesse ou d'émotion, alors même qu'elle croyait sa fille morte. Un an plus tard, la marquise était de nouveau enceinte ; elle accoucha d'un très beau garçon dont la naissance fut accueillie dans la joie. Mais le marquis, qui voulait éprouver sa femme une fois de plus, lui dit qu'il fallait le tuer pour contenter ses barons et ses vassaux. La dame lui répondit que si la mort de l'enfant ne leur suffisait pas, elle était prête à mourir elle aussi, s'il le voulait. Elle remit son fils à l'écuyer comme elle l'avait fait pour sa fille, sans afficher la moindre tristesse. Elle lui recommanda seulement de bien vouloir l'enterrer après l'avoir tué, afin que sa tendre chair d'enfant ne devienne pas la pâture des bêtes sauvages et des oiseaux. Mais devant tant de cruauté le visage de Grisélidis ne témoigna d'aucune émotion.

« Le marquis ne s'estima pas satisfait pour autant et voulut de nouveau l'éprouver. Ils vivaient ensemble depuis douze ans, et la conduite de cette excellente femme ayant été, pendant tout ce temps-là, irréprochable, on l'eût crue dispensée de cette nouvelle épreuve. Un jour pourtant, le marquis la fit venir dans ses appartements pour lui dire qu'à cause d'elle il était sur le point de perdre son domaine ; ses vassaux et sujets, disait-il, étaient mécontents et s'indignaient de devoir reconnaître la fille de Janicole comme dame et souveraine. Il fallait, pour les apaiser, qu'elle retourne chez son père comme elle était venue, et qu'il épouse une femme de plus haute lignée. Grisélidis, à qui cette nouvelle dut être douloureuse et cruelle, répondit : "Seigneur, j'ai toujours su et j'ai souvent pensé qu'il n'y avait rien de commun entre la magnificence de ta noblesse et ma pauvreté. Je ne me suis jamais considérée digne d'être ta maîtresse, encore moins ton épouse. Je suis désormais prête à retourner chez mon père où je finirai mes jours. Quant au douaire que tu m'as ordonné d'emporter, je me souviens, et tu le sais, qu'avant de franchir le seuil de la maison paternelle tu m'ordonnas de quitter tous mes vêtements et de me parer des robes que tu m'avais destinées pour m'emmener ; je n'apportais nulle autre dot que ma fidélité, ma vertu, mon respect et ma pauvreté. Il est juste que je te restitue ton bien ; j'enlève donc ma robe pour te la rendre. Voici encore l'alliance avec laquelle tu m'épousas, voici les autres joyaux, bagues, vêtements et atours dont j'étais parée et embellie dans la chambre nuptiale. Toute nue je quittai la maison de mon père, et toute nue j'y retournerai. Pourtant, il me paraît indécent que la nudité de ce ventre qui a abrité les deux enfants que tu engendras soit offerte aux regards du peuple ; aussi te prierai-je, si tel est ton bon plaisir – car je n'ai d'autre souci –, de bien vouloir m'accorder en compensation de la virginité que je t'ai apportée – et que je ne remporterai pas de ce palais –, une seule chemise pour voiler la nudité de celle qui fut autrefois ton épouse et marquise." Là-dessus, le marquis ne put s'empêcher de verser des larmes d'attendrissement, mais il se domina et, sortant de la chambre, ordonna de lui donner pour tout vêtement une chemise.

« Ainsi, en la présence de tous les chevaliers et de toutes les dames, Grisélidis se dévêtit, se déchaussa et enleva tous ses bijoux, ne gardant que sa seule chemise. La rumeur s'était répandue par tout le pays que le marquis voulait répudier sa femme ; tous et toutes accouraient au palais, désespérés de la nouvelle. Tête nue, pieds nus, toute nue sous sa chemise, Grisélidis partit à cheval accompagnée des barons, des chevaliers et des dames ; tous et toutes pleuraient, maudissant le marquis et s'attendrissant sur la bonté de leur dame. Toutefois Grisélidis, elle, ne versa aucune larme. Ils parvinrent à la maison du père. Le vieil homme avait toujours craint qu'un jour le marquis ne se lassât de cette mésalliance ; en entendant le bruit, il partit à la rencontre de sa fille et lui apporta sa vieille cotte tout usée qu'il avait gardée pour cette éventualité. Il la lui remit sans témoigner d'aucune émotion. Grisélidis resta quelque temps avec son père, vivant humblement dans la pauvreté et le servant comme à son habitude, sans laisser paraître la moindre tristesse ou le moindre regret ; elle le consola même du chagrin qu'il devait éprouver à voir sa fille retombée dans la pauvreté après pareille distinction.

« Quand le marquis crut avoir suffisamment éprouvé sa fidèle épouse, il demanda à sa sœur de se rendre auprès de lui avec une riche cour de seigneurs et de dames, et d'amener ses deux enfants sans révéler qui en était le père. Il annonça à ses vassaux et sujets qu'il voulait se remarier et prendre pour femme une jeune fille très noble que sa sœur avait en tutelle. Le jour où sa sœur devait arriver, il réunit en son palais une très belle assemblée de chevaliers, de dames et de gentilshommes, et fit préparer un festin magnifique. Puis il convoqua Grisélidis et s'adressa à elle en ces termes : "Grisélidis, la jeune fille que je vais épouser arrivera demain. Je veux que ma sœur et sa noble cour soient grandement reçues, et comme tu connais mes habitudes, la répartition des chambres et des appartements, je veux que tu en assumes la charge et que tous les domestiques soient sous tes ordres, afin que chacun soit reçu selon son rang, en particulier ma fiancée qui sera avec eux. Veille donc à ce que tout soit bien préparé." Grisélidis répondit qu'elle le ferait avec plaisir. Le lendemain, lorsque le cortège arriva, les réjouissances furent fastueuses. La pauvreté de sa mise n'empêcha point Grisélidis de faire bon accueil à la jeune fille qu'elle croyait être la future épousée ; elle lui fit la révérence en disant humblement : "Ma Dame, soyez la bienvenue en cette maison." Elle accueillit aussi gracieusement le garçon, tous les hommes et toutes les femmes de la cour, se gardant d'en oublier aucun. Et si ses vêtements étaient ceux d'une femme très pauvre, ses manières donnaient à penser qu'elle était de haute condition et de vertu sans pareille ; les étrangers s'étonnaient que tant de grâce et d'honneur soient cachés sous d'aussi pauvres habits. Grisélidis avait si bien organisé les réjouissances qu'il n'y eut pas la moindre fausse note. Elle se sentait fortement attirée par la jeune fille et le jeune homme et ne pouvait s'éloigner d'eux, toute à la contemplation de leur beauté qu'elle ne cessait d'ailleurs de louer.

« Le marquis avait ordonné tous les préparatifs de la cérémonie, comme s'il allait épouser la jeune fille. À l'heure de la messe, il se présenta devant tous, fit venir Grisélidis et lui demanda tout haut : "Que penses-tu, Grisélidis, de ma nouvelle épousée ? N'est-elle pas bonne et honnête ?" Elle lui répondit sans hésiter : "Certes, seigneur, on ne saurait en trouver de plus belle ni de plus honnête. Mais je voudrais en toute humilité te prier et te conseiller en ceci : qu'il te plaise de ne pas la maltraiter ou la soumettre aux épreuves que tu as si cruellement infligées à l'autre, car celle-ci est plus jeune et a été élevée dans la douceur ; sans doute ne pourrait-elle pas supporter tout ce que l'autre a subi." En entendant la réponse de Grisélidis, le marquis s'étonna de son grand courage ; il admira sa grande fermeté, sa force de caractère et sa constance, et fut pris de compassion pour les malheurs qu'il lui avait aussi longuement fait subir, et qu'elle subissait encore, sans les mériter en aucune façon. Aussi lui dit-il devant tous :

« "Grisélidis, tu as assez prouvé ta constance, ta fidélité véritable, ta loyauté, ton profond amour, ton obéissance et ta sincère humilité envers moi. Et je crois que nul homme sur terre n'a reçu autant de preuves de l'amour conjugal que j'en ai eu de toi." Le marquis s'approcha alors d'elle, la prit tendrement dans ses bras et, la couvrant de baisers, lui dit : "Toi seule es mon épouse. Je n'en voudrais point d'autre et jamais n'en aurai. Cette jeune fille que tu pensais m'être destinée, c'est ta fille et la mienne. Ce garçon est ton fils. Que tous ceux qui sont ici présents le sachent : je n'ai agi que pour mettre à l'épreuve cette fidèle épouse, et non pour la condamner. J'ai fait élever mes enfants chez ma sœur à Bologne ; les voici, je ne les ai point fait mourir." En entendant les paroles de son époux, la marquise s'évanouit de joie. Quand elle revint à elle, elle prit les enfants dans ses bras et versa sur eux des larmes de bonheur. Tu peux être assurée que son cœur éclatait de joie, et que tous ceux et celles qui assistaient à la scène pleuraient de bonheur et d'attendrissement. L'estime que l'on porta à Grisélidis fut plus grande que jamais. Elle fut habillée et parée des plus riches atours. Les réjouissances furent fastueuses, et dans l'allégresse générale, tous et toutes rivalisèrent de louanges sur les vertus de cette dame. Grisélidis et son mari vécurent ensemble dans le bonheur et la paix pendant vingt ans encore. Le marquis fit venir dans son palais son beau-père Janicole, dont il ne s'était jamais soucié auparavant. On le tint alors en haute estime. Leurs enfants firent de beaux mariages et à la mort du marquis, son fils lui succéda, avec l'approbation des barons. »

LI. Où il est question de Florence la Romaine.

« Si Grisélidis, marquise de Saluces, fut un modèle de courage et de constance, la noble Florence, impératrice romaine, la valut bien. Elle supporta les coups de l'adversité avec une fermeté admirable, comme on peut le lire dans *Les Miracles de Notre-Dame*. Cette femme était d'une beauté souveraine, mais sa chasteté et sa vertu étaient plus remarquables encore. Son mari dut partir pour une expédition militaire en pays lointain ; il confia à l'un de ses frères son empire et sa femme. Après le départ de l'empereur, ce frère, tenté par le démon, conçut un amour coupable pour sa belle-sœur Florence. En effet, il la pressait tant de céder à son désir qu'elle dut l'emprisonner dans une tour, de peur de le voir user de la force là où les prières avaient échoué. Il resta donc prisonnier jusqu'au retour de l'empereur. Quand on annonça l'arrivée de celui-ci, Florence, qui jamais n'eût craint les calomnies de la part d'un beau-frère, le fit libérer, souhaitant que son époux reste dans l'ignorance de cette trahison ; c'est ainsi qu'elle envoya son beau-frère à la rencontre de l'empereur. Arrivé en sa présence, il lui dit de l'impératrice les pires choses qui puissent s'imaginer, l'accusant d'être la plus mauvaise des femmes et de l'avoir emprisonné afin de donner libre cours à sa perversité. L'empereur ajouta foi à ses dires. Sans la moindre explication, il ordonna à ses gens de partir en avant pour tuer son épouse, car il ne voulait ni la voir ni la trouver vivante. Mais Florence, bouleversée d'entendre une aussi cruelle sentence, supplia ceux qui avaient été désignés pour la faire périr et finit par les persuader de la laisser partir sous le couvert d'un déguisement.

« Lors de ses pérégrinations, cette noble dame se vit confier l'éducation du fils d'un grand prince. Mais le frère de ce prince s'éprit d'elle. L'ayant longtemps courtisée en vain, il se vengea de ses refus en tuant le petit enfant qui dormait à ses côtés pour la faire périr. Cette noble impératrice endura d'une âme ferme, constante et résolue tous ces malheurs, qui ne furent pourtant pas des moindres. Elle fut condamnée pour le meurtre de l'enfant. On l'emmenait au supplice quand le seigneur et sa dame, reconnaissant sa vie exemplaire et les vertus dont elle avait toujours fait preuve, n'eurent plus le cœur de la faire mourir mais eurent pitié d'elle et la condamnèrent à l'exil. La misère dans laquelle elle y vécut n'ébranla pas sa dévotion envers Dieu et sa douce mère. Un jour, ayant dit ses oraisons, elle s'endormit dans un verger. La Vierge lui apparut en songe et lui dit de cueillir une certaine herbe qui se trouvait sous sa tête ; elle gagnerait désormais sa vie en guérissant toutes les maladies.

« Dieu voulut que quelque temps après, la renommée de cette femme ayant fait le tour de la terre grâce au nombre de maladies qu'elle guérissait avec son herbe, le frère du prince – celui qui avait tué cet enfant – fut frappé par une terrible maladie. On envoya donc chercher cette femme pour le guérir. Quand elle fut en sa présence, elle lui dit qu'il pouvait voir que c'était la main de Dieu qui le châtiait et que s'il voulait guérir, il n'avait de recours que de reconnaître publiquement son péché ; sinon, elle serait incapable de le guérir. Alors, pris d'un grand remords, il confessa l'horrible perversité qui lui avait fait tuer l'enfant et accuser l'excellente femme à qui celui-ci avait été confié. La colère du prince fut grande. Il voulut absolument faire justice à son frère, mais la dame sut le fléchir par ses prières et guérit le malade. Elle lui rendit ainsi le bien pour le mal, selon le précepte de Notre-Seigneur.

« De même, il arriva peu de temps après que le frère de l'empereur qui avait été la cause de l'exil de Florence fut si gravement atteint de la lèpre qu'il en était comme tout pourri. Comme la rumeur universelle contait qu'il existait une femme capable de guérir toutes les maladies, l'empereur l'envoya chercher. Mais croyant sa femme morte depuis longtemps, il ignorait qui elle était. Dès qu'elle fut devant le frère de l'empereur, elle lui dit qu'il fallait se confesser publiquement ; sinon elle ne pourrait le guérir. Il refusa pendant longtemps, mais avoua à la fin la machination qu'il avait bâtie et ourdie contre l'impératrice, car il savait bien que Dieu le punissait de son péché. Quand l'empereur l'apprit, il devint fou de douleur à la pensée d'avoir fait périr cette loyale épouse qu'il avait tant aimée. Il voulut tuer son frère, mais l'excellente femme se fit alors connaître et calma sa colère. Et c'est ainsi que sa patience méritoire valut à Florence de retrouver rang et bonheur, pour la plus grande joie de l'empereur et de tout son entourage. »

LII. Où l'on conte l'histoire de la femme de Bernabo le Génois.

« On peut encore invoquer, à propos des femmes vertueuses et constantes, cette histoire racontée par Boccace dans son *Décaméron*. Il y avait à Paris plusieurs marchands lombards et italiens réunis autour d'une table pour souper ; comme ils discutaient de choses et d'autres, ils en vinrent à parler de leurs femmes. L'un d'eux, un Génois nommé Bernabo, s'avisa de vanter la beauté, la sagesse et surtout la vertu de sa femme, évoquant longuement tous ses mérites. Or, il se trouvait parmi les convives un arrogant appelé Ambroise, qui lui fit remarquer qu'il était bien sot de louer sa femme ainsi, en particulier sur le chapitre de la vertu, car il n'y avait aucune femme, si chaste soit-elle, dont un habile séducteur ne ferait la conquête, à force de dons, de promesses ou de belles paroles. Une grande dispute éclata alors entre eux, et ils finirent par gager la somme de cinq mille florins ; Bernabo paria que malgré tout son savoir-faire l'autre ne réussirait pas à coucher avec sa femme ; Ambroise paria le contraire, et promit de fournir des preuves irréfutables de son succès. Les autres convives firent tout ce qu'ils pouvaient pour les faire renoncer à ce pari, mais rien n'y fit.

« Ambroise partit aussitôt pour Gênes. Arrivé dans la ville, il s'enquit de la vie et des mœurs de la femme de Bernabo. Mais en somme, on lui en conta tant de bien qu'il désespéra de jamais parvenir à ses fins. Plein de confusion, il se repentit amèrement de sa bêtise, et comme cela lui fendait le cœur de perdre les cinq mille florins du pari, il décida de faire jouer la ruse. Il alla donc soudoyer une pauvre vieille qui habitait la maison de cette dame, lui offrant de l'argent pour qu'elle le fasse porter dans sa chambre, caché dans un coffre. La vieille, prétextant que ce coffre lui avait été confié et qu'il renfermait des choses très précieuses, expliqua que des voleurs avaient cherché à le dérober, et pria la dame de bien vouloir le garder quelque temps dans sa chambre, jusqu'au retour des propriétaires. La dame accepta volontiers. Caché au fond de son coffre, Ambroise épia la dame de nuit et parvint à la voir toute nue. Il prit aussi une petite bourse et une belle ceinture que la dame avait brodée de ses propres mains, puis, dans le plus grand silence, regagna sa cachette sans réveiller la dame ni la petite fille qui dormait à ses côtés. Celles-ci, en effet, ne s'aperçurent de rien, et au bout de trois jours la vieille revint chercher le coffre.

« Ambroise se félicitait du tour des événements et, fort content de lui, annonça au mari en la présence de tous les convives qu'il avait réussi à coucher avec sa femme et qu'il en avait obtenu tout ce qu'il voulait. Il lui décrivit d'abord la disposition de la chambre et les peintures qui s'y trouvaient. Il montra ensuite la bourse et la ceinture que Bernabo reconnut immédiatement, lui disant que c'étaient des présents de sa femme. Mais surtout quand il détailla le corps nu de celle-ci, il ajouta qu'elle avait comme signe particulier une envie couleur de fraise sous le sein gauche. Face à de telles preuves, le mari ne douta plus de la véracité de ses dires. On s'imagine aisément sa douleur ; il paya toutefois comptant les cinq mille florins et partit au plus vite pour Gênes. Avant d'arriver, il envoya un message à un commis qui gérait ses biens et en qui il avait toute confiance, lui ordonnant de tuer sa femme ; il lui précisa la manière de le faire, sans toutefois s'expliquer sur ses raisons. Au reçu de cet ordre, le commis fit croire à la dame qu'il fallait partir à cheval à la rencontre de son mari. Elle se réjouit de la nouvelle et partit avec lui. Il l'emmena au fond des bois et lui dit qu'il allait la tuer sur l'ordre de son mari. Mais pour te conter la chose en peu de mots, cette femme, qui était belle et bonne, réussit à convaincre le commis de la laisser partir, en lui promettant de quitter le pays.

« Quand elle fut en sûreté, elle alla dans une petite ville où elle convainquit une vieille dame de lui vendre des vêtements masculins. Elle se coupa les cheveux et se déguisa en jeune homme. Elle finit par se mettre au service d'un riche gentilhomme de Catalogne appelé Segner Ferrant, qui faisait escale au port pour se rafraîchir. Elle le servit si bien qu'il en fut parfaitement satisfait, car jamais, disait-il, il n'avait vu de si bon serviteur. Cette dame se faisait appeler Sagurat de Finoli. Le Segner Ferrant remonta à bord de son navire ; emmenant Sagurat avec lui, il vogua jusqu'à Alexandrie. Là, il acheta de très beaux chevaux et des faucons. Muni de ces présents, il alla voir le sultan d'Égypte, avec qui il était très lié. Ils s'y trouvaient déjà depuis quelque temps, quand le sultan remarqua Sagurat, qui servait son maître avec tant de dévouement et paraissait si beau et si avenant qu'il lui fit la meilleure impression. Le sultan demanda alors à Ferrant de le lui céder, promettant d'en faire son grand intendant. Le Segner Ferrant y consentit, bien qu'à contrecœur. Bref, Sagurat servit si bien le sultan que celui-ci voulut s'en remettre entièrement à lui ; en effet, Sagurat exerça un tel ascendant que la direction de toutes les affaires lui revint.

« Une foire devait avoir lieu dans une des villes du sultan, et les marchands affluaient de toutes parts. Le sultan ordonna à Sagurat de s'y rendre en tant que gouverneur pour veiller sur ses intérêts. Dieu voulut que le traître Ambroise, qui avait fait fortune grâce à l'argent de Bernabo, y allât aussi, en la compagnie d'autres Italiens venus vendre des bijoux. Tous cherchaient à gagner la faveur de Sagurat, qui était le représentant du sultan dans la ville. En tant que maître et grand intendant, les marchands étrangers lui apportaient régulièrement des bijoux à vendre, tant et si bien qu'un jour ledit Ambroise comparut devant lui. Il ouvrit un petit écrin plein de joyaux pour les montrer à Sagurat. Or, dans cet écrin se trouvaient la petite bourse et la ceinture. Sagurat, qui les reconnut aussitôt, les prit pour les examiner, se demandant comment elles avaient bien pu venir jusque-là. Ambroise n'avait pas songé à l'affaire depuis longtemps ; il se prit alors à sourire. Le voyant si gai, Sagurat lui dit :

« "Je crois, mon ami, que vous riez parce que je m'intéresse à cette petite bourse qui est un objet de femme. Avouez, cependant, qu'elle est bien belle."

« Ambroise lui répondit : "Seigneur, elle est à vous si vous la voulez, mais je riais en me rappelant la façon dont je l'ai obtenue.

« — Je vous en prie, dit Sagurat, racontez-moi cela.

« — Ma foi, dit Ambroise, je l'ai reçue d'une belle femme qui m'en fit cadeau après une nuit d'amour. Et de plus, j'ai gagné cinq mille florins grâce au pari que j'avais fait avec son imbécile de mari, un certain Bernabo, qui me mit au défi de coucher avec elle. Le malheureux en fit périr sa femme, mais c'est plutôt lui qu'on aurait dû punir, car les hommes doivent savoir que les femmes sont faibles et facilement conquises, et bien fol qui s'y fie."

« La dame apprit ainsi le motif de la colère de son mari, ce qu'elle avait ignoré jusque-là. Mais comme cette femme avisée se maîtrisait parfaitement, elle décida de n'en rien laisser voir tant que le moment ne serait pas venu. Sagurat fit donc mine de trouver plaisante l'aventure d'Ambroise ; il lui dit que c'était un joyeux drille et qu'il voulait faire de lui son meilleur ami ; il espérait même le voir rester dans le pays pour s'occuper de leur commerce, car il désirait le prendre comme partenaire et lui remettrait des sommes considérables. Ambroise fut ravi de ce discours. Et de fait, Sagurat lui fit donner un magasin et, pour mieux le tromper, lui confia beaucoup d'argent et lui témoigna tant d'amitié qu'ils se voyaient tous les jours. Sous prétexte de faire rire le sultan, il lui fit raconter ce bon tour. Sagurat se renseigna enfin sur l'état de Bernabo qui était tombé dans la misère, autant à cause de la grande somme d'argent qu'il avait perdue que pour le chagrin qui le terrassait. Pour conter en peu de mots la fin de l'histoire, Sagurat convainquit des Génois qui se trouvaient dans le pays de faire part à Bernabo du désir que le sultan avait de le voir s'installer sur ses terres. Quand il vint se présenter devant le sultan, Sagurat envoya chercher Ambroise. Mais auparavant il avait informé son maître qu'Ambroise mentait en se vantant d'avoir eu les faveurs de la dame ; il le pria donc, si la vérité venait à se faire jour, de punir ledit Ambroise comme il le méritait. Le sultan le lui accorda.

« Quand Ambroise et Bernabo furent devant le sultan, Sagurat prononça ces paroles : “Ambroise, il plairait à Son Excellence le sultan, ici présent, d’entendre de nouveau le bon tour que tu as joué à Bernabo, ici présent, en lui prenant cinq mille florins, et comment tu as couché avec sa femme. Raconte-le-nous en détail.” Ambroise pâlit, comme si même chez un homme aussi fourbe la vérité ne pouvait être facilement étouffée, car, pris au dépourvu, il ne s’y attendait pas. Toutefois, il reprit contenance et dit : “Seigneur, qu’importe si je le dis ou non ? Bernabo le sait assez. J’ai grand-honte de sa honte.” Là-dessus, Bernabo, rempli de chagrin et de honte, supplia qu’on lui permît de ne pas l’entendre et qu’on le fît sortir. Mais Sagurat répondit en plaisantant qu’il n’en serait rien et qu’il fallait qu’il entende la chose. Ambroise comprit qu’il ne pouvait plus reculer et se mit à raconter une nouvelle fois, d’une voix tremblante, la version qu’il avait donnée à Bernabo et à eux-mêmes. Quand il eut achevé son récit, Sagurat demanda à Bernabo si ce qu’Ambroise leur avait dit était vrai. Il répondit que cela ne faisait aucun doute. “Comment êtes-vous certain, dit alors Sagurat, sur la foi de si maigres indices, que cet homme a bien couché avec votre femme ? Êtes-vous donc si bête que vous ne sachiez pas qu’il y avait plusieurs moyens frauduleux de savoir comment était son corps, sans coucher avec elle pour autant ? Et c’est pour cela que vous l’avez fait mourir ! C’est vous qui méritez la mort, car vos preuves n’étaient pas suffisantes.”

« Alors Bernabo fut saisi de peur, et Sagurat, qui ne voulait plus taire ce qu'il lui paraissait opportun de dire, s'adressa à Ambroise en ces termes : “Traître hypocrite ! Menteur ! Avoue ! Avoue donc la vérité avant que nous ne t'y contraignions par la torture ! Car il faudra bien la dire. Nous avons la preuve que ta langue de vipère ne distille que mensonges ; sache que la femme dont tu te vantes d'avoir eu les faveurs n'est pas morte et qu'elle est assez près d'ici pour confondre tes mensonges éhontés. Car jamais tu ne l'as touchée, cela est certain.” Il y avait là de nombreux témoins, tant parmi les vassaux du sultan que parmi les Lombards, qui écoutaient tout cela dans le plus grand étonnement. Bref, Ambroise fut bien obligé d'avouer devant le sultan et cette foule de témoins comment sa cupidité l'avait poussé à perpétrer cette fraude pour gagner les cinq mille florins de son pari. Quand Bernabo entendit la vérité, il devint comme fou furieux, croyant avoir fait périr injustement sa femme, mais cette excellente dame s'approcha de lui et dit : “Que donnerais-tu, Bernabo, à qui te rendrait ta femme vivante, chaste et pure ?” Bernabo répondit qu'il donnerait tout ce qu'il avait. Elle lui dit alors : “Bernabo, mon doux ami, mon bien-aimé, tu ne me reconnais donc pas ? » Frappé de stupeur, Bernabo croyait rêver. Alors elle dénuda sa poitrine et dit : “Regarde, Bernabo, c'est moi ta fidèle épouse que tu as condamnée sans raison à mourir.” Pleurant de joie, ils tombèrent dans les bras l'un de l'autre. Le sultan et l'assistance furent émerveillés par l'aventure ; ils louèrent la constance de cette dame et la comblèrent de biens. Toute la richesse d'Ambroise lui revint, car le sultan l'avait fait périr dans d'atroces souffrances. Puis Bernabo et son épouse repartirent dans leur pays. »

LIII. Ayant écouté le discours de Droiture sur la constance des femmes, Christine lui demande pourquoi ces nobles femmes du passé n'ont pas réfuté les livres et les hommes qui les calomniaient. Réponse de Droiture.

Voilà les récits que me fit Droiture. J'en laisse d'ailleurs de côté par souci de brièveté, comme par exemple l'histoire de Leéna, une femme grecque, qui refusa de dénoncer deux hommes qu'elle connaissait et qui se coupa la langue avec ses propres dents, plutôt que de succomber aux tortures que lui faisait administrer le juge, dans l'espoir de la faire avouer sous la souffrance. Elle me parla encore de bien d'autres femmes qui refusèrent de trahir la justice et la vérité et dont le courage resta si ferme qu'elles choisirent de mourir en absorbant du poison. Et moi, Christine, je lui dis alors : « Ma Dame, vous avez bien démontré que les femmes font preuve d'une grande fermeté de courage et de bien d'autres vertus ; en vérité, on ne saurait en dire davantage d'aucun homme. Je m'étonne donc que tant d'excellentes femmes, si savantes, si cultivées, et qui furent des modèles d'éloquence dans tant de si beaux livres, aient toléré jusqu'à aujourd'hui que les hommes disent toutes ces horreurs contre elles sans les reprendre. Car elles savaient bien que ce n'étaient que mensonges. »

Elle me répondit : « Chère Christine, il est facile de répondre à cette question. D'après tout ce que je t'ai dit jusqu'ici à la louange de ces femmes remarquables, il est clair qu'elles ont appliqué toute leur intelligence à divers ouvrages, fort différents les uns des autres, puisqu'elles n'ont pas toutes traité le même sujet. C'est toi qui étais destinée à bâtir cette Cité et non pas elles. En effet, pour faire estimer les femmes aux gens intelligents et de bonne foi, leurs œuvres étaient suffisantes, sans qu'il y eût besoin d'en écrire d'autres. Mais quant à tout ce temps qui s'est écoulé avant que l'on ne confonde leurs accusateurs et ces mauvaises langues, je te dis que chaque chose vient en temps et en heure au regard de l'éternité. Comment Dieu a-t-il pu tolérer aussi longtemps les hérésies contre sa sainte parole, qui ont été extirpées avec tant de difficulté et qui seraient encore là si on ne s'était élevé contre elles pour les confondre ? Il en va ainsi de bien des choses que l'on accepte pendant longtemps mais que l'on finit, un jour, par discuter et réfuter. »

Alors moi, Christine, je repris la parole : « Ma Dame, voilà qui est juste, mais je sais bien que les mauvaises langues murmureront contre cette œuvre, disant que même s'il est vrai qu'il ait existé par le passé, et qu'il se trouve encore aujourd'hui quelques femmes vertueuses, il n'en va pas ainsi de toutes, ni même du plus grand nombre parmi elles. »

Elle me répondit : « Il est faux de dire que la plupart d'entre elles ne sont pas vertueuses ; c'est ce que confirme tout ce que nous avons vu sur l'expérience quotidienne que l'on a de leur piété, de leurs actes charitables et de leurs vertus. Ce ne sont point elles qui commettent les atrocités et les exactions qui bouleversent continuellement le monde ! Et quoi d'étonnant, si elles ne sont pas toutes vertueuses ? On ne trouvait pas un seul juste dans toute la cité de Ninive – qui était une ville très peuplée –, lorsque Jonas y fut envoyé par l'Éternel pour la détruire si elle ne se convertissait pas. On n'en trouva pas plus dans Sodome, comme on le vit bien, lorsque le feu du ciel tomba sur la ville pour l'anéantir, après le départ de Lot. Qui plus est, tu pourras remarquer que même parmi les disciples de Jésus-Christ, où il n'y avait que douze hommes, il s'en trouva un de fort mauvais. Et les hommes oseraient prétendre que toutes les femmes devraient être bonnes et qu'il faudrait lapider celles qui ne le sont pas ! Mais je les prie de regarder d'abord au fond d'eux-mêmes, et que celui qui est sans péché jette la première pierre. Car quelle devrait être, en effet, leur propre conduite ? Certes, je te le dis, quand les hommes seront parfaits, alors les femmes les imiteront. »

LIV. Où Christine demande si les hommes disent vrai en affirmant que peu de femmes sont fidèles en amour. Réponse de Droiture.

Poursuivant la discussion, moi, Christine, je repris en ces termes : « Ma Dame, laissons là ces questions qui nous éloignent un peu des sujets de notre entretien, car il y en a d'autres que j'aurais à cœur de vous poser, si j'étais sûre que mes propos ne vous déplairaient pas ; en effet, ce sont choses quelque peu éloignées de la modération caractéristique de Raison, encore qu'elles répondent aux lois de Nature. »

Elle me répondit : « Chère Christine, demande tout ce qu'il te plaira, car le maître ne doit pas reprendre l'élève avide de savoir, s'il lui pose une multitude de questions.

— Ma Dame, il y a sur terre une attirance naturelle des hommes vers les femmes et des femmes vers les hommes ; ce n'est point là une loi sociale mais un attrait charnel ; c'est lui qui fait que, poussés par le désir sexuel, ils s'entr'aiment d'amour et de passion. Ils ignorent ce qui fait brûler en eux ces feux de la passion, mais tous et toutes connaissent cet état que l'on appelle amour. Les hommes ont cependant l'habitude de dire que les femmes, malgré tous leurs serments, y sont inconstantes, peu aimantes, menteuses et étonnamment fausses. Tout cela viendrait de leur légèreté de caractère. Beaucoup d'auteurs les accusent ainsi, en particulier Ovide qui en fait un violent réquisitoire dans son *Art d'aimer*. Et quand ils ont bien blâmé là-dessus les femmes, Ovide et tous les autres disent que s'ils ont tant écrit dans leurs ouvrages contre la perfidie et la malignité des femmes, c'est pour le bien public et commun, cherchant à prévenir les hommes contre les ruses féminines ; car il faudrait se méfier des femmes, selon eux, comme du serpent tapi dans l'herbe. Veuillez donc, chère Dame, me dire ce qu'il en est. »

Elle me répondit : « Ma chère enfant, je ne sais plus quoi te répondre sur ces accusations d'infidélité, car tu les as toi-même suffisamment réfutées dans ton *Épître au Dieu d'amours* et tes *Épîtres sur le Roman de la Rose*. Mais je te montrerai qu'ils disent faux en prétendant le faire, comme tu me l'as rappelé, pour le bien public. En voici la raison : le bien commun ou public n'est autre que le profit ou bien général au sein d'une cité, d'un pays ou d'une communauté, où chacun et chacune prend part ou participe. Mais ce que l'on fait pour le bien des uns et non des autres doit être appelé bien privé ou propre, et non point bien public. Ce serait encore moins le cas pour ce que l'on prendrait aux uns pour le donner aux autres ; cela, on ne devrait même pas l'appeler bien privé ou propre mais vol qualifié, fait au préjudice des uns en faveur des autres. Car ces auteurs ne s'adressent pas aux femmes pour les conseiller de se méfier des pièges que leur tendent les hommes. Pourtant, il n'est que trop certain que les hommes trompent fréquemment les femmes par leur ruse et leur duplicité. Et il ne fait aucun doute que les femmes, elles aussi, font partie du peuple de Dieu, qu'elles sont des créatures humaines au même titre que les hommes, et qu'elles ne sont point d'une autre race ou d'une espèce différente que l'on pourrait exclure de l'instruction morale. Il faut en conclure que s'ils agissaient pour le bien commun, c'est-à-dire à la faveur des deux parties concernées, ils se seraient également adressés aux femmes pour les mettre en garde contre les pièges que leur tendent les hommes, comme ils l'ont fait à propos des femmes pour les hommes.

« Mais laissons là cette question pour répondre à l'autre, c'est-à-dire celle du peu d'amour dont serait capable le cœur féminin. Pour te prouver qu'elles sont plus fidèles qu'on ne le dit, il me suffira de te citer l'exemple de quelques-unes qui ont aimé jusqu'à la mort. Je te parlerai tout d'abord de la noble Didon, reine de Carthage, dont je t'ai déjà conté les vertus éclatantes, et que tu as toi-même évoquée autrefois dans tes poèmes. »

LV. Où il est question de Didon, reine de Carthage, et de la fidélité des femmes en amour.

« Comme je te l'ai déjà conté, Didon, reine de Carthage, régnait glorieusement sur sa ville dans le bonheur et la paix. C'était au temps de la destruction de Troie. Le hasard voulut que le prince Énée, fuyant sa ville natale à la tête d'une multitude de Troyens, abordât au port de Carthage. Il avait été ballotté sur les mers par mille tempêtes ; ses navires fracassés, il manquait de vivres, et nombre des siens avaient péri. Il était las d'errer ainsi sur la mer, sans repos, sans argent et sans asile. Comme il ne voulait offenser la reine du pays en descendant à terre sans son accord, il envoya des ambassadeurs auprès d'elle demander la permission de mouiller au port. Cette noble femme était un modèle d'honneur et de vertu ; elle connaissait la réputation des Troyens qui étaient alors le peuple le plus éminent du monde ; elle n'ignorait pas non plus que le prince Énée était de la maison royale de Troie. Aussi ne se contenta-t-elle pas de lui accorder la permission d'accoster, mais vint elle-même à sa rencontre, accompagnée d'une très noble suite de barons, de dames et de damoiselles. Elle le reçut sur la plage, lui et ses compagnons, avec tous les honneurs, puis le conduisit dans sa ville où elle donna en son honneur et pour son plaisir un magnifique festin. Mais pourquoi te faire un long récit ? Son séjour fut si agréable qu'Énée oublia dans les plaisirs tous les tourments qu'il avait subis. Énée et Didon se virent si souvent qu'Amour, qui sait s'insinuer dans les cœurs, les fit s'éprendre l'un de l'autre.

« Toutefois, la suite montra que l'amour que Didon avait pour Énée était bien plus fort que celui qu'il avait pour elle. Il lui avait juré sa foi, promettant de lui appartenir pour toujours et de ne jamais en aimer une autre. Cela ne l'empêcha pas de partir quand elle l'eut aidé à retrouver ses forces, qu'elle l'eut comblé de richesses et de confort, qu'elle eut réappareillé, gréé et approvisionné ses navires et qu'elle l'eut couvert de trésors et de biens ; car pour celui qui avait conquis son cœur, elle ne voulut rien épargner. Il partit sans prendre congé d'elle, fuyant traîtreusement dans la nuit sans qu'elle en sache rien. Et c'est ainsi qu'il récompensa son hospitalité. Cette rupture causa une très vive douleur à la pauvre Didon ; elle l'aimait tant qu'elle voulut renoncer aux rires et à la vie. En effet, après s'être répandue en lamentations, elle se jeta sur un bûcher qu'elle avait fait allumer (d'autres disent qu'elle se tua avec la propre épée d'Énée). Ainsi mourut tragiquement la noble reine Didon, qui était si respectée que sa renommée dépassait celle de toutes les femmes de tous les temps. »

LVI. MÉDÉE AMOUREUSE.

« Médée, fille du roi de Colchide et détentrice de tant de savoir, aima Jason d'un amour très profond et fidèle. C'était un guerrier grec fort habile aux armes. Il entendit que dans l'île de Colchide, royaume du père de Médée, se trouvait un merveilleux bélier gardé par divers sortilèges dont la toison d'or semblait impossible à conquérir ; pourtant une prophétie avait annoncé qu'un guerrier s'en emparerait. Jason l'apprit et, toujours avide d'accroître sa renommée, quitta la Grèce avec de nombreux compagnons dans l'intention de tenter cette épreuve. Lorsqu'il arriva en Colchide, le roi de l'île lui dit que ni la force ni le courage d'un mortel ne suffiraient pour conquérir la toison, car elle était enchantée ; maints guerriers s'y étaient essayés : tous y avaient laissé la vie, et il regrettait de le voir périr ainsi. Jason lui répliqua sans ambages que la mort ne le détournerait pas de ce qu'il avait entrepris. La beauté, la naissance royale et la renommée de Jason attirèrent Médée, la fille du roi ; il lui semblait que ce serait pour elle un excellent parti et qu'elle ne saurait aimer en plus haut lieu. Aussi résolut-elle de le préserver de la mort, car elle ne pouvait se résoudre à ce qu'un tel guerrier pérît ainsi. Elle lui parla donc longuement et en toute liberté. Bref, elle l'entoura de charmes et de sortilèges, elle qui les connaissait tous, et lui apprit, en échange d'une promesse de mariage, comment conquérir la Toison d'or. Jason jura donc de la prendre pour femme, promettant de ne jamais en prendre aucune autre, et de l'aimer fidèlement toute sa vie. Mais après avoir obtenu d'elle tout ce qu'il voulait, il trahit son serment, car il l'abandonna pour une autre. Médée, qui se serait laissé couper en mille morceaux plutôt que de le tromper ainsi, en fut désespérée, et son cœur ne connut plus jamais le bonheur. »

LVII. Thisbé.

« Ovide, comme tu le sais, raconte dans son livre des *Métamorphoses* qu'il y avait en la ville de Babylone deux puissantes familles de nobles citoyens, qui étaient si proches voisines que les murs de leurs palais étaient mitoyens. Ils avaient deux enfants, les plus beaux et les plus avenants du monde. L'un était un garçon qui s'appelait Pyrame, l'autre une fille, appelée Thisbé. Ces deux enfants encore innocents, c'est-à-dire âgés d'environ sept ans, s'entr'aimaient déjà si profondément qu'ils ne pouvaient vivre l'un sans l'autre ; il leur tardait chaque jour de se lever et de prendre leur petit déjeuner afin d'aller jouer avec les autres et de se retrouver, et l'on voyait toujours ces deux enfants partager tous leurs jeux. Les choses allèrent ainsi jusqu'à leur adolescence. Au fur et à mesure qu'ils grandissaient, les flammes de l'amour prenaient en leurs cœurs ; certains ayant remarqué qu'ils étaient toujours ensemble, des rumeurs commencèrent à courir. Elles parvinrent aux oreilles de la mère de Thisbé qui enferma sa fille dans ses appartements, disant, fort en colère, qu'elle saurait l'empêcher de fréquenter Pyrame. Les deux jeunes gens souffraient tant de cette claustration que leurs pleurs et leurs plaintes fendaient l'âme. Ils ne pouvaient supporter les cruelles souffrances de la séparation. Leur malheur dura longtemps, mais la force de leur amour n'en fut aucunement diminuée ni amoindrie : même s'ils ne se voyaient pas, leur amour croissait au rythme des années. Ils parvinrent ainsi à l'aube de leurs quinze ans.

« Un jour, Thisbé, qui ne pensait toujours qu'à Pyrame, pleurait toute seule dans sa chambre. Le hasard voulut qu'elle portât ses regards sur le mur mitoyen des deux palais. Elle se lamenta alors en ces termes : "Ah ! cruel mur de pierre ! toi qui me sépares de mon ami, si tu avais en toi la moindre pitié, tu t'ouvrirais pour me laisser voir celui que mon cœur aime tant." En disant cela, son regard fut attiré par un petit coin du mur où elle aperçut, à travers une petite fissure, la lumière du jour. Elle gratta la fissure avec le mordant de sa ceinture, car elle n'avait aucun autre outil, et parvint à l'élargir suffisamment pour faire passer la boucle à travers le mur, là où Pyrame pouvait l'apercevoir, ce qui arriva.

« Ce fut alors un signal convenu qui permit aux deux amants de se retrouver régulièrement à la fissure pour se parler et échanger leurs tendres regrets. À la fin, poussés par leur profond amour, ils firent le projet de profiter de la nuit pour s'enfuir en cachette de chez leurs parents et se retrouver hors de la ville, près d'une source sous un mûrier blanc, où ils avaient autrefois joué ensemble, du temps de leur enfance. Thisbé arriva la première à la fontaine, car son amour était le plus fort. Elle attendait son ami, lorsqu'elle entendit rugir un lion qui venait boire à la source ; prenant peur, elle s'enfuit se cacher dans un buisson qui se trouvait à proximité, mais en s'enfuyant elle laissa tomber le voile blanc qu'elle avait sur la tête. Le lion le trouva et vomit dessus les entrailles des bêtes qu'il venait de dévorer. Pyrame survint alors, avant que Thisbé n'ait osé sortir de sa cachette. À la lumière de la lune, il vit le voile ensanglanté de chairs et fut persuadé que son amie venait d'être dévorée. Il en conçut une telle douleur qu'il se passa l'épée à travers le corps. Il se mourait déjà lorsque Thisbé arriva pour le trouver dans un si triste état ; le voyant tenir contre son cœur le voile ensanglanté, elle comprit la raison de ce malheur. Elle en conçut une telle douleur qu'elle ne voulut plus vivre. Lorsqu'elle eut vu que son amant avait rendu l'âme, elle le pleura douloureusement, puis se tua avec la même épée. »

LVIII. Où il est question d'Héro.

« L'amour de la noble damoiselle Héro pour Léandre ne fut pas moindre que celui de Thisbé pour Pyrame. Craignant de compromettre l'honneur de sa dame, Léandre préféra s'exposer à de grands dangers pour garder le secret de leur amour. Il avait pris l'habitude d'aller la voir quand tous dormaient, plutôt que de la rejoindre effrontément au su et au vu de tout le monde ; secrètement, il quittait sa couche au milieu de la nuit pour se rendre seul au large bras de mer qu'on appelle l'Hellespont ; alors il le traversait à la nage pour gagner la tour que l'on nomme Abydos, sise sur l'autre rive. C'est là qu'Héro l'attendait, debout à sa fenêtre. En hiver, quand les nuits étaient longues et noires, Héro tenait une torche à la main pour indiquer à son amant la direction à suivre.

« Les deux amants usèrent de ce stratagème pendant plusieurs années, jusqu'à ce que Fortune, jalouse de leurs plaisirs, résolût de les en priver. C'était au temps d'hiver, quand l'orage rend la mer périlleuse, grosse, agitée et forte. La tempête faisait rage depuis plusieurs jours, et l'attente paraissait bien longue aux deux amants qui languissaient d'amour ; ils maudissaient le vent et le mauvais temps qui n'en finissaient pas, quand Léandre vit, une nuit, le signal à la fenêtre. Poussé par son désir et croyant qu'Héro avait allumé la torche pour l'appeler, il voulut y aller en dépit du danger, estimant que c'eût été une lâcheté insigne que d'y renoncer. Hélas ! La malheureuse, qui redoutait de le voir s'exposer à de tels dangers et qui lui eût volontiers interdit de le faire, tenait la torche pour lui indiquer la direction, si jamais par malheur il tentait l'aventure. Mais Fortune perverse poussa Léandre à braver les flots. Il ne pouvait lutter contre les courants qui le portèrent au large où il périt noyé. La pauvre Héro, qui en avait eu le terrible pressentiment, ne cessait de pleurer. À l'aube naissante, elle se remit à la fenêtre où elle avait passé toute la nuit, car elle n'avait pu trouver ni le sommeil ni le repos. Voyant flotter sur les eaux le cadavre de son amant, elle résolut de ne pas lui survivre. Elle se jeta dans la mer et mourut d'avoir tant aimé, tenant son amant dans ses bras. »

LIX. Sigismonde, fille du prince de Salerne.

« Boccace raconte dans son *Décaméron* qu'il y avait un prince de Salerne appelé Tancrède. C'était le père d'une fille très belle, courtoise, sage et bien élevée, du nom de Sigismonde, et qu'il aimait avec une telle passion qu'il ne pouvait supporter d'en être séparé. Il eut ainsi toutes les peines du monde à accepter de la marier, malgré les instances de tout son entourage. Il finit par la donner au duc de Campanie, mais elle ne demeura pas longtemps mariée, puisque le comte mourut peu après. Le père la reprit alors chez lui, résolu de ne jamais la remarier. La dame faisait toute la joie de la vieillesse de son père, mais elle se savait belle, épanouie, pleine de vitalité et habituée aux plaisirs. Crois bien que cela ne lui plaisait guère d'être jeune et sans mari, mais elle n'osait contrevenir à l'autorité paternelle.

« Comme cette dame était souvent en audience aux côtés de son père, elle remarqua un jour un certain écuyer parmi les gentilshommes de la cour ; il lui parut, parmi toute cette assemblée de chevaliers et de nobles, le plus beau, le plus courtois et à tous égards le plus digne d'être aimé. Bref, elle fut si séduite par sa personne qu'elle décida, pour passer plus joyeusement sa jeunesse, d'apaiser les ardeurs de sa jeune sensualité en le prenant pour amant. Cependant, elle observa longuement, assise à la table de son père, les manières et la conduite du jeune homme, qui s'appelait Guichard, avant de lui révéler ses sentiments. Mais plus les jours passaient et plus elle le regardait, plus il lui paraissait parfait en toutes choses.

« Un jour, quand elle eut assez réfléchi, elle le fit venir auprès d'elle et lui dit : "Guichard, mon bel ami, la confiance que j'ai en votre bonté, votre fidélité et votre loyauté me pousse à m'ouvrir à vous de certaines choses fort secrètes qui me touchent de près et que je ne dirais à nul autre. Mais avant de me confier à vous, je veux avoir votre parole que vous les tairez et que vous ne les révélerez jamais." Guichard répondit : "Ma Dame, soyez bien assurée que jamais je ne révélerai le moindre de vos secrets ; je vous en fais le serment sur mon honneur." Alors Sigismonde lui dit : "Guichard, sache que j'ai de l'inclination pour un gentilhomme que je veux aimer d'amour. Mais comme je n'ai pas toute liberté pour lui parler, ni aucun confident pour lui faire part de mes sentiments, je veux que tu sois le messager de nos amours. Songe, Guichard, que je me fie à toi plus qu'à tout autre, car je te confie mon honneur et le remets entre tes mains." Guichard se mit alors à genoux et dit : "Ma Dame, je connais votre honnêteté et votre vertu. Je sais que vous ne voudriez jamais rien faire qui vous déshonore. Je vous remercie donc très humblement d'avoir plus confiance en moi qu'en tout autre et de daigner me découvrir le secret de votre cœur. Vous pouvez, très chère Dame, me faire part de tous vos désirs sans la moindre crainte. Je serai donc l'humble serviteur de celui qui a le bonheur d'être aimé d'une femme aussi digne que vous, car en vérité, il est l'objet d'un amour très noble et très beau." L'entendant parler avec tant de cœur, Sigismonde, qui avait voulu le mettre à l'épreuve, lui prit la main et lui dit : "Guichard, mon doux ami, sache que c'est toi qui es le seul élu de mon cœur et l'unique objet de mes désirs, car il me semble que la noblesse de tes sentiments et l'excellence de ta conduite te rendent digne d'être aimé du plus haut amour." Le jeune homme en fut rempli de joie et l'en remercia humblement.

« Bref, leurs amours durèrent longtemps sans qu'aucun bruit se répande. Mais Fortune, jalouse de leurs plaisirs, ne voulut plus permettre aux amants de vivre dans la joie et transforma leur plaisir en la plus amère douleur, et cela de la façon la plus extraordinaire. Un jour d'été, alors que Sigismonde se promenait au jardin avec les dames de la cour, son père, qui n'était heureux qu'en sa présence, alla seul dans la chambre de sa fille pour lui parler et se distraire. Il trouva les fenêtres closes et les rideaux du lit tirés. Ne voyant personne, il crut qu'elle faisait la sieste, et ne voulut point la réveiller. Il s'installa donc sur un divan et s'endormit d'un profond sommeil. Sigismonde, estimant s'être assez promenée, revint dans sa chambre et se mit au lit comme pour dormir, faisant sortir toutes ses suivantes en leur demandant de refermer la porte derrière elles. Personne ne remarqua la présence du père. Pensant être seule, Sigismonde se leva de sa couche, alla chercher Guichard qui était enfermé dans un de ses vestiaires et l'introduisit dans sa chambre. Ils s'entretenaient derrière les rideaux du lit, croyant être seuls, quand le prince se réveilla et s'aperçut que sa fille était avec un homme. Il en conçut une telle douleur que la pensée qu'il allait déshonorer sa fille put à peine l'empêcher de se précipiter sur l'intrus. Il se maîtrisa cependant et reconnut qui était avec elle, puis il s'arrangea pour quitter la chambre sans que les deux amants s'en rendissent compte. Quand ils eurent épuisé leurs plaisirs, Guichard s'éclipsa, mais le prince l'avait fait guetter et le fit arrêter pour le jeter en prison. Il se rendit ensuite auprès de sa fille et, seul à seul dans la chambre, les yeux pleins de larmes, le visage défait, il s'adressa à elle en ces termes :

« "Sigismonde, je croyais avoir en toi une fille plus belle, plus sage et plus chaste que nulle autre. Mais je suis d'autant plus accablé que jamais on n'aurait pu me convaincre du contraire, si je ne l'avais vu de mes propres yeux, car personne ne m'aurait fait croire que tu t'abandonnerais dans les bras d'un homme hors des liens du mariage. Puisque je sais maintenant ce qu'il en est réellement, je passerai ma vieillesse et le peu de temps qu'il me reste à vivre dans le chagrin et la douleur. Et ce qui augmente encore mon chagrin, c'est que je te croyais incapable d'un sentiment indigne de ton rang. Mais je vois qu'il n'en est rien, car tu t'es entichée d'un des gentilshommes les plus obscurs de ma cour. Si tu devais te livrer à de tels débordements, ma cour t'offrait un choix d'hommes parmi les plus nobles sans que tu te laisses séduire par un Guichard ! Crois bien que je lui ferai payer cher la douleur qu'il me cause. Car je veux que tu saches que je vais le faire mourir et que je t'aurais réservé le même sort, si j'avais pu chasser de mon cœur la folle affection que j'ai pour toi. Mais jamais père n'aima autant sa fille, et je ne puis m'y résoudre."

« On imagine l'accablement de Sigismonde lorsqu'elle comprit que son père savait ce qu'elle avait tant cherché à cacher. Mais ce qui la mettait au comble du désespoir, c'est que son père menaçait de tuer celui qu'elle aimait avec tant d'ardeur. Elle aurait voulu mourir sur l'heure. Bien que s'apprêtant à quitter la vie, elle raffermit son courage et, le visage calme, sans la moindre larme aux yeux, elle répondit ainsi : "Mon père, puisque Fortune a voulu vous apprendre ce que je tenais tant à vous cacher, ma seule requête serait, si je croyais pouvoir obtenir le pardon et la vie sauve pour celui dont vous réclamez la mort, de vous offrir ma vie en échange de la sienne. Car je mourrais volontiers à sa place, et si vous croyez que j'implorerai votre pardon si vous mettez vos menaces à exécution, détrompez-vous, car je ne saurai plus vivre, et je vous affirme que par sa mort vous mettrez fin à mes jours. Quant à ce qui nous vaut tant de colère de votre part, vous n'avez qu'à vous en prendre à vous-même. Car vous qui êtes un être de chair et de sang, pensiez-vous avoir engendré une fille de pierre ou de bois ? Tout vieux que vous êtes, vous auriez dû vous rappeler que la sensualité travaille la jeunesse qui vit dans le luxe et l'oisiveté, et combien il est difficile de résister à ses aiguillons. Comme je voyais que vous aviez décidé de ne jamais me remarier, me sentant jeune et débordante de vie, je résolus de prendre un amant. Ne croyez pas que ce fut sans motif ou réflexion que j'acceptai de consentir aux élans de mon cœur ; bien au contraire, j'observai longtemps la conduite de Guichard et le trouvai le plus parfait et le plus noble des hommes de votre cour. Vous devriez le savoir vous-même, puisque c'est vous qui l'avez élevé. Qu'est-ce donc que la noblesse, si ce n'est la vertu ? Ce n'est point là affaire de sang ou de chair. Vous n'avez aucune raison de dire que je me suis entichée de l'homme le moins noble de votre cour, pas le moindre motif pour nous poursuivre de votre colère, vu les torts que vous avez vous-même. Et en admettant que vous exigiez une vengeance aussi cruelle, ce n'est point sur lui qu'elle devrait tomber – ce serait là une injustice et une faute –, mais sur moi-même, car c'est moi qui lui fis des avances auxquelles il ne pensait pas. Que pouvait-il donc faire ? Il aurait eu l'âme bien basse pour repousser une femme de mon rang. C'est donc lui qu'il faut épargner ici, et non moi."

« Sur ce, le marquis quitta Sigismonde, mais il n'avait pas pardonné pour autant à Guichard. Il le fit tuer le lendemain en commandant de lui arracher le cœur de la poitrine. Alors il fit mettre le cœur dans un hanap d'or qu'il envoya à sa fille par un homme de confiance. Il lui ordonna de dire qu'il lui offrait ce présent, sachant qu'elle aurait autant de joie à recevoir ce qu'elle aimait le plus au monde, qu'il venait d'en recevoir de celle qui avait été son bien le plus cher. Le messager comparut devant Sigismonde pour lui livrer le cadeau et le message dont on l'avait chargé. Elle prit le hanap, l'ouvrit et comprit aussitôt ce qui s'était passé. Malgré la douleur qui l'accablait, elle resta fière et altière et répondit sans laisser percer aucune émotion : "Ami, dites au marquis que j'apprécie sa justice au moins en ceci, qu'il a su donner à ce cœur la sépulture qu'il méritait, puisque seuls l'or et les pierres précieuses lui convenaient." Elle se pencha sur le hanap et couvrit le cœur de baisers en disant ces paroles touchantes : "Ah ! cœur bien-aimé ! Source de tous mes plaisirs ! Maudite soit la cruauté de celui qui a voulu que je te voie avec les yeux du corps, toi qui toujours avais été présent aux yeux de mon âme ! Le malheur a mis un terme tragique au cours de ta noblc vie, mais Fortune la perverse est bafouée par la sépulture que ta valeur a méritée, aux yeux même de ton ennemi. Il est juste maintenant, ô cœur bien-aimé, que celle que tu aimais tant te rende les derniers devoirs en te lavant et te baignant de ses larmes, car je n'y faillirai point. Ton âme ne sera d'ailleurs pas seule longtemps, et mon devoir est de te rejoindre au plus vite. Cette Fortune félonne qui t'a tant nui sera une fois encore contrariée par le bonheur que mon cruel père t'a fait en t'envoyant vers moi ; ainsi ai-je pu t'honorer et te parler avant de quitter ce monde pour rejoindre ton âme, dont je ne saurai rester séparée. Je sais que ton esprit m'appelle et me désire." Sigismonde se lamentait ainsi, proférant des paroles si émouvantes qu'on n'aurait pu les entendre sans fondre en larmes. Elle pleurait tant que ses yeux paraissaient transformés en fontaines, déversant dans le hanap le flot incessant de ses larmes. Pourtant elle ne criait point et ne sanglotait pas, mais couvrait de baisers le cœur en lui parlant à voix basse.

« Tout cela étonnait fort les dames et damoiselles qui l'entouraient, car elles n'étaient pas au courant de l'affaire et ignoraient les raisons de tant de chagrin. Elles pleuraient cependant, attendries de voir leur maîtresse si désespérée, et s'employaient à la consoler. Rien n'y faisait, et ce fut en vain que ses plus intimes lui demandèrent la cause de sa douleur. Après avoir longuement pleuré, elle dit, terrassée par tant de malheur : "Ô cœur bien-aimé ! Je t'ai rendu les derniers devoirs ; il ne me reste plus qu'à envoyer mon âme rejoindre la tienne !" Ayant prononcé ces paroles, elle se leva, alla ouvrir une armoire d'où elle retira une fiole où elle avait mis des plantes vénéneuses à macérer dans de l'eau, afin d'avoir un poison prêt le moment venu. Elle versa la liqueur dans le hanap où était le cœur et sans la moindre hésitation, la but d'un seul trait. Puis elle se jeta sur son lit pour attendre la mort, tenant le hanap étroitement serré contre son cœur. Quand ses suivantes virent les premiers signes de la mort agiter son corps, saisies de désespoir elles appelèrent le père. Il était allé se promener, dans l'espoir de tromper quelque peu sa tristesse ; lorsqu'il arriva dans la chambre de Sigismonde, le poison s'était déjà répandu dans ses veines. Se désespérant de la tournure tragique des événements et se repentant de ce qu'il avait fait, il se mit à lui parler avec tendresse, pleurant à chaudes larmes et espérant la réconforter. Mais sa fille, en faisant de grands efforts pour lui parler, répondit : "Tancrède, garde tes larmes pour les autres, car ici elles sont inutiles. Je n'en veux pas, je ne les souhaite point. Tu ressembles au serpent qui pleure la victime qu'il vient de mordre. Ne valait-il pas mieux que ta malheureuse fille vécût heureuse, en aimant discrètement un homme méritant, que de la voir tristement périr par ta propre cruauté ? Car désormais éclatera aux yeux de tous ce qu'elle avait voulu tenir secret." Ce furent là ses dernières paroles. Elle expira en serrant le hanap contre son cœur. Son malheureux vieillard de père en mourut de chagrin. Telle fut la fin de Sigismonde, fille du prince de Salerne. »

LX. Où il est question d'Isabeau et d'autres amantes.

« Boccace raconte également dans son *Décaméron* qu'il y avait en Italie, dans la ville de Messine, une jeune fille appelée Isabeau, dont les trois frères retardaient le mariage par avarice. Ils avaient un commis qui régissait toutes leurs affaires ; c'était un jeune homme très beau et avenant que leur père avait élevé depuis sa tendre enfance. Comme ils se voyaient tous les jours, les deux jeunes gens tombèrent amoureux l'un de l'autre. Ils vécurent pleinement leur amour un certain temps, mais les frères finirent par s'en apercevoir. Ils le tinrent pour un grave affront et décidèrent de tuer le jeune homme, qui s'appelait Laurent, car ils craignaient de déshonorer leur sœur en faisant publiquement scandale. Un jour, ils emmenèrent donc le jeune homme dans un domaine qui leur appartenait. Là, ils le tuèrent dans un jardin et l'enterrèrent au milieu des arbres. Ils regagnèrent Messine et firent croire à leurs gens que Laurent était au loin pour affaires.

« Isabeau, qui aimait le jouvenceau passionnément, était malheureuse d'avoir perdu la compagnie de son ami. Poussée par la force de son amour, elle eut un terrible pressentiment et ne put s'empêcher de demander à l'un de ses frères où ils avaient envoyé Laurent. Le frère lui répondit rageusement : "Qu'as-tu besoin de le savoir ? Si tu parles encore de lui, malheur à toi !" Isabeau comprit que ses frères étaient au courant de leur liaison et en déduisit qu'ils avaient certainement tué son ami. Aussi s'abandonnait-elle à son chagrin chaque fois qu'elle se retrouvait seule. Elle passait toutes ses nuits à pleurer, refusant de dormir, regrettant amèrement celui qu'elle aimait, tant et si bien qu'elle tomba malade. Prétextant sa maladie, elle demanda à ses frères la permission d'aller prendre du repos dans le domaine qu'ils avaient hors de la ville. Ils le lui accordèrent. La jeune fille, qui savait dans son cœur tout ce qui était arrivé, se trouvait seule au jardin où Laurent était enterré ; cherchant partout, elle finit par trouver un endroit où la terre avait été récemment soulevée, et comprit que c'était là qu'elle trouverait le corps. Alors elle creusa la terre avec une pioche qu'elle avait apportée et le découvrit en effet. L'embrassant avec désespoir, elle s'abandonna tout entière à sa douleur.

« Elle savait qu'elle ne pouvait rester trop longtemps auprès de lui sans être découverte ; elle l'enterra donc de nouveau, mais prit avec elle la tête de son amant, que ses frères avaient décapité. Elle la couvrit de longs baisers, puis l'enveloppa dans un magnifique voile et l'enfouit dans un de ces grands vases où l'on plante la marjolaine. Elle y mit de très beaux plants d'une herbe noble et aromatique que l'on appelle basilic, et retourna en ville avec l'urne. Elle y était tellement attachée qu'elle restait jour et nuit auprès de la fenêtre où elle l'avait posée et ne l'arrosait jamais que de ses larmes. Cela dura fort longtemps, contrairement à ce que disent les hommes quand ils soutiennent que les femmes ont vite fait d'oublier, et sa douleur paraissait chaque jour plus profonde. L'engrais fourni par la tête fit croître et embellir rapidement le basilic. Bref, elle apportait tant de soins à ce vase que les voisins, qui trouvaient curieux de la voir sans cesse arroser de ses larmes cette plante à la fenêtre, finirent par le faire remarquer aux frères. Ceux-ci l'espionnèrent et s'aperçurent de l'immensité de sa douleur. Ils en furent très étonnés, s'en demandèrent la cause, et profitèrent de la nuit pour lui voler son basilic. Quel ne fut pas son chagrin le lendemain, quand elle remarqua sa disparition ! Elle les suppliait de le lui rendre, en leur promettant de leur abandonner sa part de l'héritage si seulement ils acceptaient de le faire. Elle disait, en se plaignant amèrement : "Hélas ! Quelle mauvaise étoile a voulu que je naisse avec de si cruels frères ! Ils répugnent tant à ce que j'aie quelque bonheur que même un malheureux vase de basilic qui ne leur coûtait rien n'a pu trouver grâce auprès d'eux. Ils me l'ont enlevé et refusent de me le rendre, alors que c'est tout ce que je leur demande en héritage. Hélas ! Que serait-ce s'ils devaient m'accorder quelque chose d'important !" La malheureuse, qui ne cessait de pleurer, finit par tomber malade et dut s'aliter. Au cours de cette maladie, elle réclamait constamment son vase, repoussant tout ce qu'on lui offrait ou proposait en cadeau. Elle mourut tristement ainsi. Ne crois pas que c'est là une simple fiction, car on a fait là-bas sur cette femme et son basilic une complainte, que tu peux encore entendre aujourd'hui.

« Que dire encore ? Je pourrais te citer un nombre infini de grandes amoureuses dont la constance en amour fut incontestable. Boccace raconte encore l'histoire d'une femme à qui son mari fit manger le cœur de son amant et qui ne toucha plus jamais d'aucun mets. Ce fut également le cas de la dame de Fayel qui aima le châtelain de Couci. La châtelaine de Vergi mourut elle aussi d'amour, ainsi qu'Iseut, qui aima tant Tristan. Déjanire, l'amante d'Hercule, se suicida après sa mort. Il est donc hors de doute que quand une femme a donné son cœur, son amour est profond et constant, même s'il existe des femmes légères.

« Mais ces exemples touchants et tous ceux que je pourrais te donner ne doivent pas encourager les femmes à se lancer sur la mer périlleuse et condamnable de la passion, car cela se termine toujours mal, et porte préjudice et nuisance à leurs corps, à leurs biens, à leur honneur et – chose encore plus grave – à leur salut. Celles qui auront assez de bon sens pour l'éviter suivront la voie de la sagesse, car il ne faut point écouter ces hommes qui sans cesse cherchent à duper celles qui sont prêtes à s'abandonner à la passion. »

LXI. Où il est question de Junon et de plusieurs femmes célèbres.

« Je t'ai parlé d'un grand nombre de femmes dont on peut lire l'histoire dans les chroniques. Mais comme je n'ai pas l'intention de te les rappeler toutes – car ce serait une histoire interminable –, je n'aurai pas besoin d'avancer d'autres preuves pour réfuter les dires de tous ces hommes que tu as évoqués. Pour conclure, je te parlerai de certaines femmes qui sont célèbres, moins pour leurs vertus que pour les faits curieux qui leur sont arrivés.

« Junon, fille de Saturne et d'Ops selon les écrits des poètes et l'erreur païenne, fut célèbre entre toutes les femmes de cette religion, mais davantage pour sa bonne fortune que pour ses qualités propres. C'était la sœur et l'épouse de Jupiter, que l'on prétendait être le dieu suprême. Comme elle vivait avec son mari dans l'opulence et la prospérité, elle fut nommée déesse des richesses. Les Samiens croyaient qu'ils vivraient dans une plus grande abondance grâce à la statue d'elle qu'ils avaient eue après sa mort. Selon eux, elle présidait encore aux droits du mariage, et les femmes en couches lui adressaient leurs prières. Elle avait partout ses temples, ses autels, ses prêtres, ses jeux et ses sacrifices. Longtemps elle fut vénérée par les Grecs et les habitants de Carthage. De plus, sa statue fut transportée à Rome et mise au Capitole dans le temple de Jupiter, où elle trônait aux côtés de son époux. Les Romains, qui étaient alors les maîtres du monde, célébraient en son honneur des rites nombreux et variés.

« *Item*, Europe, fille d'Agénor de Phénicie, fut aussi célèbre parce que Jupiter, qui était amoureux d'elle, donna son nom à la troisième partie du monde. Et il faut savoir que diverses terres, cités et villes portent des noms de femmes, ainsi par exemple l'Angleterre, qui porte le nom d'une femme appelée Angèle. On pourrait citer bien d'autres encore.

« *Item*, Jocaste, reine de Thèbes, célèbre pour son destin tragique, eut le malheur d'épouser son fils après que celui-ci eut tué son père. Ni elle ni son fils ne se doutaient de rien. Elle le vit sombrer dans le désespoir lorsqu'il apprit la vérité ; elle vit encore s'entre-tuer les deux fils qu'elle en avait eus.

« *Item*, Méduse (ou la Gorgone) était célèbre pour sa grande beauté. C'était la fille du très puissant roi Phorcys dont le riche royaume était au milieu des mers. Cette Méduse, ainsi que le rapportent les anciennes chroniques, était si merveilleusement belle que sa beauté dépassait celle de toutes les femmes. De plus, chose extraordinaire et surnaturelle, son regard ensorceleur, joint à la beauté de son corps, de son visage et de ses longs cheveux bouclés blonds comme l'or, faisait qu'elle charmait tous les mortels qu'elle regardait, qui en restaient comme fascinés en la voyant. D'où la métaphore de la légende, qui rapporte qu'elle les transformait en pierre.

« Hélène, femme de Ménélas, roi de Lacédémone, fille de Tyndare, roi de Sparte, et de Léda son épouse, fut très célèbre pour sa grande beauté et pour son enlèvement par Pâris, ce qui entraîna la destruction de Troie. Quoi que l'on dise de la beauté des autres femmes, les anciennes histoires assurent que jamais femme née d'une mortelle ne fut aussi belle ; c'est là ce qui fit dire aux poètes qu'elle avait été engendrée par le dieu Jupiter.

« *Item*, Polyxène, qui fut la cadette du roi Priam, fut encore la plus belle jeune fille dont fassent mention les récits de l'Antiquité. De plus, elle avait un courage à toute épreuve, comme elle le montra en acceptant la mort sans que son visage trahisse la moindre crainte, lorsqu'on la décapita sur la tombe d'Achille, comme elle disait qu'elle préférait mourir plutôt que d'être réduite en esclavage. Je pourrais t'en donner bien d'autres exemples, sur lesquels je passe par souci de brièveté. »

LXII. Où Christine prend la parole. Réponse de Droiture pour réfuter ceux qui disent que les femmes aguichent les hommes par leur coquetterie.

Moi, Christine, je lui dis alors : « Ma Dame, à propos de ce que vous venez de dire, certes les femmes qui ont quelque jugement feraient bien d'éviter les pièges de la passion amoureuse, car, à ce que je vois, elle leur est très préjudiciable. Et celles qui aiment à porter toilettes, se parant de beaux vêtements et de luxueux atours, en sont vivement critiquées, car on dit que leur unique souci est de séduire les hommes et de parvenir à s'en faire aimer. »

Elle me répondit : « Chère Christine, il ne m'appartient pas d'excuser celles qui se piquent d'élégance et qui portent des toilettes raffinées ; c'est assurément un vice et non des moindres. Tout raffinement vestimentaire qui dépasse les usages de son rang est à blâmer. Pourtant, non pour excuser le mal mais pour empêcher que certains ne prennent sur eux de blâmer excessivement ou plus que de raison les élégantes que l'on voit, je te dirai que toutes ne le font pas pour séduire ; pour plusieurs, hommes autant que femmes, c'est un goût honnête et un penchant naturel que de se complaire dans l'élégance et d'aimer les beaux et riches habits, la propreté et le faste. Si c'est Nature qui le veut, il leur est bien difficile de s'en passer, encore que ce serait là une vertu fort louable. N'a-t-on pas écrit du saint apôtre Barthélemy, lui qui fut gentilhomme, qu'il s'habilla toute sa vie de soieries frangées et ourlées de pierres précieuses, alors que Notre-Seigneur prêchait la pauvreté ? S'habiller luxueusement – ce qui chez un autre eût été pompe et prétention – était pour lui normal. Toutefois, si ce ne fut pas là un péché, certains affirment que c'est pour cette raison que Notre-Seigneur consentit à ce qu'il soit écorché vif lors de son martyre. Mais je te rappelle tout cela pour montrer que nul ne doit juger des intentions selon l'habit ou le vêtement, car il appartient à Dieu seul de juger ses créatures. Je vais maintenant te donner quelques exemples à ce sujet. »

LXIII. Claudia la Romaine.

« Boccace raconte, ainsi que Valère Maxime, l'histoire de Claudia. C'était une patricienne romaine qui avait le goût des beaux et somptueux vêtements et des jolies parures. Comme elle était à cet égard beaucoup plus raffinée que toutes les autres Romaines, certains en tirèrent des conclusions défavorables pour sa vertu et préjudiciables à sa bonne renommée. La quinzième année de la seconde guerre punique, on transporta à Rome la grande déesse de Pessinus, qui était selon la croyance des Romains la mère de tous les dieux. Toutes les nobles dames de Rome se rendirent en cortège à sa rencontre. On avait mis la statue sur une galère pour remonter le Tibre, mais malgré tous leurs efforts les rameurs ne parvenaient pas à l'amener au port. Claudia, qui se savait soupçonnée à tort à cause de sa coquetterie, s'agenouilla devant la statue et invoqua tout haut la déesse, la suppliant de lui accorder la grâce de tirer seule la galère au port, pour montrer à tous que sa vertu était intacte et qu'elle était restée pure. Alors, confiante en sa pureté, elle prit sa ceinture et l'attacha aux plats-bords de la galère, qu'elle hala aussi facilement que si tous les rameurs du monde étaient à son bord. Chacun s'en émerveilla.

« Si je te cite cet exemple, ce n'est pas parce que je crois en aucune façon que cette statue, que ces mécréants appelaient déesse, pouvait exaucer la prière de Claudia. Je voulais simplement montrer que cette femme, qui était coquette, n'avait pas pour autant renoncé à la chasteté, ce qui ressort du fait qu'elle savait que la pureté de sa vertu lui porterait secours. Car ce fut là la seule déesse qui l'aida, et aucune autre. »

LXIV. Droiture cite plusieurs exemples de femmes qui ont été aimées pour leurs vertus, plus que d'autres pour leurs charmes.

« Et en admettant que ce soit pour être aimées que les femmes s'appliquent à être belles, coquettes, agréables et séduisantes, je te prouverai que ce n'est pas pour autant qu'elles sont plus facilement aimées des hommes sages et honnêtes. Au contraire, ceux qui aiment la vertu préfèrent les femmes vertueuses, honnêtes et intègres, même si elles sont moins belles que les coquettes. On pourrait donc me rétorquer – puisque c'est par la vertu et l'honnêteté que les femmes attirent les hommes et que c'est un mal qu'ils soient ainsi attirés – qu'il vaudrait mieux que les femmes soient moins vertueuses. Mais c'est un sophisme, car on ne doit pas renoncer aux choses bonnes et profitables ou les laisser à l'abandon sous prétexte que les sots en usent mal. Chacun doit faire son devoir en se consacrant au bien, quoi qu'il en advienne. Je te prouverai par de nombreux exemples que les femmes sont aimées pour leur vertu et leur honnêteté, et je pourrais te rappeler tout d'abord toutes les saintes du paradis que les hommes convoitèrent, parce qu'elles étaient honnêtes.

« *Item*, si Tarquin tomba amoureux de Lucrèce (celle qui fut violée, comme je te l'ai déjà dit), ce fut plus pour son honnêteté que pour sa beauté. En effet, lors d'un souper où se trouvait le mari de Lucrèce avec de nombreux autres notables de Rome, dont ce Tarquin qui la viola par la suite, chacun se mit à parler de sa femme, disant que la sienne était la meilleure. Pour les départager et savoir laquelle méritait la plus grande louange, ils montèrent à cheval et visitèrent chaque foyer. Celles qui furent trouvées occupées aux tâches les plus honnêtes eurent le plus d'estime et d'honneur. Or, parmi toutes ces épouses, ce fut Lucrèce qu'ils trouvèrent le plus honnêtement occupée, car cette excellente et vertueuse femme, vêtue d'une simple robe, travaillait la laine et devisait sagement en la compagnie des femmes de sa maison. Tarquin, le fils du roi, se trouvait alors avec son mari ; il fut frappé par sa grande honnêteté, par ses manières simples et distinguées, ainsi que par sa modestie. De là cette passion qui l'entraîna à l'outrage qu'il commit par la suite. »

LXV. Où il est question de la reine Blanche de Castille, mère de Saint Louis, ainsi que d'autres dames excellentes et sages qui furent aimées pour leurs vertus.

« De même, c'est pour sa très grande intelligence, sa prudence, ses vertus et sa bonté que la très noble reine Blanche de Castille, mère de Saint Louis, fut aimée du comte de Champagne. C'est en écoutant les paroles si sensées de cette noble et sage reine qui le reprenait, à juste titre, d'avoir entrepris une guerre contre le roi Saint Louis, disant qu'il n'aurait jamais dû le faire – eu égard à tous les bienfaits dont l'avait comblé son fils –, que le noble comte s'étonna, tout en la regardant fixement, de tant de sagesse et de vertu. Il tomba si amoureux de cette femme – qui n'était pourtant plus dans la fleur de sa jeunesse – qu'il ne sut plus que faire. Mais il aurait préféré mourir plutôt que de lui déclarer sa flamme, car il savait fort bien qu'elle était si vertueuse que jamais elle ne consentirait à l'aimer. Dès cet instant il fut en proie aux tourments d'une folle passion qui l'entraînait. Il put cependant lui répondre qu'elle ne devait plus craindre qu'il fasse la guerre au roi, puisqu'il était tout à elle et que désormais il mettait à ses pieds tous ses biens, car il lui appartenait corps et âme, et se soumettait tout entier à sa volonté. Alors commença la passion de toute une vie, malgré le peu d'espoir qu'avait le comte de voir un jour son amour récompensé. C'est ainsi qu'il faisait des complaintes amoureuses où il chantait superbement les louanges de sa dame, et ces magnifiques poèmes furent encore plus merveilleux une fois mis en musique. Il les fit peindre sur les murs de la salle comtale de son château de Provins, ainsi qu'à Troyes, où l'on peut encore les voir. Je pourrais t'en dire autant de beaucoup d'autres. »

Moi, Christine, je lui répondis : « Certes, ma Dame, mon expérience m'a fait connaître des cas qui ressemblent quelque peu à ceux que vous venez d'évoquer. Je connais des femmes vertueuses et sages qui ont été plus sollicitées – d'après les confidences qu'elles m'ont faites en se plaignant du désagrément qu'elles en éprouvaient – depuis que leur grande beauté et leur jeunesse s'en sont allées que dans l'épanouissement de leur jeune âge. Elles me disaient : "Mon Dieu ! Qu'est-ce que cela veut dire ? Est-ce que ces hommes voient en moi quelque conduite inconsidérée qui leur donnerait quelque espoir, quelque raison de penser que je me livrerais à de tels débordements ?" Mais je vois maintenant, à ce que vous me dites, que c'est leur vertu éminente qui les faisait aimer. Je dis cela pour réfuter ceux qui prétendent qu'une femme vertueuse qui veut demeurer chaste ne sera jamais sollicitée ou convoitée contre son gré. »

LXVI. Christine parle, et Droiture lui répond pour réfuter ceux qui disent que les femmes sont naturellement avares.

« Ma Dame, je ne sais plus quoi vous dire, car vous avez répondu à toutes mes questions. Je suis convaincue que vous avez démontré combien sont fausses les calomnies que tous ces hommes répandent sur les femmes. En particulier, on ne voit pas que l'avarice, contrairement à ce qu'ils disent si couramment, soit le défaut féminin par excellence. »

Elle me répondit : « Chère Christine, je peux t'assurer que l'avarice n'est pas plus le fait des femmes que des hommes ; elle le serait même plutôt moins, car – Dieu le sait et tu peux aisément le voir ! – l'énorme avarice de tant d'hommes cause et produit plus de malheurs dans le monde que jamais n'a fait celle des femmes. Mais, comme je te l'ai déjà dit, le sot voit la peccadille dont s'est rendu coupable son voisin, tout en restant aveugle aux horreurs qu'il commet.

« Parce qu'on voit souvent les femmes prendre plaisir à amasser des étoffes, du fil et tous ces petits riens nécessaires à leur ménage, voilà qu'on les convainc d'avarice ! Pourtant, je te promets que nombre de femmes, et même une foule d'entre elles, ne voudraient aucunement se montrer parcimonieuses ou avares à distribuer biens et argent, partout où elles sauraient leurs dons bien employés ! Mais celles qui sont pauvres sont bien obligées de compter. On leur tient si étroitement les cordons de la bourse qu'elles gardent précieusement le peu d'argent qu'elles ont, sachant les difficultés qu'elles auront à en obtenir d'autre. Il y a aussi des gens qui les traitent d'avares parce que certaines d'entre elles ont des maris prodigues, dispendieux et gourmands ; ces pauvres femmes savent bien que le ménage est privé de tout ce que leurs maris gaspillent de la sorte et que leurs pauvres enfants devront en pâtir ; aussi ne peuvent-elles s'empêcher d'en parler à leurs maris en leur recommandant de limiter leurs dépenses. Ce n'est ici ni de la parcimonie ni de l'avarice, mais la preuve d'une très grande prudence. Je parle, bien entendu, de celles qui le font discrètement, car on voit souvent des scènes de ménage à ce sujet, puisque les maris n'aiment pas qu'on les admoneste ainsi, et c'est pourquoi ils blâment les femmes, là où ils devraient les louer. Mais la preuve que le défaut d'avarice n'est pas aussi répandu chez les femmes que le voudraient certains éclate dans la spontanéité de leurs aumônes ; Dieu sait combien de prisonniers, même en terre sarrasine, combien de pauvres, combien de gentilshommes et d'autres personnes dans le besoin ont été et sont réconfortés et secourus tous les jours de par le monde par les femmes et leurs dons charitables ! »

Moi, Christine, je lui dis alors : « À ce propos, ma Dame, je me souviens d'avoir vu des femmes qui méritaient les plus hautes louanges pour avoir donné discrètement et généreusement tout ce qu'elles pouvaient. J'en connais même aujourd'hui qui ont plus de joie à dire : “Prends !” à tous ceux qui sont dans le besoin qu'aucun avare ne saurait avoir en amassant ou en thésaurisant. Mais je sais pourquoi les hommes insistent tant pour dire que les femmes sont avares. Car bien qu'on parle de la largesse d'Alexandre, je puis vous dire que je ne l'ai jamais rencontrée. »

Droiture se mit alors à rire et dit : « Certes, chère Christine, les dames de Rome ne furent pas avares quand la ville fut ruinée par la guerre et que tout l'argent de l'État avait été épuisé en dépenses militaires. Les Romains désespéraient de trouver les moyens financiers pour lever l'immense armée dont ils avaient besoin. Mais les femmes, et notamment les veuves, dans un mouvement de générosité désintéressée, rassemblèrent tous leurs bijoux et tous leurs biens sans rien épargner, et les portèrent aux dirigeants de Rome pour leur en faire cadeau. On célébra les femmes pour ce geste généreux, et elles retrouvèrent par la suite leurs bijoux, comme elles le méritaient, puisqu'elles furent la cause du redressement de Rome. »

LXVII. Où il est question de la générosité d'une puissante dame appelée Pauline.

« On trouve dans *Les Faits des Romains* un autre exemple de générosité féminine, celui de la riche, généreuse et noble femme appelée Buse ou Pauline. Elle vivait à l'époque où Hannibal menait une guerre sans merci contre les Romains ; il mettait l'Italie à feu et à sang, saccageant presque tout sur son passage et massacrant la population. Il venait de remporter l'éclatante victoire de Cannes, si désastreuse pour les Romains, et nombreuses furent les victimes blessées ou mises à mal qui fuyaient la débâcle. La généreuse Pauline accueillit tous ceux qu'elle pouvait ; elle en hébergea jusqu'à dix mille sur ses domaines, car elle était immensément riche. Elle les fit soigner à ses frais et les aida financièrement, tant et si bien qu'ils purent regagner Rome et réorganiser l'armée. L'aide et le secours qu'elle leur avait portés lui valurent d'immenses louanges. Crois bien, chère Christine, que je pourrais te citer une infinité de femmes généreuses, courtoises et secourables.

« Combien de femmes généreuses de ton temps ne pourrais-je pas rappeler, sans aller chercher dans les livres d'histoire ? Il me suffirait d'évoquer la grande générosité de Marguerite, dame de La Rivière, qui vit encore. Elle fut mariée à feu M. Bureau de La Rivière, qui était le premier chambellan du roi Charles le Sage. Cette dame, dont on a toujours reconnu la sagesse, la vertu et les bonnes mœurs, assistait un jour à une brillante fête donnée à Paris par le duc d'Anjou, celui qui devint le roi de Sicile ; il s'y trouvait une foule de nobles dames, de chevaliers et de gentilshommes en grand apparat. Cette dame, qui était jeune et belle, regarda autour d'elle la brillante assemblée et s'aperçut qu'il y manquait un chevalier émérite, d'excellente réputation, appelé Amanion de Pommiers, mort depuis. Elle se souvenait de cet Amanion de Pommiers, malgré son âge avancé, car sa valeur et son courage restaient présents à sa mémoire, et elle pensait qu'il n'est plus bel ornement à une noble cour que des hommes de valeur et de grande renommée, même s'ils sont vieux. Aussi alla-t-elle demander ce que faisait ce chevalier pour ne pas être présent à la fête. On lui répondit qu'il était à la prison du Châtelet pour une dette de cinq cents francs qu'il avait contractée en courant les tournois. “Ah ! quelle honte pour le royaume, dit cette noble dame, qu'un tel homme puisse être emprisonné pour dettes, ne serait-ce qu'une heure !” Elle ôta alors de sa tête le diadème splendide qu'elle portait, qui était tout en or, et mit sur ses longs cheveux blonds une parure de pervenches ; puis elle remit le diadème à un page en lui disant : “Allez porter ce diadème en gage pour ce que doit ce seigneur, afin qu'on le libère immédiatement et qu'il vienne ici.” Ce qui fut fait, pour la plus grande louange de cette dame. »

LXVIII. OÙ IL EST QUESTION DE PRINCESSES ET DE GRANDES DAMES DU ROYAUME.

Moi, Christine, je lui dis encore : « Ma Dame, puisque vous venez de rappeler l'exemple d'une dame qui vit encore aujourd'hui, et que vous avez commencé à citer les dames de France ou celles qui vivent en ce royaume, je vous prie de bien vouloir me donner votre avis et de me dire si vous croyez qu'il serait juste que certaines d'entre elles soient logées dans notre Cité. En effet, n'en seraient-elles pas aussi dignes que les étrangères ? »

Elle me répondit : « Chère Christine, je t'assure qu'on trouve parmi elles des femmes très vertueuses et qu'il me plairait qu'elles soient de nos citoyennes.

« Tout d'abord, nous ne saurions refuser la noble reine de France, Isabeau de Bavière, qui règne à présent par la grâce de Dieu, car il n'y a pas chez elle la moindre trace de cruauté, de cupidité ou d'autre vice infamant, et elle règne en toute bonté et en toute bienveillance à l'égard de tous ses sujets.

« La belle, jeune, vertueuse et sage Jeanne, duchesse de Berry, épouse du duc Jean, fils de feu le roi Jean le Bon, frère du roi Charles le Sage, ne mérite-t-elle pas d'aussi hautes louanges ? Le monde entier loue et célèbre la vertu de cette noble duchesse qui est un modèle d'honnêteté, d'honneur et de sagesse, malgré sa très grande jeunesse.

« Que dire de la fille de feu le duc de Milan, Valentine, duchesse d'Orléans, épouse de Louis, fils du roi de France Charles le Sage ? Pourrait-on trouver femme plus prudente ? Tout le monde reconnaît la constance de son noble courage, le grand amour qu'elle porte à son époux, l'excellente éducation qu'elle a donnée à ses enfants, la bonne direction de ses affaires, sa justice envers tous, la sagesse de sa conduite et sa vertu en toutes choses.

« Que pourrait-on reprendre chez Marguerite, duchesse de Bourgogne, épouse du duc Jean sans Peur, fils de Philippe le Hardi, lui-même fils du roi Jean le Bon ? N'est-elle pas très vertueuse, fidèle à son époux, douce et de noble maintien, de mœurs irréprochables et exempte de tout défaut ?

« Et Marie, comtesse de Clermont, fille du duc de Berry et de sa première femme, épouse de Jean, comte de Clermont, fils héritier du duc de Bourbon, n'est-elle pas un modèle pour son rang ? Cette princesse ne porte-t-elle pas un grand amour à son mari ? Ses manières ne sont-elles pas parfaites ? N'est-elle pas belle, bonne et sage en toute chose ? Car ses vertus éclatent dans la noblesse de son maintien et la dignité de sa tenue.

« Et celle que tu aimes entre toutes, tant pour l'excellence de ses vertus que par reconnaissance de ses bontés et de son affection à ton égard, celle qui te comble de ses bienfaits, Marguerite, duchesse de Hollande et comtesse de Hainaut, fille du feu duc de Bourgogne Philippe le Hardi et sœur du duc actuel, ne doit-elle pas figurer parmi les plus parfaites ? N'est-elle pas d'une fidélité à toute épreuve, d'une prudence et d'une sagesse exemplaires dans l'administration de sa maison, charitable, d'une dévotion profonde envers Notre-Seigneur, bref, excellente en toute chose ?

« Anne, duchesse de Bourbon, ne doit-elle pas être citée parmi les princesses renommées ? N'est-elle pas fort honorée et digne d'être respectée en toute chose ?

« Pourquoi en parler davantage ? Il me faudrait bien longtemps pour rappeler les grands mérites de toutes ces femmes !

« Bonne, l'excellente, la noble et sage comtesse de Saint-Pol, fille du duc de Bar, cousine germaine du roi de France, ne doit-elle pas, elle aussi, prendre sa place parmi les meilleures ?

« Et de même, Anne, celle que tu aimes, fille de feu le comte de La Marche et sœur du comte actuel, épouse de Louis de Bavière, frère de la reine de France, ne porterait aucun préjudice à la renommée de cette noble et digne assemblée, car ses vertus plaisent à Dieu et au monde.

« Il y a, quoi qu'en disent les calomniateurs, bien d'autres femmes belles et bonnes parmi les comtesses, baronnes, dames, damoiselles, bourgeoises et femmes de tous les états. Que Dieu soit loué qui protège leur vertu ! Qu'il daigne venir en aide à celles qui défaillent ! Cela tu ne dois point le mettre en doute, car je m'en porte garante face à tous ces envieux et médisants qui prétendent le contraire. »

Et moi, Christine, je lui répondis : « Ma Dame, la joie que j'ai à vous entendre est extrême. » Elle me dit alors : « Chère Christine, je pense avoir bien rempli mon devoir quant à la Cité des Dames. J'y ai bâti de beaux palais, maints beaux hôtels et demeures, et je te l'ai peuplée de nobles dames. Elle est déjà tout habitée par les nombreuses compagnies de femmes de tous états. Il est temps que ma sœur Justice vienne achever l'ouvrage. Je m'arrête donc là. »

LXIX. Christine s'adresse aux princesses et à toutes les femmes.

Vénérées, excellentes et honorables princesses de France et de tous pays, et vous dames, damoiselles, femmes de toutes conditions, vous qui avez aimé, qui aimez et qui aimerez la vertu et la sagesse, vous qui êtes mortes, vous qui vivez encore et vous qui viendrez à l'avenir, réjouissez-vous toutes et soyez heureuses de notre nouvelle Cité, qui, Dieu merci, est déjà presque toute construite avec ses maisons bien agencées et ses habitantes déjà presque toutes réunies. Rendez grâces à Dieu qui m'a guidée, tout au long de ce studieux labeur, moi qui voulais construire pour vous un refuge d'honneur aux murailles hautes et fortifiées, qui vous servira de citadelle jusqu'à la fin des temps. Je suis arrivée jusqu'ici en espérant finir mon œuvre avec l'aide et le secours de Dame Justice qui a promis de me soutenir, sans défaillir, jusqu'à ce que la Cité soit fermée et achevée. Priez donc pour moi, mes très vénérées dames !

Ici finit la deuxième partie
du *Livre de la Cité des Dames*.

ICI COMMENCE LA TROISIÈME PARTIE DU *LIVRE DE LA CITÉ DES DAMES*, OÙ IL EST RACONTÉ COMMENT ET PAR QUI LES TOITURES DES TOURS FURENT ACHEVÉES, ET QUELLES FURENT LES NOBLES DAMES CHOISIES POUR PEUPLER LES GRANDS PALAIS ET LES HAUTES TOURS.

I. LE PREMIER CHAPITRE RACONTE COMMENT JUSTICE AMENA LA REINE DES CIEUX POUR HABITER LA CITÉ DES DAMES.

Dame Justice vint à moi dans toute sa splendeur et me dit : « Ma chère enfant, en vérité, je vois que tu as fort bien travaillé et au mieux de tes forces, pour achever avec l'aide de mes sœurs la construction de la Cité des Dames, que tu avais si bien commencée. Il est temps désormais que je m'occupe, comme je te l'avais promis, de ce qui reste à faire, c'est-à-dire d'y amener la très excellente Reine, bienheureuse entre toutes les femmes, pour qu'elle y réside avec sa noble suite, en gouvernant et régnant sur cette ville où logera la grande multitude des nobles dames de sa cour et de sa maison. Je vois que les palais et les magnifiques hôtels sont achevés et décorés, et que toutes les rues sont couvertes de fleurs pour l'accueillir avec son très noble cortège de femmes distinguées.

« Qu'elles sortent donc, les princesses, dames et femmes de tous états, pour accueillir dans l'honneur et la dévotion celle qui non seulement est leur reine, mais qui a encore pouvoir et autorité sur toutes les puissances du monde, après le Fils unique qu'elle a porté, conçu du Saint-Esprit, et qui est le Fils de Dieu le Père. Il est juste, toutefois, que cette assemblée de femmes supplie la très haute, excellente et souveraine princesse de daigner s'abaisser à venir habiter parmi elles ici-bas, dans leur Cité et consœurerie, sans mépris pour leur petitesse au regard de sa grandeur. Il ne fait aucun doute que son humilité à nulle autre pareille, que sa bonté plus qu'angélique, ne l'obligent à accéder à notre requête et à venir habiter la Cité des Dames, où elle occupera la plus haute place, le palais que ma sœur Droiture lui a déjà préparé et qui est fait tout entier de gloire et de louange. Que toutes les femmes se joignent donc à moi pour lui dire :

« “Nous te saluons, Reine des Cieux, du salut que l'ange te fit et qui t'est agréable entre tous, en disant *Ave Maria*. Le peuple des femmes tout entier te supplie humblement de ne pas répugner à habiter parmi elles. Accorde-leur ta grâce et ta pitié ; sois leur championne, leur protectrice, leur rempart contre tous les assauts de leurs ennemis et du monde ; sois la fontaine de vertu où elles pourront venir boire et se désaltérer, afin de prendre en horreur tout vice et tout péché. Viens à nous, Reine céleste, Temple de Dieu, Chambrette et Cloître du Saint-Esprit, Habitacle de la Trinité, Joie des anges, Étoile et Refuge des égarés, Espérance des vrais croyants ! Ô noble Dame ! qui oserait au regard de ta splendeur penser ou laisser sortir de sa bouche cet outrage, que le sexe féminin est vil ! Car même si toutes les autres femmes étaient mauvaises, l'éclat de tes vertus brille à tel point qu'il éclipserait toute perversité. Très excellente Dame, toi qui es l'honneur de notre sexe, les hommes ne devraient-ils pas, puisque Dieu t'a élue pour épouse, s'abstenir de blâmer les femmes ? Ne devraient-ils pas, au contraire, les vénérer pieusement ?" »

Telle fut la réponse de la Vierge : « Justice, toi la préférée de mon Fils, je t'accorde avec plaisir d'habiter et de vivre parmi mes sœurs et amies, en la compagnie des femmes. Car Raison, Droiture, toi Justice, et même Nature m'y poussent. Elles me servent, me louent et m'honorent sans cesse ; je suis et serai pour l'éternité la reine de toutes les femmes ; cette chose est voulue depuis toujours par Dieu le Père, prédestinée et ordonnée par la Sainte Trinité. » Justice et toutes les femmes s'agenouillèrent et baissèrent la tête pour dire : « Dame du ciel, grâce et louange à toi pour l'éternité des siècles. Sauve-nous, Notre-Dame, et prie pour nous ton Fils, lui qui ne te refuse rien. »

II. Les sœurs de Notre-Dame et Marie-Madeleine.

« Voici qu'habite maintenant avec nous l'Impératrice sans pareille, en dépit des basses calomnies de toutes les mauvaises langues. Mais il est juste que ses bienheureuses sœurs et Marie-Madeleine l'accompagnent ici, car elles restèrent fidèlement avec elle au pied de la Croix pendant la Passion de son Fils. Oh ! quelle n'est pas la foi, l'amour des femmes ! Car elles n'ont délaissé ni mort ni vif le Fils de Dieu, que ses apôtres avaient tous renié et abandonné. On voit bien que Dieu ne méprisa pas l'amour des femmes, comme si c'était la chose fragile que certains veulent bien dire, puisqu'il mit dans le cœur de la bienheureuse Marie-Madeleine et des autres, comme on le vit manifestement, la flamme de cet amour si fervent qu'il bénit de sa grâce. »

III. Sainte Catherine.

« Les dames de compagnie de la bienheureuse Reine des Cieux, impératrice et princesse de la Cité des Dames, seront les bienheureuses vierges et toutes les saintes. On verra ainsi que Dieu a favorisé de sa grâce le sexe féminin à l'égal des hommes, puisqu'il a donné aux tendres et faibles jeunes filles force et constance pour subir d'horribles martyres à la gloire de sa sainte foi. Elles sont couronnées au paradis et leurs vies, très belles à entendre, sont pour toute femme plus édifiantes que nulle autre doctrine. C'est pourquoi elles occuperont le premier rang dans notre Cité.

« Y entrera la première, pour ses mérites, la bienheureuse Catherine, fille du roi Costus d'Alexandrie. Cette sainte vierge, qui était restée orpheline de père à l'âge de dix-huit ans, réglait admirablement sa conduite et toutes ses affaires. Elle était chrétienne et refusait tout mariage pour se consacrer à l'Époux céleste. Un jour, l'empereur Maxence se rendit dans la ville d'Alexandrie à l'occasion d'une fête solennelle de ses dieux. Il avait fait préparer une cérémonie fastueuse pour le grand sacrifice ; de son palais, Catherine entendit le mugissement des bêtes qu'on se préparait à immoler et l'éclat des instruments. Elle envoya quelqu'un se renseigner et apprit que l'empereur était déjà au temple pour sacrifier aux dieux. Elle s'y précipita et commença à l'admonester, usant de toute la force de son éloquence pour l'ôter de l'erreur. Comme elle était versée en théologie et en sciences, elle parvint à lui démontrer par raisons philosophiques qu'il n'est qu'un seul Dieu, créateur de toutes choses, et que lui seul doit être adoré. L'empereur fut stupéfait d'entendre parler avec tant d'autorité cette belle et noble vierge. Il ne sut que répondre, et se mit à l'examiner attentivement. Il manda alors les philosophes les plus renommés de l'Égypte, terre où leur discipline était fort à l'honneur à l'époque, et en rassembla plus de cinquante. Ceux-ci furent tout offusqués d'apprendre pourquoi on les avait convoqués, disant qu'il était bien futile de les avoir fait venir de si loin pour disputer avec une toute jeune fille.

« Bref, le jour de la dispute venu, la bienheureuse Catherine les harcela de tant d'arguments qu'ils ne surent que répondre à ses questions et s'avouèrent vaincus. L'empereur en fut fort dépité, mais cela ne lui servit à rien, car tous se convertirent par la grâce divine aux saintes paroles de cette vierge et glorifièrent le nom de Jésus-Christ. Ivre de rage, l'empereur les fit brûler. Mais cette sainte vierge les encourageait dans leur martyre et les assurait qu'ils seraient reçus au paradis éternel, tout en priant Dieu de les maintenir en sa sainte foi ; c'est ainsi qu'ils furent accueillis au nombre des saints martyrs grâce à la bienheureuse Catherine. Dieu fit un miracle en leur faveur, car ni leurs corps ni leurs vêtements ne furent touchés par le feu ; le brasier éteint, on constata que leurs dépouilles étaient restées indemnes, sans même un poil de roussi, et à voir leurs visages on les aurait crus encore en vie. Le tyran Maxence, qui convoitait la beauté de la bienheureuse Catherine, lui fit alors une cour assidue pour l'amener à se rendre à ses désirs. Voyant que rien n'y faisait, il en vint aux menaces, puis à la torture. Il la fit fouetter cruellement, puis la jeta en prison, où il la laissa pendant douze jours dans un isolement total, croyant la faire céder par la faim. Mais les anges de Notre-Seigneur la visitèrent et la réconfortèrent, et quand au bout des douze jours elle fut ramenée devant l'empereur, elle était encore plus belle et plus fraîche qu'auparavant. Il en conclut qu'on était venu la voir et ordonna de livrer aux tourments les gardiens de la prison. Catherine les prit en pitié, affirmant qu'elle n'avait eu de réconfort que du ciel. Alors, ne sachant à quelles tortures recourir pour la tourmenter davantage, l'empereur fit fabriquer, sur les conseils de son préfet, deux roues garnies de rasoirs qui tournaient l'une contre l'autre en déchiquetant tout ce qui se trouvait entre elles. Il ordonna qu'on attachât Catherine, toute nue, entre ces roues. Elle continuait à adorer le Seigneur, mains jointes, quand les anges descendirent du ciel et détruisirent la machine, tuant les tortionnaires dans le fracas.

« Quand la femme de l'empereur apprit les miracles que Dieu faisait en la faveur de Catherine, elle se convertit et condamna la cruauté de son époux. Elle alla rendre visite à cette sainte vierge en sa prison et lui demanda de prier Dieu pour elle. L'empereur le sut, livra sa femme aux supplices et lui fit arracher les seins. Mais cette vierge disait à la noble reine : "Ne crains pas les tourments, car aujourd'hui tu seras admise dans la joie éternelle." Le tyran fit alors décapiter sa femme, ainsi qu'une foule de gens qui s'étaient convertis. Il demanda ensuite à Catherine de devenir son épouse. Voyant qu'elle refusait toujours de céder à ses prières, l'empereur décida de recourir à la décollation. Elle fit ses prières, demandant la grâce de Dieu pour tous ceux qui se souviendraient de sa passion, ainsi que pour tous ceux qui en leurs souffrances invoqueraient son nom. Une voix descendit du ciel annonçant que sa prière avait été exaucée. Elle subit jusqu'au bout son martyre, et en lieu de sang, ce fut du lait qui s'écoula de son corps. Les anges emportèrent la sainte dépouille sur le mont Sinaï, à vingt jours d'Alexandrie, et l'y ensevelirent. Sur sa tombe, Dieu fit une multitude de miracles, sur lesquels je passe par souci de brièveté. L'huile qui coule de cette tombe guérit de nombreuses maladies. Quant à l'empereur Maxence, Dieu le châtia horriblement. »

IV. Sainte Marguerite.

« Nous n'oublierons pas non plus la bienheureuse vierge sainte Marguerite, dont l'histoire est bien connue. Née à Antioche d'une famille noble, elle fut instruite toute jeune dans la foi par sa nourrice, dont elle allait tous les jours garder les brebis avec docilité. Un jour, le préfet de l'empereur vint à passer. En la voyant, il s'enflamma de désir et l'envoya chercher. Bref, comme elle ne voulait pas céder à ses volontés et lui rétorquait qu'elle était chrétienne, il la fit cruellement fouetter, puis la jeta en prison. Se sentant poursuivie par le Démon au fond de son cachot, elle pria Dieu de donner forme visible à celui qui la tentait. Elle vit alors un horrible dragon qui lui glaça le sang ; il l'avala, mais cette vierge fit le signe de la Croix et lui creva le ventre. Puis apparut dans un coin du cachot un homme aussi noir qu'un Éthiopien. Marguerite avança hardiment sur lui, le terrassa et lui mit le pied sur la gorge pendant qu'il criait merci. Le cachot resplendit alors de clarté, et Marguerite fut réconfortée par les anges. Elle fut amenée de nouveau devant le juge qui, voyant que toutes ses menaces restaient sans effet, la soumit à des tortures redoublées. Mais l'ange de Dieu vint délivrer cette vierge des tourments et elle se releva indemne. Alors une multitude de gens se convertirent à la foi. Quand le cruel tyran le vit, il ordonna de lui trancher la tête. Elle fit d'abord ses prières, demandant la grâce de Dieu pour tous ceux qui se souviendraient de sa passion et qui dans leurs souffrances invoqueraient son nom, comme pour les femmes enceintes ou en couches. L'ange de Dieu apparut et dit que sa prière était exaucée, et qu'elle aille recevoir la palme de victoire au nom du Seigneur. Elle présenta sa nuque au bourreau, et les anges emportèrent son âme au paradis.

« Le cruel Olibrius fit également torturer et décapiter la sainte vierge nommée Reine. C'était une jeune fille de quinze ans qui ne voulait pas lui céder et qui avait converti nombre de gens par sa prédication. »

V. Sainte Lucie.

« La bienheureuse vierge sainte Lucie, née à Rome, ne doit pas être oubliée dans notre litanie. Cette vierge fut enlevée et faite prisonnière par Aucéjas, roi de Barbarie. De retour dans son pays, celui-ci voulut la violer. Alors, elle se mit à le sermonner et, avec l'aide de Dieu, lui fit oublier son projet criminel. Il s'étonna de sa grande intelligence, affirmant que c'était une déesse, et l'établit dans son palais où il l'entoura d'honneurs et de respect ; il lui donna à elle et à sa famille de luxueux appartements, et pour garantir sa sécurité, ordonna que nul n'y pénètre. Lucie passait sa vie ainsi dans la plus grande piété, en jeûnes et en oraisons, priant Dieu de daigner illuminer son hôte. Celui-ci se remettait à elle en toutes ses affaires, et bien lui en prit de tout ce qu'elle lui conseillait. Quand il allait à la guerre, il lui demandait de prier son Dieu pour lui ; elle le bénissait, et il revenait toujours vainqueur. C'est pourquoi il voulut lui élever des temples et l'adorer comme une déesse, mais elle lui répondait qu'il fallait bien s'en garder, car il n'était qu'un seul Dieu qu'il fallait adorer et elle n'était qu'une pauvre pécheresse.

« Pendant vingt ans, elle persévéra en cette sainte vie. Notre-Seigneur lui ordonna alors de repartir à

Rome où le martyre parachèverait son existence. Elle fit part au roi de cette révélation. Il en fut fort ému et s'exclama : “Hélas ! si tu t'en vas, mes ennemis se jetteront sur moi, et Fortune se détournera de moi lorsque tu auras quitté mes côtés !” Elle lui répondit : “Sire, que Ta Majesté m'accompagne. Abandonne ce royaume terrestre, car Dieu t'invite à partager un royaume plus noble qui n'aura point de fin.” Alors, il abandonna tout pour suivre cette vierge sainte, et ce fut en serviteur et non en maître. Quand ils arrivèrent à Rome, Lucie se proclama chrétienne. On l'arrêta et on la mena au martyre. Fou de douleur, le roi Aucéjas se précipita auprès d'elle ; il voulut se jeter sur les tortionnaires, mais elle le lui interdit expressément. Il pleurait à chaudes larmes, criant qu'ils étaient bien méchants de vouloir faire souffrir une vierge de Dieu. Quand vint le moment de trancher la tête de cette sainte vierge, le roi s'agenouilla à ses côtés, tendit le cou au bourreau et cria : “Je suis chrétien ! Je donne ma tête au Dieu vivant, ce Jésus-Christ que Lucie adore.” Ils furent donc tous deux décapités et couronnés au paradis, ainsi que douze autres que la bienheureuse Lucie avait convertis. On les fête ensemble, aux septièmes calendes de juillet. »

VI. La bienheureuse vierge Martine.

« Il ne faut pas oublier la bienheureuse vierge Martine. Cette sainte naquit à Rome d'une famille très noble. Elle était très belle, et l'empereur voulut l'obliger à l'épouser, mais elle lui répondit : “Je suis chrétienne et consacrée au Dieu vivant, qui aime les corps chastes et les cœurs purs. C'est lui que j'adore, en lui est ma confiance." Mis en colère par ses paroles, l'empereur la fit mener au temple pour la contraindre à adorer les idoles. Mais Martine s'agenouilla et, les yeux levés vers le ciel, les mains jointes, se mit à prier Dieu. Aussitôt les idoles se fracassèrent, éclatées, le temple s'écroula, et les prêtres des faux dieux périrent ensevelis. Le diable qui était dans la maîtresse-idole se mit à crier et proclama Martine la servante de Dieu. Pour venger ses dieux, cet empereur tyrannique ordonna de livrer Martine à un cruel martyre, mais Dieu lui apparut pendant son supplice pour la réconforter. Elle priait pour ses tortionnaires, qui furent convertis par ses mérites en même temps qu'un très grand nombre de gens. L'empereur s'acharna encore, ordonnant de faire à Martine des tortures plus horribles encore, mais ses tortionnaires, s'écriant qu'ils voyaient Dieu et ses saints devant elle, implorèrent pardon et se convertirent. Pendant qu'elle priait Dieu pour eux, une lumière descendit des cieux et les entoura ; une voix se fit alors entendre et dit : "Je vous fais grâce pour l'amour de ma bien-aimée Martine." Voyant qu'ils se convertissaient, le préfet hurla : "Fous que vous êtes ! Vous êtes ensorcelés par cette magicienne de Martine !" Mais ils lui répondirent hardiment : "C'est toi qui es ensorcelé par le diable qui habite en toi, puisque tu ne reconnais pas ton Créateur." L'empereur, fou de rage, ordonna de les pendre et de les écarteler, et c'est en louant Dieu qu'ils reçurent joyeusement le martyre.

« L'empereur fit remettre Martine à nu. La beauté de sa peau blanche comme le lys faisait l'admiration des spectateurs. L'empereur, qui la convoitait, la sollicita longtemps, puis voyant qu'elle refusait d'obéir, ordonna de lui taillader le corps ; ses blessures laissèrent couler du lait en lieu de sang et exhalaient une suave odeur. De plus en plus acharné, il ordonna de l'étendre et de l'attacher à quatre poteaux pour lui briser les membres. Mais ceux qui étaient chargés de cette besogne s'épuisèrent à la tâche, car Dieu la gardait encore en vie afin de convertir les tortionnaires et l'assistance. Les bourreaux se mirent à crier à l'empereur : "Sire, nous ne la battrons plus, car les anges nous frappent avec des chaînes." On fit venir d'autres bourreaux pour la supplicier, mais ils moururent sur-le-champ. L'empereur, déconcerté, ne savait plus que faire. Il fit répandre de la graisse brûlante sur le corps ligoté à terre, mais Martine continua à glorifier le Seigneur, et de sa bouche sortait une odeur divine. Quand ses bourreaux furent fatigués de la tourmenter, ils la jetèrent au fond d'un cachot. Éménien, le cousin de l'empereur, alla l'épier en sa prison ; il vit Martine assise sur un trône finement ouvré, tout entourée d'anges ; la pièce s'emplissait d'une grande clarté et du bruit d'un chant mélodieux, tandis que Martine tenait à la main une tablette d'or où l'on pouvait lire : "Doux Seigneur Jésus-Christ, que tes œuvres sont louées en tes bienheureux saints !" Éménien s'étonna fort de la chose et la rapporta à l'empereur. Celui-ci affirma qu'il avait été trompé par les sortilèges de Martine. Le lendemain, le tyran la fit sortir de son cachot ; là, tous s'émerveillèrent de voir ses blessures guéries ; et nombreux furent ceux qui se convertirent.

« Une fois de plus, l'empereur la fit mener au temple pour la contraindre à sacrifier aux faux dieux. Alors le diable qui était dans l'idole se mit à hurler : "Hélas ! Hélas ! Je suis terrassé !" La vierge lui commanda de sortir et de se montrer dans toute sa laideur. La foudre tomba du ciel dans un grand bruit de tonnerre, renversant l'idole et brûlant vifs les prêtres. La colère de l'empereur ne connut plus de bornes ; il fit attacher Martine et ordonna de lui arracher les chairs avec des peignes de fer, mais elle priait toujours le Seigneur. Voyant qu'elle ne mourait pas, l'empereur l'offrit en pâture aux bêtes sauvages. Un grand lion qui n'avait pas mangé depuis trois jours s'avança vers elle, s'inclina en signe de révérence et se coucha, tel un petit chien, à ses côtés, puis se mit à lécher ses plaies. Martine glorifiait le Seigneur en disant : "Loué sois-tu, ô mon Dieu, toi dont le pouvoir apprivoise la cruauté des bêtes sauvages." Le tyran, rendu furieux, commanda qu'on remît le lion dans sa fosse, mais celui-ci se dressa farouchement sur ses pattes, sauta à la gorge d'Éménien et le tua. L'empereur fut désespéré de la mort de son cousin ; il ordonna de jeter Martine dans un brasier. Elle se tenait là au milieu des flammes, toute joyeuse, quand Dieu fit lever un grand vent qui éloigna le feu de Martine pour le répandre sur ceux qui la tourmentaient.

« L'empereur ordonna de raser ses beaux cheveux longs, affirmant que c'était dans sa chevelure que résidaient ses pouvoirs magiques. Cette vierge lui dit alors : "Tu veux détruire la chevelure, qui selon l'Apôtre est le plus bel ornement de la femme. Mais Dieu te fera tomber de ton trône, il te poursuivra de sa vengeance et, en proie aux plus vives souffrances, tu appelleras la mort !” Il commanda de l’enfermer dans le temple où étaient ses dieux, ferma les portes en y mettant lui-même les scellés. Il revint au bout de trois jours, trouva ses idoles à terre et la vierge saine et intacte qui jouait avec ses anges. L’empereur lui demanda ce qu’elle avait fait de ses dieux. Elle lui répondit : “La grâce de Jésus-Christ en a triomphé.” Il voulut alors la faire égorger, mais on entendit une voix venue du ciel, qui disait : “Oh ! vierge Martine, toi qui as combattu en mon nom, entre dans mon royaume avec les saints, viens te réjouir avec moi pour l’éternité.” Ainsi mourut la bienheureuse Martine. L’évêque de Rome arriva avec tout son clergé, pour ensevelir le corps en grande pompe dans l’église. Ce même jour, l’empereur – qui s’appelait Alexandre – fut frappé de telles douleurs qu’il mangeait sa propre chair en se mordant furieusement. »

VII. Où il est question d’une autre vierge sainte appelée Lucie, et d’autres saintes vierges.

« Il y a une autre sainte Lucie, originaire de la ville de Syracuse. Un jour qu’elle priait pour sa mère malade sur la tombe de sainte Agathe, la sainte lui apparut au milieu des anges, toute parée de pierres précieuses. Elle lui dit : “Lucie, ma sœur, vierge consacrée à Dieu, pourquoi me demandes-tu ce que toi-même tu peux donner à ta mère ? Je t’annonce que la ville de Syracuse sera aussi exaltée en toi que

Catane par moi-même, car tu as offert à Jésus-Christ les incomparables joyaux de ta pureté.” Lucie se leva, et sa mère était guérie. Alors, elle donna tous ses biens pour l’amour de Dieu. Le martyre couronna sa vie. Parmi les multiples supplices qu’elle devait subir, le juge l’avait menacée de l’emmener dans un lieu de prostitution où, en dépit de son Époux céleste, elle serait violée. Elle lui répondit : “L’âme ne sera jamais souillée si l’esprit n’y consent ; si tu me profanes en me violant, ma chasteté sera redoublée, et ma victoire de même.” Comme on voulait l’emmener en ce lieu de perdition, elle devint si lourde que tous les bœufs et autres bêtes de trait que l’on y employa ne purent la déplacer ; on lui attacha des cordes aux pieds pour la traîner, mais elle était plus ferme qu’une montagne. En mourant, elle prédit ce qui adviendrait dans l’empire.

« La glorieuse vierge Benoîte, née à Rome, mérite elle aussi une vénération particulière. Elle était accompagnée de douze vierges converties par sa prédication. Voulant étendre la foi chrétienne par son ministère, elle partit donc avec ses compagnes. Ces bienheureuses vierges traversèrent sans crainte maintes terres étrangères, car Dieu était avec elles. Il lui plut ensuite de les séparer, et elles se dispersèrent en différentes contrées pour que le monde entier puisse profiter de leur prédication. Lorsque la sainte vierge Benoîte eut converti plusieurs pays à la foi de Jésus-Christ, elle reçut la palme du martyre. Ses saintes compagnes moururent aussi dignement.

« *Item*, la perfection de sainte Fauste, jeune vierge de quatorze ans, ne fut pas moindre. Comme elle ne voulait pas sacrifier aux idoles, l’empereur Maxence la fit scier avec une scie de fer. Mais les bourreaux, qui avaient scié sans discontinuer de neuf heures du matin à trois heures de l'après-midi sans pouvoir l'entamer, lui demandèrent : "Quelle est la force de ta magie, pour nous tenir aussi longuement sans rien pouvoir faire ?" Fauste commença alors à prêcher la foi en Jésus-Christ et réussit à les convertir. L'empereur s'en indigna et lui fit subir de nombreuses tortures. Entre autres, il fit enfoncer mille clous dans sa tête, qui en vint à ressembler à un heaume de chevalier, mais Fauste continuait toujours à prier pour ceux qui la persécutaient. Le préfet se convertit en voyant que les cieux s'ouvraient pour montrer Dieu assis au milieu de ses anges. Lorsqu'on plongea Fauste dans une marmite d'eau bouillante, le préfet s'écria : "Sainte servante de Dieu, ne pars pas sans moi !" Puis il se jeta dans la marmite. Voyant cela, les deux autres qu'elle avait convertis sautèrent à leur tour dans la marmite. L'eau bouillait à gros bouillons, mais lorsque Fauste toucha les martyrs, ils n'éprouvèrent plus aucun mal. Elle leur dit : "Je suis au milieu de vous comme une vigne qui porterait ses fruits, car le Seigneur a dit : Là où plusieurs se rassembleront en mon nom, là je serai au milieu d'eux." On entendit alors une voix disant : "Venez, âmes bienheureuses. Le Père vous appelle." En entendant ces paroles, ils rendirent l'âme dans la joie. »

VIII. Où il est question de sainte Justine et d'autres vierges.

« Alors qu'elle était dans la prime jeunesse et dans tout l'éclat de sa beauté, la sainte vierge Justine, née à Antioche, vainquit le diable ; celui-ci s'était vanté auprès d'un magicien qui l'avait invoqué de pouvoir obliger la sainte à céder aux avances d'un homme qui s'était épris d'elle. Voyant que ses prières et ses promesses demeuraient sans résultat, cet homme, qui l'avait longuement poursuivie de ses assiduités, décida en effet de recourir au Démon. Mais rien n'y fit, car la glorieuse Justine mit plusieurs fois l'Ennemi en fuite, et le diable, qui avait pris différentes formes pour la tenter, dut s'avouer vaincu et se retirer honteux. Justine convertit par sa prédication l'homme qui l'avait convoitée de ses désirs impurs ; elle convertit également le magicien, un nommé Cyprien, qui avait mené jusque-là une vie de débauche mais que Justine ramena à la vertu. Plusieurs autres se convertirent en voyant les miracles que Notre-Seigneur accomplissait en sa faveur. À la fin, elle quitta cette terre par le martyre.

« *Item*, la bienheureuse vierge Eulalie, née en Espagne, s'enfuit de chez ses parents à l'âge de douze ans. Ceux-ci la séquestraient parce qu'elle n'arrêtait pas de louer Jésus-Christ, mais une nuit elle s'échappa pour aller jeter à terre les idoles des temples. Elle affirma devant les juges qui persécutaient les martyrs qu'ils étaient dans l'erreur et qu'elle voulait mourir dans la foi chrétienne. Elle entra ainsi dans les milices de Jésus-Christ et subit divers supplices. Nombre de gens se convertirent en voyant les miracles que Notre-Seigneur accomplissait en sa faveur.

« *Item*, une autre sainte vierge, appelée Martre, subit de cruelles tortures au nom de la foi chrétienne. Parmi les nombreux supplices qu'elle endura, elle eut les seins arrachés. Mais Dieu lui envoya son ange au fond de son cachot pour lui rendre son intégrité corporelle. Le préfet fut stupéfait mais ne cessa pas pour autant de la tourmenter par les supplices les plus cruels. À la fin, elle rendit son âme à Dieu. Son corps repose près de la cité de Reims.

« *Item*, la glorieuse vierge sainte Foi subit le martyre dans sa tendre enfance en endurant de multiples supplices. Avant sa mort, Notre-Seigneur la fit couronner devant tous, envoyant un ange lui apporter une couronne ornée de pierres précieuses. Dieu accomplit de nombreux miracles en sa faveur, et beaucoup se convertirent.

« *Item*, la bienheureuse vierge Marcienne, voyant qu'on vénérait la statue d'un faux dieu, prit cette idole et la jeta à terre pour la briser. Elle en fut si cruellement fouettée qu'on la laissa pour morte. Elle fut ensuite jetée au fond d'un cachot où un prêtre païen entra la nuit pour la violer. Mais une haute paroi s'éleva miraculeusement entre lui et Marcienne, l'empêchant d'approcher la vierge. Le lendemain, tout le monde put voir cette paroi, et beaucoup de gens se convertirent. Marcienne subit maints cruels tourments, mais elle ne cessait de glorifier le nom de Jésus-Christ. À la fin, elle pria Dieu de daigner la rappeler à lui et mourut martyre.

« Sainte Euphémie, elle aussi, endura de cruels tourments au nom de Jésus-Christ. Elle était de très noble lignage et d'une superbe beauté. Le préfet Priscus lui commanda d'adorer les idoles et de renoncer à Jésus-Christ, mais elle le réfuta avec des arguments si forts qu'il ne savait que répondre. Dépité d'avoir été vaincu par une simple femme, il lui fit subir maints atroces supplices. Mais si son corps était brisé sous la torture, sa lucidité allait toujours croissant et ses paroles étaient toujours pleines du Saint-Esprit. Pendant son martyre, l'ange de Dieu descendit des cieux pour fracasser l'instrument du supplice et torturer les tortionnaires, et Euphémie, le visage illuminé par la foi, s'en éloigna sauve et indemne. Alors le préfet impie fit allumer un brasier dont les flammes atteignaient quarante coudées de haut ; il y fit jeter Euphémie qui chanta des cantiques de louanges mélodieuses, si bien et si fort que tous pouvaient l'entendre. Quand le brasier fut consumé, elle en sortit encore saine et indemne. Le juge, de plus en plus furieux, fit apprêter des tenailles chauffées au rouge pour lui arracher les membres, mais ceux qui étaient chargés des tourments furent si terrifiés qu'aucun n'osa la toucher, et les instruments tombèrent en pièces. Le tyran impie fit donc amener quatre lions et deux autres bêtes sauvages, mais ces animaux féroces s'inclinèrent devant la jeune fille pour l'adorer. Alors la bienheureuse vierge, voulant rejoindre son Dieu, le supplia de la rappeler. Elle mourut ainsi, sans que ces bêtes aient pu la meurtrir. »

IX. Où il est question de sainte Théodosie, de sainte Barbe et de sainte Dorothée.

« Il est fort à propos de rappeler ici la constance de la bienheureuse Théodosie, qui subit le martyre à dix-huit ans. Cette vierge était très noble et d'une grande beauté. Son intelligence brilla dans les controverses qu'elle engagea avec le juge Urbain, qui la menaçait de martyre si elle ne renonçait pas à Jésus-Christ. Elle répondit avec des arguments inspirés de Dieu ; alors il la fit pendre par les cheveux et fouetter cruellement. Mais elle lui dit : "En vérité, malheureux celui qui veut gouverner autrui, et ne peut se gouverner lui-même ! Malheur à celui dont le principal souci est de se gaver de nourriture, et qui ne se soucie point de ceux qui ont faim ! Maudit celui qui veut être au chaud, et qui ne réchauffe ni ne couvre ceux qui meurent de froid ! Malheur à celui qui veut se reposer, et qui fait trimer les autres ! Malheur à celui qui clame toutes choses siennes, les ayant reçues de Dieu ! Maudit celui qui veut qu'on lui fasse le bien, et qui est coupable de tous les maux !" Cette vierge continua à parler aussi dignement tout au long de son supplice. Mais comme elle avait honte et souffrait en son cœur que tous la voient ainsi mise à nu, Dieu envoya un nuage blanc qui la cacha tout entière. Urbain la menaçait de plus en plus fort. Elle lui dit alors : "Tu ne me priveras d'aucun des mets dans ce festin qui est préparé pour moi." Le tyran menaça de lui ravir sa virginité. Elle lui répondit : "C'est en vain que tu me menaces de tes souillures, car c'est dans les cœurs purs que Dieu élit domicile." Le préfet, encore plus furieux, la fit jeter à la mer, lestée d'une énorme pierre à son cou ; elle fut soutenue par les anges et ramenée à terre en chantant. Et cette vierge portait entre ses bras la pierre qui pesait plus lourd qu'elle. Le tyran lâcha sur elle deux léopards, mais ceux-ci sautillèrent autour d'elle et lui firent fête. À la fin, le tyran, qui n'en pouvait mais, lui fit trancher la tête. On vit alors son âme quitter son enveloppe terrestre sous la forme d'une magnifique colombe blanche. Cette même nuit, elle apparut à ses parents plus radieuse que le soleil, couronnée d'un précieux diadème, entourée de vierges et portant une croix d'or. Elle leur dit : “Voyez la gloire à laquelle vous vouliez me soustraire.” Et ils se convertirent.

« *Item*, au temps de l'empereur Maximien fleurissait la vertu de la bienheureuse Barbe, vierge de noble lignage et de grande beauté. Son père la tenait enfermée dans une tour à cause de sa beauté souveraine. Elle y eut la révélation de la vraie foi et, n'ayant personne pour la baptiser, prit de l'eau et se baptisa elle-même au nom du Père, du Fils et du Saint-Esprit. Son père voulait lui faire faire un très haut mariage, mais pendant longtemps elle refusa tous les prétendants. À la fin, elle proclama qu'elle était chrétienne et qu'elle avait voué sa virginité à Dieu. C'est pourquoi son père résolut sa mort. Toutefois, elle s'échappa et s'enfuit. Son père se mit alors à sa poursuite pour la tuer ; il finit par la trouver grâce aux renseignements d'un berger ; celui-ci mourut calciné, ainsi que ses bêtes. Son père l'amena donc devant le préfet. Comme elle avait désobéi à tous ses ordres, il la fit supplicier dans d'atroces tourments, pendue par les pieds. Elle lui dit : “Malheureux, ne vois-tu pas que tes tortures ne me font aucun mal ?” Furieux, il lui fit arracher les seins et la promena ainsi dans toute la ville. Elle continuait à glorifier Dieu. Comme elle avait honte de montrer nu devant tous son corps de vierge, Notre-Seigneur envoya son ange guérir ses blessures et la couvrit d’un vêtement blanc. Après l’avoir longuement promenée, on la ramena devant le préfet qui devint fou de rage en la voyant guérie, le visage plus radieux qu’aucune étoile. Il la soumit de nouveau à la torture, mais ceux qui s’acharnaient sur elle s’épuisèrent à la tâche. À la fin, ivre de colère, il ordonna de l’ôter de sa vue et de lui trancher la tête. Elle fit ses prières et supplia Dieu de venir en aide à tous ceux qui invoqueraient son nom et qui se souviendraient de son martyre. Quand elle eut terminé son oraison, on entendit une voix qui disait : “Viens, fille bien-aimée, viens te reposer au royaume de ton Père, viens recevoir ta couronne. Ce que tu as demandé te sera accordé.” On l’emmena en haut de la montagne où elle devait être décapitée. Ce fut son félon de père qui lui trancha la tête ; en redescendant de la montagne, il fut frappé par le feu du ciel et réduit en cendres.

« *Item*, la bienheureuse vierge Dorothée subit plusieurs supplices en Cappadoce. Comme elle ne voulait se marier avec aucun homme et qu’elle parlait à tout propos de son époux Jésus-Christ, le chancelier des Écoles, qui s’appelait Théophile, se moqua d’elle alors qu’on l’emmenait pour lui couper la tête, en lui disant que lorsqu’elle serait réunie avec son Époux, elle pourrait au moins lui faire envoyer des roses et des pommes du jardin de son mari. Elle lui répondit qu’elle le ferait. Et aussitôt qu’elle eut succombé au martyre, un magnifique enfant, de quatre ans environ, vint à Théophile et lui remit un petit panier rempli de roses divinement belles et de pommes merveilleusement odorantes et brillantes. Il dit à Théophile que c'était de la part de la vierge Dorothée. Celui-ci en fut fort étonné, car on était au mois de février, en plein hiver. Il se convertit donc et subit le martyre au nom de Jésus-Christ.

« Si je voulais t'énumérer toutes les vierges saintes qui ont mérité le paradis par le courage qu'elles montrèrent en leur martyre, il me faudrait un très long récit. Je pourrais te rappeler par exemple sainte Cécile, sainte Agnès, sainte Agathe et bien d'autres encore. Si tu veux en savoir plus, tu n'as qu'à consulter *Le Miroir historial*, qui en renferme de nombreux exemples. Mais je te parlerai encore de sainte Christine parce qu'elle est ta patronne et qu'elle est une vierge très vénérable ; c'est pour cela que je te conterai plus longuement sa vie, qui est très belle et très édifiante. »

X. OÙ IL EST QUESTION DE LA VIE DE SAINTE CHRISTINE, VIERGE.

« La bienheureuse vierge sainte Christine naquit à Tyr. C'était la fille d'Urbain, gouverneur de la ville. Comme elle était très belle, son père l'avait enfermée dans une tour avec douze damoiselles de compagnie. Près de la chambre de Christine, il avait fait installer un très bel oratoire païen pour qu'elle pût y adorer les idoles. Mais Christine, qui n'était encore qu'une enfant de douze ans, avait eu la révélation de la foi chrétienne et ne tenait aucun compte des idoles. Ses suivantes s'en émurent et l'exhortaient souvent à sacrifier aux dieux. Alors Christine, prenant l'encens comme si elle allait adorer les idoles, s'agenouillait devant une fenêtre donnant sur l'est et, les yeux levés vers les cieux, rendait hommage à l'Éternel. Elle passait la plus grande partie de la nuit à cette fenêtre ; elle regardait les étoiles en gémissant et invoquait pieusement le Tout-Puissant, l'implorant de lui venir en aide contre ses ennemis. Ses suivantes, qui avaient bien remarqué qu'elle avait donné son cœur à Jésus-Christ, vinrent maintes fois la supplier à genoux, la priant de ne pas servir un dieu étranger mais de sacrifier aux dieux de ses parents, car, disaient-elles, si on venait à l'apprendre, elle les entraînerait dans sa perte. Christine leur répondait que c'était le diable qui les aveuglait, lui qui les poussait à adorer tant de dieux, alors qu'il n'en existait qu'un.

« Enfin, son père, ayant appris qu'elle ne voulait pas adorer les idoles, en fut très chagrin et la reprit sévèrement. Sa fille lui répondit qu'elle sacrifierait volontiers au Dieu du ciel. Croyant qu'il s'agissait de Jupiter, Urbain s'en réjouit et voulut l'embrasser, mais elle s'écria : "Ne souille pas mes lèvres, car je veux faire au Dieu céleste une offrande pure." Et le père s'en réjouit encore. Christine entra dans sa chambre, s'y enferma et se mit à genoux pour prier Dieu en pleurant. L'ange de Dieu descendit la consoler et lui apporta du pain blanc et de la nourriture dont elle se restaura, car elle ne s'était pas nourrie depuis trois jours. Un jour, Christine vit de sa fenêtre des pauvres chrétiens qui mendiaient au pied de sa tour.

Comme elle n'avait rien à leur donner, elle alla chercher les idoles de son père, qui étaient toutes d'or et d'argent, et les fracassa pour en donner les morceaux aux pauvres. Quand son père apprit la chose, il la fouetta cruellement. Elle lui affirma sans ambages qu'il était dans l'erreur en adorant ces faux dieux, puisqu'il n'existait qu'un seul Dieu unique en trois personnes ; c'était lui qu'on devait adorer, c'était lui seul qu'elle reconnaissait ; elle préférait mourir plutôt que d'en adorer un autre. Fou de rage, son père la fit charger de chaînes et la promena dans la ville en la flagellant, puis la jeta au fond d'un cachot. Il voulut être lui-même le juge de cette cause et la fit comparaître le lendemain devant lui. Là, il la menaça de mille tourments si elle refusait d'adorer les idoles. Quand il vit que ni les prières ni les menaces ne la détourneraient de sa foi, il la fit mettre à nu et attacher écartelée à quatre pieux, puis ordonna à douze hommes de la battre jusqu'à épuisement de leurs forces. Son père lui demandait sans cesse si elle se repentait, lui disant : "Ma fille, je fais violence à la tendresse naturelle en te faisant torturer, toi qui es la chair de ma chair. Mais la dévotion que je dois à mes dieux m'y oblige, te voyant ainsi sacrilège." La vierge sainte lui dit alors : "Tyran que je ne saurais appeler père – car tu es plutôt l'ennemi de ma félicité –, va ! Torture hardiment la chair que tu as engendrée, puisque cela tu peux le faire ; mais tu ne pourras jamais attenter à mon âme qui appartient à mon Père céleste et que protège Jésus-Christ, mon Sauveur." Hors de lui, ce père cruel fit apporter une roue qu'il avait fait fabriquer tout exprès et ordonna d'y attacher cette tendre enfant et d'allumer un feu par-dessous ; puis il fit jeter une énorme quantité d'huile bouillante sur sa fille. Et cette roue tournait sur elle, lui brisant le corps.

« Mais Dieu, le Père de Miséricorde, eut pitié de sa servante et envoya son ange détruire les instruments de torture et éteindre le feu. Il délivra la vierge sauve et indemne et fit périr plus de mille félons mécréants qui se réjouissaient des tourments et blasphémaient le nom de Dieu. Alors, le père de Christine lui demanda : "Dis-moi, qui t'a enseigné ces maléfices ?" Elle lui répondit : "Tyran sans pitié, ne t'ai-je pas déjà dit que mon Père Jésus-Christ m'a appris cette constance et cette haute vertu en la foi du Dieu vivant ? Voilà pourquoi je me moque de tous tes tourments, et comment je triompherai, avec l'aide de Dieu, de tous les assauts du Démon." Urbain, honteux et vaincu, la fit jeter au fond d'un horrible et sombre cachot. Elle était là, retournant dans son esprit les grands mystères de Dieu, quand trois anges lui apparurent dans un éclat de lumière pour lui apporter à manger et la réconforter. Urbain ne savait plus que faire de sa fille et recherchait à quels nouveaux supplices il pourrait la soumettre. En désespoir de cause, pour se débarrasser d'elle, il finit par la jeter à la mer, une grosse pierre attachée à son cou. Mais au moment où on la précipitait dans l'eau, des anges se saisirent d'elle, l'emportant avec eux sur les flots. Levant les yeux au ciel, Christine implora alors Jésus-Christ de daigner lui donner en ces eaux le saint sacrement du baptême qu'elle désirait tant recevoir. Jésus-Christ lui-même descendit des cieux pour la baptiser, accompagné d'une multitude d'anges. Il lui donna son propre nom, l'appelant Christine, puis la couronna et lui mit au front une étoile resplendissante avant de la remettre à terre. Cette nuit-là, Urbain fut tourmenté par le diable et mourut.

« Dieu voulut recevoir Christine comme sainte martyre, ce qu'elle désirait elle-même ; aussi fut-elle ramenée dans son cachot par les félons. Le juge, un certain Idion, sachant tout ce qu'on lui avait déjà fait, la fit comparaître devant lui. Il la convoita pour sa beauté, mais voyant que ses belles paroles demeuraient sans effet, il la soumit de nouveau à la torture. Il fit remplir d'huile et de poix une énorme marmite, ordonna qu'on allume un grand feu en dessous et fit jeter Christine dans cette cuve, la tête en bas. Quatre hommes la faisaient tourner dans la mixture avec des peignes de fer. Mais cette vierge sainte chantait mélodieusement les louanges de Dieu et se moquait de ses bourreaux, les menaçant des peines de l'enfer. Quand le faux juge, plein de colère, vit que tout cela ne servait à rien, il la fit pendre sur la place publique par les cheveux, qu'elle avait longs et blonds comme l'or. Les femmes accoururent auprès d'elle et pleurèrent de pitié de voir torturer de la sorte une si tendre jouvencelle. Elles protestèrent contre le juge en criant : “Félon plus cruel qu'une bête sauvage ! Comment un cœur d'homme a-t-il pu inventer tant de cruautés contre une si belle et tendre jeune fille ?” Elles voulurent toutes se jeter sur lui. Il prit peur et dit : “Chère Christine, ne te laisse plus torturer ainsi ; viens plutôt avec moi et nous irons adorer le dieu souverain qui t'a tant aidée.” Il entendait par là son dieu Jupiter, qui était pour les païens le dieu suprême, mais ce fut tout autre chose qu'entendit Christine lorsqu'elle lui répondit : “Tu as très bien parlé ; j’y consens.” Il la fit dépendre et l’emmena au temple suivi d’une foule de gens, croyant qu’elle allait adorer les idoles. Arrivée devant les faux dieux, Christine s’agenouilla, les yeux levés vers le ciel, et pria son Dieu ; puis elle se leva et se tourna vers l’idole en disant : “Esprit malin qui te caches dans cette idole, sors, je te l’ordonne au nom de Jésus-Christ.” Le diable sortit aussitôt en faisant un épouvantable vacarme. L’assistance fut remplie de terreur et tous tombèrent à terre. Lorsqu’il se fut relevé, le juge dit à Christine : “Tu as touché notre dieu tout-puissant ; comme il t’a prise en pitié, il est sorti pour se montrer à sa créature.” À ces mots, Christine se mit en colère et le reprit durement, disant qu’il ne pouvait reconnaître la force divine, tant il était aveugle. Elle demanda à Dieu de faire tomber l’idole et de la réduire en miettes, ce qui fut fait. Plus de trois mille personnes se convertirent alors, tant pour les paroles de cette vierge que pour les miracles faits en sa faveur. Épouvanté, le juge se dit : “Si le roi venait à apprendre tout le préjudice que les miracles de cette Christine portent à notre dieu, il me ferait périr ignominieusement.” À cette pensée il fut saisi d’angoisse, perdit la raison et mourut.

« Survint un troisième juge nommé Julien, qui fit arrêter Christine et se vanta de pouvoir l’obliger à adorer les idoles. Mais il ne put la faire bouger de l’endroit où elle était, malgré toute la force qu’il déploya. Il résolut donc de construire un bûcher autour d’elle. Le feu brûla pendant trois jours, et du brasier sortaient les mélodies les plus suaves ; les bourreaux, saisis d’épouvante devant tant de prodiges, les rapportèrent à Julien qui faillit en devenir fou. Quand le feu se fut éteint, Christine en sortit indemne. Alors le juge fit apporter des serpents, et deux aspics (ce sont des serpents qui mordent et dont le venin est redoutable) furent jetés sur elle, en même temps que deux énormes couleuvres. Mais ces serpents tombèrent à ses pieds sans lui faire le moindre mal, la tête baissée en signe d'hommage. Deux autres horribles serpents, appelés guivres, furent lâchés sur elle ; ils se pendirent à sa poitrine et la léchèrent. Christine regardait le ciel et disait : "Je te rends grâces, Seigneur Dieu Jésus-Christ, qui as daigné me bénir de tes saintes vertus, car même ces horribles serpents reconnaissent ta gloire en moi." Voyant ces miracles, Julien s'obstina et hurla au gardien des serpents : "Serais-tu, toi aussi, ensorcelé par Christine, que tu ne puisses exciter tes serpents contre elle ?" Comme celui-ci craignait le juge, il les agaça pour qu'ils s'attaquent à elle, mais ils se retournèrent contre lui et le tuèrent. Tous avaient peur des serpents, et nul n'osait les approcher ; alors Christine leur commanda au nom du Seigneur de regagner leurs nids sans blesser personne, ce qu'ils firent. Elle ressuscita le mort qui se jeta à ses pieds et se convertit. Et le juge, que le diable aveuglait à tel point qu'il ne pût reconnaître la main de Dieu, dit à Christine : "Tu nous as assez donné de preuves de ta magie." Christine se mit en colère et lui répondit : "Si tes yeux voulaient voir les miracles de Dieu, tu les croirais." Fou de rage, il lui fit arracher les seins, mais en lieu de sang ce fut du lait qui coula de ses blessures. Parce qu'elle continuait à invoquer le nom de Jésus-Christ, Julien lui fit couper la langue, mais cela ne l'empêcha pas de parler mieux qu'avant ; en effet, elle parlait toujours plus clairement des choses divines en bénissant le Seigneur, et le remercia de tous ses bienfaits. Elle avait commencé ses oraisons quand il plut à Dieu de la rappeler à lui, car sa couronne de martyre était achevée.

« Alors une voix descendit des cieux, disant : "Christine, vierge pure et sans tache, les cieux te sont ouverts, le royaume éternel t'attend, et toute l'Église triomphante bénit Dieu en toi, car dès ton enfance tu as magnifié le nom de ton Christ." Les yeux levés vers le ciel, Christine louait le Seigneur. On entendit de nouveau la voix qui disait : "Viens, Christine, toi ma fille élue, ma fille bien-aimée ; reçois la palme et la couronne éternelles. Viens recevoir la récompense des martyres que tu as subis en glorifiant mon nom." En entendant cette voix, le mécréant Julien reprit les bourreaux, disant qu'ils n'avaient pas coupé d'assez près la langue de Christine ; il leur ordonna donc de la trancher de façon à l'empêcher de parler à son Christ. Ils lui tirèrent alors la langue et la coupèrent jusqu'à la racine, mais Christine cracha sa langue au visage du tyran et lui creva un œil. Puis elle lui dit, plus clairement que jamais : "À quoi cela te sert-il, tyran, de m'avoir coupé la langue pour l'empêcher de bénir le Seigneur, quand mon âme le bénira pour l'éternité et que la tienne sera maudite à tout jamais ! Puisque tu n'as pas cru en ma parole, il était juste que tu sois aveuglé par ma langue." Elle voyait déjà Jésus-Christ assis à la droite de son Père quand deux flèches mirent fin à son martyre, l'une l'atteignant au côté, l'autre au cœur. Sa sainte dépouille fut ensevelie par un parent qu'elle avait converti ; ce fut lui qui consigna par écrit le récit de sa glorieuse vie. »

Ô bienheureuse Christine ! Vierge glorieuse et bénie de Dieu, sainte martyre triomphante ! Daigne prier pour moi, pauvre pécheresse qui porte ton nom, car Dieu t'a jugée digne d'être élevée à la sainteté ! Intercède pour moi, ô patronne miséricordieuse ! Vois combien je suis heureuse de pouvoir consigner et inclure l'histoire de ta sainte vie dans mon œuvre ! Car c'est par dévotion à ton saint nom que j'en ai fait un si long récit. Que cela te soit agréable ! Prie pour nous autres femmes, et que ta sainte vie nous soit sur cette terre un exemple, pour que toutes nous puissions un jour être reçues au paradis ! Amen.

« Que pourrais-je te dire encore, chère Christine, pour accroître le nombre de nos citoyennes ? Que vienne sainte Ursule avec toute la flotte de ses onze mille vierges, bienheureuses martyres en la gloire de Jésus-Christ, qui furent toutes décapitées alors qu'elles avaient été envoyées au-delà des mers pour être mariées. Mais elles abordèrent en pays païen, où l'on voulut les contraindre à renoncer à la foi chrétienne, et elles choisirent la mort plutôt que de renoncer à Jésus-Christ leur Sauveur. »

XI. Où il est question de plusieurs femmes qui virent le martyre de leurs propres enfants.

« Oh ! qu'y a-t-il au monde de plus précieux pour une mère que son enfant ? Son cœur peut-il endurer plus grande douleur que celle de le voir souffrir ? Et pourtant la foi est chose plus grande encore, comme l'ont bien montré les nombreuses femmes qui, pour l'amour de Notre-Seigneur, offrirent leurs propres enfants au supplice. Ce fut le cas de la bienheureuse Félicité, qui vit ses sept fils, de très beaux jeunes hommes, martyrisés devant elle. Cette excellente mère les réconfortait, les exhortait à se montrer courageux et à rester fermes en la foi. Elle avait chassé de son cœur, pour l'amour de Dieu, cet amour que toute mère porte à la chair de sa chair. Après les avoir livrés tous les sept au bourreau, elle voulut s'offrir elle-même au sacrifice et subit à son tour le martyre.

« *Item*, on peut encore citer la bienheureuse Juliette qui avait un fils appelé Cyr. Cette femme l'instruisit continuellement dans la foi chrétienne, lui prodiguant des nourritures tant spirituelles que corporelles. Aussi les tortionnaires ne purent-ils le briser ni lui faire renier le nom de Jésus sous la torture, tout petit enfant qu'il était ; de sa petite voix claire, pendant qu'on le torturait, il criait à pleins poumons : "Je suis chrétien ! Je suis chrétien ! Gloire à toi, Seigneur Dieu." Il parlait aussi clairement qu'un homme de quarante ans. Son excellente mère, qui fut elle aussi cruellement torturée, le réconfortait ; elle continuait à louer le Seigneur et à encourager les autres martyrs, parlant de la joie céleste qui les attendait et les exhortant à oublier toute peur.

« *Item*, que dire encore de la constance de caractère admirable dont fit preuve la bienheureuse Blandine. Elle dut assister au martyre de sa fille de quinze ans et voir suppliciée celle qu'elle aimait tant. Elle la réconfortait tendrement et, après sa mort, alla se soumettre au bourreau aussi joyeusement que l'épousée va à la rencontre de son époux. Elle subit tant de tortures que ses tortionnaires s'épuisèrent à la tâche. Elle fut mise sur un gril et rôtie, déchiquetée avec des peignes de fer ; et pourtant, elle ne cessa de glorifier Dieu et demeura constante jusqu'à la mort. »

XII. OÙ IL EST QUESTION DE SAINTE MARINE, VIERGE.

« On pourrait citer l'histoire d'un très grand nombre de vierges martyres, ainsi que celle de bien d'autres femmes qui entrèrent en religion ou qui témoignèrent diversement d'une remarquable sainteté. Mais je te parlerai plus particulièrement de deux d'entre elles, car leurs vies sont très belles à entendre et illustrent encore la constance féminine. Un laïc avait une fille unique, appelée Marine. Il confia la fillette à un de ses parents pour pouvoir entrer en religion. Là, il menait une vie exemplaire, mais Nature lui rappelait toujours l'enfant, dont l'absence lui causait un grand chagrin. Il sombra dans la mélancolie. Un jour, l'abbé lui demanda la cause de tant d'abattement. Il lui répondit que son esprit était occupé par le fils qu'il avait laissé dans le monde et qu'il ne pouvait oublier. L'abbé lui dit d'aller le chercher et de le ramener à l'abbaye pour le consacrer à Dieu. Cette vierge vécut donc avec son père, travestie en petit moine. Elle apprit à dissimuler sa véritable identité et fut un modèle de discipline. Elle avait dix-huit ans et avançait dans les voies de la sainteté lorsque son père, qui l'avait instruite si pieusement, vint à mourir. Dès lors, elle occupa seule la cellule qu'elle avait partagée avec son père. Elle mena une vie si sainte que l'abbé et tous les frères louaient sa religion. Et tous la prenaient pour un homme.

« Cette abbaye était à trois milles d'une ville où se tenait un marché ; les moines devaient s'y rendre de temps à autre pour se réapprovisionner. Il leur arrivait en hiver, lorsque la nuit les surprenait avant d'avoir terminé leurs courses, de coucher en ville. Quand c'était son tour de venir au marché, Marine – que l'on appelait Frère Marin – restait parfois dans l'auberge où ils avaient leur chambre. Or il arriva que la fille de l'hôte se trouva enceinte. Comme ses parents l'obligèrent à avouer le nom de son séducteur, elle accusa Frère Marin. Les parents vinrent se plaindre à l'abbé qui s'en indigna et fit comparaître Marine devant lui. Cette sainte vierge préféra se charger du crime plutôt que de se disculper en avouant qu'elle était femme. Elle s'agenouilla et dit en pleurant : “Père, j'ai péché, priez pour moi, je ferai pénitence.” L'abbé, fort en colère, la fit fouetter cruellement, l'expulsa du monastère et lui en interdit l'entrée. Elle se coucha à terre devant la porte en signe de pénitence, ne demandant aux frères qu'un petit morceau de pain. La fille de l'aubergiste mit au monde un garçon que sa mère amena à Marin et laissa avec lui devant le monastère. Cette vierge s'en chargea et, avec le morceau de pain que lui donnaient ceux qui entraient, elle nourrissait cet enfant comme s'il eût été le sien. Quelque temps après, les frères, pris de pitié, supplièrent l'abbé de pardonner à Frère Marin et de l'accueillir de nouveau parmi eux. Ils le convainquirent à grand-peine, alors qu'elle avait déjà fait pénitence pendant cinq ans. Quand elle fut à l'abbaye, l'abbé lui donna tous les sales et vils travaux de la communauté ; elle devait apporter l'eau du sanitaire et les servir tous. Cette vierge s'en acquitta humblement et de bon cœur.

« Peu de temps après, elle s'endormit dans le Seigneur. Les frères l'annoncèrent à l'abbé qui leur dit : "Vous voyez bien que son péché était tel qu'il n'a pas mérité le pardon ; cependant, faites-lui sa toilette mortuaire et enterrez-le loin du sanctuaire." Quand ils l'eurent déshabillée, ils virent que c'était une femme. Ils se mirent à se frapper la poitrine et à se lamenter, pleurant de douleur et de honte du mal qu'on avait fait sans cause à une personne aussi pieuse, et s'extasièrent devant la parfaite sainteté de sa vie. Ayant appris la chose, l'abbé accourut se prosterner devant la dépouille de la sainte, pleurant amèrement, battant sa coulpe, implorant pitié et pardon. Il ordonna de l'enterrer dans une chapelle de l'abbaye. Tous les moines vinrent aux funérailles. Un moine qui était borgne se pencha sur le corps pour l'embrasser pieusement ; il eut aussitôt une vue saine. Ce même jour, la mère de l'enfant devint folle furieuse et clama partout son péché. On l'emmena auprès du saint corps et elle retrouva la raison. Il se produisit de nombreux miracles sur sa tombe, et il s'en produit encore. »

XIII. OÙ IL EST QUESTION DE LA BIENHEUREUSE EUPHROSINE, VIERGE.

« De même, il y eut à Alexandrie une vierge appelée Euphrosine ; Dieu en avait béni son père Paphnuce, qui était très riche, en récompense des prières qu'avaient faites en sa faveur un saint abbé et les moines d'un monastère voisin. Quand la fille fut en âge d'être mariée, son père voulut lui donner un époux. Mais comme elle avait voué sa virginité à Dieu, elle s'enfuit de la maison paternelle, déguisée en homme. Elle demanda à être admise dans cette abbaye, se faisant passer pour un jeune homme de la cour de l'empereur, qui souhaitait vivement prononcer ses vœux. Voyant la sincérité de sa vocation, l'abbé la reçut avec joie. Mais Paphnuce fut accablé de douleur, car il ne pouvait retrouver la fille qu'il chérissait tant ; il alla ainsi confier son chagrin à l'abbé, dans l'espoir de retrouver la paix. Il demanda aux moines d'intercéder pour lui, afin de connaître par leurs prières le sort de sa fille. L'abbé le réconforta et lui dit qu'il ne pouvait croire perdue à jamais cette fille que Dieu lui avait donnée en récompense de ses oraisons. L'abbé et tous les moines prièrent donc pour qu'on la retrouve.

« On demeurait toujours sans nouvelles. Comme cet excellent père revenait sans cesse, dans sa douleur, se réfugier auprès de l'abbé, celui-ci lui dit un jour : "Vraiment, je ne crois pas qu'il soit arrivé malheur à ta fille, car s'il en était ainsi, je suis sûr que Dieu nous en aurait avertis. Mais nous avons parmi nous un fils de grande piété qui nous est arrivé de la cour de l'empereur ; Dieu l'a tant illuminé de sa grâce que chaque personne qui lui parle y trouve un réconfort. Tu pourras, si tu le veux bien, aller parler avec lui." Paphnuce le pria instamment d'autoriser cet entretien. L'abbé le fit conduire auprès de sa fille, mais son père ne la reconnut pas ; elle, toutefois, reconnut son père et, les yeux remplis de larmes, se détourna de lui comme pour achever ses oraisons. La beauté et la fraîcheur de son teint étaient déjà ternies par les rigueurs de l'ascèse. Elle parla à son père et lui apporta un grand réconfort, l'assurant que sa fille servait Dieu en un lieu sûr, qu'il la verrait avant de mourir et qu'elle serait encore pour lui une source de joie. Le père repartit consolé, croyant qu'elle était inspirée de Dieu, et dit à l'abbé que son cœur n'avait jamais connu autant de paix depuis qu'il avait perdu sa fille. Il ajouta : "Je me réjouis autant dans la grâce du Seigneur que si j'avais retrouvé ma fille." Il partit donc en se recommandant à l'abbé et aux prières des frères. Mais il n'hésita pas à revenir voir le saint homme, et n'eut d'autre bonheur que de parler avec lui.

« Les choses allèrent ainsi pendant longtemps. Cette femme (qui se faisait appeler Frère Émérie) avait déjà passé trente-huit ans dans sa cellule quand Dieu voulut la rappeler à lui. Elle tomba donc malade. Son excellent père, plein de chagrin, vint à l'abbaye et vit qu'Émérie se mourait. Il commença à se lamenter : "Hélas ! Que sont devenues tes douces paroles et la promesse que tu m'avais faite de revoir ma fille ?" Mais Émérie trépassa dans la paix du Seigneur, et son père n'était pas auprès d'elle au moment de sa mort. Le saint homme tenait en sa main un écrit que personne ne pouvait lui ôter ; ce fut en vain que l'abbé et tous les moines vinrent s'y essayer. Sur ces entrefaites, survint le père, qui pleurait et se lamentait de la perte de ce grand ami qui avait été toute sa consolation. Il s'approcha du corps pour l'embrasser et là, devant tous, la main s'entrouvrit pour lui donner l'écrit. Paphnuce le prit et y lut qu'elle était sa fille et qu'elle demandait que nul autre ne lui fît sa toilette mortuaire. Tous s'en émerveillèrent – Paphnuce, l'abbé et l'assemblée des frères – et louèrent sa sainte constance et sa résolution. Le père redoubla de pleurs, ému et réconforté par la sainteté de cette vie. Il vendit alors tout ce qu'il avait et devint moine de l'abbaye où il finit ses jours.

« Je t'ai parlé de nombreuses vierges. Je voudrais donc maintenant évoquer d'autres femmes dont la vie est fort édifiante et qui furent, elles aussi, de très glorieuses martyres. »

XIV. Où il est question de la sainte femme Anastasie.

« Au temps des grandes persécutions de l'empereur Dioclétien, vivait à Rome une très noble dame appelée Anastasie. C'était l'une des plus riches et des plus illustres femmes de la ville. Les supplices qu'elle voyait infliger tous les jours aux bienheureux martyrs chrétiens la touchèrent profondément ; chaque jour, accompagnée d'une simple servante, elle allait leur rendre visite en leur prison pour les réconforter. Elle lavait et bandait leurs blessures, leur appliquant de précieux onguents. Elle finit par être dénoncée à Publius, patricien romain qui la voulait pour femme ; il en fut fort irrité et mit des gardes devant sa maison pour l'empêcher de sortir. Parmi les autres martyrs emprisonnés se trouvait alors saint Chrysogone ; c'était un homme de grande vertu qui avait subi de nombreuses tortures, et la sainte femme Anastasie l'avait réconforté par ses visites et ses secours. C'est ainsi qu'il lui envoya secrètement, par l'intermédiaire d'une bonne chrétienne, plusieurs lettres où il l'exhortait au courage. Anastasie lui répondit par la même messagère. Dieu voulut que l'homme qui la gardait si étroitement mourût. Alors, elle vendit tout ce qu'elle avait et employa tout l'argent pour secourir les martyrs qu'elle réconfortait de ses visites. Cette noble dame était accompagnée de nombreuses femmes et de jeunes filles chrétiennes.

« Il y avait parmi elles trois vierges, sœurs de noble lignée, qui étaient ses très dévouées suivantes ; l'une s'appelait Agapen, l'autre Chionée et la troisième Irénée. L'empereur vint à apprendre que ces trois nobles sœurs étaient chrétiennes. Il les fit venir et leur promit d'immenses richesses et un beau mariage, si elles acceptaient de renoncer à Jésus-Christ. Comme elles ne firent aucun cas de ses propositions, il les fit fouetter et jeter dans un obscur cachot. Leur sainte amie Anastasie se rendit auprès d'elles et resta à leurs côtés nuit et jour. Elle priait Dieu de la conserver en vie tant que dureraient ses richesses, afin de les dépenser toutes pour cette œuvre pie. Mais l'empereur ordonna à son préfet Dulcitius de contraindre par la torture tous les chrétiens qui étaient en prison à adorer les idoles. Ce préfet les fit donc tous comparaître devant lui. Parmi eux se trouvaient les trois sœurs bienheureuses.

« Les voyant si belles, ce méchant préfet s'enflamma de désir. Il tenta secrètement de les séduire par ses belles paroles, leur promettant de les délivrer si elles se donnaient à lui. Comme elles s'y refusaient entièrement, il les confia à l'un de ses domestiques pour les enfermer dans sa demeure. Là, pensait-il, il les aurait, qu'elles le veuillent ou non. Quand vint la nuit, il se rendit seul et sans lumière dans la maison où il les avait fait emmener. Il entendit les voix des vierges, qui toute la nuit chantèrent les louanges du Seigneur, et voulut se rendre auprès d'elles. Il dut passer par l'endroit où l'on rangeait tous les ustensiles de cuisine. Là, possédé par le Démon et aveuglé par ses désirs luxurieux, il se mit à serrer dans ses bras et à couvrir de baisers les chaudrons et autres ustensiles de cuisine, car il croyait, comme le voulait le Seigneur, s'en prendre aux vierges. Il s'abandonna ainsi à sa luxure jusqu'à l'épuisement. Le lendemain, il alla rejoindre ses domestiques qui l'attendaient dehors ; en le voyant, ils crurent que c'était une apparition diabolique, tant il était souillé, couvert de graisses et de suie, et ses vêtements déchirés traînaient en haillons. Tous s'enfuirent épouvantés. Les voyant prendre la fuite, Dulcitius s'étonna d'être repoussé de la sorte, car il ne se rendait pas compte de son état. Comme tous ceux qu'il rencontrait en allant par les rues se riaient de lui, il lui prit envie d'aller droit chez l'empereur pour se plaindre de ce que partout où il passait l'on se moquât de lui. Il arriva au palais où de nombreuses personnes attendaient les audiences du matin. Là, le désordre fut extrême ; on le huait, on le frappait de verges, on le refoulait de toutes parts en criant. “Dehors, espèce de sale cochon ! Tu nous empestes !” On lui crachait au visage, et la foule en riait de plus belle ; jamais on ne vit homme plus effaré. Il crut délirer, car le diable lui avait si bien fermé les yeux qu'il ne pouvait se rendre compte de son état. Couvert d'opprobres, il retourna donc chez lui.

« Sa charge fut confiée à un autre juge. Celui-ci fit comparaître devant lui les trois vierges saintes et voulut les contraindre à adorer les idoles. Comme elles s'y refusaient, il ordonna de les mettre à nu et de les fouetter, mais tous les efforts pour les déshabiller demeurèrent sans effet, car leurs robes adhéraient si bien à leurs corps qu'on ne put les ôter. Il les fit donc jeter dans un brasier ardent, mais cela ne leur fit aucun mal. Alors elles demandèrent à Dieu de daigner les rappeler à lui, et moururent dans la gloire du Seigneur ; mais pour montrer que c'était de leur plein gré, le feu ne toucha pas leurs vêtements ni le moindre de leurs cheveux. Quand le bûcher fut éteint, on trouva leurs corps indemnes ; elles avaient les mains jointes et le visage aussi frais que si elles dormaient. La bienheureuse Anastasie se chargea de leurs saintes dépouilles et les ensevelit. »

XV. Où il est question de la bienheureuse Théodote.

« Anastasie avait une autre compagne appelée Théodote. C'était la mère de trois petits garçons. Comme elle refusait d'épouser le comte Leucadius et qu'elle ne voulait pas sacrifier aux idoles, on lui fit subir de nombreux supplices. Pensant obtenir plus facilement sa soumission par amour maternel, on fit torturer un de ses fils devant elle, mais la force de sa foi surpassait les liens charnels ; elle réconfortait son fils en disant : “Mon fils, ne crains pas ces tourments, car ils te vaudront la gloire éternelle.” Pendant que cette femme était en prison, l’un des fils du Démon voulut violer sa pureté, mais il se mit aussitôt à saigner violemment du nez. Il s’écria alors qu’un jeune homme se trouvait avec elle et lui avait donné un coup de poing sur le nez. Elle fut donc de nouveau torturée et finit par mourir avec ses trois fils. Ils rendirent à Dieu leurs saintes âmes en glorifiant le Seigneur. Ce fut la glorieuse Anastasie qui les ensevelit.

« Cette bienheureuse Anastasie avait tant soutenu les martyrs par ses visites qu’elle fut elle-même retenue en prison et ne put plus réconforter les saints de Dieu. Elle était privée d’eau et de nourriture, mais Dieu ne voulut pas voir souffrir de faim celle qui avait si fidèlement réconforté et nourri ses bienheureux élus. Il lui envoya donc dans un nuage de lumière l’âme de sa bienheureuse compagne Théodote qui dressa devant elle la table et lui apporta maint mets exquis. Elle resta avec Anastasie pendant les trente jours où celle-ci était privée de toute nourriture. On pensait qu’elle serait morte de faim, mais on la retrouva bien vivante ; elle fut alors menée devant le préfet qui s’enflamma de colère. Comme de nombreuses personnes s’étaient converties à la suite de ce miracle, il la fit embarquer sur un navire avec plusieurs criminels qui avaient été condamnés à mort. Quand ils furent en haute mer, les marins accomplirent leurs ordres et ouvrirent une brèche dans la coque, puis montèrent sur un autre bateau. La bienheureuse Théodote apparut alors aux condamnés et les conduisit un jour et une nuit sur la mer, aussi sûrement que s’ils avaient été sur la terre ferme. Elle les amena jusqu'à l'île de Palmarie, où de nombreux évêques et saints hommes avaient été envoyés en exil. On les accueillit dans la joie et on glorifia le Seigneur. Ceux qui avaient été sauvés avec Anastasie se convertirent et furent baptisés. L'empereur en eut connaissance et les envoya tous chercher ; ils étaient plus de trois cents – hommes, femmes et enfants – qu'il fit mourir dans les supplices. Après avoir disputé longuement avec l'empereur et subi de nombreux tourments, la bienheureuse Anastasie reçut la couronne du martyre. »

XVI. Où il est question de la noble et sainte Nathalie.

« Nathalie était la noble épouse d'Adrien, général des armées de l'empereur Maximien Hercule. Elle s'était secrètement convertie au christianisme, au moment où l'on suppliciait beaucoup de chrétiens. Elle apprit que son mari Adrien, pour qui elle priait sans cesse le Seigneur, s'était converti soudainement en assistant aux supplices des martyrs, et qu'il avait glorifié le nom de Jésus-Christ. L'empereur en avait conçu une violente colère, et l'avait fait jeter dans un étroit cachot. La bienheureuse femme, se réjouissant de la conversion de son mari, s'en fut aussitôt le réconforter dans sa prison, et le pria de persévérer dans la foi qu'il avait choisie ; elle baisait les chaînes dont il était chargé, pleurant de joie et d'attendrissement. Elle l'exhortait à ne point regretter les joies terrestres, qui ne durent qu'un instant, mais de garder toujours présente à l'esprit la grande gloire qui l'attendait. Cette sainte femme resta longtemps auprès de lui, le consolant, lui et les autres martyrs, et priant Dieu d'être bientôt reçue parmi eux. Mais elle recommanda tout particulièrement aux martyrs d'encourager son mari, car elle craignait que sa foi nouvelle ne défaillît sous les rigueurs des tourments. Elle venait le voir tous les jours et l'exhortait sans cesse au courage par ses belles paroles. Et lorsque l'empereur fit interdire aux femmes l'entrée des prisons, en raison des visites qu'elle et d'autres femmes rendaient aux saints martyrs, elle se déguisa en homme. Quand vint le jour du dernier supplice d'Adrien, elle était là ; elle soignait et embrassait ses plaies ensanglantées, elle pleurait de pitié et l'implora de prier Dieu pour elle. Ainsi mourut le bienheureux Adrien. Elle l'ensevelit très pieusement, et comme on lui avait coupé une main, elle la garda très précieusement, enveloppée comme une sainte relique.

« Après la mort de son mari, on voulut contraindre cette sainte femme à se remarier, car elle était de noble lignée, belle et riche ; elle était continuellement en oraisons, priant Dieu de daigner la retirer du pouvoir de ceux qui voulaient l'y forcer. Son mari lui apparut alors dans un songe pour la réconforter et lui dit d'aller à Constantinople ensevelir les corps des nombreux martyrs qui s'y trouvaient, ce qu'elle fit. Elle était au service de Dieu depuis un certain temps, rendant visite aux saints martyrs dans leurs prisons, quand son mari lui apparut une seconde fois et lui dit : “Ma sœur, mon amie, toi la chambrière de Jésus-Christ, viens me rejoindre dans la gloire éternelle, car Notre-Seigneur t'appelle.” Elle se réveilla et mourut aussitôt. »

XVII. Où il est question de sainte Affre, prostituée qui se convertit à Dieu.

« Affre était une prostituée convertie à la foi de Jésus-Christ. Elle fut accusée par un juge qui lui dit : “Le déshonneur de ton corps ne te suffit donc pas ! Il faut encore, hérétique, que tu pèches en adorant un dieu étranger ! Sacrifie à nos dieux, afin qu'ils te pardonnent.” Affre lui répondit : “Je sacrifierai à mon Dieu, Jésus-Christ, qui est descendu des cieux pour le salut des pécheurs. Et son Évangile rappelle qu'une pécheresse lui lava les pieds de ses larmes et reçut le pardon. Jamais il ne méprisa les prostituées ni les infâmes publicains, et il acceptait les pécheurs à sa table.” Le juge lui dit : “Si tu ne sacrifies pas à nos dieux, tes clients ne viendront plus et tu ne recevras plus leur argent.” Elle lui répondit alors : “Jamais plus je ne recevrai de dons déshonorants, et ceux que j'ai reçus malhonnêtement, j'ai demandé aux pauvres de bien vouloir les prendre et de prier pour moi.” Puisqu'elle refusait de sacrifier aux dieux, le juge condamna Affre à être brûlée vive. Lorsqu'elle fut livrée aux flammes, elle pria ainsi le Seigneur : “Seigneur Dieu, Jésus-Christ tout-puissant, toi qui appelles les pécheurs à faire pénitence, daigne recevoir mon sacrifice à l'heure de mon martyre ; délivre-moi du feu éternel par ce feu terrestre que l'on prépare pour mon corps.” Au milieu des flammes elle disait encore : “Seigneur Jésus, daigne me recevoir, pauvre pécheresse immolée en ton saint nom ; toi qui t'es offert en un seul sacrifice pour tout le genre humain ; toi juste, qui fus mis en croix pour les injustes ; bon, pour les méchants ; saint, pour les damnés ; doux, pour les amers ; pur et sans tache, pour les pécheurs ! Je t'offre le sacrifice de mon corps à toi qui vis et règnes avec le Père et le Saint-Esprit dans les siècles des siècles." Ainsi mourut la bienheureuse Affre, en faveur de qui Dieu fit de nombreux miracles après sa mort. »

XVIII. Où Justice évoque plusieurs femmes nobles qui servirent et hébergèrent les apôtres ou d'autres saints.

« Que te dire de plus, très chère enfant ? En effet, je pourrais te rappeler à l'infini de pareils exemples. Mais puisque tu t'es étonnée, ainsi que tu me l'as dit tout à l'heure, de tous ces auteurs qui condamnèrent si sévèrement les femmes, je peux t'affirmer, malgré tout ce que tu as lu chez les païens, qu'à mon sens tu trouveras bien peu d'attaques à leur sujet dans la littérature sainte, ou les histoires de la vie du Christ et de ses apôtres, ou même celles des autres saints, comme tu peux aisément le voir. Au contraire, il n'y est question que de la remarquable constance et de la vertu que la grâce divine a accordées aux femmes. Oh ! les grands bienfaits, la charité exemplaire qu'elles prodiguèrent avec soin et diligence aux serviteurs de Dieu ! Tant d'hospitalité, tant de service, ne pèsent-ils pas lourd dans la balance ? Et s'il s'est trouvé des hommes assez téméraires pour les accuser de légèreté, qui oserait jamais nier que selon notre foi ces œuvres sont les échelles qui mènent au ciel ? On peut citer l'exemple de Drusienne, qui était une sainte femme veuve ; elle hébergea saint Jean l'Évangéliste, le servit et s'occupa de ses repas. Or, saint Jean revenait de son exil accueilli dans la joie par tous les habitants de la ville, au moment où l'on portait Drusienne en terre ; car elle était morte de chagrin, tant elle l'avait attendu. Les voisins lui dirent : "Jean, voici Drusienne, ta bonne hôtesse ; elle est morte de chagrin en t'attendant ; elle ne te servira plus." Alors saint Jean s'adressa à elle et lui dit : "Drusienne, lève-toi ; va en ta maison et prépare mon repas." Et elle ressuscita.

« *Item*, une vertueuse et noble femme de la ville de Limoges, appelée Suzanne, fut la première à héberger saint Martial, qui avait été envoyé par saint Pierre pour convertir le pays. Et cette femme le combla de ses bienfaits.

« *Item*, l'excellente Maximille risqua sa vie pour descendre saint André de la croix et l'ensevelir.

« *Item*, la sainte vierge Éphigénie suivit fidèlement saint Matthieu l'Évangéliste et le servit. À sa mort, elle fit construire une église qu'elle lui dédia.

« *Item*, une autre excellente femme se prit d'une si sainte amitié pour saint Paul qu'elle le suivit partout et le servit avec un zèle incomparable.

« *Item*, au temps des apôtres, il y eut une noble reine, appelée Hélène – ce n'était pas la mère de Constantin mais une autre Hélène, reine des Adiabenois –, qui se rendit à Jérusalem, où les vivres étaient extrêmement chers à cause de la famine. Quand elle apprit que les saints de Notre-Seigneur mouraient de faim, alors qu'ils étaient venus dans la ville prêcher et convertir le peuple, elle fit acheter tant de vivres qu'ils eurent de quoi manger pendant toute la disette.

« *Item*, lorsque sur l'ordre de Néron on emmena saint Paul pour être décapité, une excellente femme appelée Plautille vint à sa rencontre, pleurant à chaudes larmes ; c'était elle qui s'occupait de lui habituellement. Saint Paul lui demanda le voile qu'elle avait sur la tête et elle le lui donna. Alors les méchants qui se trouvaient là se moquèrent d'elle, disant que c'était autant de perdu, car le voile était fort beau. Saint Paul s'en servit pour se bander les yeux. Après sa mort, les anges le rendirent à Plautille tout maculé de sang. Elle le conserva comme une précieuse relique. Saint Paul lui apparut et lui dit qu'en récompense des bienfaits qu'elle lui avait procurés sur terre, il prierait pour elle au ciel. Je pourrais te conter un grand nombre de cas semblables.

« Basilice fut une femme qui s'illustra par sa charité. C'était l'épouse de saint Julien, et tous deux s'accordèrent, le soir même de leurs noces, pour se vouer à la chasteté. La sainte vie de cette vierge, la multitude de femmes et de vierges qui furent sauvées et amenées à la vertu par ses saints conseils, dépassent l'entendement. Bref, sa charité fut telle que Notre-Seigneur lui accorda l'insigne grâce de lui parler à l'heure de sa mort.

« Je ne sais que te dire de plus, chère Christine ; je pourrais citer un nombre infini de dames de toutes conditions, vierges, veuves ou mariées, en qui la puissance divine s'est manifestée par une force, une constance extraordinaires. Mais que cela te suffise. Car il me semble que je me suis fort bien acquittée de ma charge en parachevant les combles de ta Cité et en la peuplant d'excellentes femmes, ainsi que je te l'avais promis. Les dernières serviront donc de portes et de herses à notre Cité. Et même si je ne te cite pas – car je ne pourrais le faire qu'à grand-peine – toutes les saintes qui ont existé, qui existent et qui existeront, toutes pourront trouver place en cette Cité des Dames. On pourrait en dire, en effet : “Glorieuses sont les choses que l'on dit de toi, ô Cité de Dieu !” Voici donc ta Cité achevée, fortifiée et bien fermée, comme je te l'avais promis. Adieu, chère Christine. Que la paix du Seigneur demeure à jamais avec toi. »

XIX. Ici finit le livre. Christine s'adresse aux femmes.

Remercions le Seigneur, mes très vénérées dames ! Car voici notre Cité bâtie et parachevée. Vous toutes qui aimez la vertu, la gloire et la renommée y serez accueillies dans les plus grands honneurs, car elle a été fondée et construite pour toutes les femmes honorables – celles de jadis, celles d'aujourd'hui et celles de demain. Mes très chères sœurs, il est naturel que le cœur humain se réjouisse lorsqu'il a triomphé de quelque agression et qu'il voit ses ennemis confondus. Vous avez cause désormais, chères amies, de vous réjouir honnêtement sans offenser Dieu ni les bienséances, en contemplant la perfection de cette nouvelle Cité qui, si vous en prenez soin, sera pour vous toutes (c'est-à-dire les femmes de bien) non seulement un refuge, mais un rempart pour vous défendre des attaques de vos ennemis. Vous pouvez voir que c'est toute de vertus qu'elle a été construite, matériaux en vérité si brillants que vous pouvez toutes vous y mirer, en particulier dans les hautes toitures de l'édifice (c'est-à-dire en cette dernière partie), mais il ne faudrait pas pour autant dédaigner ce qui vous concerne dans les autres parties. Mes chères amies, ne faites pas mauvais usage de ce nouveau matrimoine, comme le font ces arrogants qui s'enflent d'orgueil en voyant multiplier leurs richesses et croître leur prospérité. Suivez plutôt l'exemple de votre Reine, la Vierge Souveraine, qui lorsqu'elle apprit le suprême honneur qu'elle aurait de devenir la Mère du Fils de Dieu, s'humilia d'autant plus en se réclamant la chambrière du Seigneur. Puisqu'il est vrai, chères amies, que plus une personne abonde en vertus, plus elle est humble et douce, puisse cette Cité vous inciter à vivre honorablement dans la vertu et la modestie.

Et vous, chères amies qui êtes mariées, ne vous indignez pas d'être ainsi soumises à vos maris, car ce n'est pas toujours dans l'intérêt des gens que d'être libres. C'est ce qui ressort en effet de ce que l'ange de Dieu disait à Esdras : que ceux qui s'en étaient remis à leur libre arbitre tombèrent dans le péché, se soulevèrent contre Notre-Seigneur et piétinèrent les justes, ce qui les entraîna dans la destruction. Que celle qui a un mari doux, bon et raisonnable, et qui l'aime d'un véritable amour, remercie le Seigneur, car ce n'est pas là une mince faveur, mais le plus grand bien qu'elle puisse recevoir sur cette terre ; qu'elle mette tous ses soins à le servir, le chérir et l'aimer d'un cœur fidèle – comme il est de son devoir –, vivant dans la tranquillité et priant Dieu qu'il continue à protéger leur union et à leur garder la vie sauve. Quant à celle dont le mari n'est ni bon ni méchant, elle doit elle aussi remercier le Seigneur de ne pas lui en avoir donné un pire ; elle doit faire tous ses efforts pour modérer ses excès et pour vivre paisiblement selon leur rang. Et celle dont le mari est pervers, félon et méchant doit faire tout son possible pour le supporter, afin de l'arracher à sa perversité et le ramener, si elle le peut, sur le chemin de la raison et de la bonté ; et si, malgré tous ses efforts, le mari s'obstine dans le mal, son âme sera récompensée de cette courageuse patience, et tous la béniront et prendront sa défense.

Ainsi, mes chères amies, soyez humbles et patientes, et la grâce de Dieu s'étendra sur vous ; on vous en louera, et le royaume des cieux vous sera ouvert. Car saint Grégoire affirme que la patience est la porte du paradis et la voie qui mène à Jésus-Christ. Qu'aucune de vous ne persévère opiniâtrement dans des opinions frivoles et sans fondement – dans la jalousie, dans l'entêtement, dans un langage méprisant ou dans des actions scandaleuses –, car ce sont là des choses qui troublent l'esprit et font perdre la raison, et des façons particulièrement disgracieuses et malséantes chez une femme.

Et vous, jeunes filles qui êtes vierges, soyez pures, sages et discrètes. Restez sur vos gardes ; les méchants ont déjà tendu leurs filets. Que vos yeux soient baissés, vos bouches avares de paroles ; que la pudeur inspire tous vos actes. Armez-vous de vertu et de courage contre toutes les ruses des séducteurs et fuyez leur compagnie.

Et vous, les veuves, que vos habits, votre maintien et vos paroles soient honnêtes. Soyez pieuses dans vos actes comme dans vos mœurs. Modérez vos besoins, armez-vous de patience, vous en aurez bien besoin ! Soyez fortes et résolues face aux tribulations et aux difficultés matérielles. Restez humbles de caractère, d'aspect et de paroles, et charitables dans vos actes.

Enfin, vous toutes, mesdames, femmes de grande, de moyenne ou d'humble condition, avant toute chose restez sur vos gardes et soyez vigilantes pour vous défendre contre les ennemis de votre honneur et de votre vertu. Voyez, chères amies, comme de toutes parts ces hommes vous accusent des pires défauts ! Démasquez leur imposture par l'éclat de votre vertu ; en faisant le bien, convainquez de mensonge tous ceux qui vous calomnient. Ainsi pourriez-vous dire avec le Psalmiste : « L'iniquité du méchant retombera sur sa tête. » Repoussez ces hypocrites enjôleurs qui cherchent à vous prendre par leurs beaux discours et par toutes les ruses imaginables votre bien le plus précieux, c'est-à-dire votre honneur et l'excellence de votre réputation ! Oh ! fuyez, mesdames, fuyez cette folle passion qu'ils exaltent auprès de vous ! Fuyez-la ! Pour l'amour de Dieu, fuyez ! Rien de bon ne peut vous en arriver ; soyez certaines, au contraire, que même si le jeu en paraît plaisant, cela se terminera toujours à votre préjudice. Ne vous laissez jamais persuader du contraire, car c'est la stricte vérité. Souvenez-vous, chères amies, comment ces hommes vous accusent de fragilité, de légèreté et d'inconstance, ce qui ne les empêche point de déployer les ruses les plus sophistiquées et de s'évertuer par mille manières à vous séduire et à vous prendre, comme autant de bêtes dans leurs filets ! Fuyez, mesdames, fuyez ! Évitez ces liaisons, car sous la gaieté se cachent les poisons les plus amers, et qui entraînent la mort. Daignez, mes très vénérées dames, accroître et multiplier les habitantes de notre Cité en recherchant la vertu et en fuyant le vice, et réjouissez-vous dans le bien. Quant à moi, votre servante, ne m'oubliez pas dans vos prières, afin que Dieu m'accorde la grâce de vivre et de persévérer ici-bas en son saint service, et qu'à ma mort il me pardonne mes grandes fautes et m'accueille dans la joie éternelle. Qu'il étende sur vous toutes cette même grâce. Amen.

ICI FINIT LA TROISIÈME ET DERNIÈRE PARTIE
DU *LIVRE DE LA CITÉ DES DAMES*.

ANALYSE DE L'ŒUVRE

LIVRE PREMIER :
La femme justifiée par la Raison

Désespoir de Christine dans son étude : elle, qui aspire tant au savoir, ne rencontre parmi les lettrés que mépris pour le sexe féminin. Le texte qui suit sera une réfutation de la misogynie ordinaire, en tant que contraire à la raison, à la droiture et à la justice. Apparition des trois vertus (I-VII).

Intentions et motivations des calomniateurs (VIII) : exemples d'Ovide, de Cecco d'Ascoli, du *Secret des femmes*, de Cicéron, de Caton (IX). Vices attribués aux femmes : gourmandise, coquetterie, faiblesse de caractère, bavardage. Sur ce dernier chapitre, contre-exemples de la femme cananéenne et de la femme de Samarie (X).

Les femmes et l'ordre politique. Leur exclusion du judiciaire ne répond pas à une quelconque incapacité ; dispositions des femmes pour la politique (XI) : exemples de Nicole (XII), de la reine Frédégonde et autres reines de France (XIII). Discours sur la force physique (XIV). Série de femmes guerrières :

Sémiramis (XV) ; le royaume des Amazones (XVI) ; Thomyris (XVII) ; Ménalippe et Hippolyte (XVIII) ; Penthésilée au secours des Troyens (XIX) ; Zénobie, reine de Palmyre (XX) ; Artémise (XXI) ; Lilie, mère de Théodoric (XXII) ; remontrances de Frédégonde devant ses barons (XXIII) ; Camille (XXIV) ; Bérénice, reine de Cappadoce (XXV) ; l'intrépide Clélie (XXVI).

Dons naturels des femmes pour les sciences (XXVII). Série de femmes savantes : Cornificia (XXVIII) ; Probe, autrice des *Centons virgiliens* (XXIX) ; Sapho (XXX) ; la vierge Manthoa, pyromancienne (XXXI) ; Médée et Circé (XXXII). Série de femmes fondatrices de savoir : Carmenta, inventrice de l'alphabet (XXXIII) ; Minerve, génie universel : invention d'une écriture chiffrée, des chiffres, des arts du tissage, de la culture de l'huile, des véhicules, des armures, de la stratégie, des instruments de musique (XXXIV) ; Cérès : l'agriculture, la vie citadine (XXXV) ; le jardinage inventé par Isis (XXXVI). Éloge de l'écriture et de la société policée (XXXVII-XXXVIII). Reprise du sujet : Arachné, inventrice de la tapisserie et des teintures (XXXIX) ; Pamphile et les étoffes de soie (XL) ; la peinture : Timarète, Irène, Marcia, Anastasie (XLI) ; Sempronie et l'éloquence (XLII).

La femme capable de jugement et de la conduite des affaires (XLIII). Éloge de la femme forte, par Salomon (XLIV). L'économie domestique : Gaie Cécilie (XLV). Série de femmes politiques : Didon (XLVI), Ops (XLVII), Lavinie. Conclusion sur l'égalité des sexes (XLVIII).

LIVRE II : La femme justifiée par la Droiture

Série des prophétesses : les sibylles (I) ; prophéties d'Érythrée (II) ; les livres de l'Almathée (III) ; les temps bibliques : Déborah, Élisabeth, Anne, la reine de Saba (IV) ; prophéties de Nicostrate, de Cassandre, de la reine Basine (V) ; Antonie et Justinien (VI).

Filles et garçons : la piété filiale (VII). Exemples de Drypetine (VIII), d'Hypsipyle (IX), de Claudine (X), d'une femme qui allaita sa mère en prison (XI). Éloge du travail accompli (XII).

Réfutation du courant antimatrimonial représenté par Valerius et Théophraste. Les prétendus malheurs des maris ; conduite indigne de certains époux ; les bons mariages, dont celui de Christine (XIII). Série d'épouses fidèles : Hypsicratée (XIV), l'impératrice Triaire (XV), Artémise et Mausole (XVI), Argie et Étéocle (XVII), Agrippine et Germanicus (XVIII). Jeunes épouses fidèles aux maris d'âge mûr : Julie et Pompée (XIX) ; Émilie et Scipion l'Africain (XX) ; Xantippe et Socrate (XXI) ; Pauline et Sénèque (XXII) ; Sulpice, diverses contemporaines (XXIII) ; ruse des Lacédémoniennes (XXIV). Les femmes justifiées sur le chapitre de l'indiscrétion : Porcia (XXV), Curia (XXVI), les épouses des conjurés contre Néron (XXVII). Les femmes excellentes conseillères : Julie et Pompée, Andromaque et Hector (XXVIII), Antonine et Bélisaire (XXIX).

Bienfaits des femmes à la société humaine : la Vierge Marie, la fille de Pharaon (XXX) ; Judith (XXXI) ; Esther (XXXII). Histoire des Sabines : la paix rétablie grâce à leur intervention heureuse (XXXIII). Rome sauvée par

Véturie, mère de Coriolan (XXXIV). Clovis converti par Clotilde ; les saintes martyres (XXXV).

Les études profitables pour les femmes : exemples d'Hortense et de Novella, de Christine elle-même (XXXVI).

Chasteté de la majeure partie des femmes : exemples de Suzanne (XXXVII), de Sara (XXXVIII), de Rébecca (XXXIX), de Ruth (XL), de Pénélope (XLI). Réfutation de ceux qui prétendent qu'une femme belle ne saurait être chaste : exemples de Mariamne (XLII), d'Antonia et de diverses femmes contemporaines (XLIII). L'indignité du viol intolérable aux femmes : exemples de Lucrèce (XLIV), de la reine de Galatie (XLV), de Hippo, des Sicambres et de Virginie ; ruse des Lombardes dans une ville assiégée (XLVI).

Sur la faiblesse de caractère imputée aux femmes. Outrecuidance des hommes, eux-mêmes si faibles sur ce chapitre ; série d'hommes lâches et veules : Claude, Tibère (XLVII), Néron (XLVIII), Galba, Othon, Vitellius et d'autres ; toutefois peu de femmes sont corrompues (XLIX). Série de femmes ayant fait preuve d'une force de caractère exemplaire : Grisélidis (L), Florence de Rome (LI), l'épouse de Bernabo le Génois (LII). Étonnement de Christine devant la persistance de l'erreur ; la tâche de confondre les calomniateurs lui revient (LIII). Constance des femmes en amour : calomnies d'Ovide et de Jean de Meun (LIV) ; série de femmes fidèles : Didon (LV), Médée (LVI), Thisbé (LVII), Héro (LVIII), Sigismonde (LIX), Isabeau et ses frères (LX). Femmes célèbres pour divers motifs (LXI).

La femme accusée de coquetterie : goût naturel de certains pour le raffinement (LXII). La vestale Claudia, calomniée pour le luxe de ses toilettes (LXIII). La vertu plus attirante que la beauté (LXIV) ; exemple de Blanche de Castille (LXV).

La femme accusée d'avarice. Difficultés financières de la femme mariée (LXVI). Exemples de femmes généreuses : Pauline, Marguerite de La Rivière (LXVII).

Les hautes dames de France accueillies dans la Cité (LXVIII). Apostrophe aux dames de France et d'ailleurs (LXIX).

LIVRE III : Défense de la femme par la Justice

Les citoyennes illustres. La Vierge accueillie dans la Cité (I). Les sœurs de Notre-Dame et Marie-Madeleine (II). Série de saintes martyres : Catherine d'Alexandrie (III) ; Marguerite d'Antioche (IV) ; Lucie de Rome (V) ; sainte Martine, vierge (VI) ; Lucie de Syracuse ; sainte Benoîte, vierge ; sainte Fauste, vierge (VII) ; Justine d'Antioche et autres vierges (VIII) ; saintes Théodosie, Barbe et Dorothée (IX) ; sainte Christine (X). Exemples de mères ayant exhorté leurs enfants au martyre (XI). Belles histoires de sainte Marine (XII) et d'Euphrosine (XIII), qui firent profession de moine travesties en homme. Anastasie, servante de Chrysogone ; trois vierges de sa suite convoitées par Dulcitius (XIV) ; Théodote, compagne d'Anastasie (XV). Nathalie exhorte son mari au martyre (XVI). Sainte Affre, prostituée convertie (XVII). Les hôtesses des saints (XVIII).

Christine s'adresse au peuple des femmes pour les exhorter à la vertu et se recommander à leurs prières (XIX).

CHRONOLOGIE DES ŒUVRES DE CHRISTINE DE PIZAN (1364-1430)[1]

1399-1402 [Recueil des premières poésies, dont certaines antérieures à la date du manuscrit ; cf. ms. Condé 492-493] :

Cent ballades.

Virelays.

Ballades d'estrange façon.

Ballades de divers propos (I-XXIX).

---

1. Pour tout ce qui touche à la bibliographie de Christine, on se référera à l'ouvrage désormais classique d'Angus J. Kennedy, un véritable modèle du genre (*Christine de Pizan, A Bibliographical Guide*, London, Grant and Cutler [« Research Bibliographies and Checklists », 42], 1984) ; un premier supplément vient de paraître : *Christine de Pizan, A Bibliographical Guide, Supplement I*, London, Grant and Cutler (Research Bibliographies and Checklists, 42.1), 1994. On dispose également d'Edith Yenal, *Christine de Pizan, A Bibliography*, Metuchen, N.J. et London, Scarecrow Press (« Scarecrow Author Bibliographies », 69), 1982 (deuxième édition revue et complétée, 1989). La bibliographie de Christine fera l'objet d'une publication prochaine aux Éditions Memini, dans la série « Bibliographie des Écrivains Français » (Eric Hicks, Nadia Margolis, Christine Reno).

Une Complainte amoureuse (I).
Lays.
Rondeaux.
Jeux a vendre.

Éd. Maurice Roy : *Œuvres poétiques de Christine de Pisan*, Paris, Didot (« Société des Anciens Textes Français »), 1886-1896, t. Ier, p. 1-100, 101-118, 119-124, 207-241, 281-288 ; 125-145, 147-185, 187-205.

Divers textes dans les anthologies de Jeanine Moulin (*Christine de Pisan*, Paris, Seghers [« Poètes d'hier et d'aujourd'hui »], 1962) et de Kenneth Varty (*Ballades, rondeaux, and virelais*, Leicester University Press, 1965).

1399 *Epistre au Dieu d'amours* (datée du 1er mai).

Éd./tr. Thelma S. Fenster et Mary C. Erler : *Poems of Cupid, God of Love: Christine de Pizan's* Epistre au dieu d'Amours *and* Dit de la Rose*; Thomas Hoccleve's* The Letter of Cupid, Leiden et New York, Brill, 1990.

Cf. Roy, t. II, p. 1-27.

vers 1400 *Le Debat de deux amants.*
Le Livre des Trois Jugements amoureux.

In Roy, t. II, p. 49-109, 111-157.

Le Livre du Dit de Poissy (daté d'avril 1400).

Éd. Barbara K. Altmann : *Christine de Pizan's* Livre du Dit de Poissy, *An Analysis and Critical Edition*, thèse University of Toronto, 1989 (*Dissertation Abstracts International*, L [1989-1990], p. 134A-135A ; cf. *ibid.*, LII, 1991-1992).

Cf. Roy, t. II, p. 159-222.

1400-1401 *L'Epistre Othea.*

Éd. Halina D. Loukopoulos : *Classical Mythology in the Works of Christine de Pisan, with an Edition of* L'Epistre Othea *from the Manuscript Harley*

4431, thèse Wayne State University, 1977 (*Dissertation Abstracts International*, XXXVIII [1977-1978] p. 6706A).

On attend la publication de la thèse de Gabriella Parussa, édition critique de l'*Epistre* à partir du manuscrit Harley 4431 (soutenue le 5 mai 1995 à l'Université de Paris III-Sorbonne Nouvelle).

Les Notables moraux ou *Enseignements de Christine a son filz.*

In Roy, t. III, p. 27-44.

Proverbes moraux.

In Roy, t. III, p. 45-57.

1401-1402 *Le Livre des Epistres sur* Le Roman de la Rose.

Éd. Eric Hicks, Paris, Champion (« Bibliothèque du XVe Siècle », XLIII), 1977, réimpr. 1996.

1402 *Le Dit de la Rose.*

Cf. *Epistre au Dieu d'amours, supra*, et Roy, t. II, p. 29-48.

1402-1403 *Une Oroison Nostre Dame.*

Les Quinze Joyes de Nostre Dame.

Une Oroison de la vie et passion Nostre Seigneur.

In Roy, t. III, p. 1-9, 11-14, 15-26.

1402-1403 *Le Livre du Chemin de long estude* (écrit entre le 5 octobre 1402 et le 20 mars 1403).

Éd. Robert Püschel, Berlin, 1881.

Au moment de sa mort, Suzanne Solente préparait une nouvelle édition pour la Société des Anciens Textes Français ; une édition bilingue est annoncée aux éditions Le Livre de Poche, pour la collection « Lettres Gothiques », texte et traduction en français moderne d'Andrea Tarnowski.

1403 *Le Dit de la Pastoure* (daté du mois de mai).

Éd. Mary V. Reese : *A Critical Edition of Christine de Pizan's* Dit de la Pastoure, thèse University of Alabama, 1992 (*Dissertation Abstracts International*, LIV [1993-1994], p. 172A-173A).

Cf. Roy, t. II, p. 223-294.

1403

Le Livre de la Mutacion de Fortune.

Éd. Suzanne Solente, Paris, Picard (« Société des Anciens Textes Français »), 4 vol., 1959-1966.

1404 *Une Epistre a Eustache Mourel* (datée du 10 février 1403, anc. style).

In Roy, t. II, p. 295-301.

Le Livre des Fais et bonnes meurs du sage roy Charles V (écrit entre le mois de janvier et le 30 novembre 1404).

Éd. Suzanne Solente, Paris, Champion (« Société de l'Histoire de France »), 2 vol., 1936-1940.

1404-1405 *Le Livre du Duc des vrais amans.*

Éd. Thelma S. Fenster, Binghamton, NY (Medieval and Renaissance Texts and Studies, 124), 1994 ; cf. éd./tr. Thelma S. Fenster et Nadia Margolis, *The Book of the Duke of True Lovers*, New York, Persea, 1991.

Cf. Roy, t. III, p. 59-208.

Le Livre de la Cité des Dames (écrit entre le 13 décembre 1404 et avril 1405).

Éd. M. Cheney Curnow, thèse Vanderbilt University, 3 vol., 1975 (*Dissertation Abstracts International*, XXXVI [1975-1976], p. 4536-4537A).

1405 *Le Livre des Trois Vertus* ou *Le Trésor de la Cité des Dames* (écrit entre le printemps de l'année 1405 et le 7 novembre de la même année).

Éd. Charity Cannon Willard et Eric Hicks, Paris, Champion (« Bibliothèque du xve Siècle », L), 1989.
Cf. Mathilde Laigle : *Le Livre des Trois Vertus de Christine de Pisan et son milieu historique et littéraire*, Paris, Champion (« Bibliothèque du xve Siècle », XVI), 1912 et R. Thomassy, *Essai sur les écrits politiques de Christine de Pisan*, Paris, Debécourt, 1838, p. 182-196 (extraits).

1405 *Epistre a Isabelle de Baviere, reine de France* (datée du 5 octobre).

Éd. Angus J. Kennedy : « Christine de Pizan's *Epistre à la reine* (1405) », *Revue des Langues Romanes*, XCII (1988), p. 253-264.
Cf. Wisman, *infra*, et M. Dominica Legge, in *Anglo-Norman Letters and Petitions from All Souls Ms. 182*, Oxford (« Anglo-Norman Text Society », III), 1941.

1405 *L'Avision Christine.*

Éd. Sister Mary L. Towner, Washington, D.C., The Catholic University of America, 1932, réimpr. New York, AMS Press, 1969.
Christine Reno et Liliane Dulac ont annoncé une nouvelle édition de ce texte, à paraître aux Éditions Champion (cf. *Scriptorium*, 34 [1980], p. 221-238 et, de la première, « The Preface to the Avision-Christine in ex-Phillipps 128 », in *Reinterpreting Christine de Pizan*, éd. Earl Jeffrey Richards, et al., Athens, GA, University of Georgia Press, 1992, p. 207-227).

1405-1406 *Le Livre de la Prod'homie de l'homme* et/ou *Le Livre de Prudence*.

Éd. en préparation d'Eric Hicks et de Simone Pagot. Sur ces deux textes, l'état de la question est utilement fait par Christine Reno, « Le *Livre de Prudence/Livre de la Prod'hommie de l'homme* », in *Une Femme de lettres au Moyen Âge : études autour de Christine de Pizan*, éd. Bernard Ribémont et Liliane Dulac, Orléans, Paradigme, 1995, p. 245-261.

1402-1407 *Autres Ballades* ou *Ballades de divers propos*, XXX-XLIV, XLVI-L.

1406-1407 *Le Livre du Corps de Policie* (achevé avant le 23 novembre 1407).

Éd. Robert H. Lucas, Genève, Droz (« T.L.F. », 145), 1967 ; une nouvelle édition, due aux soins d'Angus J. Kennedy, est en cours de préparation.

In Roy, t. Ier, p. 241-259, 260-269.

1407-1410 *Autre Ballade*, XLV.
Une Complainte amoureuse (II)
Cent Ballades d'Amant et de Dame.

In Roy, t. Ier, p. 259-260, 289-295 ; t. II, p. 209-317. Pour les *Cent Ballades d'Amant et de Dame*, on utilisera de préférence l'édition de Jacqueline Cerquiglini, Paris, Union Générale d'Éditions (« 10/18 »), 1982.

1409 *Sept Psaumes allegorisés* (texte écrit entre le 26 juin 1409 et le 1er janvier 1410).

Éd. Ruth Ringland Rains, Washington, D.C., The Catholic University of America, 1965.

1410 *Le Livre des Fais d'armes et de chevalerie*.

Éd. Christine Moneera Laennec : *Christine « antygrafe »: Authorship and Self in the Prose Works of Christine de Pisan, with an Edition of B.N. 603* Le Livre des Fais d'Armes et de Chevalerie, thèse Yale University, 1988 (*Dissertation Abstracts International*, L [1989-1990], p. 3581A).

Cf. Charity Cannon Willard : « Christine de Pizan's Treatise on the Art of Medieval Warfare », in *Essays in*

Honor of Louis Francis Solano, Chapel Hill, The University of North Carolina Press, 1970, p. 179-191.

1410 *La Lamentacion sur les maux de la France* (datée du 23 août).

Éd. Angus J. Kennedy, in *Mélanges de langue et littérature françaises du Moyen Âge et de la Renaissance offerts à Charles Foulon*, Rennes, Institut de Français, Université de Haute-Bretagne, I, 1980, p. 177-185.
Cf. Wisman, *infra*.

1412-1413 *Le Livre de la Paix.*

Éd. Charity Cannon Willard, s'Gravenhaag, Mouton, 1958.

1413 *L'Avision du coq.*

Ouvrage perdu.

1414-1418 *Epistre de la Prison de vie humaine.*

Éd. Angus J. Kennedy, London, Grant and Cutler, 1984. Éd./tr. Josette A. Wisman, *The* Epistle of the Prison of Human Life, *with* An Epistle to the Queen of France *and* Lament on the Evils of the Civil War, New York, Garland (« The Garland Library of Medieval Literature », vol. 21, Series A), 1984.

vers 1420 *Les Heures de contemplacion sur la Passion de Nostre Seigneur.*

Une édition est annoncée par Liliane Dulac.
Cf. Suzanne Solente : « Christine de Pisan », in *Histoire littéraire de la France*, t. XL, p. 74 de l'extrait.

1429 *Le Ditié de Jeanne d'Arc.*

Éd./tr. Angus J. Kennedy et Kenneth Varty, Oxford, Society for the Study of Mediaeval Languages and Literature (« Medium Ævum Monographs », n. s., IX), 1977.

Table des rubriques

I. Ici commence *Le Livre de la Cité des Dames*, dont le premier chapitre raconte pourquoi et sous quelle impulsion ce livre fut écrit 27

II. Comment trois dames apparurent devant Christine, et comment la première s'adressa à elle pour la consoler de son chagrin 31

III. Comment celle qui s'était adressée à Christine lui expliqua qui elle était, sa nature et son rôle, et comment elle lui annonça qu'avec l'aide de toutes trois, elle construirait une Cité......... 34

IV. Comment la dame parla à Christine de la Cité qu'elle avait à construire ; comment elle avait pour charge d'aider Christine à élever les murs et à fermer les remparts ; puis, quel était son nom 37

V. Comment la deuxième dame révéla à Christine son nom et son état, ainsi que l'aide qu'elle lui apporterait pour élever la Cité des Dames 39

VI. Comment la troisième dame révéla à Christine qui elle était, quel était son rôle, comment elle l'aiderait à faire les combles et toitures des tours et des palais, et comment elle lui amènerait la Reine accompagnée des femmes les plus nobles 41

VII. Comment Christine répondit aux trois dames 42

VIII. Comment Christine, sous les ordres et avec l'aide de Raison, commença à creuser la terre pour faire les fondations 44

IX. Comment Christine creusa la terre, c'est-à-dire les questions qu'elle posa à Raison, et les réponses de celle-ci 50

X. D'autres échanges et propos sur le même sujet 55

XI. Christine demande à Raison pourquoi les femmes sont exclues du judiciaire. Réponse de Raison 63

XII. Où il est question de l'impératrice Nicole... 65

XIII. Où il est question de la reine de France Frédégonde, puis de certaines autres princesses et reines de France 66

XIV. Échanges et débats entre Christine et Raison 69

XV. Où il est question de la reine Sémiramis..... 72

XVI. Des Amazones 75

XVII. Où il est question de Thomyris,
reine des Amazones 77

XVIII. Comment le grand Hercule
et son ami Thésée arrivèrent de Grèce
pour attaquer les Amazones sur terre
et par mer, et comment
les damoiselles Ménalippe et Hippolyte
les désarçonnèrent, faisant tomber
pêle-mêle chevaux et cavaliers 79

XIX. Où il est question de la reine Penthésilée
et de l'aide qu'elle apporta
à la ville de Troie 83

XX. Où il et question de Zénobie,
reine de Palmyre 89

XXI. Où il est question
de la noble reine Artémise 93

XXII. Où il est question de Lilie,
mère du vaillant chevalier
Théodoric 96

XXIII. Où il est de nouveau question
de la reine Frédégonde 97

XXIV. Où il est question de la vierge Camille ... 99

XXV. Où il est question de Bérénice,
reine de Cappadoce 101

XXVI. Où il est question de l'intrépide Clélie ... 101

XXVII. Où Christine demande à Raison si Dieu a jamais permis à une intelligence féminine d'accéder aux sciences les plus nobles. Réponse de Raison 102

XXVIII. Où l'on commence à citer des femmes auréolées de profonde science, et tout d'abord la jeune et noble Cornificia 105

XXIX. Où il est question de Probe la Romaine 106

XXX. Où il est question de Sapho, femme de haut génie, poétesse et philosophe.............................. 108

XXXI. Où il est question de la vierge Manthoa ... 110

XXXII. Où il est question de Médée et d'une autre reine appelée Circé.................. 111

XXXIII. Où Christine demande à Raison s'il est jamais arrivé à une femme de créer une science auparavant inconnue 113

XXXIV. Où il est question de Minerve, qui découvrit maintes sciences, ainsi que l'art de fabriquer des armures de fer et d'acier 116

XXXV. Où il est question de la reine Cérès, qui inventa l'art de labourer la terre et d'autres arts encore 119

XXXVI. Où il est question d'Isis, qui inventa l'art de faire des jardins et de cultiver les plantes.............................. 120

XXXVII. Où il est question de tous les bienfaits que ces femmes ont apportés au monde.......... 122

XXXVIII. Où l'on reprend le même sujet 124

XXXIX. Où il est question de la jeune Arachné, qui découvrit la manière de teindre la laine et inventa la tapisserie de haute lice, ainsi que la culture du lin et son tissage.......... 127

XL. Où il est question de Pamphile, qui la première eut l'idée de récolter la soie des vers, de la teindre et d'en faire de l'étoffe.... 129

XLI. Où il est question de Timarète, qui fut une maîtresse incontestée dans l'art de la peinture ; d'Irène, une autre peintre, et de Marcia la Romaine 130

XLII. Où il est question de Sempronie la Romaine 133

XLIII. Où Christine demande à Raison si Nature a doté la femme de jugement, et la réponse de Raison 134

XLIV. L'épître de Salomon au Livre des Proverbes.................................. 137

XLV. Où il est question de Gaie Cécilie............ 138

XLVI. Où il est question du jugement et de la sagesse de la reine Didon 139

XLVII. Où il est question d'Ops, reine de Crète ... 145

XLVIII. Où il est question de Lavinie, fille du roi Latinus.. 146

Ici commence la deuxième partie du *Livre de la Cité des Dames*, où il est raconté par qui fut pourvu en maisons et en édifices l'intérieur de la Cité, et la manière dont elle fut peuplée................. 149

I. Où il est question des dix sibylles 149

II. Où il est question de la sibylle Érythrée......... 152

III. Où il est question de la sibylle Almathée...... 154

IV. Où il est question de plusieurs autres prophétesses.. 156

V. Où il est question de Nicostrate, de Cassandre et de la reine Basine 159

VI. Où il est question de celle qui devint l'impératrice Antonie....................... 161

VII. Où Christine s'entretient avec Droiture....... 163

VIII. Où l'on commence à citer les filles qui aimèrent leurs parents, et tout d'abord Drypetine 167

IX. Où il est question d'Hypsipyle 167

X. Où il est question de la vierge Claudine 168

XI. Où il est question d'une femme qui allaita sa mère en prison............................. 169

XII. Où Droiture affirme que la construction des édifices est achevée et qu'il est temps de peupler la Cité................ 171

XIII. Où Christine demande à Droiture s'il est vrai, comme l'affirment les livres et les hommes, que ce sont les femmes qui par leur faute rendent l'état de mariage si difficile à supporter. Réponse de Droiture, qui commence à rappeler les femmes qui aimèrent leur mari d'un profond amour 173

XIV. Où il est question de la reine Hypsicratée.... 177

XV. Où il est question de l'impératrice Triaire 179

XVI. Où il est de nouveau question de la reine Artémise 180

XVII. Où il est question d'Argie, fille du roi Adraste 182

XVIII. Où il est question de la noble Agrippine 185

XIX. Où Christine prend la parole. Réponse de Droiture, qui lui donne des exemples, citant l'excellente Julie, fille de Jules César et épouse de Pompée........ 186

XX. Où il est question de la noble Émilie 188

XXI. Où il est question de Xantippe, femme du philosophe Socrate 189

XXII. Où il est question de Pauline, femme de Sénèque 190

XXIII. Où il est question de la noble Sulpice 191

XXIV. Où il est question de plusieurs femmes qui ensemble sauvèrent leurs époux de la mort.. 193

XXV. Où Christine s'insurge devant Dame Droiture contre ceux qui affirment que les femmes ne peuvent rien taire. Réponse de Droiture, qui lui cite l'exemple de Porcia, fille de Caton 194

XXVI. Où l'on conte l'exemple de l'excellente Curia, qui illustre ce même propos 196

XXVII. Où l'on reprend le même sujet 197

XXVIII. Où l'on réfute ceux qui veulent que l'homme qui écoute sa femme et suit ses conseils soit un être méprisable. Questions de Christine et réponses de Droiture 198

XXIX. Où l'on cite des hommes à qui bien en prit d'avoir suivi le conseil de leurs femmes 201

XXX. Où il est question du grand bien que les femmes ont fait et font encore par le monde.......................... 204

XXXI. Où il est question de Judith, la noble veuve 205

XXXII. Où il est question de la reine Esther 208

XXXIII. Où il est question des Sabines 210

XXXIV. Où il est question de Véturie................ 213

XXXV. Où il est question de la reine de France Clotilde 215

XXXVI. Où l'on réfute ceux qui affirment
qu'il n'est pas bon que les femmes
fassent des études ... 217

XXXVII. Où Christine s'adresse à Droiture, et
celle-ci réfute l'opinion
de ceux qui affirment que peu de femmes
sont chastes ;
exemple de Suzanne ... 220

XXXVIII. Où il est question de Sara ... 221

XXXIX. Où il est question de Rébecca ... 222

XL. Où il est question de Ruth ... 223

XLI. Où il est question de l'épouse d'Ulysse,
Pénélope ... 223

XLII. Où l'on réfute encore
ceux qui soutiennent qu'il est difficile
à une belle femme de rester chaste ;
exemple de Mariamne ... 225

XLIII. Où il est question d'Antonia,
femme de Drusus Tibère,
qui illustre ce même propos ... 226

XLIV. Où l'on cite plusieurs exemples
pour réfuter ceux qui disent que les femmes
aiment à être violées,
en commençant par celui de Lucrèce ... 227

XLV. Où l'on conte l'exemple
de la reine de Galatie,
qui illustre ce même propos ... 230

XLVI. Où l'on conte les exemples des Sicambres et d'autres vierges qui illustrent ce même propos 231

XLVII. Où l'on réfute ce qui est dit de l'inconstance des femmes. Christine parle la première. Réponse de Droiture sur l'inconstance et le manque de fermeté chez certains empereurs 232

XLVIII. Où il est question de l'empereur Néron... 235

XLIX. Où il est question de Galba et d'autres empereurs 237

L. Où il est question de la force de caractère de Grisélidis, marquise de Saluces.................. 240

LI. Où il est question de Florence la Romaine.... 248

LII. Où l'on conte l'histoire de la femme de Bernabo le Génois 251

LIII. Ayant écouté le discours de Droiture sur la constance des femmes, Christine lui demande pourquoi ces nobles femmes du passé n'ont pas réfuté les livres et les hommes qui les calomniaient. Réponse de Droiture 258

LIV. Où Christine demande si les hommes disent vrai en affirmant que peu de femmes sont fidèles en amour. Réponse de Droiture ... 260

LV. Où il est question de Didon, reine de Carthage, et de la fidélité des femmes en amour............ 263

LVI. Médée amoureuse 265
LVII. Thisbé 266
LVIII. Où il est question d'Héro 268
LIX. Sigismonde, fille du prince de Salerne 270
LX. Où il est question d'Isabeau
et d'autres amantes 278
LXI. Où il est question de Junon
et de plusieurs femmes célèbres 281
LXII. Où Christine prend la parole.
Réponse de Droiture pour réfuter
ceux qui disent que les femmes aguichent
les hommes par leur coquetterie 284
LXIII. Claudia la Romaine 285
LXIV. Droiture cite plusieurs exemples
de femmes qui ont été aimées pour leurs vertus,
plus que d'autres pour leurs charmes 286
LXV. Où il est question de la reine Blanche
de Castille, mère de Saint Louis,
ainsi que d'autres dames excellentes
et sages qui furent aimées pour leurs vertus ... 288
LXVI. Christine parle, et Droiture lui répond
pour réfuter ceux qui disent que les femmes
sont naturellement avares 289
LXVII. Où il est question de la générosité
d'une puissante dame appelée Pauline 292
LXVIII. Où il est question de princesses
et de grandes dames du royaume 294

LXIX. Christine s'adresse aux princesses
et à toutes les femmes 297

Ici commence la troisième partie
du *Livre de la Cité des Dames*,
où il est raconté comment et par qui les toitures
des tours furent achevées,
et quelles furent les nobles dames choisies
pour peupler les grands palais
et les hautes tours. 299

I. Le premier chapitre raconte
comment Justice amena la Reine des Cieux
pour habiter la Cité des Dames 299

II. Les sœurs de Notre-Dame
et Marie-Madeleine 301

III. Sainte Catherine 302

IV. Sainte Marguerite 305

V. Sainte Lucie 307

VI. La bienheureuse vierge Martine 308

VII. Où il est question d'une autre vierge sainte
appelée Lucie, et d'autres saintes vierges 312

VIII. Où il est question de sainte Justine
et d'autres vierges 315

IX. Où il est question de sainte Théodosie,
de sainte Barbe et de sainte Dorothée 318

X. Où il est question de la vie de sainte Christine,
vierge 321

XI. Où il est question de plusieurs femmes qui virent le martyre de leurs propres enfants 329

XII. Où il est question de sainte Marine, vierge.... 331

XIII. Où il est question de la bienheureuse Euphrosine, vierge............ 333

XIV. Où il est question de la sainte femme Anastasie.......................... 336

XV. Où il est question de la bienheureuse Théodote.......................... 339

XVI. Où il est question de la noble et sainte Nathalie.. 341

XVII. Où il est question de sainte Affre, prostituée qui se convertit à Dieu................... 343

XVIII. Où Justice évoque plusieurs femmes nobles qui servirent et hébergèrent les apôtres ou d'autres saints.. 344

XIX. Ici finit le livre. Christine s'adresse aux femmes..................... 347

Table des noms propres

Dans cette table figurent les noms de personnes (classés au prénom selon l'usage des noms de la période médiévale : Blanche de Castille à B), mais aussi les noms de lieux, de peuples et des titres d'ouvrages.

ABRAHAM II, XXXVIII : 221.
ABSALON I, XIV : 70.
ABYDOS II, LVIII : 268.
ACERBE CICÉON I, XLVI : 140.
ACHILLE I, XIX : 84, 86 ; II, XXVIII : 200 ; II, LXI : 283.
ADAM I, IX : 53.
ADELPHE I, XXIX : 106.
ADIABENOIS III, XVIII : 345.
ADRASTE II, XVII : 182-183.
ADRIEN III, XVI : 341-342.
AÈTE I, XXXII : 111.
AFFRE (sainte) III, XVII : 343-344.
AFRIQUE I, XLVI : 139, 142-143 ; II XXIX : 202.
AGAPEN (sainte) III, XIV : 337.
AGATHE (sainte) III, VII : 312 ; III, IX : 321.
AGÉNOR I, XLVI : 140 ; II, LXI : 282.
AGNÈS (sainte) III, IX : 321.
AGRIPPINE II, XVIII : 185.
ALAMANS II, XXXV : 215.
ALBE I, XLVIII : 147.
ALBUNIÉ (cf. Tyburtine) II, I : 152.
ALEXANDRE (empereur romain) III, VI : 312.
ALEXANDRE LE GRAND I, XIV : 70 ; I, XIX : 88 ; II, XXIX : 203 ; II, LXVI : 291.

Alexandrie II, lii : 253 ; III, iii : 302-303, 305 ; III, xiii : 333.
Almathée II, iii : 154.
Alpes I, xxxiii : 115.
Aman II, xxxii : 208-209.
Amanion de Pommiers II, lxvii : 293.
Amazones I, xvi : 75-76 ; I, xvii : 77-78 ; I, xviii : 79-80, 83 ; I, xix : 83-84, 88-89.
Amazonie I, iv : 38.
Ambroise (saint) I, x : 59.
Ambroise le Génois II, lii : 251-252, 254-257.
Amour (allégorie) II, lv : 264.
Anastasie (peintre) I, xli : 132.
Anastasie (sainte) III, xiv : 336-341.
Ancien Testament I, xxix : 106-107.
André (saint) III, xviii : 345.
Andrea, Giovanni ~ II, xxxvi : 218.
Andromaque II, xxviii : 200.
Angèle II, lxi : 282.
Angleterre II, lxi : 282.
Anjou, La duchesse d' ~ I, xiii : 67.
Anjou, Le duc d'~ II, lxvii : 293.
Anne II, iv : 156-157.
Anne, comtesse de Bourbon II, lxviii : 296.
Anne, duchesse de Bourbon II, lxviii : 296.
Antioche III, iv : 306 ; III, viii : 315.
Antiope I, xviii : 80.
Antonia II, xliii : 226.
Antonie (femme de Justinien) II, vi : 161-163.
Antonie (fille de Claude) II, xlviii : 236.
Antonine II, xxix : 202.
Apis I, xxxvi : 121.
Apollon I, iv : 38 ; I, xxx : 109 ; I, xxxi : 111 ; II, i : 151 (cf. Phébus).
Apôtre (cf. Paul) III, vi : 311.
Apôtres I, x : 58, 60-61 ; I, xxix : 107 ; II, ii : 153 ; II, xxxv : 216 ; III, ii : 302 ; III, xviii : 344-345.
Arabes I, xx : 91.
Arabie I, xii : 65 ; II, iv : 157.
Arachné I, xxxix : 127.
Arcadie I, xxxiii : 113.
Archélaos I, xli : 130.
Argie II, xvii : 182-184.
Argos II, xvii : 182-183.

ARIARATHE I, XXV : 101.
ARISTOBULE II, XLII : 225.
ARISTOTE (cf. Prince des philosophes) I, II : 32 ; I, IX : 52 ; I, XI : 63 ; I, XIV : 70 ; I, XXX : 109 ; I, XXXVIII : 126 ; I, XLIII : 136.
ARMÉNIENS I, XX : 91.
Art d'aimer I, IX : 50 ; II, LIV : 261.
ARTÉMISE I, XXI : 93-95 ; II, XVI : 180, 182.
ASCAGNE I, XLVIII : 146.
ASIE I, XVI : 76 ; I, XXXI : 111 ; I, XXXIX : 127.
ASPHALTITE, LAC ~ II, IV : 158.
ASSUÉRUS II, XXXII : 208.
ASSYRIE I, XV : 72.
ATHALIE II, XLIX : 239.
ATHÈNES I, XVIII : 79.
ATHÉNIENS I, XXXIV : 117-118 ; II, XXI : 189.
AUCÉJAS III, V : 307-308.
AUGUSTE (cf. Octave) II, XVIII : 185.
AUGUSTIN (saint) I, II : 32 ; I, X : 59.

BABYLONE I, XV : 72-74 ; I, XVII : 77 ; II, I : 151 ; II, LVII : 266.
BAÏES II, III : 154.
BAR, LE DUC DE ~ II, LXVIII : 296.
BARBARIE III, V : 307.
BARBE (sainte) III, IX : 319.
BARTHÉLEMY (saint) II, LXII : 284.
BASILICE (sainte) III, XVIII : 346.
BASINE II, V : 160.
BÉLISAIRE II, XXIX : 201, 203.
BÉLUS I, XLVI : 140.
BENOÎTE (sainte) III, VII : 313.
BÉRÉNICE I, XXV : 101.
BERNABO LE GÉNOIS I, LII : 251-252, 254-258.
BERRY, LE DUC DE ~ II, LXVIII : 294-295.
Bible (cf. Écritures, Évangile, Proverbes, Ancien Testament) II, XXXVIII : 221 ; II, XXXIX : 222.
BLANCHE DE CASTILLE I, XIII : 67 ; II, LXV : 288.
BLANCHE DE NAVARRE I, XIII : 67.
BLANDINE (sainte) III, XI : 330.
BOCCACE I, XXVIII : 105-107 ; I, XXIX : 107-108 ; I, XXX : 108-110 ; I, XXXIV : 116 ; I, XXXVII :

123 ; I, XXXIX : 128 ; I, XLI : 130 ; II, II : 153 ; II, XIV : 178 ; II, XV : 180 ; II, XVI : 182 ; II, XVII : 183-184 ; II, XIX : 186 ; II, XXXVI : 218 ; II, XLIII : 226 ; II, LII : 251 ; II, LIX : 270 ; II, LX : 278, 280 ; II, LXIII : 285.
BOLOGNE II, XXXVI : 218 ; II, L : 242, 247.
BONNE, COMTESSE DE SAINT-POL II, LXVIII : 296.
BOURBON, LE DUC DE ~ II, LXVIII : 295.
BOURBON, LA DUCHESSE DE ~ II, LXVIII : 296.
BOURGOGNE, LE DUC DE ~ II, LXVIII : 295.
BOURGOGNE, LA DUCHESSE DE ~ II, LXVIII : 295.
BOURGOGNE, LE ROI DE ~ (cf. Chilpéric) II, XXXV : 215.
BRETAGNE (un grand de ~) II, XXII : 191.
BRETAGNE (une dame de ~) II, XX : 189.
BRETAGNE, LE DUC DE I, XIII : 67.
BRUNEHAUT II, XLIX : 239.
BRUTUS II, XXV : 195-196 ; II, XXVIII : 199.
BRYAXIS II, XVI : 181.
Bucoliques I, XXIX : 107.
BUREAU DE LA RIVIÈRE II, LXVII : 293.
BUSE (cf. Pauline) II, LXVII : 292.
BYRSA I, XLVI : 143.

CADMUS I, IV : 38.
CAMILLE I, XXIV : 99-100.
CAMPANIE II, I : 151 ; II, III : 154, 270.
CANAAN II, IV : 156.
CANNES II, LXVII : 292.
CAPITOLE II, LXI : 282.
CAPPADOCE I, XXV : 101 ; III, IX : 320.
CARIE I, XXI : 93 ; II, XVI : 180-181.
CARIENNE, LA ~ (Artémise) I, XXI : 93.
CARMENTA (cf. Nicostrate) I, XXXIII : 113, 115 ; I, XXXVII : 122 ; I, XXXVIII : 126.
CARMENTALE, LA PORTE ~ I, XXXIII : 115.
CARTHAGE I, XLVI : 139, 143 ; II, LIV : 263 ; II, LV : 263 ; II, LXI : 282.
CASSANDRE II, V : 159.
CASSIUS II, XXV : 195-196.
CASTALIE, LA FONTAINE ~ I, XXX : 109.

CASTRES, LA COMTESSE DE ~ I, XIII : 68.
CATALOGNE (un gentilhomme de ~) II, LII : 253.
CATANE III, VII : 313.
Catégories I, XI : 63.
CATHERINE (sainte) III, III : 302-305.
CATON D'UTIQUE I, IX : 54-55 ; I, X : 55 ; II, XXV : 194-195.
CATON L'ANCIEN II, XXV : 195.
CATULLE II, XXXV : 216.
CECCO D'ASCOLI I, IX : 51.
CÉCILE (sainte) III, IX : 321.
Centon I, XXIX : 108.
Centons virgiliens I, XXIX : 107.
CÉRÈS I, XXXV : 119-120 ; I, XXXVIII : 124, 126 ; I, XXXIX : 128.
CÉSAR II, XIX : 186, 188 ; II, XXV : 195-196 ; II, XXVIII : 199 ; II, XLIX : 238.
CHALDÉENS I, XXXI : 110.
CHAMPAGNE, LE COMTE DE ~ II, LXV : 288.
CHARLES DE BLOIS I, XIII : 67.
CHARLES IV, LE ROI ~ I, XIII : 67.
CHARLES V (le Sage), LE ROI ~ I, XIII : 67 ; II, LXVII : 293-294 ; II, LXVIII : 294.
CHÂTELET II, LXVII : 293.
CHEVALERIE (allégorie) I, XXXIV : 118.
CHILDÉRIC II, V : 160.
CHILPÉRIC I, XIII : 66 ; I, XXIII : 97.
CHIONÉE (sainte) III, XIV : 337.
CHRISTINE (sainte) III, IX : 321-322, 324-329.
CHRYSOGONE (saint) III, XIV : 336.
CHYPRE I, XLVI : 140, 142.
CICÉRON I, IX : 54.
CIMÉRIENNE, LA SIBYLLE ~ II, I : 151.
CIRCÉ I, XXXII : 111-112.
Cité des Dames I, III : 37 ; I, IV : 37-38 ; I, V : 40 ; I, VI : 42 ; I, VII : 43 ; I, VIII : 44, 47 ; I, XIV : 72 ; I, XV : 75 ; I, XXVI : 102 ; I, XLIII : 136 ; I, XLVIII : 147 ; II, I : 149 ; II, XII : 171 ; II, XIII : 176 ; II, LIII : 259 ; II, LXVIII : 294, 296 ; II, LXIX : 297 ; III, I : 297, 299-300 ; III, III : 302 ; III, XVIII : 346-347 ; III, XIX : 347-348, 351.

CLAUDE II LE GOTHIQUE (empereur romain du IIIe siècle) I, XX : 91.
CLAUDE (empereur romain du Ier siècle) II, XLVII : 235.
CLAUDIA II, LXIII : 285-286.
CLAUDINE II, X : 168-169.
CLAUDIUS II, XLVI : 232.
CLÉLIE I, XXVI : 101-102.
CLERMONT, LA COMTESSE DE ~ II, LXVIII : 295.
CLERMONT, LE COMTE DE ~ II, LXVIII : 295.
CLOTAIRE I, XIII : 66 ; I, XXIII : 98.
CLOTILDE II, XXXV : 215.
CLOVIS II, XXXV : 215.
COËMEN, LA COMTESSE DE ~ II, XX : 189.
COLCHIDE II, XXIV : 193 ; II, LVI : 265.
COLCHIDE, LE ROI DE ~ I, XXXII : 111 ; II, LVI : 265.
CONSTANTIN II, XLIX : 238 ; III, XVIII : 345.
CONSTANTINOPLE I, XXII : 96 ; II, VI : 161 ; III, XVI : 342.
CONTRITION (allégorie) I, X : 55.
CORIOLAN II, XXXIV : 213.
CORIOLIENS II, XXXIV : 213.
CORNÉLIE (femme de César) II, XIX : 186.
CORNÉLIE (femme de Pompée) II, XXVIII : 199-200.
CORNIFICIA I, XXVIII : 105.
COSTUS III, III : 302.
COUCY, LE CHÂTELAIN DE ~ II, LX : 281.
CRATEVAS I, XLI : 131.
CRÉON II, XVII : 183-184.
CRÈTE I, XLVI : 142.
CRÈTE, LE ROI DE ~ I, XLVII : 145 ; I, XLVIII : 146.
CUMÉENNE, LA SIBYLLE ~ II, I : 151.
CUMES II, I : 151.
CURIA II, XXVI : 196-197.
CYPRIEN, III, VIII : 315.
CYR (saint) III, XI : 330.
CYRUS I, XVII : 77-78 ; II, I : 151.

DAGOBERT II, XXXV : 217.
DAMAS I, IX : 53.
DANIEL II, XXXVII : 221.
DARIUS II, XXIX : 203.
DAVID (cf. Psalmiste) II, XL : 223.
DÉBORAH II, IV : 156 ; II, XXXII : 209.
Décaméron II, LII : 251 ; II, LIX : 270 ; II, LX : 278.
Décret II, XXXVI : 219.
DÉIPHÈBE II, III : 154.
DÉJANIRE II, LX : 281.

De la philosophie II, VIII : 48.
DELPHES II, I : 151.
DELPHIQUE, LA SIBYLLE ~ II, I : 151.
DENIS II, XXXV : 216.
DENYS II, XLIX : 240.
DIANE I, XLI : 130.
DIDON I, XLVI : 139-140, 142-144 ; II, LIV : 263 ; II, LV : 263-264.
DIOCLÉTIEN III, XIV : 336.
DIOMÈDE I, XXXII : 112.
DIOMEDEOE I, XXXII : 112.
DIONISUS I, XLI : 131.
DOROTHÉE (sainte) III, IX : 320-321.
DOUCEUR (allégorie) I, X : 57.
DROITURE (allégorie) I, V : 39 ; II, I : 149 ; II, XIII : 173 ; II, XIX : 186 ; II, LIII : 258 ; II, LXVI : 291 ; III, I : 300-301.
DRUSIENNE III, XVIII : 344-345.
DRUSUS TIBÈRE II, XLIII : 226.
DRYPETINE II, VIII : 167.
DUGUESCLIN, BERTRAND ~ II, XXII : 191.
DULCITIUS III, XIV : 337-338.

Écritures, Les Saintes ~ (cf. Bible, Évangile, Proverbes, Ancien Testament) I, XXIX : 107 ; II, XXXI : 208 ; II, XXXVIII : 220-221 ; II, XXXIX : 222 ; II, XL : 223.
ÉGLISE, LA SAINTE ~ I, X : 59 ; II, XXXVI : 218 ; II, XLIX : 238.
ÉGYPTE I, XXXVI : 121 ; II, XLII : 225.
ÉGYPTIEN (tortionnaire) II, XLVIII : 237.
ÉGYPTIENS I, XX : 91-92 ; I, XXXVI : 120-121 ; II, XXX : 205.
ÉLEUTHÈRE (saint) II, XXXV : 216.
ÉLISABETH (sainte) II, IV : 156.
ÉLISSA I, XLVI (cf. Didon) : 139-140.
ÉMÉNIEN III, VI : 310-311.
ÉMÉRIE, FRÈRE III, XIII : 335.
ÉMILIE II, XX : 188.
EMPIRE ROMAIN II, III : 155 ; II, XLVII : 235 ; III, VII : 313.
ÉNÉE I, XXIV : 100 ; I, XLVIII : 146 ; II, III : 155 ; II, XIX : 186 ; II, LV : 263-264.
Énéide I, XXIX : 107.
ÉPHÈSE I, XVI : 76.
ÉPHÉSIENS I, XLI : 130.
ÉPHIGÉNIE III, XVIII : 345.

Épître de Valerius à Rufin II, XIII : 174.
Épître d'Othéa I, XVII : 78 ; I, XXXVI : 121.
Épître du Dieu d'Amour II, XLVII : 234 ; II, LIV : 261.
Épîtres sur le Roman de la Rose II, LIV : 261.
ÉROPHILE II, I : 151.
ÉRYTHRÉE, LA SIBYLLE ~ II, I : 151-152.
ÉSAÜ II, XXXIX : 223.
ESDRAS III, XIX : 348.
ESPAGNE III, VIII : 315.
ESTHER II, XXXII : 208.
ÉTÉOCLE II, XVII : 182.
ÉTHIOPIENS I, XII : 65 ; III, IV : 306.
EULALIE III, VIII : 315.
EUPHÉMIE III, VIII : 317.
EUPHROSINE III, XIII : 333.
EUROPE I, XVI : 75-76 ; I, XXXVII : 122.
EUROPE (fille d'Agénor) II, LXI : 282.
ÉVANDRE II, V : 159.
Évangile II, II : 152 ; III, XVII : 343.
ÈVE I, IX : 54.

FAËL, LA DAME DE ~ II, LX : 280.
Faits des Romains II, LXVII : 292.
FAUSTE (sainte) III, VII : 313-314.
FÉLICITÉ (sainte) III, XI : 330.
FÉMÉNIE II, XII : 172.
FERRANT, SEGNER ~ II, LII : 253.
FINOLI, SAGURAT DE ~ II, LII : 253-257.
FLORENCE II, LI : 248, 250.
FOI (sainte, vierge) III, VIII : 316.
FORCE (allégorie) I, XIV : 71.
FORTUNE (allégorie) I, XVII : 78 ; I, XIX : 86 ; I, XX : 89 ; I, XXXII : 112 ; I, XXXIV : 118 ; I, XLVI : 145 ; II, XVII : 182 ; II, LVIII : 269 ; II, LIX : 272, 274, 276 ; III, V : 308.
FRANÇAIS I, XIII : 66 ; II, XXXV : 216 ; II, XLVI : 231.
FRANCE I, XIII : 66-68 ; I, XXIII : 97 ; II, V : 160-161 ; II, XXII : 191 ; II, XXXV : 215-217 ; II, XLIX : 239 ; II, LXVIII : 294, 296 ; II, LXIX : 297.
FRÉDÉGONDE I, XIII : 66 ; I, XXIII : 97-99.
FRÈRE ÉMÉRIE III, XIII : 335.
FRÈRE MARIN III, XII : 332.

Gaie Cécilie I, xlv : 138.
Galatie II, xlv : 230.
Galba II, xlix : 237.
Gallien I, xx : 91.
Gautier (cf. marquis de Saluces) II, l : 240-241.
Gênes II, lii : 251-252.
Geneviève (sainte) II, xxxv : 217.
Génois II, lii : 255.
Géorgiques I, xxix : 107.
Germanicus II, xviii : 185.
Giovanni Andrea II, xxxvi : 218.
Gorgone I, xxxiv : 118 ; II, lxi : 282.
Grande Déesse II, lxiii : 285-286.
Grèce I, iv : 38 ; I, xviii : 79 ; I, xix : 86 ; I, xxi : 95 ; I, xxxii : 112 ; I, xxxvi : 121 ; I, xl : 129 ; I, xlvii : 145 ; II, xxiv : 193 ; II, lvi : 265.
Grecs I, xviii : 80-83 ; I, xix : 84-87 ; I, xxi : 95 ; I, xxxiv : 116 ; I, xxxvi : 121 ; II, i : 151 ; II, ii : 152 ; II, v : 159-160 ; II, lxi : 282.
Grégoire (saint) I, xxviii : 105 ; III, xix : 349.
Grisélidis II, xi : 170 ; II, l : 240-247 ; II, li : 248.
Guerre punique, La Deuxième ~ II, lxiii : 285.
Guichard II, lix : 270-275.

Hainaut, La comtesse de ~ II, lxviii : 295.
Halicarnasse I, xxi : 94 ; II, xvi : 181.
Hannibal II, lxvii : 292.
Hébreux II, xxx : 205.
Hécate I, xxxii : 111.
Hector I, xix : 84-87 ; II, v : 159 ; II, xxviii : 200.
Hécube I, xix : 84.
Hélène (fille de Tyndare) II, lxi : 283.
Hélène (reine des Adiabenois) III, xviii : 345.
Hellespont II, i : 151 ; II, lviii : 268.
Hellespontienne, La sibylle ~ II, i : 151.
Hercule I, xviii : 79-83 ; I, xli : 130 ; II, lx : 281.
Hercule, Temple d'~ I, xlvi : 140.
Héro II, lviii : 268-269.
Hérode Antipas II, xlii : 225.
Hérode (fils du roi Odenath) I, xx : 90.
Hippo II, xlvi : 231.

HIPPOLYTE I, XVIII : 81, 83.
HOLLANDE II, LXVIII : 295.
HOLOPHERNE II, XXXI : 205-208.
HOMÈRE I, XXIX : 108 ; II, I : 151.
HONTE (allégorie) I, X : 56.
HORACE I, XXX : 109.
HORTENSE II, XXXVI : 218.
HYPSICRATÉE II, XIII : 176 ; II, XIV : 177.
HYPSIPYLE II, IX : 167-168.
HYTÉRON II, XVI : 182.

ICARIE I, XXI : 94.
IDION III, X : 325.
IDMON DE COLOPHON I, XXXIX : 127.
ILION II, I : 151.
INACHOS I, XXXVI : 121.
INDES I, VII : 43 ; I, XV : 73.
INTERROGATION, PIOCHE D'~ (allégorie) I, VIII : 44.
IRÈNE I, XLI : 131.
IRÉNÉE (sainte) III, XIV : 337.
ISAAC II, XXXIX : 222.
ISABEAU II, LX : 278.
ISABEAU DE BAVIÈRE II, LXVIII : 294.
ISEUT II, IX : 281.
ISIS I, XXXVI : 120-121 ; I, XXXVIII : 124, 126.
ISRAËL I, X : 61 ; II, IV : 156 ; II, XXX : 205 ; II, XXXI : 205 ; II, XXXIX : 223 ; II, XILX : 239.
ITALIE I, XIII : 68 ; I, XXII : 96-97 ; I, XXIV : 100 ; I, XXXI : 111 ; I, XXXII : 112 ; I, XXXIII : 114-115 ; I, XLVIII : 146 ; II, I : 151 ; II, LX : 278 ; II, LXVII : 292.
ITALIENS I, XXXIII : 113, 115 ; II, LII : 251, 254.

JACOB II, XXXIX : 222-223.
JANICOLE II, XI : 171 ; II, L : 241, 243, 247.
JASON I, XXXII : 112 ; II, XXIV : 193 ; II, LVI : 265.
JEAN, COMTE DE CLERMONT II, LXVIII : 295.
JEAN, LE DUC ~ II, LXVIII : 294.
JEAN, LE ROI ~ (erreur pour Philippe VI) I, XIII : 67.
JEAN DE MEUN II, XXV : 194.
JEAN LE BON II, LXVIII : 294-295.
JEAN L'ÉVANGÉLISTE III, XVIII : 345.
JEAN SANS PEUR II, LXVIII : 295.
JEANNE, DUCHESSE DE BERRY II, LXVIII : 294.

JEANNE (veuve de Charles V) I, XIII : 67.
JÉRUSALEM I, X : 60 ; II, IV : 157-158 ; II, XLIX : 239 ; III, XVIII : 345.
JÉRUSALEM, TEMPLE DE II, IV : 156-158.
JÉZABEL II, XLIX : 239.
JOACHIM II, XXXVII : 220.
JOCASTE II, LXI : 282.
JONAS II, LIII : 260.
JUDAS II, XLIX : 239.
JUDITH II, XXXI : 205, 207, 209.
JUGES D'ISRAËL II, IV : 156.
JUIFS I, X : 61 ; II, IV : 158 ; II, XXX : 204-205 ; II, XXXI : 204-207 ; II, XXXII : 208-209 ; II, XL : 223, 225 ; II, XLIX : 239.
JULES CÉSAR II, XIX : 186, 188 ; II, XXV : 195 ; II, XXVIII : 199 ; II, XLIX : 238.
JULIE (fille d'Auguste) II, XVIII : 185.
JULIE (fille de Jules César) II, XIX : 186-187 ; II, XXVIII : 199.
JULIEN (juge) III, X : 326-328.
JULIEN (saint) III, XVIII : 346.
JULIEN L'APOSTAT II, XLIX : 240.
JULIETTE (sainte) III, XI : 330.
JULIUS SILVIUS I, XLVIII : 146.
JUNON II, LXI : 281.
JUPITER I, XV : 72 ; I, XXXVI : 120-121 ; I, XLI : 130 ; I, XLVI : 142 ; I, XLVII : 145 ; II, XLII : 225 ; II, LXI : 282-283 ; III, X : 322, 325.
JUSTICE (allégorie) I, VI : 41 ; I, XIII : 67 ; I, XXXIV : 118 ; II, XII : 172 ; II, LXVIII : 297 ; II, LXIX : 297 ; III, I : 299, 301.
JUSTIN II, VI : 161-162.
JUSTINE III, VIII : 315.
JUSTINIEN II, VI : 161-162 ; II, XXIX : 201.

LACÉDÉMONE (cf. Sparte) II, XXIV : 193 ; II, LXI : 283.
LACÉDÉMONIENS I, XXI : 95.
LA MARCHE, COMTE DE ~ II, LXVIII : 296.
LA MARCHE, COMTESSE DE ~ I, XIII : 68.
Lamentations de Mathéole (cf. Mathéole) I, I : 27-28.
LAMPHETO I, XVI : 75-76.
LAODICÉE II, VIII : 167.

LATINS I, XXXIII : 115 ; I, XLVIII : 146.
LATINUS I, XLVIII : 146.
LAURENT II, LX : 278-279.
LAVINIE I, XLVIII : 146-147.
LAZARE I, X : 58.
LÉANDRE II, LVIII : 268-269.
LÉDA II, LXI : 283.
LEÉNA II, LIII : 258.
LEMNIENS II, IX : 167.
LENTULIUS CRUSCELLION II, XXIII : 191.
LÉOCHARES II, XVI : 181.
LEUCADIUS III, XV : 339.
LEUNTION I, XXX : 110.
LIBYQUE, LA SIBYLLE ~ II, I : 151.
LILIE I, XXII : 96.
LIMOGES III, XVIII : 345.
LOMBARDES II, XLVI : 232.
LOMBARDIE II, XLVI : 232.
LOMBARDS II, LII : 251, 257.
LONGIN I, XX : 92.
LOT II, LIII : 260.
LOUIS (fils de Charles V) II, LXVIII : 294.
LOUIS (saint) I, XIII : 67 ; II, LXV : 288.
LOUIS DE BAVIÈRE II, LXVIII : 296.
LUCIE (de Rome) III, V : 307-308.
LUCIE (de Syracuse) III, VII : 312-313.
LUCIUS VITELLIUS II, XV : 179.
LUCRÈCE II, XLIV : 227-229 ; II, LXIV : 287.

MACÉDONIENS I, XLI : 130.
MAL AGIR (allégorie) I, X : 55.
MANTHOA I, XXXI : 110.
MANTOUE I, XXXI : 111.
MARC-ANTOINE II, XLII : 225 ; II, XLIII : 226.
MARCIA I, XLI : 131.
MARCIENNE III, VIII : 316.
MARCUS AGRIPPA II, XVIII : 185.
MARDOCHÉE II, XXXII : 208-209.
MARGUERITE (sainte) III, IV : 305-306.
MARGUERITE DE BOURGOGNE II, LXVIII : 295.
MARGUERITE DE HOLLANDE II, LXVIII : 295.
MARGUERITE DE LA RIVIÈRE II, LXVII : 293.
MARIAMNE II, XLII : 225.
MARIE DE CLERMONT II, LXVIII : 295.
MARIE (cf. Reine des Cieux, Vierge) I, IX : 54-55.
MARIE-MADELEINE (sainte) I, X : 58, 60 ; III, II : 301-302.

MARIN, FRÈRE ~ III, XII : 332.
MARINE (sainte) III, XII : 331-332.
MARTHE (sainte) I, X : 58.
MARTHÉSIE I, XVI : 75-76.
MARTIAL (saint) III, XVIII : 345.
MARTINE (sainte) III, VI : 308-312.
MARTIUS II, XXXIV : 213-214.
MARTRE (sainte) III, VIII : 316.
MASSYLIE I, XLVI : 142.
MATHÉOLE I, I : 28 ; I, II : 33 ; I, VIII : 47 ; II, XIX : 186.
MATTHIEU (saint) III, XVIII : 345.
MAUSOLE, ROI I, XXI : 93 ; II, XVI : 180-182.
MAUSOLÉE II, XVI : 182.
MAXENCE III, III : 303-305 ; III, VII : 313.
MAXIMIEN III, IX : 319.
MAXIMIEN HERCULE III, XVI : 341.
MAXIMILLE III, XVIII : 345.
MÉDÉE I, XXXII : 111 ; II, LVI : 265-266.
MÉDUSE (cf. Gorgone) II, LXI : 282-283.
MÉNALIPPE I, XVIII : 81.
MÉNÉLAS II, LXI : 283.
MERCURE I, XXXIII : 114.
MÉROÉ I, XII : 65.
MÉSOPOTAMIE I, XX : 90.
MESSINE II, LX : 278.
MÉTABUS I, XXIV : 99.
Métamorphoses II, LVII : 266.
Métaphysique I, II : 32.
MICON I, XLI : 130.
MILAN, LE DUC DE ~ II, LXVIII : 294.
MINERVE (cf. Pallas) I, IV : 38 ; I, XXXIV : 116 ; I, XXXVIII : 125-126.
Miracles de Notre-Dame II, LI : 248.
Miroir historial III, IX : 321.
MITHRIDATE (le roi ~ V, père de Bérénice) I, XXV : 101.
MITHRIDATE (le roi ~ VI, père de Drypetine) II, VIII : 167 ; II, XIII : 176 ; II, XIV : 177.
MOÏSE II, XXX : 205.
MORT (allégorie) II, XIII : 175.
MUSES I, XXX : 108.
Mutacion de Fortune I, XVII : 78.
MYTILÈNE I, XXX : 108.

NABUCHODONOSOR II, XXXI : 205.

NATHALIE III, XVI : 341.
NATURE I, I : 30 ; I, VIII : 45, 47, 49 ; I, IX : 53 ; I, X : 56-57 ; I, XIV : 70-72 ; I, XV : 74 ; I, XXVII : 104 ; I, XXX : 108 ; I, XLIII : 135 ; II, LIV : 261 ; II, LXII : 284 ; III, I : 301 ; III, XII : 331.
NEMROD I, XV : 73 ; I, XXXI : 111.
NEPTUNE I, IV : 38 ; I, XLVII : 145.
NÉRON II, XXII : 190 ; II, XXVII : 197 ; II, XLIII : 226 ; II, XLVIII : 235 ; II, XLIX : 237 ; III, XVIII : 346.
NICOLE I, XII : 65.
NICOSTRATE (cf. Carmenta) I, XXXIII : 113, 115 ; II, V : 159.
NIL I, XII : 65.
NINIVE I, XV : 72 ; II, LIII : 260.
NINUS I, XV : 72, 74.
NIOBÉ I, XXXVI : 121.
NOVELLA (fille de Giovanni Andrea) II, XXXVI : 219.
Novella (ouvrage sur le *Décret*) II, XXXVI : 219.

OCTAVE (cf. Auguste) II, XLIX : 238.
OCTAVIE II, XLVIII : 236.
ODENATH I, XX : 90.
ODOACRE I, XXII : 96-97.
ŒDIPE (cf. Thèbes, roi de ~) I, XXXI : 110-111.
OLIBRIUS III, IV : 307.
OPPIS OU OPS I, XLVII : 145-146 ; II, LXI : 281.
ORCHOMÈNE II, XXIV : 193.
ORIENT I, IV : 38 ; I, XV : 73 ; I, XX : 89, 91 ; I, XXV : 101 ; II, IV : 157.
ORITHYIE I, XVIII : 80 ; I, XIX : 83.
ORLÉANS, LA DUCHESSE D'~ II, LXVIII : 294.
ORLÉANS, LE DUC D'~ I, XIII : 67.
ORTIAGON II, XLV : 230.
OTHON II, XLIX : 238.
OVIDE (cf. Prince des poètes) I, IX : 50 ; II, I : 151 ; II, LIV : 261 ; II, LVII : 266.

PALATIN I, XXXIII : 114 ; II, V : 159.
PALLAS (cf. Minerve) I, XXXIV : 116 ; I, XXXIX : 127.
PALLAS (roi d'Arcadie) I, XXXIII : 113.
PALMARIE III, XV : 341.
PALMYRE I, XX : 89-90.

PAMPHILE I, XL : 129.
PANICE, LA COMTESSE DE ~ II, L : 242.
PANTHÉON I, XXXIV : 119.
PAPHNUCE III, XIII : 333-336.
PARIS I, XLI : 132 ; II, LII : 251 ; II, LXVII : 293.
PÂRIS II, LXI : 283.
PARNASSE I, XXX : 108.
PAUL (saint, cf. l'Apôtre) II, XXXV : 216 ; II, XLVIII : 237 ; III, XVIII : 345-346.
PAULINE (femme de Sénèque) II, XXII : 190.
PAULINE (cf. Buse) II, LXVII : 292.
PÉNÉLOPE II, XLI : 223.
PENTHÉSILÉE I, XVIII : 80 ; I, XIX : 83-88.
PERSE II, I : 151.
PERSE, LE ROI DE ~ (cf. Cyrus) I, XVII : 77.
PERSE, LE ROI DE ~ (cf. Xerxès) I, XXI : 95.
PERSES, LE ROI DES ~ (cf. Darius) II, XXIX : 203.
PERSES, LE ROI DES ~ (cf. Sapor) I, XX : 90, 92.
PERSES, LE ROI DES ~ (vaincu par Justinien) II, VI : 162.
PERSIQUE, LA SIBYLLE ~ II, I : 151.
PESSINUS, LA DÉESSE DE ~ II, LXIII : 285.
PÉTRARQUE II, VII : 165.
PEUR DE MAL AGIR (allégorie) I, X : 55.
PHARAON I, III : 37 ; II, XXX : 205 ; II, XXXVIII : 222.
PHÉBUS (cf. Apollon) II, III : 154.
PHÉNÉCIE, AGÉNOR DE ~ II, LXI : 282.
PHÉNICIE I, XLVI : 140, 142.
PHÉNICIENS I, XLVI : 140.
PHILIPPE LE HARDI II, LXVIII : 295.
PHILIPPE VI, ROI DE FRANCE I, XIII : 67.
PHORCYS II, LXI : 283.
PHORONEÜS I, XXXVI : 121.
PHRYGIE II, I : 152.
PHRYGIENNE, LA SIBYLLE ~ II, I : 152.
PIERRE (saint) I, X : 60 ; II, XLVIII : 237 ; III, XVIII : 345.
PITHIS II, XVI : 182.
PLATON I, II : 32 ; I, XXX : 109.
PLAUTILLE III, XVIII : 346.
PLUTON I, XXXV : 120 ; I, XLVII : 145.
POLYNICE II, XVII : 182-183.

POLYXÈNE II, LXI : 283.
POMPÉE II, VIII : 167 ; II, XIV : 179 ; II, XIX : 186-188 ; II, XXVIII : 199.
PORCIA II, XXV : 194-196 ; II, XXVIII : 199.
PORTE CARMENTALE I, XXXIII : 115.
PRÊTRE, LE GRAND ~ (DE THÈBES) I, XXXI : 110.
PRÊTRE, LE GRAND ~ (DU TEMPLE D'HERCULE) I, XLVI : 140.
PRIAM I, XIX : 84 ; II, V : 159 ; II, LXI : 283.
PRINCE DES PHILOSOPHES (cf. Aristote) I, II : 32.
PRINCE DES POÈTES (cf. Ovide) I, IX : 50.
PRISCUS III, VIII : 317.
PROBE I, XXIX : 106 ; I, XXX : 108.
Problemata I, XI : 63.
PROVENCE I, XIII : 68.
Proverbes I, XLIV : 137.
PROVINS II, LXV : 289.
PSALMISTE (cf. David) III, XIX : 350.
PTOLÉMÉE II, XXVIII : 199.
PTOLÉMÉES (rois d'Égypte) I, XX : 89.
PUBLIUS III, XIV : 336.
PYGMALION I, XLVI : 140.
PYRAME II, LVII : 266-268 ; II, LVIII : 268.
PYRRHUS I, XIX : 86-87.

QUINTE-LUCRÈCE VESPILLO II, XXVI : 196-197.
QUINTUS HORTENSIUS II, XXXVI : 218.

RAISON (allégorie) I, IV : 39 ; I, VIII : 44, 49 ; I, IX : 50 ; I, XXXIII : 113 ; II, I : 149-150 ; II, XIII : 173 ; II, LIV : 261 ; III, I : 301.
RAVENNE I, XXII : 97.
RÉBECCA II, XXXIX : 222.
REIMS III, VIII : 316.
REINE (sainte) III, IV : 307.
REINE, LA ~ DE FRANCE (Isabeau II), LXVIII : 294.
REINE DES CIEUX (cf. Marie, Vierge) I, VI : 41 ; II, XII : 172 ; III, I : 299-300 ; III, XIX : 348.
Remèdes d'amour I, IX : 50.
REMUS I, XLVIII : 147 ; II, XXXIII : 210.
RENOMMÉE (allégorie) I, XIII : 67.
RHODES I, XXI : 93-95.
RHODIENS I, XXI : 94.
ROMAINES II, XIX : 186 ; II, LXIII : 285.

ROMAINS I, IX : 51 ; I, XXII : 96 ; I, XXVI : 101-102 ; I, XXXIII : 115 ; I, XXXIV : 119 ; I, XXXVI : 121 ; I, XLVII : 146 ; II, II : 152 ; II, III : 155 ; II, X : 168-169 ; II, XIV : 177 ; II, XIX : 187 ; II, XXXIII : 211, 213 ; II, XXXIV : 213-214 ; II, XLV : 230 ; II, XLVI : 231 ; II, XLVIII : 237 ; II, LXI : 282 ; II, LXIII : 285 ; II, LXVI : 291 ; II, LXVII : 292.

Roman de la Rose I, II : 33 ; II, XXV : 194 ; II, LIV : 261.

ROME I, XIX : 88 ; I, XX : 90-91 ; I, XXVI : 101-102 ; I, XXXIII : 114 ; I, XLVIII : 147 ; II, II : 152 ; II, III : 154-155 ; II, V : 159 ; II, X : 169 ; II, XVIII : 185 ; II, XIX : 187 ; II, XXIII : 191 ; II, XXV : 196 ; II, XXVII : 197 ; II, XXXIII : 210 ; II, XXXIV : 213-214 ; II, XXXVI : 218 ; II, XLIII : 227 ; II, XLIV : 228-229 ; II, XLVI : 231 ; II, XLVIII : 236-237 ; II, LXI : 282 ; II, LXIII : 285 ; II, LXIV : 287 ; II, LXVI : 291-292 ; II, LXVII : 292 ; III, V : 307-308 ; III, VI : 308, 312 ; III, VII : 313 ; III, XIV : 336.

ROMULUS I, XLVIII : 147 ; II, XXXIII : 210-211, 213.

ROUGE, LA MER II, IV : 157 ; II, XXX : 205.

RUFIN II, XIII : 174.

RUSTIQUE (saint) II, XXXV : 216.

RUTH II, XL : 223.

RUTULES, LE ROI DES ~ (cf. Turnus) I, XLVIII : 146.

SABA, LA REINE DE ~ II, IV : 157.

SABINS II, XXXIII : 210-211, 213.

SAGESSE (allégorie) I, XXXIV : 118.

SAINT-POL, LA COMTESSE DE ~ II, LXVIII : 296.

SALAMINE I, XXI : 95.

SALERNE, LE MARQUIS DE ~ II, LIX : 275.

SALERNE, LE PRINCE DE ~ (cf. Tancrède) II, LIX : 270, 277.

SALOMON I, XLIII : 137 ; I, XLIV : 137 ; I, XLV : 138 ; II, IV : 157-158.

SALUCES, LA MARQUISE DE ~ II, LI : 248.

SALUCES, LE MARQUIS DE ~ : II, XI : 170 ; II, L : 240-241.
SAMARIE I, X : 61.
SAMIENNE, LA SIBYLLE ~ II, I : 151.
SAMIENS II, LXI : 282.
SAMOS II, I : 151.
SAMSON I, XVIII : 79.
SAPHO I, XXX : 108-109.
SAPOR I, XX : 90.
SARA II, XXXVIII : 221-222.
SARRASINS II, XIII : 174.
SATURNE I, XV : 72 ; I, XLVII : 145-146 ; II, LXI : 281.
SCHINEAR I, XV : 73.
SCIPION L'AFRICAIN II, XX : 188.
SCOPAS II, XVI : 181.
SCYTHES I, XVI : 75.
SCYTHIE I, XVI : 75-76 ; I, XVIII : 79.
Secret des femmes, Du I, IX : 51.
SEINE II, XXXV : 216.
SÉMIRAMIS I, XV : 72-73.
SEMPRONIE I, XLII : 133.
SÉNAT II, XXV : 195 ; II, XXVIII : 199.
SÉNÈQUE II, XXII : 190 ; II, XLVIII : 236.
SIBYLLES II, I : 150, 152.
SICAMBRES II, XLVI : 231.
SICHÉE I, XLVI : 140-141.
SICILE I, XIII : 68 ; I, XXXV : 119 ; I, XLVI : 142 ; II, III : 156 ; II, XLIX : 240 ; II, LXVII : 293.
SIGISMONDE II, LIX : 270-273, 275-277.
SIMÉON II, IV : 156.
SINAÏ, LE MONT ~ III, III : 305.
SOCRATE II, XXI : 189-190.
SODOME II, LIII : 260.
SOLIN II, I : 151.
SOPOLINUS I, XLI : 131.
SOUVERAINE, VIERGE ~ II, XII : 172 ; III, XIX : 348.
SPARTE (cf. Lacédémone) II, LXI : 283.
SULPICE (femme de Lentulius) II, XXIII : 191.
SULPICE (noble romaine) II, XLIII : 227.
SULTAN, LE ~ D'ÉGYPTE II, LII : 253-257.
SUZANNE II, XXXVII : 220-221.
SUZANNE (femme de Limoges) III, XVIII : 345.
SYNOPPE I, XVI : 76.
SYRACUSE III, VII : 312.
SYRIE I, XLVI : 140.

TANCRÈDE (cf. Salerne, Le prince de) II, LIX : 270, 277.
TARQUIN COLLATIN II, XLIV : 228.

TARQUIN L'ANCIEN I, XLV : 138 ; II, XLIV : 228.
TARQUIN LE SUPERBE II, III : 154-155 ; II, LXIV : 287 ; II, XLIV : 228-229.
TÉLÉMAQUE II, XLI : 224.
TEMPLE (cf. Jérusalem, Temple de) II, IV : 156-158
THÈBES I, IV : 38 ; I, XXXI : 110-111 ; II, XVII : 182.
THÈBES, LA REINE DE ~ II, LXI : 282.
THÈBES, LE ROI DE (cf. Œdipe) ~ I, XXXI : 110.
THÉMOTHÉE II, XVI : 181.
THÉODORIC I, XXII : 96-97.
THÉODOSIE (sainte) III, IX : 318.
THÉODOTE (sainte) III, XV : 339-340.
THÉOPHILE III, IX : 320-321.
THÉOPHRASTE I, XXX : 110 ; II, XIII : 174, 176 ; II, XIV : 177 ; II, XIX : 186.
THERMUTIS II, XXX : 205.
THÉSÉE I, XVIII : 79, 81-83.
THISBÉ II, LVII : 266-268 ; II, LVIIÌ : 268.
THOAS II, IX : 167.
THOMAS (saint) I, VII : 43.
THOMYRIS I, XVII : 77-78.
THURINGE II, V : 160.
TIBÈRE (empereur) II, XVIII : 185 ; II, XLVII : 235.
TIBRE I, XXVI : 102 ; I, XXXIII : 114 ; II, V : 159 ; II, LXIII : 285.
TIMARÈTE I, XLI : 130.
TIRÉSIAS I, XXXI : 110.
TITUS II, XLIX : 238.
TOISON D'OR I, XXXII : 112.
TOSCANE I, IX : 51 ; I, XLV : 138.
TRAJAN II, XLIX : 238.
TRIAIRE II, XV : 179-180.
TRISTAN II, LX : 281.
TROIE I, IV : 38 ; I, XIX : 83-84, 88 ; I, XXXII : 112 ; II, I : 151 ; II, II : 152 ; II, III : 154 ; II, V : 159 ; II, XIX : 186 ; II, XXVIII : 200 ; II, XLI : 224 ; II, LV : 263 ; II, LXI : 283.
TROS I, IV : 38.
TROYENS I, XIX : 84-85, 88 ; II, V : 159 ; II, LV : 263.
TROYES II, LXV : 289.
TURNUS (cf. Rutules, Le roi des) I, XXIV : 100 ; I, XLVIII : 146.
TYBURTINE, LA SIBYLLE ~ II, I : 152.
TYNDARE II, LXI : 283.
TYR III, X : 321.

ULYSSE I, XXXII : 112 ; II, XLI : 223-224.

URANUS I, XLVII : 145.
URBAIN (gouverneur de Tyr) III, X : 321-322, 324-325.
URBAIN (juge) III, IX : 318.
URSULE (sainte) III, X : 329.

VALENTINE DE MILAN II, LXVIII : 294.
VALÈRE MAXIME II, LXIII : 285 ; II, XLIII : 227.
VALÉRIEN I, XX : 90.
VANDALES II, XXIX : 201, 203.
VENDÔME, LA COMTESSE DE ~ I, XIII : 68.
VÉNUS II, XIX : 186.
VERGY, LA CHÂTELAINE DE ~, II, LX : 281.
VESPASIEN II, XV : 180.
VESTA I, XLVII : 145 ; II, X : 169 ; II, XLVI : 231.
VÉTURIE II, XXXIV : 213-214.
VIERGE MARIE I, IX : 54 ; II, II : 153 ; II, IV : 156-157 ; II, XXX : 204 ; II, LI : 249 ; III, I : 301 ; III, X : 329 ; III, XIX : 348.
VIRGILE I, IX : 50 ; I, XXIX : 106-107 ; I, XXXI : 111 ; II, III : 156.
VIRGINIE II, XLVI : 232.
VITELLIUS (empereur) II, XLIX : 238.
VOLSQUES I, XXIV : 99 ; II, XV : 180 ; II, XXXIV : 213.
VULCAIN I, XXXIV : 117.

XANTIPPE II, XXI : 189.
XERXÈS (cf. Perse, roi de ~) I, XXI : 95-96.

ZÉNOBIE I, XX : 89-91.

Table des matières

Introduction 11

Première Partie du *Livre de la Cité des Dames* 27

Deuxième Partie du *Livre de la Cité des Dames* 149

Troisième Partie du *Livre de la Cité des Dames* 299

Analyse de l'œuvre 353

Chronologie des œuvres de Christine
de Pizan (1364-1430) 359

Table des rubriques
du *Livre de la Cité des Dames* 367

Table des noms propres 381